Ullstein

DAS BUCH

Eine Gruppe von Wissenschaftlern läßt sich mit einem Hubschrauber in einem noch unerforschten Gebiet des brasilianischen Regenwaldes absetzen. Das Team ist auf der Suche nach unbekannten Pflanzen, die auf ihre Heilwirkung hin getestet werden sollen. Aber kaum gelandet, wird die Gruppe von Eingeborenen angegriffen. Die junge Forscherin Jordan wird sogar von einem Pfeil getroffen. Nach einer dramatischen Rettungsaktion gelingt es den Wissenschaftlern, sich in Sicherheit zu bringen. Glücklicherweise war der Pfeil nicht vergiftet, und außer ein paar Kratzern scheint niemand ernsthaft Schaden genommen zu haben.

Doch bereits auf der Heimreise erkrankt plötzlich Paul. Was seine Kollegen für eine schwere Seekrankheit halten, wird für Paul zum Alptraum. Er leidet unter entsetzlichen Krämpfen und wird von unkontrollierbaren Wutanfällen heimgesucht, in deren Verlauf er ein Mitglied der Crew bestialisch tötet. Der Mord bleibt zunächst unentdeckt, nur eine Ratte macht sich an der Leiche zu schaffen.

Zurück in Amerika beginnt das Team sofort mit der Auswertung der mitgebrachten Ergebnisse. Daß sich Paul gleich nach der Ankunft abgesetzt hat, verwundert niemanden. Erst als die Fingerabdrücke auf der mittlerweile gefundenen Leiche des Crewmitglieds Paul eindeutig als Mörder identifizieren, sind die Forscher alarmiert. Es beginnt ein Wettlauf um Leben und Tod.

DER AUTOR

Der Ex-Pilot und Football-Coach Charles Wilson hat bereits zahlreiche Romane verfaßt. Mit dem Psychothriller »Ein stiller Zeuge« hat er sich auch in Deutschland einen Namen gemacht. Bei Ullstein erschien bereits »Ahnherr des Bösen«.

Charles Wilson

Expedition ins Grauen

Roman

Aus dem Amerikanischen
von Klaus-Dieter Schmidt

Ullstein

Ullstein Buchverlage GmbH & Co. KG, Berlin
Taschenbuchmummer: 24454
Titel der Originalausgabe:
Fertile Ground

Deutsche Erstausgabe
2. Auflage März 1999

Umschlaggestaltung: Theodor Beyer-Eynck
Photo: Mauritius

Printed in Germany 1999
Clausen & Bosse, Leck
ISBN 3-548-24454-8

Gedruckt auf alterungsbeständigem
Papier mit chlorfrei gebleichtem
Zellstoff

Die Deutsche Bibliothek
CIP-Einheitsaufnahme

Wilson, Charles:
Expedition ins Grauen: Roman / Charles Wilson.
Aus dem Amerikan. von Klaus-Dieter Schmidt. –
Dt. Erstausg, 2. Auflage – Berlin: Ullstein, 1999
(Ullstein-Buch; Nr. 24454)
Einheitsacht.: Fertile ground <dt.>
ISBN 3-548-24454-8

Für Linda

Mein Dank gilt all jenen, ohne deren technische Hilfe es dieses Buch nie gegeben hätte:
Dr. Craig Lobb, Abteilung für Mikrobiologie der Medizinischen Fakultät der Universität von Mississippi, Jackson, Mississippi;
Captain Humberto Santiago, Sao Luis, Brasilien;
Sheriff Ken Dickerson, Rankin County, Mississippi;
Doug Faulkner aus Enid, Oklahoma, der mir geholfen hat, das Flugzeug vom Boden zu bekommen;
Dr. Tereza Ventura-Holman aus Lissabon, Portugal, die mir eine kundige Führerin war;
Allison Orr und Tommy Furby für ihren Rat und ihre Vorschläge.
Ich danke Euch allen.

Kapitel 1

Mit rhythmisch knatterndem Propeller senkte sich der kastenförmige graue Hubschrauber langsam zum Dach des Regenwaldes hinab. Delaney Jeffries stand in der großen Seitentür und betrachtete den Dunst, der die Bäume einhüllte. Die Morgensonne würde ihn bald weggebrannt haben, doch der Regen am Nachmittag würde den Dunst zurückbringen. Es war ein ständiger Kreislauf. Tropische Niederschläge, gefolgt von brennendem Sonnenschein, schufen in unablässiger Wiederkehr eine nie nachlassende, brütende Schwüle. Sogar jetzt, in dem an seiner Khakihose zerrenden Luftzug des Propellers, spürte er die feuchte Wärme.

Drei Wochen waren es nun. Seit drei Wochen fuhren seine Gruppe und die Teams der anderen Universitäten mit Booten in Sümpfe und Gezeitenebenen oder flogen mit Hubschraubern in den Wald. Noch nie waren so viele Doktoren und hochqualifizierte Assistenten für eine derart umfangreiche Suche nach exotischen Pflanzen aufgeboten worden. Und noch nie waren so viele Wissenschaftler dieser Aufgabe überdrüssig geworden.

Und hatten sie etwa nach all der Anstrengung eine Spezies gefunden, aus der später ein neues Arzneimittel gewonnen werden konnte? Ehrlich gesagt, war er an einem Punkt angekommen, an dem es ihm egal war. Er wollte nur noch nach Hause, in ein anständiges Bett in einem klimatisierten Zimmer.

In diesem Augenblick beendete der Hubschrauber den Senkflug und blieb in der Luft schweben.

»Alles bereit, wenn du es bist, Delaney«, sagte die Stimme in den Kopfhörern seines Helms.

Er klappte das Visier vors Gesicht, schnallte den Kinngurt fest, zog die Handschuhe an und trat an den Rand des Hubschraubers. Von hinten streckte jemand eine Hand aus, um das Seil zu prüfen, das von seinem Gurtzeug zur Befestigung am Dach des Hubschraubers führte. Dann spürte er einen Klaps auf der Schulter. Er hielt sich am Türrahmen fest, sah für einen Augenblick zu den Bäumen hinunter und schwang sich dann ins helle Sonnenlicht hinaus.

Sekunden später befand er sich zwischen den im Strudel des Propellers heftig flatternden Blättern. Zweige kratzten und zerrten an seinen Kleidern, und Äste mit dunklem Bewuchs glitten über sein Visier. Von unten kam ein dicker Ast auf ihn zu, dem er ausweichen mußte. Dann brach er durch das Blätterdach in das trübe Zwielicht zwischen den Baumkronen und dem dreißig Meter darunter liegenden Erdboden.

»Ich bin durch«, sagte er ins Helmmikrofon, woraufhin sein Seil schneller nachgelassen wurde.

Bald darauf setzte er auf dem Boden auf, hakte rasch das Seil aus und hob das Visier an. »Hoch damit«, sagte er, und das Seil verschwand in Richtung Blätterdach.

»Jetzt komme ich«, hörte er eine weibliche Stimme in den Kopfhörern. »Fang mich auf, wenn ich abstürze.«

Er lächelte und schaute zu den Baumkronen hinauf. Gut einen Meter neben seinem Abstiegskabel stieß ein Paar Stiefel durchs Blätterdach, gefolgt von einem Paar schlanker, in Khaki gekleideter Beine. Als Jordan durch war, beugte sie sich in ihrem Gurtzeug nach vorn und lächelte zu ihm hinunter.

»Es ist schön hier«, rief sie ins Mikrofon.

Wenig später stand auch sie auf dem Boden und löste das Seil. Dann nahm sie den Helm ab und schüttelte ihre langen, braunen Haare, bevor sie zu einem Büschel hoher, schimmernder blauer Farne ging, die am Fuß eines massigen Baumstamms von mindestens sechs Metern Umfang wuchsen.

»Schau, sie sind fast irisierend«, sagte sie über die Schulter, während sie die Hand ausstreckte, um einen der schmalen, federförmigen Farnwedel zu berühren. Dann lenkten plötzlich niederrieselnde Zweige und Blätter ihre Aufmerksamkeit ab.

Pauls kräftige Gestalt brach durch das Blätterdach. Zusätzlich zu dem Revolver, den sie alle trugen, hing ein Gewehr um seine Schultern, und an der Hüfte baumelte eine Machete.

Als er auf dem Boden aufsetzte, ging Jordan zu ihm hinüber. Kurz darauf stieß ein Seil mit mehreren schuhkartongroßen Probenbehältern und einem Peilfunksender durch das Blätterdach.

Als die Last auf dem Boden angekommen war und das Seil hochgezogen wurde, sah Delaney zum Hubschrauber hinauf. »Wir sehen uns in ein paar Stunden wieder, Alex.«

»Willst du nicht erst den Peilsender ausprobieren?« erwiderte die Stimme. »Wenn wir euch nicht finden, ist es ein ziemlich weiter Weg hier heraus.«

Jordan stellte ihren Helm auf die Probenbehälter, griff nach dem kleinen Peilsender, der wie ein Walkie-talkie aussah, und betätigte den Schalter an seiner Seite.

»Er ist laut und deutlich zu hören«, meldete Alex. Dann sagte er etwas Unverständliches zum Hubschrauberpiloten, und die Baumkronen schwankten im verstärkten Strudel des Propellers, als der Hubschrauber abdrehte und davonflog.

Jordan nahm einen der Probenbehälter und ging zu den Farnen, während Delaney an ihr vorbei zu den weit voneinander entfernt stehenden dicken Baumstämmen starrte. Trotz des Abstands zwischen ihnen schlossen ihre verschränkten, von Schlingpflanzen bedeckten Kronen den Sonnenschein fast völlig aus, und je weiter der Blick ging, desto dunkler wurde es. Nicht weit hinter Jordan sah es aus, als hätte jemand das Licht ausgeschaltet. Da war nichts als tiefe Dunkelheit.

Paul hob etwas von dem vermodernden Laub vor seinen Füßen auf und preßte es in seiner großen Hand zusammen. »Bei dieser dicken Schicht ist zu bezweifeln, daß es jemals austrocknet«, stellte er fest.

»Seht mal«, sagte Jordan und zeigte auf eine riesige, mit orangen Blüten besetzte Schlingpflanze, die sich hinter den Farnen an einem Baumstamm hinaufrankte.

Noch in dieser Stellung, einen Arm vor sich in die Höhe gestreckt, wurde sie plötzlich von einem kleinen, gefiederten Pfeil seitlich in den Hals getroffen.

Sie stürzte nicht. Sie krümmte sich nicht einmal. Nur ein Zusammenzucken, dann fuhr sie mit der Hand zu der Stelle, als hätte ein Insekt sie gestochen. Als sie den federbesetzten Schaft fühlte, weiteten sich ihre Augen, und sie riß ihn aus dem Hals.

Delaney rannte zu ihr. Er erreichte sie im selben Augenblick wie Paul. Mit bleichem Gesicht starrte sie auf den vor ihren Füßen liegenden, vielleicht sieben Zentimeter langen Pfeil. Sie wollte etwas sagen, vermochte in ihrem Schockzustand aber nur die Lippen zu bewegen, ohne einen Ton hervorzubringen.

Paul richtete das Gewehr auf die Bäume neben ihr, und

Delaney griff nach Jordans Arm, als mit kaum hörbarem Zischen ein Pfeil an seinem Kopf vorbeiflog. Pauls Gewehr ging krachend los, während Delaney Jordan zu einem dicken Baumstamm zog.

»Alex!« rief er ins Mikrofon.

Paul feuerte wieder.

»Alex!«

Delaney schob Jordan hinter den Baumstamm. Aus ihrem Gesicht war jetzt alle Farbe gewichen, und sie drückte die Hand an den Hals. Zwischen ihren Fingern rann Blut hervor. Er zog sie an sich und hielt sie fest.

»Alex, verdammt!«

Paul stürmte zu ihnen hinter den Baumstamm, warf einen Blick auf Jordan und spähte dann um den Baum herum. Als wieder ein Pfeil vorbeizischte, hob er das Gewehr und gab schnell hintereinander drei Schüsse ab.

»Alex!« rief Delaney, immer noch in der Hoffnung, daß Alex ihn hören würde, obwohl er innerlich ahnte, daß der Hubschrauber für den schwachen Sender im Helm wahrscheinlich schon zu weit entfernt war.

»Kann dich schlecht hören, Delaney. Was ist –?«

»Komm zurück! Schnell! Jordan ist von einem Pfeil getroffen worden!«

Alex erwiderte nichts, aber Delaney wußte, daß er verstanden hatte. Er würde den Hubschrauberpiloten so schnell wie möglich umkehren lassen und mit Höchstgeschwindigkeit zu ihnen zurückfliegen. Obwohl er wissen mußte, daß es keinen Sinn hatte. Delaney fing Pauls Blick auf. Auch er wußte es. Sie alle wußten es. Auch Jordan.

Es mußte bereits angefangen haben. Sekunden, nachdem der Pfeil getroffen hatte, mußte das Gift begonnen haben, sich zu verbreiten. Er konnte sich nicht davon abhalten, Jordans Hände zu betrachten. So wirkt Kurare: Zuerst lähmt es die Glieder, dann breitet es sich im Körper aus, bis es schließlich die Lunge befällt und das Opfer unter schrecklichen Erstickungsanfällen tötet. *Gott, bitte nicht*, dachte er. Ihm war speiübel vor Angst.

Dann hörten sie das Geräusch des Hubschraubers.

Jordans Stimme war so leise, daß sie kaum zu verstehen war. »Ich müßte es fühlen«, sagte sie. »Ich ...« Er spürte, wie sie zitterte. »Aber ich fühle nichts.«

In ihrer Stimme hatte Hoffnung gelegen, Hoffnung jenseits der Hoffnung, wie ein Gebet. Sie versuchte sich selbst zu überzeugen.

Ein Stück von ihnen entfernt begannen die Baumkronen zu schwanken.

»Delaney«, meldete sich Alex.

»Südlich!« rief Delaney ins Mikrofon. »Weiter südlich!«

Die schwingenden Äste bewegten sich auf sie zu. Doch der Hubschrauber stoppte mindestens zwanzig Meter von ihnen entfernt.

»Laß die Seile runter!« Sie hatten keine Zeit, den Hubschrauber näher zu ihnen hin zu dirigieren. Er griff nach Jordans Arm, während Paul um den Baumstamm herumspähte.

Alex' kräftiger Körper stieß durch das Blätterdach. Er mußte den Abstieg bereits begonnen haben, als sich der Hubschrauber noch im Anflug befand. Das Ende des zweiten Seils in der Hand, näherte er sich rasch dem Boden.

Paul rannte ins offene Gelände, und Delaney schob Jordan hinter ihm her. Zwischen den Seilen hindurch stürmte Paul an Alex vorbei und gab beim Laufen mehrere Schüsse ab, stolperte dann aber über eine Ranke und stürzte. Doch er rollte sich ab, kam auf die Knie und feuerte weiter, bis das Gewehr nur noch ein Klicken von sich gab.

Delaney hakte das Ende des Seils an Jordans Gurtzeug ein. »Schafft uns hoch!« schrie er und hielt sich über Jordans Kopf an ihrem Seil fest. Als es sich spannte, ließ Paul das Gewehr fallen und rannte auf sie zu. Alex hob vom Boden ab, Paul sprang hoch und bekam das Seil in Höhe von Alex' Nacken zu fassen, so daß sie sich beide an ihm drehten, während Delaney und Jordan schnurgerade zum Hubschrauber aufstiegen.

Paul versuchte sich in die Richtung umzusehen, aus der die Pfeile gekommen waren. Mit gezücktem Revolver suchte er den Erdboden ab. Delaney hatte nur Augen für das näherkommende Blätterdach. Noch fünfundzwanzig Meter bis in die Deckung. Noch fünfzehn Meter. Fünf Meter. Der Pilot zog sie so schnell hoch, wie es die Winde zuließ. Noch ein paar Sekunden, ohne daß sie von einem Pfeil getroffen wurden, und ...

Sie stießen mit Köpfen und Schultern gegen die ersten Äste. Delaney versuchte mit seiner behandschuhten Hand Jordans Gesicht vor den Zweigen zu schützen. Plötzlich stöhnte Paul auf, und Alex griff nach ihm. Aber Paul war nicht von einem Pfeil getroffen worden, sondern ein spitzer Ast hatte sich in seinen Arm gebohrt.

Einen Moment später waren sie oberhalb der Bäume, und noch bevor sie den Hubschrauber erreicht hatten, setzte der sich schon langsam in Bewegung. Delaney griff nach dem Rand der breiten Tür und zog sich und Jordan hinein. Nachdem er ihr Seil gelöst hatte, wandte er sich zu den beiden anderen um, packte Paul an der Schulter und zerrte ihn an die Tür heran, bis Paul selbst Halt gefunden hatte und die Beine ins Innere schwingen konnte. Alex kletterte als letzter herein und fiel auf die Knie.

Delaney sah sich um. Jordan hatte sich auf der anderen Seite der Kabine an die Wand gelehnt und musterte ihre auf Augenhöhe gehaltene Hand. Als sie Delaneys Blick bemerkte, begannen ihre Lippen zu zittern, und er spürte, wie sein Herz sich zusammenzog.

Bitte, Gott, betete er, *bitte.*

Kapitel 2

Unterhalb der offenen Hubschraubertür flogen die Baumkronen dahin. Delaney schob Jordan eine zusammengefaltete Decke unter den Kopf.

»Meine Hand«, sagte sie, indem sie zu ihm hochschaute. »Sie ist ...« Ihre Stimme brach. Sie versuchte, die Finger zu bewegen, und schnitt eine Grimasse.

Es gab ihm wieder einen Stich, und er sah zum Piloten nach vorn. »Kannst du nicht jemanden an das verdammte Funkgerät holen?«

Alex versuchte es hektisch.

Auf dem Erdboden, im trüben Licht unter den Baumkronen, wurden Jordans Helm und die Probenbehälter von einem einzelnen Sonnenstrahl getroffen. Ein paar Meter entfernt lag Pauls Gewehr.

Zwischen den Baumstämmen klang aus der Ferne ein schwaches Geräusch herüber. Gesang. Worte hoben und senkten sich im Rhythmus eines einzelnen, langsam auf eine Trommel schlagenden Stabes.

Gut fünfzig Meter von den Probenbehältern entfernt ging ein kleiner, kräftiger Indianer ruhigen Schritts in die entgegengesetzte Richtung. Er hatte ein langes Blasrohr bei sich und war bis auf einen schmalen, eng gegürteten Lendenschurz, von dem vorn und hinten lange Stoffstücke herabhingen, nackt. Seine hellbraunen Arme und Beine waren mit schmalen, weißen Streifen bemalt, und über seine Stirn zog sich ein breiterer Streifen, der an den Ohren vorbei nach unten verlief und unterhalb seiner kurzen, dichten schwarzen Haare um seinen Hals herumführte.

Vor dem Indianer erhob sich ein hohes, dorniges Gebüsch, das ihn wie eine Wand von dem nahen Ufer eines Flusses trennte. Doch eine Bresche in der Wand, die nicht viel breiter war als eine Tür, schuf einen Durchgang, und er trat, ohne zu zögern, ins gelbbraune Wasser des langsam fließenden Flusses.

Beim ersten Schritt reichte es ihm bis zum Knie, beim zweiten bis zur Hüfte. Zwanzig Meter flußabwärts lag ein sechs Meter langes Krokodil vor einem ähnlichen Dornengestrüpp am anderen Ufer. Es reckte seinen breiten Kopf in die Luft, stützte den Oberkörper auf die kurzen Vorderpfoten und klappte das lange, spitz zulaufende Maul auf. Dann lief es erstaunlich behende über das Ufer ins Wasser und glitt unter die Oberfläche.

Der Indianer, dem das Wasser inzwischen bis zur Brust reichte, bewegte sich stetig, wenn auch langsam, voran, während sich das Wasser an seinen breiten Schultern kräuselte und in großen Kreisen bis zum Ufer rollte.

Zwei weitere Schritte, noch ein dritter, dann wurde der Fluß flacher, und der Körper des Indianers tauchte wieder aus dem Wasser auf. Drei Meter vom Ufer entfernt blieb er stehen.

Nun setzte wieder der Gesang ein, jedoch viel leiser als vorher, fast ehrfurchtsvoll. Beim nächsten Schritt stieg der Indianer bis zum Knie aus dem Wasser. Zwei Schritte darauf stand er auf dem sandigen Ufer. Dort, nur wenige Zentimeter vom Wasser entfernt, wartete er.

Hinter ihm kräuselte sich das Wasser.

»*Carbo veen craa.*«

Die Worte kamen aus einem fünfzehn Meter vor ihm liegenden, von Schlingpflanzen umrankten, großblättrigen Schilfdickicht. Er ging darauf zu.

Aus dem Schilf trat ein großer Indianer hervor, dessen Arme und Beine ebenfalls mit weißen Streifen bemalt waren und der ein farbenprächtiges Gebilde aus Vogelfedern auf dem Kopf trug. In der Hand hatte er einen schmalen, fast einen Meter langen, spitz zulaufenden Stein.

Er wartete, bis der andere Indianer ihn fast erreicht hatte. Dann hielt er mit einer raschen Bewegung den Stein am ausgestreckten Arm vor sich hin.

Als der stämmige Indianer stehenblieb, sprangen von beiden Seiten zwei ähnlich bemalte Indianer aus ihrer Deckung. Sie hatten lange Blasrohre an den Mund gehoben und die Wangen aufgeplustert, als wollten sie ihre Waffen benutzen.

Der Indianer sank angesichts der Bedrohung auf die Knie, aber sein Oberkörper blieb aufrecht, während er den Blick nicht von dem Stein ließ.

Der große Indianer zog den Stein an seine schmale Brust zurück und stieß ihn dann erneut vor. Diese Bewegung wiederholte er ein ums andere Mal, zuerst langsam und dann schneller. Bis er plötzlich vortrat und den Stein hoch über den Kopf hob. Der auf den Knien hockende Indianer warf seinen Kopf zurück, bot seine gewölbte Brust dar und streckte die Arme zur Seite aus.

Der Stein sauste herunter, und seine messerscharfe Spitze kam nur Zentimeter von der Brust des Mannes entfernt zum Stillstand.

Dessen Gesicht war ausdruckslos geblieben, und er war nicht zurückgezuckt. Nur die Schweißtropfen auf der Stirn zeugten von seiner Angst. Doch die konnten auch auf Hitze und Luftfeuchtigkeit zurückzuführen sein.

Der große Indianer starrte einige Sekunden unverwandt in das Gesicht des Knienden. Dann zog der den Stein langsam zurück.

Gleichzeitig ließ einer der seitlich stehenden Indianer sein Blasrohr sinken und hielt es wie einen langen Stab, mit dem er auf den Knienden zuging.

Das Rohr schwang nach vorn und stieß hart gegen die Brust des Mannes. Der zweite Stoß traf den Hals, der dritte wieder die Rippen. Dann wühlte es sich in die dikken, schwarzen Haare des Knienden und stocherte brutal in ihnen herum.

»*Forando bon*«, sagte der große Indianer.

Die Marter hörte auf, und der kniende Indianer erhob sich. Der Indianer mit dem Kopfschmuck fixierte ihn einen Moment, dann drehte er sich um und ging, gefolgt von den anderen, schweigend auf die dunklen Bäume in der Ferne zu. Der Gesang hob wieder an.

Delaney stöpselte den Kopfhörer in einen Stecker neben Jordans Kopf ein.

Der brasilianische Arzt sprach bereits über Funk mit Alex. »Wie lange ist es her, daß sie getroffen wurde?« erkundigte er sich.

Delaney antwortete. »Zehn bis fünfzehn Minuten.«

Als der Arzt nichts darauf erwiderte, wiederholte Delaney: »Zehn bis fünfzehn Minuten. Ihre Hände kribbeln.«

»Beruhigen Sie sich, *Senhor*«, sagte der Arzt in gefaßtem Ton. »Der Pfeil war nicht in Kurare getaucht, sonst wäre sie nach so langer Zeit schon nicht mehr bei Bewußtsein. Aber bewegen Sie sie nicht, bis ich sie mir angesehen habe. Ein Halswirbel könnte geschädigt sein.«

Delaney sah zu Jordan hinunter, die eine Hand langsam zur Faust ballte und wieder streckte. Er griff nach der Hand und drückte sie in Jordans Schoß. »Der Arzt sagt, daß du wieder in Ordnung kommen wirst. Aber er will, daß du still liegst, bis wir dich ins Krankenhaus gebracht haben.«

Eine Stunde später war durch die Hubschraubertür die Küste zu sehen. Delaney erkannte in der Ferne die kleine Stadt, deren wenige, zumeist aus Holz gebaute Häuser eine sich am Meer hinziehende Bergkette säumten. Der Pilot flog den Landeplatz in der Nähe der Betondocks an.

»Nein«, rief ihm Delaney zu und deutete auf das quadratische, einstöckige, mit Zinn gedeckte Krankenhaus auf der anderen Seite der Stadt.

Der Pilot musterte die schmale, matschige Straße vor dem Krankenhaus. Auf der anderen Seite der Straße stand ein Haus dicht an der Fahrbahn, dessen Balkon im zweiten Stock sogar über die Straße hinausreichte. Er schüttelte den Kopf. »Da ist nicht genug Platz zum Landen.«

Alex trat hinter den kleinen, dunkelhäutigen Mann, nahm ihn, ohne ein Wort zu sagen, bei den Schultern und hob ihn von seinem Sitz.

»Nein«, protestierte der Pilot und versuchte wieder an seinen Steuerknüppel heranzukommen.

Doch Paul griff nach seinem Arm und zog ihn nach hinten, während Alex den Hubschrauber herumriß.

Sekunden später war die Landung eingeleitet. Der Pilot starrte mit weit aufgerissenen Augen auf die näherkommende Straße und die Gebäude auf beiden Seiten, während Alex mit unvermindertem Tempo zwischen ihnen hinunterging und den Hubschrauber hart auf der Straße aufsetzte, während die Propeller nur um Zentimeter an den Hauswänden vorbeischrammten.

Delaney hatte Jordans Kopf abgestützt, um zu verhindern, daß er sich bewegte. Jetzt stieg der dunkelhäutige brasilianische Arzt mit wehendem Kittel hastig ins Passagierabteil des Hubschraubers.

Er betrachtete die dünne Linie von getrocknetem Blut an Jordans Hals, während er sich neben sie kniete. Sie freundlich anlächelnd, streckte er die Hand aus und zog eins ihrer Augenlider hoch. »Haben Sie Schwierigkeiten, Hände und Füße zu bewegen?«

Jordan schüttelte leicht den Kopf und hob zum Beweis eine Hand und beugte die Finger.

Der Arzt legte ihr auf der verwundeten Seite die Hand auf die Schulter und drückte langsam zu. »Tut das weh?« fragte er.

Sie schüttelte wieder den Kopf. »Es ist eher ein Kribbeln.«

Er lächelte. »Sie kommen wieder in Ordnung.« Dann stützte er ihren Nacken und sagte: »Setzen Sie sich vorsichtig auf.«

Im Krankenhaus wartete eine stämmige Indianerin in blauer Schwesterntracht vor einem kleinen Untersuchungsraum gegenüber der Eingangshalle.

»Sie wurde von einem Pfeil getroffen«, erklärte ihr der Arzt, während er Jordan an ihr vorbeiführte. Die Frau runzelte fragend die Stirn.

Der Arzt wartete, bis Jordan auf einen schmalen Untersuchungstisch gestiegen war, und nahm dann einen Gummihammer von einem Metalltablett.

»Ihren Ellbogen, bitte«, sagte er.

Gehorsam streckte Jordan den Arm aus, und er winkelte den Unterarm an und schlug mit dem Hammer sanft auf den Ellbogen. Ihr Unterarm zuckte. Er wiederholte es noch einmal, und nachdem er den anderen Arm ebenso geprüft hatte, legte er den Hammer mit einem Nicken auf das Tablett zurück. »Das Kribbeln kommt von einem Nervenschock. Aber der Pfeil ging nicht tief genug, um einen dauernden Schaden zu verursachen. Sie werden in wenigen Stunden wieder ganz auf dem Damm sein. Das bekommen nicht viele Menschen zu hören, nachdem sie von einem Indianerpfeil getroffen worden sind – wenn sie überhaupt noch etwas hören. Vielleicht war die Spitze schlecht eingetaucht. Oder das Kurare war alt.«

Die Krankenschwester schüttelte den Kopf. »Schlecht eingetaucht bestimmt nicht«, meinte sie. »Nicht von jemandem, der seit Kindesbeinen mit Pfeilen jagt. Und die Zeit würde an der Wirksamkeit des Giftes nichts ändern. Der einzige Grund, warum kein Kurare an dem Pfeil war, ist der, daß vorher schon mit ihm getötet worden ist, und zwar mehr als einmal, oft genug, um das Gift zu verbrauchen. Aber solche Pfeile werden in einem eigenen Köcher aufbewahrt, bis sie wieder in Gift getaucht werden können.« Sie sah Jordan an. »Sie sind eine sehr glückliche Frau. Eine, die heute bestimmt unter Gottes Schutz stand.«

Der Arzt warf einen Blick zur Tür, wo Paul und Alex standen. Trotz des gemeinsam verbrachten Fluges zum Krankenhaus nahm Delaney Pauls Verletzung erst jetzt richtig wahr. Sein Ärmel war zerrissen, und ein gezackter Schnitt zog sich fünfzehn Zentimeter über seinen Bizeps hin. Bis zum Handgelenk hinunter war der Hemdenstoff dunkel verfärbt von seinem mit Schmutz vermischten und inzwischen getrockneten Blut. Auf Alex' breiten Wangen waren zwei lange Kratzer zu sehen.

»Wie es aussieht, hat es Sie beide schlimmer mitgenommen«, stellte der Arzt fest. »Was ist passiert?«

»Wir sind zu schnell durch die Bäume hindurch«, antwortete Alex.

Der Arzt lächelte. »Das wäre ich auch.« Dann forderte

er sie mit einer seitwärts weisenden Kopfbewegung auf näherzukommen.

Aber erst einmal nahm sich die Krankenschwester ihrer an. Nach einem kurzen Blick auf Alex' Schrammen, griff sie nach Pauls Arm. Im nächsten Augenblick hatte sie eine Schere aus ihrer Kitteltasche gezogen und schnitt um die Wunde herum den Hemdenstoff weg.

Inzwischen drückte der Arzt eine in Alkohol getränkte Mullkompresse auf Jordans Hals. Delaney lächelte leicht, als er ihren Blick auffing, drehte sich dann um und ging in den Flur hinaus. Vor einem Fenster atmete er tief durch. Mit der Hand gegen die Wand gestützt, sah er zu dem Frachter hinunter, der an dem Dock am Fuß des Berghangs festgemacht hatte. Die Ladeluken waren geöffnet, und dunkelhäutige Arbeiter schoben Karren voller Probenbehälter ins Schiffsinnere. Gelegentlich zeigte ein Mitglied der Forschungsgruppe auf irgend etwas oder markierte eine Kiste, bevor diese aufs Schiff geschafft wurde.

Dann wurde Delaneys Aufmerksamkeit abgelenkt, weil sich die Tür des Krankenhauses öffnete. Polizeihauptmann Manuel Dominguiz, ein untersetzter, breitschultriger Mann in einer dunkelblauen Uniform, betrat die Halle und kam auf ihn zu.

Sie gaben sich die Hand, und Dominguiz sah kurz zum Untersuchungszimmer hinüber. »Der Pilot hat mir von dem Vorfall erzählt«, sagte er. »Ihre Frau hat sehr viel Glück gehabt. Normalerweise würde ein Indianer nicht einmal auf einen Vogel schießen, ohne daß sein Pfeil vergiftet ist.« Sein quadratisches Gesicht nahm einen fragenden Ausdruck an. »Merkwürdig ist auch, daß bisher in keinem Bericht ein Stamm erwähnt wurde, der in dem Gebiet lebt, in dem sie angegriffen worden sind. Als ich ein Kind war, war es nichts Ungewöhnliches, auf einen unbekannten Stamm zu stoßen. Aber heute – mit langsam fliegenden Hubschraubern, Goldsuchern, die noch in die entferntesten Gegenden vordringen, und der Satellitentechnik, die Ihre Regierung unserer zur Verfügung stellt –, heute sind selbst die entlegensten Gebiete zumindest erkundet worden.«

Bevor Delaney etwas erwidern konnte, fuhr Dominguiz fort: »Andererseits hat der Urwald gewaltige Ausmaße und hält ohne Zweifel trotz unserer Technik noch Überraschungen für uns bereit, auf die wir nicht gefaßt sind.« Der nächste Gedanke brachte ihn zum Lächeln. »Als ich das erwähnte Kind war, habe ich immer am Strand gestanden und auf den Rand des Urwalds gestarrt, weil ich glaubte, daß jeden Moment ein Dinosaurier zwischen den Bäumen hervorkommen könnte, um im Meer zu baden.«

Paul tauchte neben ihnen auf und schüttelte dem Hauptmann die Hand. Dominguiz sah fragend auf den Verband um seinen Oberarm.

»Ich habe mich beim Aufstieg durch die Bäume verletzt.«

Dominguiz betrachtete den Stoff um den Verband herum. Es war zwar viel weggeschnitten worden, aber der Rest war immer noch mit der Mischung aus Schmutz und getrocknetem Blut überzogen. »Ich hoffe, der Arzt hat die Wunde gut gesäubert.«

Paul lächelte und hielt eine kleine Flasche mit Penicillinkapseln hoch.

»Sie sollten eine Infektion in diesem Klima nicht auf die leichte Schulter nehmen«, sagte Dominguiz. »Die ständige Hitze und der Regen lassen nicht nur Blumen wachsen. Sind Sie derjenige, der auf die Indianer geschossen hat?«

»Auf einen Indianer«, korrigierte Paul. »Ich habe nur

einen zu Gesicht bekommen, und das auch nur kurz. Genaugenommen habe ich nur die weißen Streifen, die er sich auf den Körper gemalt hatte, aufleuchten gesehen. Gefeuert habe ich hauptsächlich, um ihn auf Trab zu halten.«

»Da war bestimmt nicht nur einer«, entgegnete Dominguiz. »Immerhin waren Sie zu viert und auch noch bewaffnet.«

Wenn man näher kam, war der Rost an der Bordwand des alten Frachters nicht zu übersehen. Augenscheinlich hatte die Firma, die das Schiff für die Expedition gechartert hatte, keine luxuriöse Kreuzfahrt im Sinn gehabt. Delaney war es egal, solange das Schiff seetüchtig blieb und sie heil nach Miami zurückbrachte. Und er ein sauberes Bett hatte, fügte er in Gedanken hinzu. Und eine Klimaanlage. Gesegnet seien die Klimaanlagen. Es war ihm unvorstellbar, wie Menschen die Sommer hier ohne Kühlung überlebten.

»Wenn ich erst mal im Bett bin«, kündigte Alex an, »werde ich es bis Miami nicht mehr verlassen.«

Er sah aus, als ob er es ernst meinte. Obwohl erheblich übergewichtig, hielt er sich für gewöhnlich gerade und aufrecht. Jetzt jedoch wirkte er zusammengesunken. Ausgelaugt. Das waren sie alle. Und der Vorfall mit Jordan hatte es nicht besser gemacht. Sie alle waren seit Jahren miteinander befreundet. Delaney und Alex waren zusammen aufs College gegangen – dasselbe Hauptfach, dieselbe Bruderschaft, derselbe Flugklub. Paul war vor mehr als zwölf Jahren zu ihrem Forschungsteam an der medizinischen Fakultät gestoßen. Er war auch derjenige gewesen, der sich zuerst mit Jordan verabredet hatte. Für Alex dagegen war Jordan mehr wie die Schwester, die er nie gehabt hatte.

Paul begutachtete seinen verbundenen Arm. Jordan folgte seinem Blick. »Macht er Probleme?« fragte sie.

Er lächelte. »Es juckt.«

Kapitel 3

Sie legten bei Einbruch der Dunkelheit ab. Jordan betrachtete vom Bug aus den aufgehenden Mond, der die Stadt in einen trüben Lichtschein hüllte. In den Fenstern einiger unmittelbar am Strand stehender Häuser flakkerte Licht auf.

»Was für ein schöner Anblick«, sagte sie.

»Weil du die Bazillen nicht sehen kannst«, sagte Alex.

Jordan rieb sich die Schulter.

»Probleme?« fragte Alex.

»Fast wieder normal«, antwortete sie.

Delaney schaute über die Stadt hinaus. In der Ferne bewegte sich eine Linie dunkler Wolken rasch auf sie zu. »Die erste Nacht draußen wird stürmisch werden.«

Paul kratzte sich am Arm.

»Morgen früh«, sagte Jordan, »werden wir als erstes deinen Verband wechseln und die Stiche prüfen. Und von da an jeden Morgen. Eine Infektion können wir jetzt nicht gebrau-chen.« Sie fixierte Alex. »Wenn ich du wäre, würde ich mich bitten, meine Antibiotika aufzubewahren, damit ich sie nicht verlege.« Mit einem Lächeln hielt sie inne. »Ich wollte ja eigentlich nichts sagen, aber jedesmal, wenn du in die Stadt zurückgeflogen bist, habe ich mich gefragt, ob du dich daran erinnern würdest, wo du uns abgesetzt hast.«

»Komisch«, sagte Alex, »du klingst wie meine Mutter.«

»Wie jeder, der dich kennt«, entgegnete Jordan und schaute auf ihre schmutzigen, zerknitterten Khakihosen hinunter. »Was mich betrifft, so gehe ich jetzt unter die Dusche. Um wieder eine Frau zu werden, bevor ich es vergesse.« Sie hob einen Fuß vom Deck und betrachtete ihren Stiefel. »Und wenn ich jemals wieder so etwas anziehen sollte, erwarte ich von euch, daß ihr mich zum Psychiater bringt. Komm, Delaney.«

Ihre Kabine war dieselbe, die sie auf der Fahrt von Miami belegt hatten, ein kleiner Raum mit Wänden und Fußboden aus nacktem Stahl, einer Koje unter dem Bullauge, die kleiner war als ein normales Doppelbett, und linker Hand einem winzigen Bad. Nicht viel, aber im Vergleich mit den Zelten, in denen sie während der vergangenen drei Wochen meistens geschlafen hatten, schien es ein Zimmer im Hilton zu sein.

Jordan ging zu dem Spiegel, der über der kleinen Kommode hing, und zog die Mullkompresse zurück. »Glaubst du, daß eine Narbe zurückbleiben wird?«

Er setzte sich grinsend aufs Bett. »Vor ein paar Stunden hattest du noch Angst zu sterben.«

Ihr Spiegelbild funkelte ihn an. »Ich meine es ernst, Delaney. Glaubst du es?«

»Nein.« Er breitete die Arme aus. »Komm her.«

»Ich muß unter die Dusche.«

»Dann kommst du danach her?«

»Danach ist es Zeit fürs Abendessen.«

Ihr Lächeln sagte ihm, daß sie Spaß machte. Er erwiderte es und legte sich aufs Bett zurück. »Du könntest auch eine Dusche gebrauchen«, sagte sie.

Er begann sein Hemd aufzuknöpfen, während sie ins Bad ging. »Laß mir da drinnen etwas Platz«, sagte er.

»Es ist eine kleine Dusche«, erwiderte sie, ließ aber die Tür offen.

Jenseits der dunklen Wasserfläche hinter dem Frachter, jenseits der kleinen Hafenstadt, tief im Urwald, nicht weit von der Stelle entfernt, an der die Wissenschaftler sich abgeseilt hatten, gähnte auf halber Höhe eines Berges der breite Eingang einer Höhle. In ihrem Inneren war es dank Dutzender von Fackeln, die von den runden Wänden aus die Mitte beleuchteten, hell wie bei Tageslicht. Der Indianer, der früh am Tag den Fluß überquert hatte, ging ein paar Schritte vor dem großen Indianer mit dem Federschmuck. Ihnen folgten eine junge Frau, die weinend den Kopf gesenkt hielt, und ein kleiner Junge.

Sie passierten einen hohen Käfig aus von Ranken zusammengehaltenen Holzstäben, in dem ein stämmiger, weißbärtiger Mann in zerschlissenen, knielangen Shorts und einem vergilbten T-Shirt stand. Er klammerte sich an zwei Gitterstäbe und verfolgte durch den schmalen Zwischenraum den Aufmarsch. Immer aufs Neue schlossen und öffneten sich seine Hände sich um die Stäbe, die von jahrelanger Berührung schon ganz glatt gerieben waren. Seine Lippen bewegten sich, brachten aber keine Worte hervor. Das Kind sah ihn an und ging auf den Käfig zu. Der Mann lächelte.

Da fuhren zwei lange Pfeile in die Stäbe, die seinem Gesicht am nächsten waren. Er zuckte zusammen und starrte die beiden weiß gestreiften Indianer an, die geschossen hatten und rasch neue Pfeile in ihre Blasrohre steckten. Seine Hände griffen zu und lösten sich, griffen zu und lösten sich. Seine Wange zuckte. Ängstlich suchte das Kind Schutz bei seiner Mutter.

Vor einem zweiten, ähnlichen Käfig in ungefähr zwei Meter Entfernung blieb der große Indianer stehen und drehte sich um. Der Indianer, der ihm vorangegangen war, öffnete die Tür des Käfigs, ging hinein und zog die Tür hinter sich zu. Dann blickte er auf den breiten Höhleneingang zurück, breitete die Arme aus und hob sie weit über den Kopf.

»*Ponton ord rall*«, rief er herausfordernd.

Neben dem Eingang begannen mehrere grauhaarige Frauen an langen, zu Seilen geflochtenen Ranken zu ziehen, woraufhin sich zwei breite hölzerne Torflügel schlossen, die mit dünnen Steinscheiben bedeckte waren. Bald sah der Höhleneingang von außen nicht anders aus als der Rest des felsigen Berghangs, der zu einer von hohen Bäumen gesäumten Kuppe hinaufführte.

Es klopfte leise an die Kabinentür, und Delaney drehte sich von Jordan weg. »Ja?« sagte er.

»Ich bin es«, antwortete Alex.

Jordan schlüpfte aus dem Bett und eilte ins Bad, während Delaney seinen Bademantel anzog und die Tür öffnete.

»Ich wollte nicht allein essen«, erklärte Alex und sah sich in der Kabine um. »Wo ist Jordan?«

»Sie duscht. Was ist mit Paul?«

Alex grinste, als der Frachter heftig schaukelte. »Ein ehemaliger Marineinfanterist. All die tollen Geschichten. Und kaum wird das Wetter ein bißchen rauh, wird ihm schlecht. Er läßt das Abendessen ausfallen.«

Kapitel 4

Das schlechte Wetter blieb ihnen acht Tage lang treu. Kam es einmal vor, daß der schwere Regen länger als ein paar Stunden aussetzte, zog schon kurz darauf eine neue Niederschlagsfront heran. Doch jetzt war der Nachthimmel klar. In der Lücke zwischen den Wolken, die gerade abzogen, und denen, die herangeweht wurden, hing ein heller Mond am Himmel. Delaney lehnte an der Backbordreling und sah auf die im Mondschein schimmernden Wellen hinaus. Er trug Anzug und Krawatte. Jordan hatte ein grünes Trägerkleid angezogen. Die Kompresse war durch ein Pflaster ersetzt worden. Als Alex auf sie zukam, wandte sie sich zu ihm um.

»Kommt Paul nicht?« fragte sie.

Alex schüttelte amüsiert lächelnd den Kopf. »Die Marine hat einen weiteren Verlust zu beklagen. Er wollte nicht einmal aufstehen und die Tür aufmachen.« Ein Blick auf die Wellen verbreiterte sein Grinsen.

»Das ist nicht komisch, Alex.«

»Für mich schon.«

Jordan runzelte die Stirn. »Vielleicht hat er eine Infektion. Immerhin war eine Menge Schmutz in diesem Schnitt. Aber ich habe jeden Tag den Verband gewechselt. Die Hautpartie ist nicht einmal mehr rot. Und er hat kein Fieber.«

Alex grinste immer noch. »Sein Problem ist nicht, daß er rot, sondern daß er grün wird. Und von einer Infektion wird man ganz bestimmt nicht grün.«

Jordan blickte zu den Kabinen. »Am meisten Sorgen macht mir, daß es so lange anhält – oder immer wiederkommt.«

Ungeduldig warf Alex einen Blick auf seine Uhr. »Wollen wir hier stehen bleiben und uns über ihn unterhalten oder zum Kapitänsessen gehen? Paul ist seekrank. Und seine Übelkeit wird anhalten oder wiederkommen solange sich das Deck bewegt.«

Delaney lächelte und bewegte sich in Richtung Kapitänskajüte.

Paul starrte in den Spiegel im Bad seiner Kabine. Schweiß stand auf seiner Stirn und glänzte auf seinem Gesicht. Von neuem überkam ihn die Übelkeit. Ein plötzlicher Schmerz in der Magengrube ließ ihn fast zusammenknikken. Er schaffte es gerade noch, den Kopf über das Toilettenbecken zu halten, bevor er sich wieder übergab.

Jordan ging als erste die steile Treppe hinauf. Der Kapitän, ein kleiner, rothaariger Mann in blauer Uniform, wartete vor seiner Kajüte und lächelte höflich, als Jordan ihn erreichte.

»Sie sind das Team aus Jackson, Mississippi«, stellte er fest. »Dr. Jeffries.«

Jordan erwiderte das Lächeln. »Ja.«

Er begrüßte sie mit seiner einzigen Hand. Die andere fehlte, und der Jackenärmel war über dem Stumpf gefaltet und zusammengeheftet. »Sehen Sie«, sagte er strahlend, »ich habe mich erinnert, ohne erst in der Liste nachsehen zu müssen. Bei jemandem, der so schön ist wie Sie, fällt das allerdings auch nicht schwer.«

»Haben Sie vielen Dank.«

Er führte ihre Hand an den Mund und küßte sie. Dann wendete er sich an Alex. »Und Sie sind der männliche Dr. Jeffries oder –«

»Alex Brister.«

»Dr. Brister also. Angenehm.« Er schüttelte Alex die Hand. Anschließend war Delaney an der Reihe, und der Kapitän begrüßte auch ihn. »Und Sie sind …«

»Der männliche Dr. Jeffries«, ergänzte Delaney.

»Sind Sie nicht zu viert?«

»Der Marineinfanterist«, informierte ihn Alex ironisch, »ist seekrank.«

Jordan sah ihn finster an.

Der Kapitän blickte auf die am Schiff entlangrollenden Wellen. »Es tut mir leid, daß ich meine Einladung nicht auf einen besseren Zeitpunkt legen konnte. Aber ich möchte alle Teams einmal zum Abendessen bei mir haben, und es sieht so aus, als würde uns das Wetter keine Pause gönnen.« Damit trat er einen Schritt zurück und wies mit einer Geste auf die offene Tür hinter sich.

Die Kajüte machte einen überraschend freundlichen Eindruck. Die Stahlwände waren beige gestrichen, während die Decke, einschließlich der unter ihr befindlichen Rohre, in einem weichen Weiß abgesetzt waren. Auch der Teppich war weiß und flauschig. Die Mitte des Raums wurde von einem großen Mahagonitisch beansprucht, auf dem das Essen schon bereitstand. Trotzdem blieb noch genügend Platz für einen Sessel, der neben einer Leselampe in der einen Ecke stand, und für ein Rollpult in der anderen. Ein schmaler Durchgang auf der gegenüberliegenden Seite des Raums führte, wie Delaney vermutete, in die Schlafkabine des Kapitäns.

Paul lag rücklings auf dem Bett, die Augen vor Schreck geweitet über seine eigenen Gedanken. Er versuchte sie zu verdrängen. Doch dann ließ ihn der Schmerz zusammenfahren. Er rollte sich stöhnend zusammen und drückte das Gesicht fest gegen die Knie.

»Sie haben also am Amazonas Pflanzen gefunden und wollen Arzneimittel daraus herstellen?« fragte der Kapitän.

»So könnte man sagen«, antwortete Jordan. »Pflanzen sind die ursprünglichen Lieferanten vieler Arzneimittel – der Fingerhut liefert Digitalis, Schimmelpilze Penicillin, Streptomycin und Aureomycin. Die Idee, aus Pflanzen Arzneimittel zu gewinnen, stammt aus alten Überlieferungen, in denen Medizinmänner Pflanzen kauen und auf Wunden spucken oder in einen Heiltrank mischen. Es läßt sich nicht sagen, wie sie herausgefunden haben, was wirkt und was nicht. Aber eine Menge ihrer Mittel tun es. Seither testen Wissenschaftler ständig neue Pflanzen auf ihre Heilkraft.«

»Auf Wunden spucken?« echote der Kapitän.

Jordan grinste. »Nun, das ist ein bißchen drastisch ausgedrückt, gibt Ihnen aber ein gutes Bild davon.«

Paul übergab sich mit schmerzverzerrtem Gesicht ins Toilettenbecken, und als seine geschwollenen Augen das Licht der Nachttischlampe auffingen, wurden die Schmerzen noch schlimmer.

Sein Gesicht verzog sich erneut. Diesmal aber aus Wut. Er sprang auf die Füße und rannte in die Kabine, um die Lampe gegen die Wand zu werfen.

Als er sah, was er angerichtet hatte, begann sein Mund zu zittern. Er blickte zur Koje hinüber – auf die dort ausgebreiteten Notizblätter, auf denen er festzuhalten versucht hatte, was mit ihm vorging. Während er sie anstarrte, rann eine Träne über sein zerfurchtes, gebräuntes Gesicht. Dann warf er sich plötzlich aufs Bett, zerknüllte eins der Blätter in der Faust und vergrub schluchzend das Gesicht in der Bettdecke.

Delaney und Jordan trennten sich am Fuß der Treppe zur Kapitänskajüte von Alex, der zu seiner Kabine ging, während sie an die Reling traten. Der Mond war inzwischen verschwunden, und die Wellen türmten sich noch höher auf als vor dem Essen. Bisweilen leuchtete im Lichtschein der Laternen des Frachters das phosphoreszierende Weiß einer brechenden Welle auf. Delaney nahm Jordan in den Arm.

Plötzlich wurde das Schiff auf eine hohe Woge gehoben, um gleich darauf wie ein rasendschneller Fahrstuhl abwärts zu sausen.

»Mein Gott«, stieß Jordan hervor und hielt sich den Bauch. »Ich hätte diesen Nachtisch nicht essen sollen.«

Delaney lächelte. Feuchtigkeit schlug gegen sein Gesicht. Zuerst hielt er es für die Gischt einer Welle, die gegen den Frachter gekracht war, aber es hatte angefangen zu regnen. Einen Augenblick später war der Regen zu einem Guß angewachsen, und sie hasteten zu ihrer Kabine.

Unten im Bauch des Schiffes war das Rollen weniger ausgeprägt als auf den höhergelegenen Decks. Aber die Hitze und der ständige Krach der Dieselmotoren machten es – zumindest nach Ansicht des dort arbeitenden untersetzten, kahlköpfigen Maschinisten – trotzdem zum unangenehmsten Ort an Bord.

Und nun war da auch noch ein ungewöhnliches Geräusch. Das scharfe Kratzen von Metall auf Metall. Laut genug, um die anderen Geräusche zu übertönen.

Der Maschinist drehte sein mit Schweiß und Öl verschmiertes Gesicht in Richtung des trübe beleuchteten stählernen Gangs zwischen den großen Kisten, die auf beiden Seiten fast bis zum oberen Deck gestapelt waren. Sie waren sicher vertäut worden, das wußte er genau. Es war seine Aufgabe gewesen, beim Verladen dafür zu sorgen. Trotzdem entschloß er sich, es noch einmal zu überprüfen. Wenn sich ein Teil der Ladung löste, konnte sowohl sie selbst als auch das Schiff beschädigt werden. Er ging den Gang entlang, musterte jede einzelne Kiste und überzeugte sich, daß die Taue oben wie unten sicher befestigt waren.

Dann hörte er abermals das Geräusch.

Diesmal achtete er genauer darauf. Es kam aus der Nähe des Hecks, aus einem im Dunkeln liegenden Bereich, wo eine der Glühbirnen kaputtgegangen war.

Da war es wieder. Ein scharfes metallisches Geräusch – fast so, als hätte jemand mit einem Rohr gegen die stählernen Spanten geschlagen. Er kniff die Augen zusammen und beschleunigte seinen Schritt.

Wenig später hatte er den dunklen Teil des Gangs erreicht und verschwand darin.

Einige Sekunden war nichts zu hören außer den Motoren und den Schiffsgeräuschen.

Dann erscholl ein schriller Schrei.

Kapitel 5

Als die Sonne aufging, war zwar das Meer immer noch aufgewühlt, aber der Regen hatte aufgehört. Alex stapfte leicht schwankend zum Bug. Delaney, der neben Jordan mit aufgestützten Ellbogen an der Reling lehnte, sah ihm lächelnd entgegen. Alex' Hose und das weiße Hemd sahen aus, als hätte er in ihnen geschlafen. Seine kurzen Haare waren stumpf und ungekämmt und hingen an den Seiten herunter.

»Wie ist es dir letzte Nacht ergangen?« erkundigte sich Jordan mit einem Lächeln.

Alex stellte sich zwischen sie und Delaney, beugte sich über die Reling und starrte sehnsüchtig in Richtung Miami. »Keine Witze mehr über Marineinfanteristen«, versprach er. »Ich wäre letzte Nacht fast gestorben. Ist es hier draußen jemals ruhig?«

Jordan lächelte mitfühlend. »Jetzt weißt du, wie Paul sich fühlt.«

»Da wir gerade vom Teufel sprechen«, warf Delaney ein. Paul kam auf sie zu, und er sah wesentlich besser aus als Alex. Tatsächlich wirkte er überhaupt nicht krank.

»Das ganze war wohl nur ein Schwindel, was?« fragte Jordan. »In Wirklichkeit hast du eine Diät gemacht, damit wir alle alt aussehen, stimmt's?«

»Ich ein Schwindler?« entgegnete Paul.

Sein Ton ließ Delaney aufhorchen, und Jordans Gesicht wurde ernst.

Paul schüttelte den Kopf. »Himmel, sogar ein Windhauch versetzt mich in Wut darüber, wie ich mich gefühlt habe. Tut mir leid.«

Jordans Lächeln kehrte zurück.

Auch Paul konnte sich das Schmunzeln nicht verkneifen, als er Alex betrachtete. »Was fehlt dir denn?« fragte er.

»Entschuldige, daß ich dich verspottet habe«, sagte Alex. »Du weißt gar nicht, wie sehr es mir leid tut.«

»Wie wäre es mit Frühstück?« fragte Paul, dessen Lächeln sich zu einem Grinsen ausgewachsen hatte. »Wie ich höre, gibt es heute morgen Eierkuchen mit Sirup. Vielleicht Biskuit und Soße.«

Alex schloß angewidert die Augen.

Jordan schüttelte den Kopf. »Müßt ihr eigentlich immer aufeinander herumhacken?«

»Halt ihn auf, Jordan«, bat Alex.

Sie musterte Paul. »Du siehst heute viel besser aus.«

»Ja, von meiner Launenhaftigkeit mal abgesehen, bin ich wieder der alte. Hoffe ich.«

Delaney bemerkte, wie ein Besatzungsmitglied die Treppe zur Brücke hochhastete und zu dem auf der Beobachtungsplattform stehenden Kapitän eilte. Ein zweiter Seemann folgte ihm. Er hatte ein Fernglas in der Hand, und ein zweites hing um seinen Hals. Nachdem er dem anderen Seemann das überzählige Fernglas gegeben hatte, traten sie beide an die Reling der Brücke.

»Delaney«, sagte Jordan, »wir wenden.«

In der Tat schwenkten sie nach Westen zurück, so daß sie die Wellen im spitzen Winkel schnitten, statt sie direkt zu durchpflügen. Delaney machte sich unverzüglich auf den Weg zur Brücke.

Jordan holte ihn ein, als er den Niedergang erreicht hatte. »Was ist los?« fragte sie.

»Ich weiß es nicht.«

Der Kapitän wandte sich zu ihnen um, als sie auf ihn zukamen. Sie brauchten gar nicht erst zu fragen. »Ein Besatzungsmitglied wird vermißt«, erklärte er. »Das Schiff haben wir schon durchsucht. Er muß in der Nacht über Bord gespült worden sein.«

In den Tiefen des stampfenden Schiffs zog sich eine große Ratte, der eine Hinterpfote fehlte, unter Schwierigkeiten an einem Ledergurt hinauf, der drei übereinandergestapelte breite Kisten zusammenhielt. Unterhalb der Oberkante der dritten Kiste verharrte sie für einen Augenblick, hob den Kopf und schaute, die lange Schnauze langsam vor- und zurückschiebend, mit zitternden Barthaaren über den Rand.

Plötzlich hielt die Schnauze inne, die Barthaare zitterten heftiger, und die schwarzen Knopfaugen starrten auf die Gestalt, die in den schmalen Spalt zwischen der Kiste und dem Deck gezwängt worden war.

Eine Vorderpfote löste sich von dem Ledergurt und griff über die Kante der Kiste. Nachdem sie ihre Krallen in das weiche Holz geschlagen hatte, zog die Ratte ihren dicken Körper nach. Auf der Kiste angekommen, kroch sie vorsichtig auf das Objekt zu.

Wenige Augenblicke später legte sie, vom Geruch des Todes ermutigt, ihre Barthaare zurück, öffnete das Maul, schlug ihre gebogenen, schmutziggelben Zähne in das weiche Fleisch einer Wange und begann daran zu zerren.

Jordan blickte zu den Seemännern, die in der Hoffnung, das vermißte Besatzungsmitglied zu entdecken, durch die Ferngläser spähten.

»Wir haben Ferngläser in unseren Ausrüstungskisten«, sagte sie. »Wir könnten helfen.«

Delaney nickte.

Jordan wandte sich von der Reling ab. »Ich gehe sie holen.«

»Ich komme mit«, sagte Paul.

Am Niedergang zu den Laderäumen hielt Paul die Stahlluke auf, während Jordan über die erhöhte Schwelle die Treppe betrat. Dann zog er die Luke hinter sich zu.

»Jordan.«

Sie blieb stehen und sah sich nach ihm um.

»Mein Ton von vorhin tut mir leid.«

»Ich möchte nicht wissen, was ich für eine Laune hätte, wenn ich so lange seekrank gewesen wäre wie du.« Sie schickte sich an, die Treppe weiter hinunterzugehen.

»Nein, das war nicht der Grund. Eigentlich warst du es. Du weißt, was ich schon immer für dich empfunden habe – von Anfang an.«

Sie sah ihn an, während er fortfuhr: »Nur weil es nicht funktioniert hat ... Ich meine, du warst wenigstens immer in der Nähe. Als du im Hubschrauber warst und ich dachte, du würdest ... Es hat mich fast umgebracht, daß ich nicht fähig war, mit dir zu reden.«

Sie betrachtete ihn einen Augenblick, dann lächelte sie sanft. »Ich danke dir, Paul.« Nach kurzem Schweigen kam dann ihre freundliche Aufforderung: »Wir sollten jetzt lieber die Ferngläser holen.« Damit drehte sie sich um und ging die Treppe hinunter.

Kapitel 6

Als Delaney die Gangway im Flughafen von Jackson, Mississippi, hinunterging, sah er hinter dem Wartebereich seine beiden Kinder und Jordans Eltern stehen. Missey riß sich von Mr. und Mrs. Daniels los und rannte mit wehendem Kleid auf ihn zu. Er beugte sich vor, um sie in die Arme zu nehmen und herumzuschwingen.

»Papa«, sagte sie, »ich bin zu groß dafür.«

»Meinst du, zu dick oder zu alt?«

Sie kniff ihre blauen Augen zusammen und blies eine blonde Locke aus der Stirn. »Papa«, antwortete sie in ihrem ernstesten Tonfall, »ich bin nicht dick.«

»Sieben ist aber auch nicht zu alt. Um dich herumzuschwingen, wirst du für mich nie zu groß oder zu alt sein.«

»Wahrscheinlich tut dir jetzt schon der Rücken weh«, vermutete sie, während sie mit seiner Krawatte spielte.

Ryder, zwei Jahre alt und gekleidet in braune Shorts und ein weißes Hemd, hatte aufgehört, Jordan zu umarmen und sah nun erwartungsvoll zu ihm hoch. Also griff er nach unten, nahm den lächelnden Jungen in den anderen Arm und hob ihn ebenfalls hoch. »Siehst du, ich kann euch beide gleichzeitig hochheben.«

Als ihre Eltern auf Jordan zutraten, um sie zu begrüßen, setzte er die beiden wieder auf dem Fußboden ab.

Mr. Daniels streckte ihm die Hand entgegen, und Delaney schüttelte sie. Dann umarmte er Mrs. Daniels.

»Haben die Kinder euch irgendwelche Schwierigkeiten gemacht?« fragte Jordan.

Mrs. Daniels schüttelte den Kopf. »Was für eine Frage! Es war die reinste Freude. Aber wir sind froh, daß ihr zurück seid. Wir haben euch so vermißt.« Sie blickte auf den winzigen Schnitt an Jordans Hals und verzog das Gesicht. »Und das da hat uns fast zu Tode erschreckt, als wir davon erfuhren.«

Jordan berührte die Stelle mit einem Finger. »Dabei lief es auf nicht mehr als ein Pflaster und eine Tetanusspritze hinaus. Es mußte nicht einmal genäht werden.«

»Du spielst es herunter«, erwiderte Mrs. Daniels.

Delaney schmunzelte. »Ich kann euch versichern, daß sie es, als es geschah, nicht so leicht genommen hat.«

Wenige Minuten später verstaute Delaney den letzten Koffer im Gepäckraum ihres Autos, zog seine Jacke aus und legte sie auf die Koffer. Dann ging er um das Auto herum zur Fahrertür.

Während er den Wagen aus der Parklücke zurücksetzte, sah Jordan auf ihrer Seite aus dem Fenster. »Da ist Paul«, sagte sie.

Das Jackett über die Schulter gelegt und den Schlips gelockert, stand er am Straßenrand vor dem Flughafengebäude.

»Hast du bemerkt, daß Beth ihn nicht abgeholt hat?« fragte Jordan. »Ich weiß nicht, ob er sie heiraten sollte. Sie hat zwar nichts gesagt, aber ich glaube, sie war ziemlich wütend, daß wir mitten in den Hochzeitsvorbereitungen zu unserer Expedition aufgebrochen sind.« Oder ob sie gut beraten ist, ihn zu heiraten, fügte sie in Gedanken hinzu. Nach dem, was Paul ihr auf dem Schiff anvertraut hatte – *du weißt, was ich schon immer für dich empfunden habe – von Anfang an.*

Kaum zu glauben, wie sehr es sie überrascht hatte. Seit ihrer Trennung hatte Paul sie nicht einmal mehr freundschaftlich umarmt. Und dann plötzlich so ein Geständnis – und dabei hatte er ihr in die Augen gesehen wie früher. Sie hätte es wissen müssen, die ganze Zeit über, gerade weil er so zurückhaltend war. Sie sah über die Schulter zurück.

Missey lehnte sich zwischen ihr und Delaney nach vorn. »Ich habe euch schrecklich vermißt«, sagte sie.

Jordan lächelte. »Wir dich auch, Schätzchen.«

Auch Ozzie, Misseys dunkelbraun und schwarz gefleckter Boxer, freute sich, sie wiederzusehen. Mit dem Beobachten seines ständigen Verlangens herumzutollen und ihrem eigenen aussichtslosen Unterfangen, alles nachzuholen, was die Kinder vermißt hatten, verging das Wochenende wie im Flug. Delaney bedauerte besonders, daß er nicht die Zeit gefunden hatte, seine alte Cessna in die Luft zu bringen. Das hatte er sich eigentlich vorgenommen – seine Art der Entspannung, wenn andere eine Runde Golf spielen.

Am Sonntagabend fanden sie endlich Zeit für sich allein. Delaney half Jordan dabei, ein Tablett mit zwei Gläsern, Chips und Käse in den Hof vor ihrem Haus zu tragen. Obwohl nur dreieinhalb Meter lang und zwölf Meter breit, genoß er diesen Bereich des Hauses mehr als jeden anderen. Er liebte es, abends dort zu sitzen, während die Gaslampe über der Tür flackernde Schatten auf die cremefarbenen Wände und die eingetopften Farne warf. Es erinnerte ihn an den Hof, den sie auf ihrer Hochzeitsreise in Acapulco gehabt hatten. Irgendwie überkam ihn hier immer das Gefühl, als würde er es sich an irgendeinem exotischen Erholungsort gutgehen lassen.

»Es ist ein herrlicher Abend«, sagte Jordan, als sie sich auf den gepolsterten Eisenstuhl neben Delaneys gesetzt hatte und zum Vollmond und zu den blinkenden Sternen hochschaute. Sie legte die Beine übereinander, so daß ihr Rock ihre nackten Beine hinaufrutschte. Delaney nahm seine Bloody Mary vom Tablett und nippte daran.

»Habe ich sie richtig gemacht?«

»Hm.« Das machte sie immer. Wie üblich hatte sie ein Glas Orangensaft in der Hand. So war es, seit sie verheiratet waren: Abends gab es Orangensaft für sie und eine Bloody Mary für ihn, genauso wie es morgens Orangensaft für sie und Kaffee für ihn gab. Sogar ihr Musikgeschmack blieb verschieden. Seiner hing hauptsächlich von der Tageszeit ab. Beim Frühstück mochte er ruhige, langsame Musik, während sich das Tempo später am Tag erhöhte. Doch gleich am ersten Morgen ihrer Ehe hatte das Radio das schnelle »Joy To The World« geplärrt, als er in die Küche kam, wo sie das Frühstück zubereitete. Dabei war es nicht einmal sieben Uhr gewesen.

Was unterschied sie noch? Er lächelte. Eine Menge. Ihre Liebe zur Forschung gehörte zu den wenigen Dingen, in denen sie übereinstimmten. Zehn lange Jahre der Gegensätze. Zehn der besten Jahre seines Lebens. Und dann hätte er sie an ihrem letzten Tag in Brasilien beinah an einen verdammten Wilden mit einem Pfeil verloren.

Ihre Stimme riß ihn aus seinen Gedanken, und er mußte einen Augenblick überlegen, um sich zu erinnern, was sie gesagt hatte. »Nun, morgen geht die harte Arbeit los. Wir haben genug Proben verschifft, um jeden im Labor auf Monate hinaus zu beschäftigen.«

Er nickte. »Vorausgesetzt, Carol hat die Nährböden fertig.«

Jordan lächelte. »Wann hatte Carol jemals etwas nicht vorbereitet?«

»Stimmt«, pflichtete er ihr bei. »Ich sollte mir wohl eher über tote Assistenten Gedanken machen, die Carols Befehlen nicht schnell genug nachgekommen sind.« Er blickte auf seine Uhr, während Jordan einen Schluck Orangensaft trank. Keiner von beiden bemerkte Misseys Augen, die durch einen Spalt in der Gardine vor den französischen Fenstern auf den Hof hinausspähten.

Jetzt drehte sie sich um und sagte zu dem neben ihrem Bett wartenden Boxer: »Der Weg ist versperrt.«

Ozzie schaute an ihr vorbei auf die Gardine, aber Missey hob ihr Nachthemd über die Knie und legte sich wieder hin. »Sie werden bald schlafen gehen«, versicherte sie.

Also kroch auch Ozzie an seinen angestammten Platz unter ihrem Bett. Ryder schlief ruhig in seinem weiter, das näher am Bad stand.

Nach einem Moment gähnte Missey und hielt den Handrücken vor den Mund. »Ich bin ziemlich müde, Ozzie«, sagte sie. »Vielleicht warten wir bis morgen abend, wenn du nichts dagegen hast.«

Ozzie steckte seinen braunschwarz gefleckten Kopf unter der vom Bett herabhängenden Decke hervor. Als Missey aber nichts mehr sagte, zog er ihn wieder zurück und legte sich ebenfalls schlafen.

Im Hafen von Miami ging das Entladen des Frachters, der das Expeditionsteam aus Brasilien zurückgebracht hatte, in grellem Scheinwerferlicht weiter. Durch die breiten Ladeluken in der Bordwand des Schiffs transportierten Gabelstapler und Motorkarren Kisten voller Proben und Ausrüstungsgegenstände hinaus. Ein riesiger Kran erhob sich hoch über den Frachter und ließ dicke Seile in einen Laderaum im Heck hinunter.

Im Innern des Laderaums erledigten die Hafenarbeiter

im Licht von gittergeschützten Glühbirnen eilig ihre Aufgaben. Nur ein Bereich des untersten Decks, wo in der Nähe des Hecks eine Glühbirne durchgebrannt war, lag im Dunkeln. Aus diesem Teil des Ganges war jetzt das hastige Trippeln von kleinen Pfoten zu hören. Einen Augenblick später schoß eine große, blutverschmierte Ratte ins Licht hinaus und sprang in einen Hohlraum, der von zwei großen Kisten gebildet wurde, die weiter hervorstanden als die Kiste dazwischen. Sie rannte zur Rückseite des schmalen Hohlraums, hüpfte hoch und krallte sich an einem Gurt an der Vorderseite der kleineren Kiste fest.

Hinter ihr sprang eine größere, durch das Fehlen der rechten Hinterpfote behinderte Ratte vom Gang in den Hohlraum und von dort auf den Rücken der anderen Ratte. Die am Gurt hängende Ratte quiekte und ruckte mit dem Kopf hin und her, während sich scharfe, gebogene, schmutziggelbe Zähne in ihren Nacken schlugen. Einen Augenblick konnte sie sich noch an dem Gurt festhalten, dann fiel sie, erschwert durch das Gewicht der Ratte auf ihrem Rücken, auf den Fußboden.

Es war in wenigen Sekunden vorbei. Teile von dunklem, blutverschmiertem Fell flogen über den Stahlboden und unter die Kisten. Aber die verkrüppelte Ratte hörte nicht auf, sondern fuhr fort, ihre Artgenossin zu zerfetzen, bis sie ganz in blutige, faserige Stücke zerrissen war.

Nur dreißig Meter entfernt nahm ein dicker, kahlköpfiger Seemann, mit dem Rücken zu dem Blutbad stehend, einen letzten Zug aus seiner Marihuanakippe, bevor er sie in der Hand ausdrückte und in die Jeanstasche steckte. Er wartete, bis das Seil, das zu ihm herabgelassen wurde, stoppte, dann befestigte er es an einer Palette mit weiteren Kisten, die aus dem Schiff entladen werden sollten.

Als er fertig war und zurücktrat, hob er ein Walkie-talkie an den Mund und sagte: »Hoch damit.«

Das Seil spannte sich, und die Last hob sich, leicht geneigt und schaukelnd, vom Boden des Laderaums. Der Seemann machte einen Schritt nach vorn und blickte forschend zur Ladeluke hinauf, um sich zu vergewissern, daß die verkantete Last durch die Öffnung paßte.

In diesem Augenblick rollte ein Körper von den Kisten und stürzte mit ausgebreiteten Armen wie ein Fallschirmspringer auf ihn zu.

Kapitel 7

Delaney schob sich im ersten Morgengrauen aus dem Bett und zog einen alten Trainingsanzug an, um ein paar Kilometer entlang des Golfplatzes hinter seinem Haus zu joggen. Eine Stunde später brachten sie Missey zu ihrer Schule in Northwest Rankin und lieferten Ryder bei Jordans Eltern in Mill Creek ab. Dann fuhren sie die wenigen Kilometer nach Jackson zur medizinischen Fakultät der Universität von Mississippi, einem weitläufigen Komplex mit Gebäuden für Lehre, Forschung und Krankenbehandlung auf einem sechzehn Hektar großen hügeligen, bewaldeten Gelände nordöstlich der Kreuzung von Woodrow Wilson und State Street.

Delaney parkte auf seinem reservierten Platz im Norden des Komplexes und ging mit Jordan über die Asphaltstraße zum Pflanzenforschungsinstitut zurück, einem zweistöckigen Gebäude unweit des sehr viel höheren Universitätskrankenhauses.

Ein Stapel kleiner Behälter mit Proben aus dem Regenwald war bereits aus Miami eingetroffen und im Flur vor der Labortür abgestellt worden. Carol, die füllige, dunkelhäutige Figur in eine enge Jeans und ein Sweatshirt mit dem Aufdruck ALCORN STATE gezwängt, schob einen kleinen Wagen voller Petrischalen mit Glasdeckeln den Flur entlang.

»Die letzten inokulierten Nährböden«, erklärte sie, als sie vor Delaney und Jordan stehenblieb. Dann strich sie sich eine Locke ihrer dichten schwarzen Haare aus der Stirn und wies mit einer Kopfbewegung auf die an der Wand stehenden Probenbehälter. »Wir haben kaum genug Kühlkapazität für den Stapel da. Aber aus den Frachtpapieren geht hervor, daß er nur ein Drittel dessen darstellt, was wir vom Schiff bekommen werden. Ich werde mit ein paar anderen Labors reden, ob sie uns nicht vorübergehend etwas Platz in ihren Kühlräumen überlassen können.«

Delaney nickte. »Teilen Sie mir mit, was dabei herauskommt. Sonst müßten wir irgendwo anders Kühlraum anmieten. Bis Mittwoch muß ich es wissen. Dann werden die restlichen Proben hergeflogen.«

Carol nickte. »Bis heute nachmittag haben Sie Bescheid.«

Im Labor gingen sie zu einem langen Tisch rechts neben der Tür, dem ersten einer Reihe von ähnlichen, die Breite des Raums einnehmenden Möbelstücken. Alle waren ausgestattet mit Spülbecken aus Edelstahl und übersät mit diverser Laborausrüstung, von simplen Bunsenbrennern und Lichtmikroskopen bis zu neuesten High-Tech-Geräten.

Die an den Tischen stehenden jungen Assistenten umkreisten Delaney, als er begann, ihnen die Vorgehensweise zu erläutern. Zuerst mußten die Proben katalogisiert und numeriert werden. Dann sollten sie in ihre Teile zerlegt werden – so z. B. Grünpflanzen in Stamm, Blätter und Wurzeln, wohingegen für Pilze und verschiedene andere Proben ähnliche Aufteilungen vorgesehen waren. Nachdem diese Teile Unter-nummern erhalten hatten, würden sie in kleinere Teile zerlegt werden, die ihrerseits Unternummern bekämen. Es waren ausreichend Proben vorhanden, um sowohl die Standardtests als auch einige spezielle, von Jordan entwickelte Untersuchungen durchzuführen. Danach würde immer noch genügend Material übrigbleiben, das benutzt werden könnte, wenn sich etwas Vielversprechendes ergab. Es dauerte fast zwei Stunden, bevor sie Carol und den Assistenten die Arbeit überließen und in ihr Büro gingen.

Auf Delaneys Schreibtisch lag eine Nachricht von Mrs. Adkins, der Mutter von Pauls Verlobter. Sie war mit WICHTIG markiert. Also wählte Delaney sofort die angegebene Nummer.

Mrs. Adkins nahm beim ersten Klingelzeichen ab. »Oh, Delaney. Ich bin so froh, daß Sie anrufen. Haben Sie Beth gesehen?«

»Nein.«

Sie stieß einen traurigen Seufzer aus. »Delaney, ich fange wirklich an, mir Sorgen um sie zu machen. Am Freitag, als Sie angekommen sind, mußte sie geschäftlich hier in New Orleans sein. Aber als das erledigt war, fuhr sie sofort los. Am Sonnabend rief Paul jedoch an und sagte, daß sie nicht angekommen sei. Seitdem haben wir beide nichts von ihr gehört. Ich habe gestern abend und heute vormittag versucht, bei Ihnen anzurufen, aber Ihr Anschluß war ständig besetzt. Er muß kaputt sein.«

»Nein, er ... Sie sagen, sie sollte ihn am Freitag treffen?«

»Ja. Sie sagte, sie würde gegen einundzwanzig Uhr nach Jackson zurückkehren. Delaney, ich bin wirklich beunruhigt. Haben Sie Paul heute vormittag gesehen?«

»Ich nehme an, er gibt eine Vorlesung.«

»Er sagte, er würde seine Stunden absagen, bis sie angerufen hat. Aber er ist nicht zu Hause. Ich bekomme dort keine Verbindung mehr.« Mrs. Adkins unterbrach sich für einen Moment. »Er hat mir geraten, sie als vermißt zu melden. Er würde das gleiche in Jackson tun. Delaney, ich habe schreckliche Angst, daß sie einen Autounfall gehabt hat. Ich muß dauernd daran denken, daß sie irgendwo am Rand des Highways im Gebüsch liegt, wo niemand sie sieht. Was soll ich nur ...«

Er hörte, wie ihre Stimme brach und sie leise zu weinen anfing, und schloß die Augen. »Ich bin sicher, es wird sich als etwas ganz Harmloses herausstellen, Mrs. Adkins.«

»Ich habe solche Angst, Delaney.«

Er bemerkte Jordans besorgten Blick und schüttelte den Kopf. »Beth – vermißt«, formte er mit den Lippen. Dann sagte er ins Telefon: »Mrs. Adkins, ich werde Paul suchen und sehen, ob er schon etwas gehört hat. Dann melde ich mich wieder bei ihnen.«

Er legte den Hörer auf, hob ihn jedoch sofort wieder hoch und tippte Pauls Nummer ein, während er Jordan sein Gespräch mit Mrs. Adkins wiedergab.

»Missey«, sagte Jordan. »Ich wette, sie hat den Hörer abgenommen, damit man uns nicht früher zur Arbeit rufen konnte.« Sie schüttelte den Kopf. »Ich werde nicht mehr arbeiten gehen. Punktum. Es ist zu hart für sie.«

Pauls Anschluß war besetzt. Delaney versuchte es ein zweites und drittes Mal, aber mit dem gleichen Resultat. Dann sah er zu Jordan. »Ich denke, ich fahre einmal hinüber.«

Jordan begleitete ihn.

Zwanzig Minuten später bogen sie in Pauls Straße im Nordosten von Jackson ein. Sein Auto stand nicht in der Einfahrt des kleinen, roten Backsteinhauses, und beide Garagentore waren zu. Auch die Haustür war verschlossen. Also ließ Delaney an der Tür eine Nachricht zurück, die Paul aufforderte, ihn anzurufen.

»Was jetzt?« fragte Jordan.

Er wußte es nicht. Was war die richtige Vorgehensweise? Was würde er tun, wenn seine Tochter als vermißt gälte? *Verrückt werden, wahrscheinlich!* Der bloße Gedanke ließ ihn schaudern.

Am Abend sagten sie Missey, daß sie einen sehr wichtigen Anruf erwarteten, und erklärten ihr, worum es ging. Sofort trat ein besorgter Ausdruck in ihre Augen, der Delaney daran erinnerte, wie ähnlich sie ihrer Mutter war.

Sie hatten bereits bei Mrs. Adkins zurückgerufen, aber auch sie hatte nichts Neues gehört. Pauls Anschluß war ständig besetzt, obwohl nach Auskunft der Telefongesellschaft niemand in der Leitung war.

Jordan schüttelte den Kopf. »Es überrascht mich, daß Alex uns noch nicht angerufen hat. Inzwischen müßte er gehört haben, daß Beth vermißt wird, und auch schon bei Paul drüben gewesen sein. Er sagte, er sei in den letzten Tagen seekrank gewesen, aber ich weiß nicht. Ich bin auch nicht überzeugt, daß mit Paul schon wieder alles in Ordnung ist, auch wenn er kein Fieber hat. Vielleicht hat sich Alex mit demselben Virus angesteckt.« Sie hielt inne und zuckte die Achseln. »Aber so wie ich Alex kenne, hätte er, wenn es ihm immer noch schlechtgehen würde, bestimmt schon angerufen, damit ich zu ihm komme und ihn untersuche.«

Delaney schmunzelte in sich hinein. Es war kein Witz. Nach dem Tod seiner Eltern hatte Alex, das Einzelkind, Jordan als die Schwester adoptiert, die er immer gewollt hatte. Alex war es auch, der sie Delaney damals vorstellte. »Diese neue Ärztin, die hier in der Forschung arbeiten soll«, hatte er gesagt, »nun, ich habe sie gerade getroffen. Du wirst deinen Augen nicht trauen.«

Genauso war es gewesen. Aber Paul hatte sie schon vor ihm kennengelernt, wenn auch nur einen Tag eher, als sie sich die Fakultät ansah, nachdem sie die Stelle angenommen hatte. Trotzdem bedeutete dieser Vorsprung unter Freunden, daß Paul als erster sein Claim abgesteckt hatte. Doch wie es so ist, hatte es sich herausgestellt, daß Paul und Jordan einfach nicht füreinander bestimmt waren. Für ihn, Delaney, war Jordan die richtige gewesen, genauso wie er für sie. Das war ihnen beiden schon klar gewesen, noch bevor sie und Paul sich getrennt hatten. Zwölf Jahre war das jetzt her, und es war das einzige, was sie beide jemals vor Paul geheimgehalten hatten. So ein guter Freund war er – für sie beide.

Delaney sah auf seine Uhr. »Ich glaube, ich fahre kurz zu Paul hinüber, um zu sehen, ob er da ist.«

Jordan nickte.

Wenig später setzte Delaney ihr Auto aus der Garage zurück, fuhr die Straße an dem kleinen Park entlang und bog an ihrem Ende auf die Hauptstraße ein, die aus dem Vorort herausführte.

Einige Minuten darauf fuhr ein weißer Taurus in die Straße hinein und hielt am Park an.

Delaney fand Pauls Haus dunkel vor. Die Garagentore waren immer noch zu und die Haustür verschlossen, obwohl die Nachricht, die er an sie geheftet hatte, verschwunden war. An einer Telefonzelle stoppte er und rief zu Hause an. Jordan hob beim ersten Klingeln ab.

»Hast du schon etwas gehört?« fragte er.

»Nein«, antwortete sie. »War Paul nicht zu Hause?«

»Sein Auto ist immer noch weg, aber er muß hier gewesen sein. Er hat meine Nachricht abgenommen.« Er blickte auf seine Uhr. »Ich werde die Krankenhäuser anrufen. Er könnte Beth in einem gefunden haben.«

»Sei vorsichtig.«

Ihm war klar, daß sie die Furcht vor dem, was Beth

möglicherweise passiert war, auf ihre eigene Familie übertrug – genauso wie er es tat.

»Du auch. Prüfe nach, ob die Haustür abgeschlossen ist.«

In einem Haus in Castlewoods beobachtete ein Mann durchs Fenster den weißen Taurus, bevor er zu den Schaltern neben der Haustür ging, das Licht im Hof einschaltete und zum Fenster zurückrannte. Die dunkle Gestalt in dem Auto sah in seine Richtung. Dann löste sich das Auto vom Bordstein und fuhr weiter die Straße hinunter zu den schmalen, fast wie Reihenhäuser aneinanderstoßenden Anwesen, die dort standen.

Als sich das Auto der Stuckmauer von Delaneys und Jordans Haus näherte, verlangsamte es das Tempo. Der Fahrer starrte durch das schmiedeeiserne Tor in den kleinen Vorhof und entdeckte hinter der Glastür ihres Zimmers Missey, die ihrerseits ihn beobachtete.

Plötzlich durchfuhr ein stechender Schmerz seinen Bauch, und er beugte sich ruckartig vor und betätigte versehentlich die Hupe. Da trat er aufs Gaspedal und raste davon.

Als Jordan die schrille Hupe hörte, runzelte sie die Stirn und stand auf, um zur Haustür zu gehen.

Im Flur traf sie auf Missey, barfuß und in einem langen Baumwollnachthemd. »Es war ein Auto«, berichtete Missey. »Es hat fast angehalten. Aber nur fast.«

»Gut, danke, Schatz. Aber jetzt wieder ins Bett mit dir.«

Jordan öffnete die Haustür.

»Es ist die Straße hinaufgefahren«, meldete Missey.

»Danke. Und jetzt tu, was ich dir gesagt habe, und geh ins Bett.«

Missey zog die Augenbrauen zusammen, während Jordan die Fäuste in die Hüften stemmte und einen gespielt strengen Ausdruck aufsetzte. »Schau mich nicht so finster an, kleine Dame.«

Missey starrte trotzig zurück, doch dann, ganz langsam, hoben sich ihre Mundwinkel, und ein Lächeln breitete sich auf ihrem Gesicht aus. Damit drehte sie sich um und ging in ihr Zimmer zurück.

Jordan blickte einen Moment zur Tür hinaus und schloß sie dann wieder.

Nur Sekunden später kam der Taurus langsam zurück und bog auf die kurze Betonzufahrt ihrer Garage ein.

Kapitel 8

Auf dem unteren Deck des im Hafen von Miami vertäuten Frachters verfolgte ein Kommissar des Morddezernats, der nach zusätzlichen Spuren des Mordes suchte, wie der dicke Seemann, auf allen vieren kniend, das Blut und die Einzelteile einer toten Ratte vom Gang wischte.

»Was halten Sie hier auf dem Schiff, eine Katze oder einen Berglöwen?«

Der Seemann starrte auf die zerfleischten Überreste. »Wir halten überhaupt nichts«, sagte er und scheuerte mit seinem feuchten Lappen erneut über das angetrocknete Blut. Dann verzog er das Gesicht und fluchte. Er hatte sich an einem lockeren Stahlstück geschnitten.

»Mistkerl«, stieß er hervor, stand auf und stieß seinen Eimer um.

Das rötliche Wischwasser ergoß sich über den Stahlboden und rann, sich in jeder Vertiefung auf ihrem Weg sammelnd, langsam auf eine Seite des Schiffs.

Der Kommissar grinste, schüttelte den Kopf und ging den Gang hinunter.

Drei Decks höher im grellen Licht der Scheinwerfer sprachen ebenfalls zwei Männer miteinander. Der eine war der rothaarige Kapitän des Frachters. »Wir dachten, er wäre über Bord gespült worden«, sagte er gerade.

Der zweite, ein Mann in einem graubraunen Anzug, war in den mittleren Jahren und hatte ergrauende dunkle Haare. In der Nacht zuvor war er als erster Beamter des Morddezernats am Tatort gewesen. Er notierte die Antwort des Kapitäns in einem Notizbuch und warf dann einen Blick auf die zu den unteren Decks führende Luke.

»Welcher verrückte Bastard dafür auch verantwortlich sein mag«, sagte er, »ich wäre gern derjenige, der ihn aufspürt und von ihm einen Vorwand geliefert bekommt.« Er schüttelte angewidert den Kopf. »Ihm ins Gesicht zu beißen, während er ihn erwürgte; wie ein verdammter wilder Hund über ihn herzufallen – Sie können sicher sein, daß er sich auf Unzurechnungsfähigkeit berufen wird, wenn wir ihn geschnappt haben. Und bei all den Fingerabdrücken, die er hinterlassen hat, werden wir ihn schnappen.«

Der Kommissar hielt inne und sah wieder zur Luke hinunter. »Und als ob das noch nicht schlimm genug gewesen wäre, haben sich auch noch die Ratten über die Leiche hergemacht. Ich habe schon einmal so etwas gesehen, eine Nutte, deren Leiche in der Nähe eines Müllplatzes abgeladen worden war. Zuerst nehmen sie sich die weichen Teile vor – Augen und Zunge. Es macht einen ganz fertig, einen derart angefressenen Typen zu sehen.«

Der Kapitän verengte die Augen. »Sein Name war Bob Horne.«

»Wie bitte?«

»Der Typ, von dem sie sprachen. Sein Name war Bob Horne«, wiederholte der Kapitän, drehte sich zu dem Niedergang um, der zu seiner Kajüte führte, und ließ den Kommissar stehen.

Als Jordan die Türklingel hörte, runzelte sie die Stirn – Delaney hatte einen Hausschlüssel. Sie ging aus dem

Wohnzimmer in den Flur und schaute durch den Spion in der Mitte der Haustür. Vor dem Hoftor stand Paul. Sie öffnete die Tür und eilte über den Beton zu ihm hinaus.

»Wo hast du gesteckt?« fragte sie, während sie das Hoftor aufzog.

»Ich habe nach Beth gesucht«, antwortete er mit matter Stimme. »Wenn ich nicht gerade mit Gott und der Welt telefoniert habe.«

Jordan spürte, wie eine Welle von Traurigkeit sie überkam. »Ich vermute, du hast noch nichts gehört, oder?«

Paul brauchte einen Augenblick, bevor er antworten konnte. »Sie haben im Süden von Jackson ihren Wagen gefunden.«

Jordan schnürte es die Kehle zu.

»Er soll liegengeblieben sein. Ich denke, sie ist per Anhalter weitergefahren. Nehme ich zumindest an.«

»Ich ...« Was sollte sie sagen? Sie schüttelte nur mit dem Kopf. »Es tut mir leid, Paul.«

Er nickte, ohne etwas zu erwidern, und ging mit ihr zur Haustür. Als sie das Haus betraten, steckte Missey den Kopf aus ihrem Zimmer. »Hi, Mr. Paul«, sagte sie.

Paul sah zu ihr hinunter. »Was machst du denn um diese Zeit noch auf den Beinen?« Missey lächelte in Erwartung seiner nächsten Bemerkung. Er zog sie immer auf, aber diesmal sagte er nichts mehr.

»Missey«, mischte sich Jordan ein, »marsch, ins Bett mit dir, und zwar endgültig. Du mußt morgen zur Schule.«

Missey machte ein finsteres Gesicht, aber ihr Kopf verschwand in ihrem Zimmer.

Paul ging den Flur entlang. »Wo ist Delaney?« fragte er über die Schulter.

»Auf der Suche nach dir. Wir haben uns Sorgen gemacht, als du nicht ans Telefon gegangen bist. Er wird bald zurück sein. Willst du irgend etwas – einen Drink?«

Er schüttelte den Kopf, ging durchs Wohnzimmer zu den großen Tafelglasfenstern mit Blick auf den Patio und schaute zum Golfplatz hinüber. Jordan bemerkte, wie er die Schultern hängenließ. Sie fragte sich, was er denken mochte, sagte aber aus Verlegenheit nichts.

Schließlich drehte er sich zu ihr um. Im hellen Licht des Wohnzimmers machte er sogar einen noch mitgenommeneren Eindruck als im schwach erleuchteten Flur. Sein zerfurchtes Gesicht wirkte eingefallen, und er sah todmüde aus.

»Es tut so weh«, sagte er leise, bevor seine Stimme brach, so daß die nächsten Worte nicht mehr zu verstehen waren. Jordan sah, daß seine Hände zitterten. Er tat ihr unendlich leid.

Gerade als er durchs Wohnzimmer auf sie zukam, ging die Haustür, und Delaney kam durch den Flur ins Zimmer. »Hast du etwas von Beth gehört?« fragte er Paul.

»Man hat ihr Auto gefunden«, teilte ihm Jordan mit.

Delaney zog fragend die Augenbrauen hoch. »War da –?«

Paul schüttelte den Kopf »Nur das Auto.« Er blickte durch den Flur zur Haustür. »Ich muß jetzt gehen.«

Jordan protestierte. »Aber du bist doch gerade erst gekommen.«

»Ja. Aber ich weiß nicht, es ist … Ich bin einfach nur herumgefahren. Ich muß weiter und ein bißchen schlafen.« Er ging in den Flur.

Delaney öffnete ihm die Haustür und begleitete ihn zum Hoftor. »Paul, wenn wir irgend etwas für dich tun können …«

»Ich danke dir, Delaney. Aber was?« Für einen Moment war ein abwesender Ausdruck in seinen Augen.

»Was könnte irgend jemand tun?« Damit ging er, ohne ein weiteres Wort, zu seinem Auto.

Nachdem Paul den Wagen zurückgesetzt hatte und auf die Straße eingebogen war, blieb Delaney noch lange am Tor stehen und starrte den roten Rücklichtern nach, bis sie außer Sicht waren. Daß Jordan sich neben ihn gestellt hatte, nahm er erst wahr, als sie ihn ansprach.

»Herumfahren ist vielleicht gar nicht so schlecht«, sagte sie. »Ich weiß, wie er sich fühlen muß. Und seit man das Auto gefunden hat, ist es wahrscheinlich noch schlimmer geworden.«

Er nickte schweigend.

Jordan warf einen Blick auf die französischen Türen von Misseys Zimmer. »Sie war auf, als Paul kam. Ich weiß nicht, wie sie mit so wenig Schlaf auskommt. Was soll das erst werden, wenn sie ein Teenager ist? Sie braucht bloß abzuwarten, bis wir eingeschlafen sind.«

Er lächelte. »Sie wird sich nicht hinausschleichen müssen. Nicht, solange sie dich zu allem überreden kann.«

»Mich?«

»Ja, dich.«

Jordan lächelte versonnen. »Nun, wir haben zwei Jahre versucht, sie zu bekommen, und dann hat es noch einmal fast fünf Jahre gedauert, bis Ryder geboren wurde. Was soll ich denn tun, als sie beide zu verwöhnen?«

Sie blickte noch einmal in die Richtung, in die Paul gefahren war, dann drehte sie sich um und ging ins Haus zurück.

In Miami betrachtete der ältere Kriminalpolizist den Computervergleich zwischen den blutigen Fingerabdrücken und denen aus der Akte des Wissenschaftlers. Dann sah er zu seinem jüngeren Kollegen auf.

»Jackson, Mississippi«, sagte er.

Kapitel 9

Jordan stand auf ihrer Seite des Ehebetts. »Ich muß ständig an Paul denken«, sagte sie. »Wir hätten ihn zum Bleiben überreden und mit ihm sprechen sollen.«

Delaney, der bereits ins Bett geschlüpft war, wies zum Telefon: »Warum rufst du ihn nicht an? Vielleicht redet er ja mit dir, wenn schon nicht mit mir.«

»Was meinst du damit?«

»Das Garagentor war offen, und jeder konnte sehen, daß mein Wagen nicht da war. Ich glaube, er ist hergekommen, um mit dir zu sprechen, und hat es dann nicht getan, weil ich dazukam. Der Stolz, nehme ich an. Er will in meinem Beisein keine Schwäche zeigen.«

Sie dachte einen Augenblick darüber nach. »Das ist verrückt. Aber es sähe ihm ähnlich. Dir übrigens auch. Alex ist der einzige, der zugibt, wenn es ihm schlechtgeht.« Sie griff nach dem Telefon. »Was soll ich ihm sagen?«

»Ich weiß nicht. Du bist die Frau.«

Sie überlegte kurz und tippte die Nummer ein. Es klingelte und klingelte, und sie wollte schon auflegen, als sich der Anrufbeantworter meldete.

»Paul, hier ist Jordan. Ich weiß, was du gerade durchmachst. Wir fühlen uns auch nicht gut, weil wir dir nicht helfen können. Wir werden morgen früh bei dir vorbeikommen. Zusammen fällt uns vielleicht etwas ein. Wir lieben dich und denken an dich.«

Sie legte langsam den Hörer auf. »Etwas anderes fiel mir nicht ein.«

»Es war gut so – ihm zu sagen, daß wir für ihn da sind.«

Sie nickte unsicher und ging zu ihrer Frisierkommode hinüber, knöpfte ihre Bluse auf und zog sie aus. Dann sah sie durch den Spiegel Delaney an. »Was er mir wohl sagen wollte?«

Es war zu dunkel, um die männliche Gestalt im Schlafzimmer des abgedunkelten Hauses genau erkennen zu können. Er drückte den Wiedergabeknopf des Anrufbeantworters.

»Paul, hier ist Jordan«, hörte er. »Ich weiß, was du gerade durchmachst. Wir fühlen uns auch nicht gut, weil wir dir nicht helfen können. Wir werden morgen früh bei dir vorbeikommen. Zusammen fällt uns vielleicht etwas ein. Wir lieben dich und denken an dich.«

Es folgten die maschinelle Ansage von Datum und Uhrzeit des Anrufs und die abschließende Mitteilung: »Keine weiteren Nachrichten.«

Auf dem Fußboden neben dem Bett bedeckte eine mit Blut vollgesogene Bettdecke einen schmalen Körper. Nur eine bleiche Hand, die langen blonden Haare und ein Teil der Stirn schauten unter der Bettdecke hervor.

Von dem Mann, der im zweiten Schlafzimmer auf der anderen Seite des Flurs lag, waren nur die Schuhe und die in Hosen steckenden Beine zu sehen, und beides war blutdurchtränkt.

Neben dem Anrufbeantworter legte die Gestalt die Hände an den Kopf und begann ihn zu schütteln. Ein leises Murmeln kam von seinen Lippen, dann ein ebenso unverständliches lauteres Geräusch. Plötzlich drehte er sich um und verließ das Haus durch die Tür, durch die er es nur einen Augenblick vorher betreten hatte.

Einige Sekunden später sprang in der Garage ein Motor an, und dann war nur noch das Quietschen von Reifen auf Beton zu hören, als der weiße Taurus rasch aus der Garage auf die Straße zurücksetzte. Im Nachbarhaus verfolgte jemand, wie das Auto davonschoß; dann ließ er die Gardine langsam wieder fallen.

Jordan sah in den Spiegel, während sie den Reißverschluß ihres Rocks aufzog und ihn über die nackten Beine hinunterschob. Vom Bett aus bewunderte Delaney ihre jetzt nur noch vom BH und dem knappen Slip verhüllte Figur. In zehn Jahren Ehe hatte sie sich kaum verändert. Vielleicht war sie ein bißchen voller geworden. Doch vorher war sie sowieso etwas zu mager gewesen, besonders die Beine. Jetzt waren sie gut geformt, fest und von den schmalen Hüften bis zu den schlanken Füßen angenehm gerundet. Ihre Form ließ sie lang erscheinen, obwohl Jordan nur einen Meter und fünfundsechzig Zentimeter groß war.

Sie drehte die Schulter zum Spiegel der Frisierkommode und betrachtete den winzigen Schnitt an der Seite ihres Halses. »Ich glaube, es wird eine Narbe zurückbleiben. Was meinst du?«

»Ich meine, du bist wunderschön.«

»Delaney, wir reden über meinen Hals«, erinnerte sie ihn.

»Der auch. Ich fand schon immer, daß ihm nur noch ein kleines Grübchen fehlte. Wollte dich nur nicht verletzen, indem ich es dir sage. Jetzt hat er eins.«

Sie lächelte ihm im Spiegel zu, griff dann hinter sich, öffnete den BH und legte ihn auf die Frisierkommode.

Jordan schaute immer noch ihr Spiegelbild an, während sie ein Nachthemd von der Frisierkommode nahm und es über den Kopf streifte. »Komm her«, sagte er.

Sie ging um das Bett herum und stellte sich zwischen seine Knie. Bei einer Größe von knapp einem Meter fünfundachtzig reichte er sogar im Sitzen mit dem Gesicht fast an ihres heran. Er schob die Hände um ihren schmalen Rücken, küßte sanft das Nachthemd zwischen ihren Brüsten und zog sie an sich.

Das Gesicht ihm zugewandt und die Knie neben seinen Hüften aufgestützt, ließ sie sich auf seinem Schoß nieder und lächelte ihn sanft an. »Das ist doch wesentlich besser, als sich Sorgen darum zu machen, ob Paul oder Alex in unser Zelt stürmen könnten, oder? In Brasilien habe ich immer darauf gewartet, daß der Stoff weggezogen würde.« Immer noch lächelnd, streckte sie die Hand aus, um die Nachttischlampe auszuschalten. Dann drückte sie ihren Mund auf seinen.

Delaney schob ihr das Nachthemd über den Kopf und zog es von den Armen, hob sie dann aus seinem Schoß neben sich und legte sie mit dem Rücken aufs Bett. Während er sich zu ihr hinabbeugte, um sie zu küssen, ließ er eine Hand auf ihrem Körper abwärts gleiten. Ein leises Stöhnen entwand sich ihren Lippen, die auf seinen Mund gepreßt waren.

Im nächsten Augenblick förderten ihre Hände eine von seinen zutage. Dann drückte sie ihren Körper gegen seinen und drehte sich gleichzeitig um, so daß er auf seinen Rücken rollte und sie, zu ihm herunterblickend, auf ihm zu liegen kam.

Eine Minute später zeichnete sich im weichen Mondlicht, das durch die Gardinen gefiltert ins Zimmer fiel, quer über dem Bett die Silhouette seines muskulösen und ihres schmalen Körpers ab wie ein undeutliches, in der Bewegung vereintes Relief.

Missey zog die Bettdecke vom Gesicht, überzeugte sich, daß Ryder schlief, und schwang sich aus dem Bett. Nachdem sie sorgfältig ihre Kissen arrangiert und die Decke darüber drapierte hatte, so daß es aussah, als läge sie immer noch im Bett, ging sie im Nachthemd und barfuß zu der auf den Hof führenden Glastür.

»Ozzie«, flüsterte sie.

Der gefleckte Boxer kam unter ihrem Bett hervor und tapste zu ihr.

»Pssst«, machte sie, während sie die Tür öffnete.

Draußen im Licht der flackernden Gaslampe schloß sie leise die Tür. Dann lief sie, Ozzie neben sich, an den Eisenstühlen von Mama und Papa vorbei, um die Hausecke und durch den schmalen Durchgang zwischen ihrem und dem Nachbarhaus.

Der kleine Garten bestand zum größten Teil aus einer gefliesten Terrasse mit einem kleinen Swimmingpool. Dahinter erstreckte sich bis zu einem schwarzen Eisenzaun ein kurzes Rasenstück. Missey sah sich um. »Still jetzt«, flüsterte sie und zog die Gartentür auf. Ozzie schoß den steilen Abhang hinter dem Haus hinunter und verschwand in der Dunkelheit.

Missey lächelte. Ihre Mutter hatte gesagt, es sei zu gefährlich für Ozzie, draußen zu spielen; es würden zu viele Autos in das Wohngebiet hineinfahren oder es verlassen. Aber wie viele Autos fuhren schon um diese Nachtzeit? Außerdem, war es nicht unfair, ihn die ganze Zeit einzusperren? Ihre Mutter hatte auch gesagt, bei Zootieren sei sie dagegen – und Ozzie verdiente seine Freiheit ganz bestimmt noch mehr als Zootiere. Missey lächelte wieder und schaute über den Golfplatz am Fuß des Abhangs, wo sich das neunte Fairway abzeichnete. Der Platz wurde von einem Bach, in dem sie oft Golfbälle fand, in zwei Teile getrennt. Wo sich der Bach wieder nach rechts wandte, zog sich auf der anderen Seite des Fairway ein dichtes Waldstück voller Unterholz hin. Dorthin lief Ozzie für gewöhnlich, um zu spielen, manchmal auch noch etwas weiter. Aber nach zehn oder fünfzehn Minuten war er immer zurück.

Plötzlich hörte sie ihn aufgeregt bellen und blickte in seine Richtung. »Pssst«, machte sie, obwohl sie mindestens fünfzig, sechzig Meter entfernt war.

Jetzt gab Ozzie ein Knurren von sich, das gerade noch laut genug war, daß sie es hören konnte. Es kam immer noch unten vom Golfplatz.

»Ozzie, wirst du wohl aufhören«, stieß sie leise hervor und sah sich zum Haus um.

Aber er hörte nicht auf, sondern wurde lauter, und dann hörte sie auf einmal Kampfgeräusche.

Ihre Augen weiteten sich erschrocken. Ozzie hatte einen anderen Hund angefallen. »Oh, nein«, murmelte sie und rannte in Richtung Bach den Abhang hinunter.

Als das Telefon klingelte, löste sich Delaney aus Jordans Armen und griff nach dem Hörer.

»Hallo.«

»Delaney, hier ist Sheriff Langston. Haben Sie Paul gesehen?«

»Ja, vor einer Stunde ungefähr. Geht es um Beth?«

»Wo war er?« Langstons scharfer Ton versetzte Delaney einen Schlag. Er kannte den Mann seit seiner Kindheit.

»Er war hier bei uns.«

»Wissen Sie, wo er dann hin wollte?«

»Nach Hause, nehme ich an.«

»Da ist er nicht.«

»Sheriff, worum geht es?«

»Er ist wahnsinnig geworden, Delaney.«

Er setzte sich auf die Bettkante. »Wovon, zum Teufel, reden Sie da?«

»Er hat seine Verlobte und einen Mann getötet.«

Delaney spürte, wie ihm das Blut aus dem Gesicht wich.

»Und er hat auf seinem Schreibtisch eine Nachricht über Jordan hinterlassen. Ich bin jetzt auf dem Weg zu Ihnen hinaus.«

»Über Jordan? Was für eine Nachricht?«

»Das sage ich Ihnen, wenn ich da bin. Wenn er vorher auftauchen sollte, erschießen Sie ihn, ohne ihn hereinzulassen. Er hat seine Verlobte mit Bissen regelrecht zerfetzt.«

Die Leitung war tot.

Jordan sah ihn an. »Was ist?« fragte sie.

Er war so schockiert, daß er sie einfach nur anstarrte.

»Delaney, verdammt, was ist los?«

»Ozzie?« rief Missey.

Die Kampfgeräusche waren verstummt, kurz bevor sie das dichte Unterholz auf der anderen Seite des Golfplatzes erreichte. Aber Ozzie war auch nicht mehr zu hören.

In Missey wuchs die Besorgnis. »Ozzie«, rief sie lauter.

Doch er kam nicht zu ihr.

Der Saum ihres Nachthemds wurde feucht vom Tau, und sie hob es hoch, während sie den schmalen, betonierten Weg entlangging, auf dem sonst die Golfcarts fuhren. Die Büsche und Bäume reichten fast bis an den Weg heran.

»Verdammt, Ozzie, antworte wenigstens!« Sie steckte suchend den Kopf in die Büsche.

Der Mond schien hell, doch das Gebüsch war derart dicht, daß es das Licht fast ganz abhielt. Aber sie hatte sich schon öfter hindurchgeschlängelt, wenn sie und Ozzie nach Golfbällen suchten. Es gab keine Dornen, die ihr Nachthemd hätten zerreißen, oder Kletten, an denen sie sich die Füße hätte verletzen können. Sie drückte sich mit der Schulter an einem Busch vorbei und betrat das Unterholz.

»Ozzie!« rief sie.

Ihr Mund zitterte. Aber sie schüttelte die Furcht ab. Er war bestimmt nicht verletzt. Vielleicht der Hund, mit dem er gekämpft hatte, aber nicht Ozzie.

»Ozzie! Ozzie, willst du bitte ...«

Diesmal antwortete ihr ein leises Geräusch. Aber sie hatte es im selben Augenblick gehört, als sie nach Ozzie gerufen hatte, so daß sie nicht sagen konnte, was es gewesen war.

»Bist du das, Ozzie?«

Das Rascheln eines sich bewegenden Asts.

»Ozzie?«

Der Ast schwang zurück und streifte einen anderen.

Ihre Hände verkrampften sich im Nachthemd. »Ozzie, verdammt noch mal!«

Plötzlich ein Geräusch dicht neben ihr.

Missey drehte sich um und stürzte durch das Gebüsch hinter ihr auf die offene Spielbahn hinaus. Sie warf einen Blick über die Schulter und rannte dann, so schnell sie konnte, weiter.

Sie hörte etwas aus dem Gebüsch springen, sah sich diesmal aber nicht um. »Hillll-fe!«

Es war direkt hinter ihr.

»Hillll-fe!« schrie sie.

Dann hatte Ozzie sie überholt und sah im Laufen erwartungsvoll zu ihr hoch.

Sie blieb stehen. »Ich hasse dich!«

Ozzie blieb ebenfalls stehen, spitzte die Ohren und hob den Kopf.

»Oh, tut mir leid«, sagte sie unvermittelt und rannte zu ihm. »Bist du verletzt?«

Sie kniete neben ihm und tastete seine Schultern ab. Er entwand sich ihr und drehte sich in Richtung Haus. »Nein, warte, Ozzie. Ich will sicher sein, daß du nicht verletzt bist.«

Er überließ sich ihren Fingern, bis sie einen Augenblick später zufrieden lächelte.

Dann blickte sie über die Schulter zu den Büschen zurück. »Ich hoffe, du hast nicht den Hund von jemand anderem verwundet.«

Er leckte ihr das Gesicht.

Ihr fielen ihre Eltern ein – und ihre lauten Hilferufe. Sie drückte die Hand auf den Mund und blickte zum Haus hinauf.

Fünfzehn Meter über dem Golfplatz, am Rand der Terrasse, stand eine dunkle Gestalt und sah zu ihr hinunter.

Ihr blieb das Herz stehen.

Das würde etwas geben! Es sei denn, sie tat, als hätte sie sich weh getan, dachte sie.

Doch egal, wer dort oben stand, ihr Vater oder ihre Mutter, er hatte sie über den Gofplatz rennen gesehen. Also konnte sie sich ihre Füße nicht verletzt haben.

Aber was dann?

Jemand hatte versucht, Ozzie zu stehlen, und sie hatte den Dieb in die Flucht geschlagen. Nein, das würde nicht funktionieren. Wer war schon stark genug, um Ozzie zu stehlen?

Trotzdem mußte sie sich schnell etwas einfallen lassen. Denn wer von beiden auch da oben gestanden hatte, er kam jetzt den Abhang hinunter auf sie zu.

Ozzie starrte in dieselbe Richtung und spitzte wieder mit erhobenem Kopf die Ohren. Dann begann er zu knurren.

»Nicht, Ozzie! Wir haben schon Ärger genug.«

Die Gestalt hatte den Fuß des Abhangs erreicht. Missey glaubte ihren Vater zu erkennen, war sich aber nicht sicher. Just in dem Moment schob sich eine Wolke vor den Mond, und die Gestalt wurde zu einem Schatten, der sich auf sie zubewegte.

»Missey!« hörte sie ihre Mutter.

»Missey!« fiel ihr Vater ein.

Sie runzelte die Stirn, als sie ihre Eltern oben am Rand des Swimmingpools stehen sah.

Ozzies Knurren wurde lauter, und Missey sah wieder zu der Gestalt hin. Ihr Herz fing an wie wild zu schlagen.

»Papa! Mama!« rief sie laut.

»Missey!«

Sie rannten beide den Abhang herunter.

Der Mond kam wieder hinter der Wolke hervor und beleuchtete die Szene: Missey auf der Spielbahn kniend, ihre Eltern auf sie zurennend und fünf Meter von ihr entfernt die sich ihr nähernde Gestalt.

Mr. Paul.

Ihr rasender Puls beruhigte sich, und sie stand erleichtert auf.

Ozzie dagegen versteifte sich, machte einen Schritt vorwärts und knurrte noch lauter.

»Hör auf, Dummerchen. Das ist doch Mr. Paul.«

Ozzie knurrte weiter.

Aber das Geräusch, das aus Paul aufstieg, war sogar noch tiefer.

Missey schlug das Herz bis an die Kehle.

Delaney rannte, seine Pistole in der Hand, so schnell er konnte auf die Gestalt zu, die sich seinem Kind näherte.

»Weg von ihr!« brüllte er, so laut er konnte.

Die Gestalt blieb abrupt stehen und drehte sich um.

Paul!

Delaney gefror das Blut in den Adern. Sie waren jetzt nur noch fünf Meter voneinander entfernt. Er blieb stehen. »Paul, was ...«

Mit verzerrtem Gesicht und weit aufgerissenem Mund gab Paul einen tiefen, gutturalen Laut von sich und rannte auf Delaney zu.

»Nicht, Paul!« Delaney hob die Pistole, brachte es aber nicht über sich abzudrücken. Statt dessen warf er sich, als Paul ihn ansprang, zur Seite.

»Paul!« schrie Jordan.

Aufstöhnend griff Paul nach ihr. Sie entschlüpfte ihm, doch seine zur Klaue gekrümmte Hand schwang sie herum, so daß sie ihn wieder anblicken mußte. Speichel floß aus seinem Mund. Ihre Augen weiteten sich, und sie schlug die Hände vors Gesicht. Delaney kroch zu ihnen. Paul stöhnte wieder, umklammerte ihren Arm und riß sie, nach ihrer Kehle greifend, an sich.

Delaney gab kurz hintereinander zwei Schüsse ab und dann noch zwei.

Paul wirbelte herum, machte einen Schritt vorwärts, schien einen Augenblick zu zögern, schwankte und starrte auf die Pistole. Fast schien so etwas wie Erkenntnis über sein Gesicht zu huschen. Dann stürzte er vornüber.

»Neiiin!« rief Jordan.

»Daddy!« schrie Missey.

Paul zuckte noch einmal und blieb dann regungslos liegen.

Kapitel 10

Delaney betrachtete den mit ausgebreiteten Armen auf dem Bauch liegenden Leichnam. Der Kopf war zur Seite gedreht, und die aufgerissenen Augen stierten blicklos ins Leere.

»Papa«, rief Missey und rannte schluchzend zu ihm. Als sie die Arme um seine Beine schlang, beugte er sich herunter und hob sie hoch. Sie legte ihre Arme um seinen Hals. »Papa, Papa, Papa.« Dabei ruckte sie unaufhörlich mit dem Kopf vor und zurück. Er tätschelte ihren Rücken und schaute zu Jordan, die, das Gesicht in die Hände gestützt, ebenfalls weinte.

»Bring sie ins Haus«, sagte er.

Jordans Hände rutschten über ihren Mund, während sie ihn ansah.

»Bring sie ins Haus«, wiederholte er.

Jordan ging langsam zu ihm, und während sie ihm Missey abnahm, warf sie einen Blick auf Pauls Leiche. »Du mußt auch mitkommen«, sagte sie.

Er nickte, machte aber keine Anstalten, ihr zu folgen, als sie sich in Richtung Haus wandte. Statt dessen starrte er wieder auf Paul hinunter.

»Paul, was ...«, begann er leise. »Mein Gott, Paul, was ist mit dir passiert?« Er sah auf den Revolver, der immer noch dort lag, wo er ihn fallengelassen hatte, und schüttelte langsam den Kopf. »Beth ... Sie sagen, daß du ... Wie konntest ...« Auf der Straße hinter dem neunten Grün heulten Sirenen. Ein Streifenwagen raste mit eingeschaltetem Blaulicht vorbei. Aber er achtete nicht darauf, sondern schüttelte wieder den Kopf. »Paul, bitte, was ... Mein Gott, Paul, aus welchem Grund ...« Dann verstummte er verstört.

Der Streifenwagen kam vor seinem Haus zum Stehen, und Sekunden später strichen die Lichtkegel von Taschenlampen unruhig über den Abhang zum Golfplatz, während Polizisten ihn hinunterrannten.

Trotzdem nahm Delaney Sheriff Langston erst wahr, als er seine Stimme neben sich hörte. »Delaney?«

Er sah ihn an. Der grauhaarige Mann, der seinen Blick mit einem Ausdruck von Mitleid in den Augen erwiderte, war der beste Freund seiner Eltern gewesen.

»Delaney, laß uns ins Haus gehen.«

Ein Polizist richtete seine Taschenlampe auf Pauls Gesicht.

Delaney fixierte den Polizisten. »Das muß nicht sein.«

Doch der Polizist reagierte erst, als der Sheriff sich ihm zuwandte und den Kopf schüttelte. Die Taschenlampe erlosch. Auf der Straße hinter dem neunten Grün raste ein weiterer Streifenwagen heran.

»Delaney«, sagte der Sheriff sanft. »Seine Nachbarn haben ihn in den letzten Tagen bei sich ein- und ausgehen sehen. Seine Verlobte ist seit mindestens drei Tagen tot. Er muß förmlich auf ihr herumgetrampelt sein. Und auf dem Frachter, mit dem ihr zurückgekommen seid, wurde ein totes Besatzungsmitglied gefunden.«

Delaney sah ihn verblüfft an.

Der Sheriff nickte. »Die Fingerabdrücke, die der Mörder zurückließ, stimmen mit denen von Paul überein.«

Delaney schaute wieder zu Pauls Leiche.

»Delaney, nur Gott weiß, warum, aber er ist wahnsinnig geworden. Du mußt jetzt mit ins Haus kommen. Du hast da oben Frau und Kind, die sich zu Tode geängstigt haben. Und Jordan war auch mit ihm befreundet. Die braucht dich da oben mehr als hier unten.«

In Miami war nur der Mond als Beleuchtung geblieben, in der die große Ratte schwerfällig das Tau vom Schiff zum Pier hinunterkletterte.

Als sie das Ende des Taus erreicht hatte und auf den Beton sprang, hinterließ sie einen schwachen Blutfleck.

Dann bewegte sie sich in ungeschickten kurzen Sprüngen, bedingt durch die fehlende Hinterpfote, langsam über die verdunkelte Pier auf die Straße zu, die in die Innenstadt von Miami führte.

Delaney sah von der Couch im Wohnzimmer auf, als ihm Sheriff Langston einige Schreibblätter gab. »Die haben wir in Pauls Haus gefunden. Es ist eine Art Tagebuch.«

Delaney faltete die Seiten auseinander, und Jordan lehnte sich zu ihm herüber, um besser lesen zu können.

Paul hatte seine Aufzeichnungen schon auf See begonnen. Im ersten Abschnitt äußerte er den Verdacht, daß seine Krankheit nicht nur von den Wellen verursacht worden war. Nachts war die Krankheit schlimmer geworden, während sein Zustand am Tag fast normal war, jedenfalls am Anfang. Dann wurden auch die Tage schlimm. Nicht durch die Übelkeit und die Schmerzen, die ihm jede Nacht den Magen umdrehten. Auch nicht durch die Wutanfälle, die ihn dann erfaßten, schrieb er. Sondern durch eine schreckliche Depression und ständige Gereiztheit – und durch seine Gedanken. Bei dieser Bezeichnung – Gedanken – blieb er. Dann habe er sich eines Tages plötzlich völlig wohl gefühlt.

Delaney sah zum Sheriff auf, bevor er weiterlas.

Zweimal bekundete Paul die Absicht, seinen Freunden zu sagen, was mit ihm passierte, was die Krankheit mit ihm anstellte.

Krankheit? Paul beschrieb die Veränderungen seines Geisteszustands, als handelte es sich um eine körperliche und keine psychische Krankheit. Er hatte seinen Doktor in Biologie gemacht und jahrelang an der medizinischen Fakultät gelehrt; er mußte den Unterschied folglich kennen. Aber eine körperliche Krankheit, überlegte Delaney, die seinen Geist in Mitleidenschaft zog – das wäre neu.

Er wandte sich wieder den Seiten zu. Paul beschrieb, wie er den Seemann getötet hatte. Delaney merkte, wie Jordan an seiner Schulter den Atem anhielt.

Auch er selbst war fassungslos. »Wie konnte er so etwas tun und hinterher so normal erscheinen? Er ... und sich auch nach dem Mord an Beth wieder normal verhalten?«

»Normal?« gab Langston zurück. »Wenn du ihre Leiche und die des Mannes gesehen hättest ... Er hatte sie offenbar im Auto mitgenommen und bis zu Paul gebracht. Er wurde erschlagen, sie erwürgt – und gebissen und fürchterlich zerkratzt, während Paul sie umbrachte.«

Delaney war einen Augenblick reglos, dann zog er das nächste Blatt des Stapels hervor und legte es auf das gerade gelesene. Es war der bisher schlimmste Teil der Notizen, in dem Paul berichtete, wie er in Jackson, in dem Wissen darum, daß Beth auf dem Weg zu ihm war, und darum, was er tun würde, wenn sie eintraf, kaltblütig auf sie gewartet hatte. Diese Stunden vor ihrem Tod waren die letzte Gelegenheit für ihn gewesen, seine Niederschrift fortzusetzen.

Und dann folgte noch die gedruckte Aufzeichnung:

Ich habe den Seemann getötet.
Ich habe zu Gott gebetet, mir zu helfen.
Das hat mir den Gedanken eingegeben,
wieder zu töten.
Der Teufel hat Macht über mich gewonnen.
Jordan stört mich weiterhin.

Delaney unterbrach die Lektüre, als er Jordans Namen las – und die letzte Zeile: *Es ist ihre Schuld.*

Das letzte Blatt enthielt nur drei Worte, in großen, fettgedruckten Buchstaben in der Mitte der Seite:

TÖTE DIE SCHLAMPE

Delaney lief ein Schauer über den Rücken, während Jordan fragend zu Langston aufsah.

Der Sheriff zuckte die Achseln. »Er hat sich deine Nachricht auf dem Anrufbeantworter angehört«, sagte er. »Vielleicht hat er es danach geschrieben. Oder er hatte es schon geschrieben – bevor er zum ersten Mal herkam, als Delaney nicht zu Hause war. Und warum deine Schuld? Wer kann schon sagen, was in seinem Kopf vorging? Ich weiß nur, daß es aussieht, als hättest du Glück gehabt, Jordan.« Damit streckte er die Hand nach den Seiten aus.

Delaney gab sie ihm. »Ich gehe jetzt«, sagte Langston. »Ihr werdet beide in den nächsten Tagen vorbeikommen müssen, um eure Aussage zu unterschreiben.«

Jordan nickte. Der Sheriff ging auf den Flur hinaus, und der Polizist, der dort gewartet hatte, folgte ihm, als er das Haus verließ. Jordans Vater schloß die Tür hinter ihnen. Ihre Eltern waren wenige Minuten, nachdem Jordan sie angerufen hatte, dagewesen. Mrs. Daniels kam aus dem Schlafzimmer, legte, zur Stille mahnend, den Zeigefinger an den Mund und betrat dann mit ihrem Mann zusammen das Wohnzimmer.

»Missey ist ein starkes Persönchen«, stellte sie fest, als sie vor der Couch stand. »Nachdem sie sicher war, daß mit der Familie und Ozzie alles in Ordnung war, ist sie sofort eingeschlafen.«

Jordan sah zu ihr hoch und nickte. »Danke.«

»Ich glaube, wir gehen jetzt.«

Jordan nickte wieder. Als ihre Eltern auf dem Flur waren, lehnte sich Delaney zurück und schüttelte verwirrt den Kopf. »Es ergibt keinen Sinn – daß er es auf dich abgesehen hatte, daß er überhaupt verrückt geworden ist. Er war völlig normal, als wir ihn gesehen haben. Wenn man bedenkt, was er da schon getan hatte …« Er schüttelte wieder den Kopf. »Sogar schon auf dem Schiff.«

Kapitel 11

Delaney saß den Rest der Nacht im Wohnzimmer. Kurz nach acht Uhr, als er sich zwar immer noch nicht besser fühlte, aber der Schock über das Geschehene nachzulassen begann, sah er auf die Uhr, griff nach dem Telefon auf dem Couchtisch und tippte eine Nummer ein.

Als sich am anderen Ende der Leitung jemand meldete, fragte er: »Könnte ich Dr. Townsend sprechen?«

»Es tut mir leid, Sir. Er nimmt eine Autopsie vor.«

»Hier ist Delaney Jeffries. Er kennt mich. Würden Sie ihm bitte sagen, er möchte mich so bald wie möglich bei mir zu Hause zurückrufen?«

Kurz nach neun Uhr holten Jordans Eltern Missey und Ryder ab, und eine weitere Stunde später rief Dr. Townsend an.

»Zuerst möchte ich Ihnen sagen, wie leid mir die Sache tut«, sagte Dr. Townsend.

»Danke, ich bin Ihnen sehr verbunden, Doktor. Haben Sie ...« Er holte tief Atem. »Haben Sie schon die Zeit gehabt, die Autopsie vorzunehmen?«

»Er war derjenige, an dem ich arbeitete, als Sie anriefen.«

»Haben Sie etwas entdeckt?«

»Kein Zeichen von Verletzungen oder Tumoren im Gehirn, wenn es das ist, was Sie vermuten. Tatsächlich habe ich nichts gefunden, das ihn dazu gebracht haben könnte, zu tun, was er getan hat. Vielleicht war es chemischer Natur. Oder es ist einfach passiert. Es gibt viele Beispiele für geistige Erkrankungen, die stark gestörtes Verhalten nach sich ziehen, ohne daß irgendeine meßbare Ursache zu finden wäre. Vielleicht kann ich es Ihnen am besten an einem Beispiel verständlich machen. Stellen Sie sich einen Ehemann vor, der in einem Eifersuchtsanfall seine Frau angreift. Das ist mit Sicherheit ein gestörtes Verhalten, und doch kann man Eifersucht genausowenig quantifizieren wie Liebe. Es tut mir leid, ich weiß, das ist nicht viel, aber es ist alles, was ich sagen kann.«

»Doktor, es gab die Möglichkeit, daß er es auf Jordan abgesehen hatte. Ich meine, auf sie ganz besonders. Doch das ergibt keinen Sinn. Sie war der beste Freund, den er hatte.«

»Vielleicht gehört das dazu, Delaney. Ich will nicht wie ein Psychiater klingen, obwohl ich an der Universität ein paar Psychiatrievorlesungen gehört habe. Das haben wir alle. Bei einem solchen geistigen Zusammenbruch ist es nichts Ungewöhnliches, daß der Kranke auf seine besten Freunde losgeht. Es ist oft so, daß es keine Rolle mehr spielt, was andere ihm antun. Wenn aber ein Freund ihn im Stich läßt oder er es glaubt, dann hält er es nicht aus.«

»Aber Paul war nicht gestört. Jedenfalls bis jetzt nicht. Wir sprechen hier nicht von jemandem mit einer langen Geschichte psychischer Probleme.«

»Tut mir leid, Delaney. Ich habe Ihnen alles gesagt.«

Frustriert ließ sich Delaney auf die Couch sinken. »Ja, Doktor, danke. Vielen Dank, daß Sie zurückgerufen haben.«

Verrückt, dachte er, während er den Hörer auflegte. Eine Stunde vorher bei ihnen war er noch normal gewesen. Es war Jordans Schuld, hatte Paul geschrieben – was immer es auch gewesen sein mochte, das ihn dazu brachte, sie zu verfolgen. Aber nicht nur das war merkwürdig: verrückt war er auch vorher, als er Beth und den Mann, der bei ihr war, tötete. Und doch war er in anderer Hinsicht wieder bei klarem Verstand gewesen, indem er den Pickup des Mannes aus dem öffentlichen Blickfeld verschwinden ließ. Der war nämlich in Pauls Garage gefunden worden. Doch er war schon davor durchgedreht – der Seemann. Verrückt, dann gesund – zumindest in seinen Handlungen – und dann wieder verrückt, hin und her. Das beschäftigte Delaney mehr als alles andere. Es ergab keinen Sinn. Andererseits, plötzlich verrückt zu werden, machte auch keinen Sinn.

Nichts ergab einen Sinn.

Die Türklingel schrillte.

Es dauerte einen Augenblick, bis er es wahrnahm, und da ging Jordan schon den Flur entlang zur Haustür. Einige Sekunden darauf hörte er Alex' Stimme.

Er hatte gewußt, daß Alex zu ihnen kommen würde, sobald er die Neuigkeiten erfahren hatte. Und jetzt würde er, emotional wie er war, zu weinen anfangen? Es war so seine Art, aber Delaney wußte nicht, ob er es gerade jetzt aushalten konnte.

Er stand auf, als Alex mit hängenden Schultern und blassem, ausgezehrtem Gesicht ins Wohnzimmer kam. Tränen waren nicht zu sehen, aber die Augen hätten auch nach einer schlaflosen Woche nicht röter sein können. Alex kam über den Teppich zur Couch und umarmte Delaney wortlos. Delaney klopfte Alex verlegen auf den Rücken.

Dann wurde er freigegeben, und Alex fragte ihn, das Gesicht dicht an seinem: »Warum, Delaney, warum? Wie konnte das mit ihm passieren?«

Delaney schüttelte den Kopf. »Darüber habe ich die ganze Nacht nachgedacht.«

Jordan drückte sanft Alex' Arm. »Hast du irgend etwas gegessen?«

»Ich könnte nicht, nicht jetzt.«

Alex sah wirklich furchtbar aus, dachte Delaney, nicht nur die blutunterlaufenen Augen und der Schock, der sich auf seinem Gesicht spiegelte, sondern die ganze Erscheinung. Seine kurzen Haare waren ungekämmt und standen in alle Richtungen ab, und seine Kleider sahen aus, als hätte er in ihnen geschlafen; es waren offensichtlich die Sachen vom Vortag, die er einfach gegriffen und übergestreift hatte, bevor er aus dem Haus eilte. Delaney fragte sich, wie er selbst aussehen mochte. Mindestens genauso schlimm, vermutete er.

Eine Stunde später ging Delaney, geduscht und rasiert, in frischen Jeans und weißem Hemd über das Gras zu einer beige und braun gestreiften Cessna 310, einem zweimotorigen Flugzeug, das ihm fast so lange gehörte, wie er verheiratet war. Er leerte die Wasserhaltungspumpen unter den Motoren, prüfte Landeklappen und Querruder und sah in alle Kraftstofftanks, um sich zu vergewissern, daß sie voll waren. Ein rascher Blick auf die Propeller; dann strich er mit der Hand über sie, um etwaige Kerben zu entdecken, die zu Materialversagen führen konnten, und fertig war der Kurzcheck. Anschließend stieg er auf die rechte Tragfläche, öffnete die Cockpittür und schob sich über den Kopilotensitz auf den des Piloten.

Im Cockpit verbrachte er eine weitere Minute damit, die Instrumente zu checken. Dann löste er bei geöffnetem Gashebel und donnernden Motoren die Bremsen, und das Flugzeug hüpfte vorwärts und fuhr zum Anfang der langen Rollbahn. Nachdem er gut sechshundert Meter auf ihr beschleunigt hatte, zog er den Steuerknüppel zurück, und das alte Flugzeug hob ab und stieg in den Himmel hinauf.

Ein paar Sekunden später war die Stadt Madison zu einer Anhäufung von Spielzeughäusern geworden. Delaney steuerte nach rechts, durch eine dünne, faserige Wolke, und flog in weitem Bogen über das Ross-Barnett-Reservoir, den über dreißig Kilometer langen und hundertdreißig Quadratkilometer großen See im Nordosten von Jackson.

Nun ließ er seinen Gefühlen endlich freien Lauf. Auch jetzt kein Schluchzen, aber Tränen rannen aus seinen Augenwinkeln und die Wangen herunter wie rasch aus einem Hahn perlende Wassertropfen. Die einzigen Worte, die er hervorstieß, waren: »Es tut mir leid, Paul.« Zuerst in Gedanken, dann laut: »Es tut mir leid, Paul.«

Für Ende August in Zentralmississippi war der Abend ungewöhnlich kühl. So war es schon seit ihrer Rückkehr aus Brasilien. Im Wetterbericht hieß es, man sei auf dem besten Weg zu einem neuen Rekord. Während des gesamten Sommers hatte es nur fünfzehn Tage mit Temperaturen über zweiunddreißig Grad gegeben, und in sieben Tagen würde der August zu Ende sein. Normalerweise setzte erst Mitte September kühleres Wetter ein. Der alte Rekord war 1974 aufgestellt worden, als das Thermometer lediglich an zweiundvierzig Tagen über zweiunddreißig Grad geklettert war.

»Es ist schon den ganzen Sommer über wie im Herbst«, sagte Jordan, als sie Delaney auf der Terrasse hinter dem Haus die abendliche Bloody Mary reichte. Sich selbst hatte sie wie üblich ein Glas Orangensaft mitgebracht.

Sie setzte sich ihm gegenüber an den schmiedeeisernen

Tisch. »Und einen Monat davon haben wir im Urwald verbracht«, fuhr sie fort. »Glück gehabt.«

Er schaute auf die im hellen Mondlicht daliegende neunte Spielbahn des Golfplatzes und fühlte sich sofort wieder unwohl. So erging es ihm, seit er die Terrasse betreten hatte. Genaugenommen war es vorher schon so gewesen. Jedesmal, wenn er ans Fenster gegangen war und auf die Stelle geblickt hatte, an der Paul gestorben war.

Wie lange würde es so bleiben? Dieser Aussicht hinter dem Haus konnte er nicht ausweichen, so wie er die Stelle gemieden hatte, an der seine Eltern ums Leben gekommen waren. Obwohl die Straße, an der der Betrunkene die rote Ampel übersehen hatte, genau auf Delaneys Schulweg lag, hatte er es geschafft, sie über ein Jahr zu meiden. So lange hatte er einen Umweg gemacht. Ohne viele Gefühle zu zeigen, war er einfach nicht an der Stelle vorbeigefahren. Bis er es eines Tages wieder konnte.

Ein Jahr? Mußte er ein Jahr lang auf die Stelle in der Mitte des Golfplatzes schauen? Oder würde es wegen des täglichen Anblicks sogar noch länger dauern, bis die Schreckensszene in seinen Gedanken verblaßte? Vielleicht würde sie es nie, dachte er, und wollte gerade wegsehen, als er vor den Büschen auf der anderen Seite der Spielbahn eine Bewegung bemerkte. Unwillkürlich verkrampfte sich sein Bauch.

»Was ist?« fragte Jordan und sah über die Schulter in die Richtung, in die er starrte.

Jetzt erkannte er, daß es ein Paar war, das langsam den Golfcartweg entlangging.

Jordan blickte wieder zu Delaney. Sein versunkenes Beobachten ignorierend, sagte sie: »Weißt du, ich würde morgen abend gern essen gehen. Um von zu Hause wegzukommen, ein bißchen zu entspannen. Vielleicht trinke ich mir ja auch einen an. Das würde dich umwerfen, was?«

»Jordan, ich frage mich die ganze Zeit, ob Paul hergekommen ist, weil er unsere Hilfe wollte? Was immer mit ihm nicht stimmte, er hatte seine klaren Momente. Zumindest hat er daran gedacht, mit uns über das zu sprechen, was mit ihm geschah – so steht es in seinen Unterlagen. Vielleicht wollte er dir etwas sagen, bevor ich kam, und brachte es nicht fertig. Dann kam er möglicherweise zurück, um es noch einmal zu versuchen, und diesmal ist er –«

»Delaney, hör auf, dich selbst zu quälen. Ich habe dir gesagt, daß es egal ist, aus welchem Grund er herkam, denn am Ende wollte er uns umbringen. Wir werden niemals erfahren, warum, aber genau das hätte er getan.«

Er schwieg einen Augenblick, dann griff er nach seiner Bloody Mary und trank einen Schluck.

Jordan beobachtete ihn. »Also, was ist mit dem Ausgehen?«

Er nickte.

»Sollen wir Alex dazu einladen?« fragte sie. »Ihm würde eine Abwechslung auch guttun.«

Er nickte wieder. Es würde nach der Beerdigung sein, die auch morgen stattfand, und danach würde Alex sicherlich einen Drink brauchen. Er sah Jordan hilflos an.

»Wie kann man zur Beerdigung von jemandem gehen, den man erschossen hat?« fragte er. »Pauls Mutter wird dort sein. Ich muß dauernd daran denken. Wie soll ich ihr gegenübertreten?«

Doch darüber hätte er sich keine Gedanken zu machen brauchen, wie er am nächsten Tag feststellte. Als Pauls Mutter die schreckliche Botschaft erfahren hatte, war sie schreiend zusammengebrochen. Seither weigerte sie sich sowohl den Tod ihres Sohnes zu akzeptieren, als auch anzuerkennen, daß er getan hatte, was ihm angelastet wurde. Sie befand sich derzeit in äußerst depressivem Zustand unter ständiger Aufsicht im Krankenhaus, ebenso wie Beths Mutter, die einen leichten Herzanfall erlitten hatte, nachdem sie in Pauls Haus ihre Tochter identifizieren mußte. All dies ging Delaney wohl zum hundertsten Mal durch den Kopf, als Pauls Sarg an ihm vorbeigetragen wurde. Alex war einer der Sargträger und suchte Delaneys Blickkontakt.

Delaney mußte sich zwingen, nicht auch bei ihm die Augen niederzuschlagen, wie schon bei anderen vorher, obwohl er wußte, daß sie keine Wut oder auch nur Zweifel gegen ihn hegten. Man hatte ihn nicht gebeten, sich als Sargträger zur Verfügung zu stellen, aber auch das war kein Seitenhieb gewesen. Als Schütze der tödlichen Schüsse hätte er sowieso abgelehnt. Jeder wußte, was passiert war und daß er keine Wahl gehabt hatte, und niemand beschuldigte ihn.

Um die endlose Kette der Gedanken zu unterbrechen, blickte er auf die kleine Trauergemeinde, die sich am Grab versammelt hatte. Zu klein war sie; nicht mehr als zwanzig Menschen hatten sich eingefunden. Paul war aktiv gewesen. Er hatte eine Menge Freunde gehabt. Wo waren sie alle? Zu Hause, weil sie nicht auf der Beerdigung eines wahnsinnigen, bösartigen Mörders gesehen werden wollten. Denn das wäre nicht zu vermeiden gewesen. Jeder Fernsehsender von Jackson und ein paar auswärtige, die Delaney nicht kannte, hatten ein Kamerateam geschickt. Freunde, dachte er.

Für einen Augenblick erfüllte ihn ein bitteres Gefühl. Dann verging es. Menschen waren eben Menschen. Das traf immer und überall zu. Sobald ein Problem auftauchte, sah man, wie viele Freunde man wirklich hatte.

Vielleicht war es eine Ehre, daß zwanzig da waren. Auf echte Freunde bezogen, war zwanzig eine große Zahl.

Dann begann Reverend Williams zu beten, und Delaney beugte den Kopf.

Kapitel 12

Als Reverend Williams nach dem Trauergottesdienst um den blumenbedeckten Sarg herumging, um Pauls Onkel die Hand zu schütteln, sah Delaney Alex auf sich und Jordan zukommen.

»He«, sagte er mit gedämpfter Stimme – nichts weiter. Delaney fragte sich, ob Alex angefangen hätte zu weinen, wenn er mehr gesagt hätte. Aus der Nähe sah er sogar noch schlechter aus als mit dem Sarg auf der Schulter; seine Augen waren immer noch blutunterlaufen, das ganze Gesicht sah eingefallen und müde aus, und irgendwie bewirkte Alex' offensichtliches Leiden, daß sich Delaney noch schlechter fühlte, als es vorher schon der Fall gewesen war.

Jordan lächelte Alex an und klopfte ihm auf die Schulter. Dann drehten sie sich alle drei um und gingen auf die Reihe der wartenden Autos zu.

Alex warf einen Blick zum Grab zurück. »Ich glaube, ich werde jedesmal, wenn ich zur Fakultät fahre, an den Professor denken, der nicht mehr dort lehrt. Er war wirklich ein guter Lehrer.«

Sie setzten ihren Weg fort. Als Delaney noch einmal zurückschaute, sah er, daß Pauls Onkel in seine Richtung blickte. Außer seiner Mutter war er Pauls einziger Verwandter. Der alleinstehende, kinderlose Onkel. Die Blutlinie brach ab. Verdammt, er brauchte diesen Drink wirklich – und nicht nur den einen. Er sah an Jordan vorbei zu Alex. »Wir wollen heute abend essen gehen, und wir würden uns freuen, wenn du mitkommst.«

Als Alex nicht sofort darauf einging, sagte Jordan: »Bitte. Wir würden uns wirklich freuen.«

»Mir ist eigentlich nicht danach, Jordan. Ich brauche etwas Schlaf.«

»Es wird uns allen guttun«, drängte Jordan. »Du mußt es versuchen und für eine Weile auf andere Gedanken kommen. Einfach nur nach Hause zu fahren und dazusitzen ...«

Alex überlegte einen Augenblick. »Können wir uns zu einem frühen Zeitpunkt verabreden? Ich brauche unbedingt etwas Schlaf.«

Jordan nickte. »Wie wäre es mit sieben? Dann könntest du um neun im Bett sein.«

»Sagen wir halb sieben.«

»Gut. Bist du mit Nick's einverstanden?«

Alex nickte und schloß Jordans Autotür. Als er davonging, sah sie ihm nach. »Er frißt alles in sich hinein. Man kann in seinen Augen sehen, daß es ihn fast umbringt. Nach Hause gehen und schlafen – das ist doch ein Witz. Er sieht nicht so aus, als hätte er viel Schlaf gefunden, seit es passiert ist.«

Delaney hörte sie sprechen, schenkte ihren Worten aber kaum Aufmerksamkeit, sondern drehte sich noch einmal zum Grab um, wo Pauls Onkel immer noch in seine Richtung starrte. Gott, was konnte den Mann abhalten, ihn zu hassen?

»Willst du zurück ins Labor?« fragte Jordan.

»Ich muß mich irgendwie beschäftigen.«

»Täte mir wahrscheinlich auch gut. Aber noch lieber möchte ich jetzt bei den Kindern sein.«

Als Delaney das Labor betrat, waren dort unter Carols Beobachtung mehrere Studenten beschäftigt. Sie sahen nicht auf, was aber nicht an Carol lag. Sie wußten einfach nicht, was sie sagen sollten, dachte er. Und was gab es auch zu sagen? Er versuchte diese Gedanken zu verdrängen. Deshalb war er schließlich ins Labor gefahren.

Wenig später hatte er Jackett und Schlips, die er bei der Beerdigung getragen hatte, im Büro abgelegt, einen weißen Laborkittel übergezogen und sich in seine Arbeit vertieft. Geschickt bemühte er sich, den Extrakt aus einem Teil einer Regenwaldpflanze zu gewinnen und einen anderen zu zerstoßen und zu zerreiben. Und es funktionierte – es gab lange Phasen, in denen er nicht Pauls Gesicht vor sich sah.

Innerhalb einer Stunde hatte er eine der simpleren ersten Stufen der Suche nach einem neuen Arzneimittel erreicht. Er nahm eine der Petrischalen, in der auf dem oberen Teil des Nährbodens bereits infektiöse Bakterien gewachsen waren, aus dem Brutschrank, in den Carol sie gestellt hatte. Dann setzte er sich eine Maske auf und strich mit einem Tupfer zuerst über die Bakterien und anschließend mehrmals über die untere, klare Hälfte des Nährbodens, wodurch er einige Bakterien an einer neuen Stelle implantierte.

Als nächstes strich er den milchigen Extrakt der Blätter einer der Pflanzen über die Hälfte des oberen Teils und den gesamten unteren Teil. Wenn der Extrakt eine Hemmwirkung auf die Bakterien hatte, würde es sich im bestrichenen Teil zeigen, indem das Wachstum der Bakterien entweder aufhörte oder sich verlangsamte. Blieb die Hemmwirkung auf die bereits entwickelten Bakterien aus, wirkte der Extrakt möglicherweise vorbeugend, indem er die neu ausgebrachten Bakterien hinderte, im Nährboden anzuwachsen.

Doch so angestrengt er auch versuchte, an nichts anderes zu denken als die Laborarbeit, sah er plötzlich wieder Pauls Gesichtsausdruck vor sich, bevor er zu Boden gestürzt war. Nach den Schüssen schien sich die rasende Wut auf seinem Gesicht in Erstaunen verwandelt zu haben. Fragend vielleicht. Begreifend. Und ein bißchen traurig. Dann war er gefallen und hatte sich auf dem Erdboden vor Schmerzen gekrümmt.

Um sieben Uhr dreißig saß Delaney in einer Nische neben der kurzen Mauer, die zur zweiten Etage von Nick's hinaufreichte. Er hatte mit Krabben gefüllte Aubergine bestellt, während Jordan und Alex das Fischgericht des Tages nahmen. Obwohl ihm genausowenig wie Alex nach Ausgehen zumute gewesen war, stellte er fest, daß er nicht nur das Essen genoß, sondern sich auch in einem gewissen Maß entspannte.

Er griff nach seiner Bloody Mary und nippte daran, während ein Mann auf ihn zukam, ein Arzt, den er flüchtig kannte. Der Mann nickte und lächelte ihm zu, als er an ihm vorbeiging, und Delaney ertappte sich dabei, daß er in seinem Gedächtnis nach dem Fachgebiet des Arztes suchte. Jetzt hatte er es. Er war Gynäkologe. Ein Psychiater wäre im Augenblick von größerem Nutzen, dachte er und schmunzelte in sich hinein. Tatsächlich, er schmunzelte. Nun, das war ein Anfang, und der war dringend nötig.

Aus dem abgetrennten Barbereich auf der anderen Seite des Restaurants scholl Gelächter herüber, und er hätte gewünscht, auch fröhlich sein zu können. Doch dann fühlte er sich plötzlich schuldig, weil er sich etwas so Einfaches wünschte wie, sich besser zu fühlen. Er atmete tief durch und hob das Glas an den Mund. Jordan lächelte ihn kurz an und wandte sich dann wieder dem Gespräch mit Alex zu, der ihr gegenüber saß.

Delaney bemerkte an einem Tisch neben dem Empfang einen Mann, den er fast sofort wiedererkannte. Es war der Besitzer eines Autohauses in Jackson, in dem ein Verkäufer vor ein paar Jahren versucht hatte, ihm und Jordan einen Gebrauchtwagen als »besonderes Schnäppchen« anzudrehen.

Es war ein zwei Jahre alter Lincoln gewesen, ein schönes Auto – dunkelrot mit einer helleren Innenausstattung. Aber es hatte augenscheinlich einen Unfall hinter sich. Die eine Seite der Fahrertür saß lockerer als die andere; auf der Karosserie war ein leichter Farbunterschied zu erkennen, und eine Chromverzierung war geringfügig verbogen. Was immer die Schäden verursacht hatte, es war mit Wucht aufgeprallt.

Sein Blick wanderte weiter zu einem Paar an einem anderen Tisch. Den Mann kannte er von einem Foto, das er im *Clarion Ledger* gesehen hatte. Ein Ölindustrieller. Delaney fand, daß er jünger aussah als auf dem Foto. Seine Beobachtungen wurden von einer Kellnerin unterbrochen, die warme Brötchen auf den Tisch stellte.

Delaney sah zu Alex, der in seinem Essen herumstocherte. Sein Fisch war fast unberührt. Und auf seinem Gesicht lag ein merkwürdiger Ausdruck. Nicht traurig; vielmehr so, als wäre er krank.

Alex bemerkte den Blick, und ein kleines, halbherziges Lächeln erschien auf seinem Gesicht. »Paul, nehme ich an«, sagte er und schaute kurz auf seinen Teller, bevor er die Gabel in den Fisch stach und hastig zu essen begann. »Ich glaube, ich muß mich dazu zwingen«, erklärte er.

In diesem Augenblick kam eine blonde Frau an ihrem Tisch vorbei, und Delaney mußte an Beth denken. Ihre Mutter hatte sie zur Beisetzung in ihre Heimat nach South Carolina überführen lassen. Dann sah er wieder Paul vor sich und vermochte das Bild nicht abzuschütteln.

Wie, um alles in der Welt, bist du plötzlich verrückt geworden?

In Miami war es gerade erst dunkel geworden, aber der alte Penner hatte nichts, wofür es sich lohnte, wach zu bleiben. Er leerte die letzten Tropfen aus seiner Flasche und legte sie neben sich; dann drehte er sich in der großen Schiffskiste auf die Seite und zog eine verdreckte Decke über die Schultern.

Die große Ratte kreischte ihn voller Wut an, als sie durch die Luft in sein Gesicht sprang. Der Penner reagierte mit betrunkener Benommenheit und glaubte zuerst, jemand hätte etwas in seine Kiste geworfen. Doch dann senkten sich die gebogenen, schmutziggelben Zähne tief in seine Wange, und er schlug mit dem Arm schreiend auf den dicken Körper ein.

Aber die Ratte verbiß sich nur noch fester, und so griff der alte Mann nach ihr und versuchte sie wegzuzerren. Als die Ratte nach seinen Händen schnappte, schleuderte er sie fort und kroch aus der Kiste.

Die Ratte gab sich jedoch nicht geschlagen und griff auf ihren drei Beinen von neuem an. Diesmal trat der Penner mit aller Kraft nach ihr, traf sie unter der Brust und schleuderte sie rücklings gegen die Backsteinmauer an der Seite des Durchgangs.

Auf dem Boden gelandet, rollte sie sich herum, kam wieder auf die Pfoten, und als der Mann sie zu zertrampeln versuchte, biß sie in seine Sohlen. Selbst als ihr Rückgrat brach und sie auf die Seite fiel, schnappte sie noch nach den Sohlen, bis kein Lebenshauch mehr in ihrem Körper war.

Der alte Mann taumelte zurück und griff sich an die Wange. Unter seiner Hand sickerte Blut hervor.

Kapitel 13

Zerstoßen, zermahlen, filtern, aufrühren, erhitzen, mischen – Delaney versuchte weiter, seinen Kopf zu beschäftigen. Dann betrat Alex, von einigen seiner Studenten gefolgt, das Labor.

»Ich hoffe, es stört dich nicht«, sagte er. »Ich wollte, daß sie einen Eindruck aus erster Hand gewinnen.«

Jordan stand lächelnd von ihrem Stuhl auf und ging zu den Studenten hinüber. Alex stellte sie und Delaney vor, ging dann zu einem der Probenbehälter und wandte sich zu seinen Studenten um.

»Diese speziellen Proben bringen möglicherweise nichts ein«, dozierte er. »Die Wahrscheinlichkeit spricht dagegen. Neue Funde sind nicht so leicht zu machen. Tatsächlich könnte auch dann jedes Resultat ausbleiben, wenn man von jeder Pflanze des Regenwalds, aus allen Regenwäldern der Welt, Proben genommen hätte.«

Die Studenten hörten aufmerksam zu. Sogar Carol. Alex galt als einer der besten Lehrer der Fakultät – und als einer der anspruchsvollsten. Für seine Kurse schrieben sich nur Studenten ein, die ihr Studium ernstnahmen, und der Ausdruck auf den Gesichtern sagte Delaney, daß er es mit einer weiteren Elitegruppe zu tun hatte.

»Aber das bedeutet gar nichts«, fuhr Alex fort. »Selbst wenn es gegenwärtig keine Regenwaldpflanze geben sollte, aus der sich ein neues Arzneimittel gewinnen ließe, wird es sie eines Tages geben. Das ist das Schöne am Regenwald. Die Pflanzen mutieren ständig und bringen neue Pflanzen mit anderem Aussehen und anderer Zusammensetzung hervor. Deshalb kann ein Heilmittel, das heute noch nicht existiert, morgen trotzdem vorhanden sein. Eines Tages wird es das jedenfalls. Solange die Wälder sich in Ruhe entwickeln können, wie sie es seit Jahrhunderten ...« Er hielt einen Augenblick inne. Dann fügte er rasch hinzu: »... wie sie es seit Jahrhunderten getan haben.«

Bei der Unterbrechung merkte Alex, wie Delaney ihn musterte, doch dann vertiefte er sich schnell wieder in seinen Vortrag. »Wenn Ihnen also jemand sagt, es gebe keinen Beweis dafür, daß wir Probleme mit der Ozonschicht haben, daß niemand nachgewiesen habe, welchen Wert die Regenwälder in dieser Hinsicht besitzen, dann entgegnen Sie, daß dies nicht der Punkt sei. Sagen Sie ihm, von wirklicher Bedeutung sei eine Tatsache, die unbestreitbar feststeht: Die Regenwälder sind der Ort, an dem wir viele Arzneimittel finden werden. Das war in der Vergangenheit so, und es wird in der Zukunft so sein. Vorausgesetzt, sie werden für diesen Zweck erhalten.

Außerdem sollten Sie sich Folgendes immer vor Augen halten. Viele Krankheitserreger werden schnell immun gegen die vorhandenen Antibiotika. Letztlich wird es allen Krankheitserregern so ergehen. Das ist die Natur dessen, was passiert, wenn Antibiotika eingesetzt werden. Zwar werden die meisten der die Krankheit verursachenden Erreger getötet, aber einige, die gegen das jeweilige Mittel resistent sind, bleiben am Leben, besonders dann, wenn das Medikament nicht regelmäßig oder in zu schwacher Dosierung eingenommen wird.

Ohne die Konkurrenz ihrer schwächeren Verwandten vermehren sich diese resistenten Organismen rasch und verursachen schließlich eine neue, hartnäckigere Form der Krankheit. Dann sind stärkere Antibiotika erforderlich, und der Vorgang wiederholt sich – die widerstandsfähigsten Organismen überleben und vermehren sich zu einem noch robusteren Krankheitserreger. Am Ende gibt es kein Antibiotikum mehr, das stark genug wäre, um die Krankheit zu bekämpfen. Das passiert mit jedem Antibiotikum, war schon immer so. Und wenn es kein neues Antibiotikum gibt, um die Krankheit niederzuhalten, stirbt der Patient. In den Labors werden synthetische Antibiotika entwickelt. Doch sie werden allein niemals genügen. Die Schlußfolgerung ist sehr schlicht: Keine Regenwälder, keine neuen Heilmittel aus der Flora, und der Mensch könnte den Weg der Dinosaurier gehen. Die im übrigen möglicherweise durch die einfachsten Killer ausgerottet wurden, kleine Bakterien, die nicht einmal ein Hundertmillionstel so groß waren wie sie. Ich –«

Wieder eine überraschende Unterbrechung, während seine Hand an den Bauch fuhr oder fahren wollte, denn sie hielt vorher inne. Delaney bemerkte, wie Alex' Blick wieder an ihm hängenblieb. Ein winziges Lächeln. Dann sagte er: »Was muß ich auch einen verdammten Burito zum Frühstück essen.«

Einige Studenten grinsten. Alex wandte sich ihnen wieder zu. »Nun, das ist genug langweiliges Gerede für heute.« Er warf einen Blick auf seine Uhr. »Oh, ich komme zu spät zu einer Verabredung.« Er lächelte Jordan höflich zu und ging dann zur Tür.

Die Studenten sahen ihm einen Moment nach, dann löste sich die Gruppe langsam auf. Einige von ihnen näherten sich dem Tisch, um die Proben genauer zu betrachten.

Delaney hörte eine Studentin sagen: »Die würde sich gut auf der Terrasse machen.«

Doch schon eine Minute später strebten die letzten Studenten der Tür zu. Carol und die Assistenten waren wieder ungestört.

Delaney starrte immer noch auf die Tür. *Sein Gesicht,* dachte er. Es hatte ihn an Pauls erinnert, als es ihm auf dem Frachter so schlechtging. Alex hatte schon während der letzten beiden Tage der Rückfahrt so ausgesehen – und jetzt wieder.

Zwei afroamerikanische Studenten kamen auf dem Weg zur Tür in Delaneys Blickfeld, und er eilte ihnen hinterher.

»Einen Moment, bitte.«

Die beiden sahen sich nach ihm um.

»Hat er sich verhalten, als ob er krank wäre? Ich meine, schon vor heute?«

»Wie bitte?« gab der Größere der beiden zurück.

»Alex. Dr. Brister. Hat er sich irgendwie ungewöhnlich verhalten, seit er zurück ist? In seinen Vorlesungen?«

Der Student schien überrascht zu sein. »Es hat keine Vorlesungen gegeben. Heute war Dr. Brister zum ersten Mal wieder da.«

Er war während der letzten beiden Tage der Rückfahrt krank gewesen, fuhr es Delaney durch den Kopf.

Gestern abend bei Nick's war er immer noch blaß und hat in seinem Essen herumgestochert, als wollte er es nicht. Erst als es auffiel, hat er es schnell hinuntergeschlungen. Fast, als würde er sich dazu zwingen.

Jetzt brachte er plötzlich seine Studenten ins Labor, was noch nie zuvor geschehen ist. Nicht ein einziges Mal in über zwölf Jahren, obwohl er seine Vorlesungen im Nachbargebäude abhielt. Aber jetzt hatte er es getan. Als wollte er irgend etwas beweisen.

Wie z. B., daß mit ihm alles in Ordnung ist.

Aber er war nicht in Ordnung. Die abrupten Unterbrechungen in seinem Vortrag, einmal der Griff an den Bauch.

Pauls Seekrankheit, seine angebliche Seekrankheit, hat dazu geführt ...

Delaney wurde auf einmal von einer Furcht ergriffen, wie er sie noch nie verspürt hatte.

Als er Jordan seine Gedanken darlegte, schüttelte sie den Kopf, noch bevor er ausgesprochen hatte. »Kummer kann krankmachen, Delaney. Er ist wegen Paul schrecklich durcheinander. Geh und schau in den Spiegel; du selbst siehst auch nicht sehr gut aus.«

»Aber ich bin nicht krank. Und ich bin es seit unserer Rückkehr nicht gewesen. Er war während der letzten beiden Tage der Rückpassage krank, am nächsten Tag hat ihn etwas anderes davon abgehalten, seine Vorlesungen zu halten, und jetzt ist er wieder krank – krank genug, um nach seinem Bauch zu greifen, als würde er ihm Probleme bereiten. Vielleicht ist er so krank wie Paul.«

Jordan runzelte die Stirn. »Delaney, sag so etwas nicht. Deute es nicht einmal an. Zwei Menschen sollten binnen weniger Tage wahnsinnig werden – durch eine Krankheit? Absurd.«

»Ich weiß.«

Sheriffsbüro und Gefängnis von Rankin County befanden sich in Brandon, einer Schlafstadt ein paar Meilen außerhalb von Jackson. Die oberen beiden Etagen des dreistöckigen Backsteinhauses am Ende einer schmalen Asphaltstraße, die auf der einen Seite vom alten Gerichtsgebäude von Rankin County und auf der anderen von einer Reihe kleiner Geschäfte und einer Anwaltskanzlei gesäumt wurde, nahm das Gefängnis ein. Im Parterre, halb im Erdboden vergraben, lag Sheriff E. B. Langstons Büro. Delaney war schon häufig dort gewesen.

»Ich weiß nicht«, sagte Langston gerade kopfschüttelnd.

»Mir ist klar, daß die Wahrscheinlichkeit bei eins zu einer Million steht, Sheriff. Gott, ich hoffe, sie ist noch kleiner. Aber nachdem ich Pauls Aufzeichnungen über seine Krankheit gelesen habe, kann ich die Möglichkeit nicht einfach abtun.«

Langston erwiderte vorerst nichts. So verhielt er sich, seit ihm Delaney seine Überlegungen auseinandersetzte – kaum einmal ein Wort von sich gebend und die meiste Zeit über mit einem skeptischen Ausdruck auf dem Gesicht. Ein- oder zweimal hatte er jedoch die Augenbrauen hochgezogen und offenbar aufmerksamer zugehört. Jetzt schlug er mit den Händen vor sich auf den Schreibtisch.

»Okay, Delaney«, gab er sich geschlagen, »ich mache mit. Ich werde es bedauern, das ist so sicher wie das Amen in der Kirche, aber ich mache trotzdem mit. Also, was tun wir jetzt?«

Bevor Delaney antworten konnte, fügte Langston hinzu: »Aber zuerst –« Er nahm ein Blatt Papier von seinem Schreibtisch. »Das könnte zum Teil erklären, warum Paul es auf deine Frau abgesehen hatte. Oder dich. Er hat jedenfalls schon lange darüber nachgedacht.« Er hielt Delaney das Blatt hin. »Ein Deputy hat es in einer Kommode in Pauls Haus gefunden.«

Es war ein gefaltetes Notizblatt, wie es in der Fakultät benutzt wurde, über die Jahre verblaßt und von vielen Berührungen abgenutzt. Oben auf der Seite stand in Tinte geschrieben sein Name. Der Text lautete:

Delaney,
ich bin zu Paul hinübergegangen, um Schluß mit ihm zu machen. Das ist die einzige Möglichkeit, anständig zu sein. Aber er soll niemals erfahren, daß es etwas mit Dir zu tun hat. Ich möchte ihn nicht auf diese Weise verletzen.

In Liebe
Jordan

Kapitel 14

Alex' Haus lag an einer Straße, die in Pearl in den Highway 80 einmündete, fünfzehn Autominuten von Castlewoods entfernt. Es war ein kleines, einstöckiges, gelbes Backsteinhaus, das nur von ein paar Büschen umgeben war. Bis auf ein Nachtlicht, das hinter den Vorhängen des großen Panoramafensters auf der Vorderseite des Hauses kaum sichtbar war, lag es im Dunkeln, obwohl Alex' brauner Buick im Carport stand. Sheriff Langston fuhr zweimal, ohne anzuhalten, vorbei. Delaney schwieg; er mußte immer noch über die mehr als zwölf Jahre alte Nachricht nachgrübeln.

Als sie zum dritten Mal an dem Haus vorbeifuhren, schüttelte Langston den Kopf. »Ich weiß nicht. Ich meine, selbst wenn du den Nagel auf den Kopf getroffen hast, kannst du nicht erwarten, ihn auf frischer Tat zu ertappen, wenn du jetzt hineingehst. Ich meine bei einer Tat, wie du sie für möglich hältst.«

Delaney zwang seine Gedanken in die Gegenwart zurück. »In Pauls Aufzeichnungen steht, daß die Krankheit ihn nachts am schlimmsten quälte. Wenn ich zurückdenke, so haben wir ihn auf der ganzen Fahrt nach Miami abends nie zu Gesicht bekommen. Und als wir Alex gestern zum Abendessen eingeladen haben, hat er eine Zeit vorgeschlagen, die es ihm erlaubte, vor Einbruch der Dunkelheit wieder zu Hause zu sein.« Er überlegte einen Augenblick. »Himmel, ich weiß nicht. Ich reime mir das alles so zusammen, aber ich bin mir nicht sicher.«

Langston warf ihm einen Seitenblick zu, schaute dann wieder auf die Straße und fuhr sich kopfschüttelnd durch die Haare. »Zum Teufel, Delaney, als ich das Zeug, das Paul geschrieben hat, zum ersten Mal las, habe ich es für das Gefasel eines Irren gehalten. Und jetzt sagst du mir, daß es das möglicherweise nicht ist.« Er klopfte mit den Fingern nervös aufs Lenkrad. »Ich weiß nicht, Delaney. Ich verstehe ja, daß eine Panik vermieden werden soll, aber wenn etwas mit ihm nicht stimmt, warum bringen wir ihn dann nicht einfach nach Whitfield und isolieren ihn in einem Flügel für verrückte Kriminelle, um ihn zu beobachten?«

Delaney schüttelte den Kopf. »Damit jeder im County – nein, zum Teufel, im ganzen Land – in ein paar Tagen von der Krankheit erfährt? Falls ich recht habe, kann er im Gefängnis bleiben, ohne daß jemand weiß, warum, bis Washington die Sache übernimmt – oder wer auch immer. Tun wir das nicht und das Gerücht verbreitet sich, daß jeder, der auf dem Schiff war, die Krankheit verbreiten könnte, findet sich vielleicht noch irgendein Spinner, der einen von ihnen umlegt.«

»Also setzen wir uns selbst dem Risiko aus?« fragte Langston.

»Weder Jordan noch ich sind krank geworden. Wenn es eine Krankheit ist, ist sie nicht ansteckend; sie haben sie bekommen, weil sie etwas Bestimmtes getan oder gegessen oder ... Gott, ich weiß es nicht. Aber wie gesagt, zumindest ist sie nicht leicht übertragbar, oder Jordan und ich hätten sie auch. Und irgend jemand muß ihn in Gewahrsam nehmen – falls ich recht habe.«

Langston schwieg einen Augenblick. Dann erwiderte er: »Immer wieder die Einschränkung *›falls du recht hast‹*. Angenommen, deine Vermutung stimmt, wieso, glaubst du, sollte er friedlich mit uns durch diese Tür gehen?«

»Sie wissen nicht, wie sehr ich hoffe, Sheriff, wie verzweifelt ich mit wünsche, daß ich mich irre. Sollte das nicht der Fall sein, hoffe ich wenigstens, daß er sich durch gütliches Zureden davon überzeugen läßt, daß ihm keine andere Wahl bleibt.«

»So wie du Paul gut zugeredet hast?«

Delaney starrte ihn an.

Langston hielt dem Blick stand. »Mach dir nichts vor, Delaney. Ich will dir damit nur klarmachen, wie es ausgehen könnte, wenn deine Vermutungen stimmen. Und vielleicht wäre es am besten so – falls du recht hast.«

»Sheriff, Paul war mein Freund, und auch Alex ist es. Ich kenne ihn seit dem College. Seinetwegen bin ich hier – ich will nicht, daß er so endet wie Paul. Ich will, daß er in Gewahrsam genommen wird, nicht nur bevor er jemand anderen verletzen kann, sondern auch um zu vermeiden, daß er selbst verletzt wird. Wir müssen es herausfinden.«

Langston überlegte ein paar Sekunden, während er einen weiteren Block entlangfuhr. Dann stoppte er den Wagen, fuhr rückwärts in eine Auffahrt und fuhr in der Richtung von Alex' Haus wieder auf die Straße. »Okay, ich werde zwei Häuser hinter seinem anhalten, und wir gehen zu Fuß zurück. Dann können wir ihn, falls du recht hast, zur Hintertür hinausbringen, und niemand wird uns sehen.«

Nachdem sie angehalten hatten, öffnete Langston seine Jacke und löste den Sicherheitsgurt an seinem Halfter. Delaney drückte die Beifahrertür auf. Die Aussicht, herauszufinden, ob er mit seinem Verdacht richtig lag, beschleunigte seinen Puls. Er betete, daß er absolut, lachhaft, wahnwitzig im Unrecht war.

Kurz darauf bogen sie vom Bürgersteig ab und eilten auf Alex' Haustür zu. Delaney drückte auf den Klingelknopf.

Langston sah ihn unsicher an. »Was sollen wir sagen, wenn sich herausstellt, daß alles Unsinn war?«

»Geben Sie vor, Pauls Fall nachzugehen. Stellen Sie ihm ein paar Fragen über seine Beobachtungen auf dem Schiff. Sagen Sie ihm, Sie hätten mich gerade befragt und ich sei mitgekommen.« Er drückte noch einmal auf den Klingelknopf.

Langston sah über die Schulter auf die schwach erleuchtete Straße und schüttelte zweifelnd den Kopf. »Wenn die Polizei von Pearl vorbeikommt und uns hier stehen sieht, während mein Wagen ein Stück weiter versteckt ist, was soll ich dann sagen? Das bringt mich wirklich ins Grübeln. Soll ich etwa bekennen, daß ich dem Sohn eines alten Freundes helfe, der mit einer völlig verdrehten Idee zu mir gekommen ist? Die Wahlen stehen bevor; man wird denken, ich hätte nicht mehr alle Tassen im Schrank.«

Delaney fragte sich immer noch, ob nicht er derjenige war, der verrückt geworden war. Aber selbst wenn er nun widerlegt werden sollte, wäre das dann das Ende, oder würde er Alex noch einmal überprüfen wollen? Und dann noch einmal und noch einmal? Wie oft würde er sich überzeugen müssen, bevor er einsah, daß seine Schlußfolgerungen wirklich lächerlich gewesen waren? Er schüttelte gereizt den Kopf und drückte wieder auf den Klingelknopf.

Alex lief der Schweiß am Körper herunter und durchnäßte seine Unterwäsche. Keine sechs Meter von Sheriff

Langston und Delaney entfernt, spähte er durch die Jalousie vor dem Schlafzimmerfenster.

Er beobachtete, wie Delaney noch einmal auf die Klingel drückte und hörte dem Glockenspiel zu, bevor er sich umdrehte und langsam aus dem Zimmer in den hinteren Teil des Hauses ging.

Delaney untersuchte den Türknauf, der sich überraschenderweise drehen ließ und warf Langston einen fragenden Blick zu.

»Das ist Einbruch.«

»Sie sind der Sheriff.«

»Wo ist der Durchsuchungsbefehl? Und welcher Richter wäre verrückt genug, mir einen auszustellen?«

Delaney sah auf die Rückfront von Alex' Buick. »Wenn er nicht hier ist, wo ist er dann?«

»Gehst du nie mit Freunden irgendwohin?«

»Ich glaube nicht, daß er unterwegs ist.« Damit drückte er die Tür auf.

Das Wohnzimmer lag im Dunkeln. Er schob die Hand um den Türrahmen herum und fand die Lichtschalter. Die Lampen gingen an.

Das Wohnzimmer sah aus, als wäre es von einem Wirbelsturm erfaßt worden. Neben dem Sofa lag eine zerbrochene Lampe auf dem Fußboden, der Couchtisch war auf die Seite gekippt, und an der gegenüberliegenden Wand waren Löcher in die Tapete gerissen. Delaney verspürte einen Stich im Magen, während Langston nervös auf seine Jacke klopfte, um sicherzugehen, daß seine Waffe im Halfter steckte.

Alex trat durch die Hintertür hinaus und ging auf die Hecke zu. Kurz bevor er sie erreichte, blieb er stehen.

Für einen langen Augenblick verharrte er dort, dann drehte er sich um und sah zum Haus zurück.

Bevor Langston den Flur betrat, streckte er vorsichtig den Kopf vor, um hineinzusehen. »Die Schlafzimmer befinden sich hier, nehme ich an.«

Delaney nickte. »Zwei Schlafzimmer und ein Bad.«

»Es sind aber vier Türen.«

»Eine gehört zu einer Toilette.«

Langston streifte die Jacke über dem Halfter zurück und begann mit der Durchsuchung. Die ersten beiden, einander gegenüberliegenden Türen standen halb offen. Er stellte sich neben die linke Tür, sah zu der auf der rechten Seite hinüber und streckte dann die Hand aus und drückte die Tür ganz auf.

Trotz des Wohnzimmerlichts im Rücken war es zu dunkel, um mehr zu erkennen als den Umriß eines an der Wand stehenden Betts. Langston schaute über die Schulter zum Ende des Flurs, dann griff er um den Türrahmen herum und schaltete das Licht ein.

Rechts neben dem Bett stand eine Schranktür halb offen. Auf der linken Seite war eine geschlossene Tür zu sehen.

»Ein Bad«, sagte Delaney.

Langsam gingen sie in das Zimmer hinein.

Alex betrat das Haus durch die Vordertür, blieb am Fluranfang stehen, spähte hinein und ging dann in die Küche.

Langston verließ das letzte Schlafzimmer und ging ins Wohnzimmer zurück. In der gegenüberliegenden Wand befand sich ein breiter Durchgang. »Wohin geht es dort?« fragte er.

»In ein Arbeitszimmer.«

Langston blickte nach links in die Küche. »Gibt es ein Eßzimmer?«

»Zwischen Arbeitszimmer und Küche.«

»Wenn er hier ist, weiß er, daß wir im Haus sind«, sagte Langston. Dabei blickte er auf den umgekippten Couchtisch.

Delaney nahm den strengen Geruch von Erbrochenem wahr. Obwohl er vorhin an derselben Stelle gestanden hatte, war ihm da der Geruch nicht aufgefallen.

Langston rümpfte die Nase. »Riechst du das?«

Delaney nickte.

Langston warf einen Blick in Richtung Arbeitszimmer. »Wenn du jemals in der Zelle eines Besoffenen gewesen bist, kennst du den Unterschied zwischen altem und frischem Erbrochenen. Frisches hüllt dich mit einer strengen, bitteren Geruchswolke ein.« Er zog seine Automatik aus dem Halfter.

»Alex?« rief Delaney.

Langston warf ihm einen Seitenblick zu.

»Alex, hier ist Delaney. Ich bin hier, um dir zu helfen.«

Langston schaute durch die Küche auf die Hintertür. »Ich gehe durchs Arbeitszimmer«, sagte er. »Aber ich kann nicht an zwei Orten gleichzeitig sein. Wenn wir beide von dieser Seite kommen, kann er in die Küche gehen und durch die Hintertür entkommen.«

Delaney sah in Richtung Küche und nickte. Dann machte er einen Schritt auf die Küchentür zu.

»Wenn du willst«, sagte Langston, »kann ich hier warten und beide Räume im Auge behalten, während du zum Auto zurückgehst. Im Kofferraum liegt ein Gewehr.«

Delaney schüttelte den Kopf.

»Bist du sicher?«

Delaney nickte.

»Ich würde aber wenigstens etwas in die Hand nehmen.«

Delaney sah auf einen Stuhl, der in der Nähe stand, ging zu ihm, hob ihn an und warf noch einen kurzen Blick auf den Durchgang zum Arbeitszimmer, wo Langston sich befand. Dann verschwand er in der Küche, die teilweise von dem Wohnzimmerlicht erleuchtet wurde.

Die Tür zum Eßzimmer stand offen, aber es lag im Dunkeln; das Licht reichte nicht so weit. Delaney fand den Lichtschalter neben der Tür zum Wohnzimmer und betätigte ihn.

In dem jetzt ins Eßzimmer fallenden Licht konnte er den kurzen Holztisch mit den sechs Stühlen deutlich erkennen. Was beiderseits der Tür war, konnte er nicht sehen. Er bewegte sich auf die Tür zu.

Einen halben Meter vor der Tür blieb er stehen, hob den Stuhl an die Brust und beugte sich vorsichtig vor.

Im Arbeitszimmer ging das Licht an, und Langston erschien in der Tür auf der anderen Seite des Eßzimmers.

»Also, wo ist er?« fragte er, während er auf die Hintertür zuging.

Sie war nicht verschlossen, und er öffnete sie. »Hat er uns kommen gesehen und ist nach draußen gegangen?« Er stellte sich in die Tür und schaute zur Hecke hinüber.

Delaney hatte Alex nicht hinter sich bemerkt.

»Gott, hilf mir, Delaney!«

Delaney wirbelte herum, während Langston einen Schritt zurück auf die Treppe machte und seine Pistole hob.

Alex reckte die Hände über den Kopf. »Hilf mir, bitte, um Gottes willen!« schrie er und fiel auf die Knie. Sein großer Körper zitterte. »Bitte«, stieß er, zu Delaney hochblickend, hervor. »Bitte. Du mußt irgend etwas tun!«

Kapitel 15

Es war kurz vor Morgengrauen und kalt. Delaney rieb sich über die Arme, während er zum Gefängnis zurückblickte. Dann sah er zum Konföderationsdenkmal, dem Mittelpunkt der kleinen Innenstadt von Brandon. Der einsame, krumm dastehende Soldat auf der Spitze des hohen Bauwerks starrte verzweifelt in Richtung Jackson, fast so, als würde er auch auf Jordan warten.

Dann kehrten Delaneys Gedanken zu der Krankheit zurück. Denn um eine solche mußte es sich handeln, wenn zwei Menschen innerhalb weniger Tage die gleichen Symptome zeigten, und das wenige Tage nach der Rückkehr aus Brasilien. Sie mußten die Krankheit dort bekommen haben, nicht erst auf dem Schiff, denn Paul war schon kurz nach dem Auslaufen krank geworden.

Etwas in Brasilien mußte sie verursacht haben. Irgend etwas irgendwo im Regenwald, in den Sümpfen, auf den Bäumen oder in der kleinen Hafenstadt. Und etwas, mit dem Paul und Alex zu unterschiedlichen Zeiten in Berührung gekommen waren.

Aber wieso zu unterschiedlichen Zeiten? Sie waren überall zusammengewesen. Dieser Gedanke zog einen anderen nach sich, der ihn schon einmal nervös gemacht hatte: Wo waren Paul und Alex gewesen, wo Jordan und er selbst nicht auch waren? Nirgends.

Er drängte diese Frage beiseite und konzentrierte sich darauf, einen Grund dafür zu suchen, daß die ersten Anzeichen der Krankheit bei Paul früher als bei Alex aufgetreten waren. Möglich wäre, daß sie die Krankheit gleichzeitig bekommen haben, aber Alex' Immunsystem stärker war als Pauls, so daß die Krankheit länger aufgehalten wurde.

Delaneys Gedanken wanderten wieder zu Jordan und ihm selbst – und jetzt kam noch die Sorge hinzu, weil sie mit Missey und Ryder zusammengewesen waren.

»Verdammt«, stieß er laut hervor, um seine Angst zu übertönen. Er tastete in seiner Brusttasche nach einer Zigarette. Das passierte ihm zum ersten Mal, seit er aufgehört hatte zu rauchen, und das war vor zehn Jahren gewesen. Aber jetzt wollte er eine – sogar sehr. Dann strich das Scheinwerferlicht eines Streifenwagens, der in die schmale Straße einbog, über ihn hinweg. Als das Auto vor dem Gefängnis hielt, ging Delaney hinüber, um den uniformierten Polizisten abzufangen, einen älteren Mann, den er noch nie gesehen hatte.

»Sie rauchen nicht zufällig, oder?«

Der Polizist musterte ihn einen Augenblick, dann griff er in seine Hemdtasche. »Sind aber nur Lights«, sagte er und hielt Delaney das Päckchen hin.

Delaney nahm es, zog eine Zigarette heraus und gab das Päckchen zurück.

»Haben Sie auch Feuer?«

Diesmal griff der Polizist in die Hosentasche und holte ein verchromtes Feuerzeug hervor, entzündete es und hielt Delaney die Flamme hin. »Muß ich Sie erst anstupsen, damit Sie sie anmachen?«

Delaney zwang sich ein Lächeln ab, beugte sich vor und steckte die Zigarette an. Der erste Zug füllte seine Lunge. Er brachte ihn weder zum Husten, wie er es nach so langer Zeit erwartet hatte, noch schmeckte er schlecht. Tatsächlich schmeckte er besser als in der Erinnerung.

»Danke.«

Der Polizist nickte und stapfte auf das Gefängnis zu. Bevor er die Treppe zum Eingang hinunterging, warf er noch einen Blick über die Schulter zurück.

Wahrscheinlich überlegt er, was das für ein Idiot ist, dachte Delaney. Was er wohl denken würde, wenn er wüßte, in welche Gefahr er sich möglicherweise begeben hat, als er mir nahekam.

Das war einer der Gründe, weshalb er vor dem Gefängnis auf Jordan wartete. Im Innern waren zu viele Menschen zu ihm gekommen, um mit ihm zu reden. Und obwohl er Langston gesagt hatte, daß er die Krankheit nicht für leicht übertragbar halte, sie vielleicht gar nicht ansteckend sei, weil Jordan und er sie nicht bekommen hatten, blieb die Möglichkeit doch bestehen.

Wegen dieser Möglichkeit saß Alex jetzt als einziger Gefangener in einem ansonsten leeren Zellentrakt. Am Ende hatten sie beschlossen, daß Langston seinen Deputies sagen sollte, es bestehe die Möglichkeit, daß der Gefangene eine ansteckende Krankheit habe. Ohne weitere Erklärung würden sie annehmen, daß es sich um eine normale Erkrankung handelte, die nichts damit zu tun hatte, warum Alex festgenommen worden war. Aber es reichte als Grund aus, Alex sowohl von den anderen Gefangenen als auch von den Polizisten zu isolieren, bis jemand eintraf, der sich um ihn kümmern würde. Bis dahin wollte Langston selbst die Versorgung des Gefangenen übernehmen. Warum auch nicht? hatte er nervös gefragt. Immerhin war er bereits in Kontakt mit ihm gekommen – falls davon eine Gefahr ausging.

War es ansteckend?

Was immer *es* war.

Delaney nahm einen tiefen Zug aus der Zigarette, stieß den Rauch langsam aus und versuchte seine Gedanken zu ordnen. Angenommen, Paul hatte es zuerst, und Alex hatte es später von ihm bekommen. Das würde erklären, warum die Krankheit bei Alex später ausgebrochen war. Und es würde bedeuten, daß sie ansteckend war. Aber warum waren Jordan und er dann nicht erkrankt?

War sie also nicht von Mensch zu Mensch übertragbar? Wie hatte Alex sie dann bekommen? Hatten Paul und Alex sich vielleicht doch gleichzeitig angesteckt, und hatte Alex Körper nur länger widerstanden? Konnte ein Körper einer solchen Krankheit widerstehen?

Er dachte an die Folgen einer Ansteckung. Wenigstens hatte der Sheriff keine Kinder, um die er sich sorgen mußte. Er war verwitwet, und sein einziger Sohn arbeitete als Diskjockey in Nashville. Beim Gedanken daran, was der Sheriff früher am Abend über seinen Sohn gesagt hatte, mußte Delaney trotz seiner Stimmung lächeln. »Seit er die große Kohle macht, ist er nicht mehr in Mississippi gewesen. Aber ich wette, wenn das kleine Großmaul heute gefeuert würde, wäre er morgen bei Papa.«

Die Geräusche eines in die Straße einbiegenden Autos rissen ihn aus seinen Gedanken. Es war Jordan. Neben ihr saß noch jemand im Auto. Delaney zog rasch noch einmal an der Zigarette und schnippte sie dann weg, bevor er zu dem anhaltenden Auto ging.

Hinter dem Beifahrerfenster erkannte er das lange, von einer Goldrandbrille betonte Gesicht von Dr. Darrell Rogers. Als Jordan auf der anderen Seite des Wagens ausstieg, öffnete auch Darrell die Tür. Er hatte sich offenbar in aller Eile angezogen, denn seine graumelierten braunen Haare waren ungekämmt, und das zerknitterte weiße Hemd und die dunklen Hosen sahen aus, als hätte er sie schon am Tag zuvor getragen.

»Delaney«, sagte er, wobei er ihm zur Begrüßung zunickte, ohne ihm die Hand zu geben. Dann blickte er auf das Gefängnis. »Ich weiß nicht«, sagte er, als er sich wieder umwandte. »Eine physische Krankheit, die sich stark genug auf das Gehirn auswirkt, um den Betreffenden zum Wahnsinn zu treiben, ist so eine Sache. Es ist keine Seltenheit. Nicht einmal in dem Ausmaß, daß die Attacken wie bei Paul denen von Tieren ähneln. Wahnsinnige Verbrecher mit einer solchen Neigung gab es in den letzten Jahrzehnten haufenweise. Auf niedrigerem Niveau ist Lykanthropie eine anerkannte Krankheit, die den Erkrankten dazu bringt, sich wie ein Wolf oder ein anderes reißendes Tier zu verhalten – auf allen vieren zu kriechen, den Mond anzuheulen, den Speichel laufen zu lassen. Ein Extrembeispiel war der Fall Metheny in den fünfziger Jahren in Arkansas, mit dem Pauls Verhalten am ehesten vergleichbar ist. Damals hat ein kläffender und geifernder Mann ein Kind angegriffen und getötet und eine junge Frau verstümmelt, bevor er von Polizisten erschossen wurde, auf die er losgegangen war, nachdem sie ihn eingekreist hatten. Daß jedoch eine Person, deren Wahnsinn weit genug fortgeschritten war, um ein solches Verhalten an den Tag zu legen – ob nun als Symptom einer das Gehirn schädigenden physischen Krankheit oder als Ausdruck seines Geisteszustandes –, sich zwischenzeitlich unter Beherrschung gehabt hätte, wie Paul es laut Jordan getan hat, als er bei euch war ...« Er schüttelte den Kopf.

»Soll das heißen, es ist unmöglich?«

»Delaney, nach dreißig Jahren als Spezialist für Infektionskrankheiten werde ich mich hüten, mich festzulegen. Willst du wissen, was unmöglich ist? Letztes Jahr brachte ein älteres Ehepaar von einer Safari in Afrika eine Virusinfektion mit, die dazu führte, daß sie aus Ohren und Nase bluteten, während sich das Blut in anderen Teilen des Körpers verdickte. Dagegen gab es beim besten Willen keine Behandlungsmöglichkeit – bei einem Blutverdünner würden die Patienten verbluten, bei einem Mittel zur Blutverdickung würden sie an einem Schlaganfall oder Herzinfarkt sterben. Das war unmöglich, aber es ist, verdammt noch mal, passiert. Die Ärzte bei der Einwanderungsbehörde sind jeden Tag mit neuen Krankheiten konfrontiert, die vor ein paar Jahren noch für unmöglich gehalten wurden. Nein, ich werde nicht behaupten, es sei unmöglich, daß es jetzt eine Krankheit gibt, die den Betroffenen rasen läßt wie einen tollwütigen Hund und es ihm dennoch erlaubt, zwischenzeitlich die Kontrolle über sich zurückzuerlangen. Ich sage nur, daß es höchst unwahrscheinlich ist.«

Bevor Delaney etwas erwidern konnte, fuhr Darrell fort: »Trotzdem muß ich zugeben, daß ich es merkwürdig fände, wenn zwei Freunde rein zufällig im Abstand von wenigen Tagen wahnsinnig geworden wären. Ich habe in Atlanta angerufen und mit Dr. Feltenstein vom Zentrum für Seuchenkontrolle gesprochen. Zuerst war er genauso skeptisch, wie ich erwartet hatte. Aber als ich ihm erzählte, daß Paul und Alex die gleichen physischen Symptome gezeigt haben, hat er gesagt, wir sollten weitermachen und Alex' Blut untersuchen, wie du es vorgeschlagen hast.« Nach einem Blick zum Gefängnis hinüber fügte er hinzu: »Noch einmal, Delaney, nur um absolut sicherzugehen – ihr beide, du und Jordan, ihr fühlt euch in keiner Weise krank, richtig?«

»Ja.«

»Ich meine, ihr habt überhaupt nichts Ungewöhnliches gespürt?«

»Nein.«

»Und ihr wart mit den beiden während der gesamten Expedition zusammen?«

»Jede Minute. Wir haben jeden Quadratzentimeter Boden betreten, den sie betreten haben, haben dieselben Dinge berührt, dieselben Dinge gegessen, sind auf der Reise hin und zurück fast immer in ihrer unmittelbaren Nähe gewesen.«

»Da ihr keine Symptome zeigt, dürfte die Krankheit, wenn es denn eine ist, nicht über die Luft übertragen werden.«

»Du weißt besser als ich, daß das im Moment noch nicht definitiv feststeht.«

Darrell zeigte ein schmales Lächeln. »Genau das wollte ich als Ermutigung hören. Auf dem Weg hierher habe ich die ganze Zeit überlegt, warum, zum Teufel, gerade ich der Glückliche bin, der sich dem aussetzen soll. Aber gut, fangen wir an.« Damit ging er auf die Treppe zu, die zum Erdgeschoß des Gefängnisses hinunterführte.

Im Fahrstuhl zu den Zellen nahm Jordan einige in ein Tuch eingewickelte Spritzen und Schläuche aus der Handtasche. Dann sah sie Delaney an.

»Geht es ihm besser, seit du mich angerufen hast?« fragte sie.

»Er ist immer noch ganz verkrampft und angespannt. Angefangen hat es gleich nach der Festnahme. Bei Paul war das nicht so kraß …« Er schüttelte ungehalten den Kopf. »Wie komme ich dazu, von Pauls Verhalten zu reden? Wir wissen schließlich nur, wie er sich verhalten hat, als er zu uns kam, oder? Aber Alex' Zustand ist ungefähr der, den man von einem an Katatonie Leidenden in einer Nervenklinik erwarten würde.«

»Das paßt schon eher zu jemandem, der später in aggressives Verhalten verfällt. Eine Krankheit könnte sich derart auf das Gehirn auswirken, daß eine nahezu katatonische Depression hervorgerufen wird, die sich schließlich in erregter Raserei Luft verschafft. Daß der Patient aber wieder zu ruhigem Verhalten zurückkehrt, nachdem er einmal wild geworden ist ...« Darrell schüttelte den Kopf.

Delaney fing einen merkwürdigen Blick von Jordan auf, der nichts mit Darrells Ausführungen zu tun hatte. »Du hast doch nicht etwa geraucht, oder?« wollte sie wissen.

Er verengte die Augen, als würde ihn die Frage verblüffen, und schüttelte dann den Kopf. »Ich kann nichts riechen. Vielleicht hat ein Polizist vorhin hier drin geraucht.«

Sie musterte ihn weiter mißtrauisch, bis sie im zweiten Stock angekommen waren und die Aufzugstür sich öffnete. Der Aufnahmebereich war ein kleiner Raum mit getünchten Wänden und einem Schalter, hinter dem ein Gefängniswärter stand. Am hinteren Ende des Schalters führte eine Tür zu den Zellen.

Delaney sah zu Jordan. »Vielleicht solltest du hier draußen warten, während Darrell und ich das Blut abnehmen.«

»Red keinen Unsinn, Delaney. Ich hatte genauso Kontakt zu ihm wie du. Was kann da ein weiteres Mal schon ausmachen?«

Darauf konnte er nicht antworten. Woher sollten sie schon irgend etwas mit Sicherheit wissen? Aber als Wissenschaftlerin kannte sie auch das Risiko. Der Hauptgrund, weshalb er nicht mit ihr darüber stritt, war allerdings der, daß sie ihm schon am Telefon gesagt hatte, sie werde sich nicht abhalten lassen. Wo immer du auch hingehst, hatte sie hinzugefügt. Und wenn sie sich etwas in den Kopf gesetzt hatte, ließ sie sich durch nichts umstimmen. Das hatte er schon vor langer Zeit gelernt. Er blieb vor der Tür zu den Zellen stehen.

»Sie ist nicht verschlossen«, sagte der Wärter, ohne Anstalten zu machen, hinter seinem Schalter hervorzukommen. Offenbar beherzigte er die Warnung des Sheriffs. Delaney zog die Tür auf, und sie gingen langsam den schwach beleuchteten Gang entlang.

Alex' Zelle war die letzte auf der rechten Seite. Sie lag überwiegend im Schatten; durch die vergitterte, von einem Fliegenfenster verdeckte Öffnung hoch oben in der Außenwand fielen nur ein paar Strahlen der aufgehenden Sonne in die Zelle. Alex trug einen weiten roten Overall und saß, einen halben Meter von einem kleinen Waschbecken und einer Toilette ohne Deckel entfernt, auf einer schmalen, niedrigen Pritsche, die an die Außenwand stieß. Seit er ins Gefängnis gebracht worden war, kauerte er dort in immer derselben Haltung – in der Mitte der Pritsche, die Beine an die Brust gezogen und das Gesicht auf die Knie gepreßt.

Er hob den Kopf auch nicht, als die kleine Gruppe vor seiner Zelle haltmachte. Delaney wartete einige Sekunden. Gerade als er den Mund aufmachte, um zu sprechen, bewegte sich Alex' Kopf. Nur eine Winzigkeit. Dann noch eine minimale Bewegung, und seine Augen schauten über die Knie hinweg und starrten die drei an.

»Alex«, sagte Jordan freundlich, »stört es dich, wenn wir eine Minute mit dir sprechen?«

Er antwortete nicht und regte sich auch nicht. Dann ließ er, ohne den Blick von den dreien zu lassen, die Knie los, streckte die Beine und stellte die Füße auf den Betonfußboden. So blieb er einen Moment sitzen. Dann holte er tief Luft und kam langsam ans Gitter.

Delaney sah die Schweißschicht auf Alex' breiter Stirn und seine Blässe. Trotzdem machte er einen wesentlich besseren Eindruck als einige Stunden zuvor. Sogar vor ein paar Minuten, als Delaney ihn allein gelassen hatte, um draußen auf Jordan zu warten, sah er noch schlechter aus.

Alex blieb am Gitter stehen und sah zu Jordan. »Du mußt mir helfen«, sagte er leise. Es war das erste Mal, daß er den Mund aufmachte, seit sie ihm in seinem Haus Handschellen angelegt hatten.

»Das werden wir, Alex«, versprach Jordan. »Deshalb sind wir hier.«

Alex hob nervös die Hände, um die Gitterstäbe zu umfassen. Die Schweißschicht auf seinem Gesicht wirkte noch dicker. Dennoch war der Unterschied erstaunlich – sein Blick war lebendig, der Körper straffer. Wie bei Paul, ging es Delaney durch den Kopf, als sie noch auf dem Frachter waren. Die Nächte waren seinen Aufzeichnungen zufolge von Raserei geprägt gewesen, während er am Tag, wenn sie ihn sahen, nur das graue Aussehen eines Seekranken hatte.

Jordan zeigte Alex die eingewickelten Spritzen. »Wir möchten eine Blutprobe nehmen, um zu sehen, ob es einen Erreger gibt.«

Alex fixierte sie einen Augenblick, bevor er sprach. »Das ist es also, oder? Eine Viruserkrankung. Ich meine, keine Geisteskrankheit.« Er nickte. »Ich weiß, daß es physischer Natur ist, das kann ich euch versichern.«

Darrell kniff die Augen zusammen.

»Es ist nur eine Vermutung, Alex«, schränkte Jordan ein. »Das weißt du genauso gut wie wir. Aber wir halten sie für ziemlich wahrscheinlich.«

Delaney dachte immer noch daran, wie Paul sie auf dem Frachter tagsüber getäuscht hatte, und blickte auf den heller werdenden Lichtschein in der Fensteröffnung.

»Alex, wie lange fühlst du dich schon so – krank?«

»Ich weiß nicht. Es ist … Ich weiß wirklich nicht. Ich kann mich nicht erinnern.«

Nicht erinnern? Paul hatte von dem Moment an, in dem er vermutete, was mit ihm geschah, jede Einzelheit notiert. Aber warum sollte Alex ihn in einer so einfachen Sache belügen? Er betrachtete den Schweiß auf Alex Stirn. Der war nicht vorgetäuscht. Der ständig wechselnde Griff an den Gitterstäben auch nicht. Aber beides könnte ebenso in der Furcht vor dem, was mit ihm passierte, begründet sein wie in der Raserei, die, laut Pauls Aufzeichnungen, unter Kontrolle zu halten soviel Anstrengung erforderte. Vielleicht antwortete Alex nicht wahrheitsgemäß, weil er keine weiteren Fragen wollte, damit nichts von der Energie, die er brauchte, um seine animalischen Aggressionen im Zaum zu halten, aufs Sprechen verschwendet wurde.

Jordan wickelte die Spritzen aus und trat dichter ans Gitter heran. Delaney sah Paul vor sich – wie er auf dem Golfplatz nach Jordan griff.

»Jordan!«

Der scharfe Ton ließ sie zusammenzucken. »Ich werde das machen«, sagte er und streckte die Hand nach den Spritzen aus.

»Delaney, ich –«

Seine Hand blieb ausgestreckt, und sie gab ihm die erste Spritze und eine Flasche mit zweiprozentigem Jod. Als er sich damit zum Gitter umdrehte, rollte Alex langsam einen Hemdärmel hoch und schob den Arm zwischen den Gitterstäben hindurch.

»Delaney!« meldete sich Jordan und hielt ihm ein Paar Gummihandschuhe hin. Er streckte ihr eine Hand nach der andern hin, damit sie ihm die Handschuhe überstreifen konnte. Dann trat er ans Gitter und legte, Alex vorsichtig im Auge behaltend, den Gummischlauch um seinen kräftigen Oberarm, säuberte die Stelle, an der er die Nadel einstechen würde, und setzte die Spritze an.

Kurz darauf war die Spritze gefüllt, und Delaney ließ sich von Jordan die nächste geben.

»Ich hoffe, es stellt sich heraus, daß es nur Windpocken sind«, sagte Alex leise.

Delaney musterte ihn erstaunt. Alex hatte ein schwaches Lächeln auf dem Gesicht. Trotz der Umstände hatte er versucht, witzig zu sein. Welcher war der Mann, der die mörderische Raserei in sich hatte, und welcher jener, der gerade versucht hatte, es auf die leichte Schulter zu nehmen?

Gab es noch einen Unterschied zwischen beiden?

Kapitel 16

In Miami blieb der alte Penner vor einem einstöckigen roten Backsteinhaus stehen und richtete seine Kleidung, bestehend aus einem ausgebleichten weißen Hemd mit einem Zigarettenloch in der Tasche und dunklen Baumwollhosen mit bis zur passenden Länge hochgeschlagenen Beinen. Komplettiert wurde das Ensemble von ehemals weißen Tennisschuhen. Gegen den gezackten Biß in der Wange war nichts zu machen. Er strich leicht über die Wunde und sah dann zu dem Schild über der Tür hoch. BLUTBANK stand dort in simplen Blockbuchstaben.

Er öffnete die Tür und ging hinein. Es war ein ziemlich öder Raum – drei mit Plastik bezogene Liegen an der Rückwand und ein Schreibtisch rechts von ihm. Auf einer der Liegen lag ein stämmiger Hispanic in Khakishorts und Muskelshirt. Eine kleine, blonde Krankenschwester in den mittleren Jahren gab dem Mann ein Glas Orangensaft und kam dann zu Henry.

»Ja, Sir?« sagte sie, als sie vor ihm stehenblieb.

»Wo soll ich mich hinlegen?« fragte er.

Sie musterte einen Augenblick seine Wange. »Haben Sie hier schon einmal Blut gespendet?«

»Oft.«

»Verstehe. Aber ich kann mich nicht an Sie erinnern.«

»Ich hab' da und dort gespendet. Was gerade am nächsten lag, wenn mir danach war. Außerdem können Sie sich nicht an alle erinnern, die mal hiergewesen sind.«

»Nein, Sir, sicherlich nicht.«

»Sie wollen doch niemanden diskriminieren. Dagegen gibt es ein Gesetz, wissen Sie. Nur weil Ihnen mein Aussehen nicht gefällt.«

»Das Aussehen hat damit nichts zu tun, Sir. Ich muß wissen, ob Sie schon einmal Blut gespendet haben, um Ihre Akte heraussuchen zu können.«

»Na, dann holen Sie sie.«

Die Krankenschwester runzelte die Stirn. »Und Ihr Name?«

Er strich eine Locke seiner dünnen Haare aus der Stirn und nahm Haltung an. »Henry B. McKinley der Dritte.«

Sie fragte ihn nach seiner Sozialversicherungsnummer und wollte dann einen Ausweis sehen, war aber nicht überrascht, als er erwiderte, so etwas habe er nicht. »Ich brauche nur eine Minute«, sagte sie.

Sie brauchte über eine Viertelstunde, da sie nicht nur die Informationen, die er ihr gegeben hatte, im Computer überprüfte, sondern auch zwei weitere Spender abfertigte. Er wurde langsam unruhig, sogar gereizt, und starrte sie nervös an, während er den Rücken seiner knochigen Hand auf seinen trockenen Mund preßte. Dann winkte sie ihn zu einer der Liegen.

Er stöhnte auf, als die Nadel in seinen Arm eindrang, und die Krankenschwester schüttelte den Kopf. »Sie haben fast keine Venen mehr.«

»Aber Sie haben doch eine gefunden, oder?«

»Ich –«

»Nach all dem Gepickse wurde es auch langsam Zeit.«

Die Schwester betrachtete wieder seine Wange. »Wie ist das passiert?«

»Macht das etwas aus?«

»Möglicherweise.«

Er erwiderte für einen Moment ihren Blick. »Ich bin auf ein Stück Glas gefallen.«

»Hat man Ihnen eine Tetanusspritze gegeben?«

»Hm.«

»Wo?«

»Zum Teufel, weiß ich doch nicht. In einem Krankenhaus.«

»Ah, ja. Und der Arzt hat die Wunde so gelassen? Das wird eine schreckliche Narbe geben.«

»An meinem alten Gesicht näht niemand herum. Kommt nicht in die Tüte.«

»Ein Verband wohl auch nicht, was?«

»Ich hab ihn abgenommen. Hat gejuckt.« Das hatte die Wunde wirklich, aber natürlich hatte es weder einen Arzt noch eine Spritze gegeben. Wenn er etwas nicht mochte, dann Nadeln. Jedenfalls nicht, wenn nicht ein paar Dollar dabei heraussprangen.

Die Schwester betrachtete immer noch die Wunde. »Vielleicht ist sie ja gereinigt worden, aber ich werde es noch einmal machen und Ihnen auch gleich noch eine Tetanusspritze geben.«

»Das werden sie nicht.«

»Doch, werde ich.«

»Das lassen Sie schön sein.«

»Nicht, wenn Sie Blut spenden wollen.«

»Was, glauben Sie, mache ich hier gerade?«

»Ich werde es wegwerfen.«

Er zog die dünnen Augenbrauen zusammen. »Das können Sie nicht tun.«

Sie richtete sich auf und kreuzte die Arme über der Brust. »Wollen wir wetten?« Sie wußte, was vorging, was der Alte wirklich wollte. Der örtliche Gangsterboß war so etwas wie ein Philanthrop, der es liebte, in dem Ruf zu stehen, der Allgemeinheit etwas zurückzugeben. Darum bekam jeder, der einen halben Liter Blut spendete, fünf Dollar – zweimal im Monat, wie ein Uhrwerk. Sie wußte, daß es falsch war, unter solchen Umständen gespendetes Blut anzunehmen, und sie hatte ihren Vorgesetzten informiert, aber der wollte nicht verklagt werden. »Man kann die Leute heutzutage nicht so einfach abweisen«, hatte er wörtlich gesagt.

Ihr war klar, was er eigentlich gemeint hatte. Er hatte Angst, seine Stellung zu verlieren. Und das war durchaus möglich. Indem der Gangsterboß den Obdachlosen Geld gab, verpflichtete er sie sich. Bei den nächsten Wahlen würde er in jedes Wahlbüro einen von ihnen schicken, um einen unausgefüllten Wahlschein abzuholen. Waren die vom Boß gewünschten Kreuze gemacht, würde der Schein vom nächsten Mann in der Reihe in die Urne gesteckt werden, der dann seinerseits einen leeren Wahlschein nach draußen brachte. Auf diese Weise wählte jeder hundertprozentig richtig, außer natürlich der erste Mann, dessen Name auf der Wählerliste abgehakt worden war, der aber nie gewählt hatte.

Der Haken neben dem Namen war wichtig. Damit wollten die Wahlbeauftragten sicherstellen, daß kein Betrug passierte. Für den Boß erfüllte dieses System denselben Zweck. Fehlte nach einer Wahl neben einem Namen der Haken, bedeutete es, daß es jetzt einen Mann gab, der für sein Blut kein Geld mehr bekam.

Und mit der Macht, die der Boß durch diese Blockwahl gewann, ließ sich sicherlich der eine oder andere Politiker überzeugen, den Vorgesetzten der Blutbank, falls nötig, zu feuern. Es war in jeder Hinsicht ein Geschäft.

Delaney hielt für Darrell und Jordan die Labortür auf. Nachdem Jordan die Deckenbeleuchtung eingeschaltet hatte, sah sich Darrell einen Augenblick in dem ebenso breiten wie tiefen Raum um.

»Normalerweise müßten wir erst Laborbedingungen schaffen, bevor wir das Blut untersuchen«, sagte er. »Aber ehrlich gesagt, da wir uns bereits jedem Krankheitserreger ausgesetzt haben, den es geben mag – sofern er über die Luft übertragen wird –, bleibt uns nur noch übrig, auszuschließen, daß wir auf irgendeine andere Art mit einem in Berührung kommen. Wir werden Handschuhe tragen, darauf achten, uns nicht zu schneiden oder mit einer Nadel abzurutschen, und Masken aufsetzen, für den Fall, daß wir bei der Arbeit mit dem Blut eine Dispersion auslösen, die bisher noch nicht aufgetreten ist.«

Er warf einen Blick auf die Tür hinter ihm und auf die Fenster auf der gegenüberliegenden Seite des Labors. »Als zusätzliche Vorsichtsmaßnahme werden wir die Fenster ständig und die Tür soweit möglich geschlossen halten. Außerdem müssen wir etwas um die Tür legen und die Klimaanlage abschalten. Habt ihr irgendwelches Klebeband?«

»Beim Verbandszeug«, antwortete Jordan und ging zu einem Schrank auf der anderen Seite des Labors.

Es dauerte eine halbe Stunde, bis sie den Raum vollständig isoliert hatten, jedenfalls soweit es in einem Labor möglich war, das nicht für solche Untersuchungen gedacht war wie die, auf die sie es vorbereiteten. Dann holte Jordan aus einem Schubkasten am Ende des ersten Labortisches zwei Kartons mit Masken und Schutzhandschuhen. Als sie beides auszupacken begann, ging Darrell zu ihr. Delaney wußte, daß die Masken zwar besser waren als gar nichts, aber ebensowenig eine ausreichende Sicherheitsgarantie darstellten wie die dürftige Heftpflasterdichtung um Fenster und Tür. Wenn der Erreger durch die Luft übertragen wurde und es sich dabei um eine kleine Bakterie oder ein noch kleineres Virus handelte, würde er durch das Gewebe der Masken eindringen wie ein Vogel durch ein offenes Fenster. Er warf einen Seitenblick zu Darrell, der gerade zu einem Lichtmikroskop ging, das in der Mitte des ersten Labortischs stand. Kurz darauf kam Jordan herüber und drückte Delaney eine Maske und ein Paar Handschuhe in die Hand.

Kapitel 17

Nachdem der alte Penner die Blutbank verlassen hatte, betrachtete die Krankenschwester das von ihm gespendete Blut. Wie gerne würde sie es zurückhalten, aber was konnte sie tun?

Das wäre Diskriminierung, dachte sie mit einem Lächeln. Darauf hatte er sich berufen. Unter seinem heruntergekommenen Äußeren schien ein Rest von Intelligenz überlebt zu haben. Sie fragte sich, was Mr. Henry B. McKinley III. in seinem besseren Leben getan hatte.

Henry tastete über den frischen Verband auf seiner Wange, während er über die Straße zu einer hölzernen Außentreppe ging, die zur zweiten Etage eines alten, zweistöckigen Backsteinhauses führte. Er war früh dran, und zu seiner Freude hatte sich noch keine Schlange von Wartenden gebildet. Er hätte es nicht ausgehalten, noch länger zu warten.

Als er den Treppenabsatz erreicht hatte, stieß er eine klapperige Tür auf und trat in ein Zimmer, in dem an der gegenüberliegenden Wand als einziges Möbelstück ein breiter, abgenutzter Schreibtisch stand, an dem ein Mann mit schmalem Gesicht und langer Nase saß.

Henry gab ihm den Zettel, den ihm die Krankenschwester ausgestellt hatte. Es war der Beleg dafür, daß er Blut gespendet hatte. Der Mann legte den Zettel in einen Schubkasten in der Mitte des Schreibtischs und holte ein Bündel Ein-Dollar-Scheine hervor, von dem er vier Stück abzählte.

Henry nahm sie ihm ab, bemängelte jedoch: »Da fehlt noch einer.«

Die Augen des Mannes verengten sich, während Henrys Miene unverändert blieb. Langsam zog der Mann einen weiteren Geldschein aus dem Bündel.

»Danke«, sagte Henry, als er ihn entgegennahm.

Der Mann sah Henry nach, bis die Tür sich hinter ihm schloß. Schließlich senkte er den Blick und zuckte die Achseln. Er haßte es, den Dollar zu verlieren, aber den Penner zu zwingen, ihn ihm zu lassen, hätte eine häßliche Szene nach sich ziehen können. Zumindest aber hätte sich der Mistkerl auf der Straße beklagen können. Außerdem war es bei allen Geschäften so, daß man nicht bei jedem Handel Profit machte. Die meisten der Säufer, Penner und sonstigen Gossenbewohner nahmen die vier Dollar und gingen ohne ein Wort hinaus. Und wenn sie nichts sagten, woher sollte er dann wissen, daß er ihnen zuwenig gegeben hatte? Sogar Onkel Carlos, der ihm den Job in diesem Teil der Stadt besorgt hatte, wußte, wie schlecht er in Mathe war – und wie wenig er auf Details achtete. Wenn also jemand dem Boß davon erzählen sollte, würden die gekürzten Auszahlungen einfach als unabsichtlicher Irrtum seinerseits verbucht werden.

Er sah auf, weil der nächste Penner die Tür öffnete und durch das Zimmer auf ihn zukam. Es war ein großer Schwarzer in einem abgetragenen Overall über einem gelben T-Shirt. Unter seinen Kunden waren eine Menge Schwarze, überwiegend Haitianer. An manchen Tagen machten sie ein ganzes Drittel seiner Kundschaft aus. Die größte Gruppe waren jedoch Hispanics der einen oder anderen Art; meistens kamen sie jedoch aus Mittel- und Südamerika, während Kubaner eher selten waren. Dann gab es gelegentlich einen Asiaten, dazu ein oder zwei Nationalitäten, die er nicht einordnen konnte, und eine bunte Mischung von Weißen wie der Penner, der gerade dagewesen war. Er fragte sich, ob das Blut gemischt wurde, oder ob die Blutbank jede Art getrennt behandeln mußte. Wäre verdammt viel Arbeit. Er war froh, daß er nicht über etwas so Kompliziertes nachzudenken brauchte.

Er streckte die Hand aus. »Gib her«, sagte er.

Der Schwarze reichte ihm den kleinen Zettel.

Vor dem Haus betastete Henry den Verband, den ihm die Krankenschwester angelegt hatte, nachdem die Wunde gereinigt worden war. Sie war gar kein so schlechtes altes Mädchen. Erinnerte ihn an seine Tochter – nur daß sie fetter war. Und noch am Leben; seine Tochter war vor beinah zehn Jahren bei einem Verkehrsunfall umgekommen. Seine damalige Tochter, dachte er, und seine damalige Frau, beide waren sie weg – letztere, nahm er an, immer noch als Ehefrau dieses Gebrauchtwagenhändlers, mit dem sie abgehauen war. Acht Jahre war das jetzt her. Er konnte sich kaum noch an sie erinnern, aber das war ihm auch egal. Deshalb behielt er das Lächeln auf dem Gesicht, während er über die Straße auf einen kleinen, rotgesichtigen Mann zuging, der auf der Eingangstreppe eines alten, schäbigen Mietshauses saß.

Als Henry näherkam, hob der Mann den Kopf und schüttelte seine blonden Locken über die Schultern zurück. Dann nahm er die vier Dollar, die ihm hingehalten wurden, griff in den neben ihm stehenden Pappkarton und förderte eine Flasche namenlosen Wein zutage, die er Henry reichte.

Der machte jedoch keinerlei Anstalten, sie zu nehmen. »Ich hab dir vier Dollar gegeben«, sagte er.

Der Mann starrte ihn einen Augenblick an, dann nahm er eine zweite Flasche aus dem Karton. Als er sie zusammen mit der ersten hochhielt, nahm Henry sie ihm ab. Eine Flasche schob er in seine Gesäßtasche, die andere öffnete er, um auf der Stelle einen langen Schluck daraus zu trinken.

Anschließend ging er in der Vorfreude auf ein paar Stunden des Wohlseins und obendrein mit einem weiteren Dollar in der Tasche über den mit Abfall übersäten Bürgersteig davon. Einen Augenblick dachte er wieder an seine frühere Frau und seine Tochter. Er fand, daß seine Tochter es am besten getroffen hatte – sie hatte keine Sorgen mehr. Den zunehmenden Schmerz in seinem Bauch beachtete er nicht; wegen des schlechten Weins, den er trank, hatte er fast dauernd Bauchschmerzen.

Ohne Klimaanlage nahm die Temperatur im Labor schnell zu, und Delaneys Gesicht glänzte vor Schweiß, als er sich an die Tür zum Flur lehnte und den FBI-Agenten betrachtete, einen stämmigen Mann in den mittleren Jahren, der kurz nach ihnen hereingekommen war. Sein Auftrag, hatte er sachlich erklärt, sei es, niemand aus dem Gebäude herauszulassen, bis Darrell die Blutuntersuchung abgeschlossen habe. Offenbar wollte Dr. Feltenstein vom CDC, wie das Zentrum für Seuchenkontrolle kurz genannt wurde, trotz seiner anfänglichen Zweifel kein Risiko eingehen; falls sich herausstellte, daß der Wahnsinn von einer ansteckenden Krankheit hervorgerufen wurde, sollte sie sich nicht weiter ausbreiten können – wenigstens nicht dadurch, daß einer von ihnen draußen herumspazierte.

Aber was war mit dem FBI-Agenten selbst? fragte sich

Delaney. Wieviel hatte man ihm gesagt? So, wie er seit seinem Eintreffen Abstand zu ihnen hielt, war er nicht ganz ahnungslos. Im Augenblick lehnte er, die Arme vor der Brust gekreuzt, am anderen Ende des Labors an der Wand und starrte blicklos vor sich hin.

Jordan saß mit übereinandergeschlagenen Beinen und auf den Tisch gestützten Ellbogen auf einem Laborstuhl. Nach einem kurzen Blick zu dem FBI-Agenten hinüber, erhob sie sich und ging zur Tür. Delaney sah ihr entgegen, bis sie neben ihm stehenblieb.

»Ich weiß nicht, ob ich mich an Darrells Stelle auf diese Sache eingelassen hätte«, gestand sie mit gedämpfter Stimme. »Aber er weiß wenigstens, was ihn möglicherweise erwartet. Aber schau dir ihn an.« Sie sah zu dem FBI-Agenten hinüber. »Seine einzige Vorsichtsmaßnahme besteht darin, jede Berührung mit uns zu vermeiden. Von den anderen Möglichkeiten hat er keine Ahnung.«

Delaney schaute ebenfalls zu dem Mann hinüber. »Das spielt wohl kaum eine Rolle, oder?«

Sie wußte, was er meinte, und nickte zustimmend.

Jeder, der auch nur wissenschaftliche Grundkenntnisse hatte, sagte er sich, mußte eine Vorstellung davon haben. Wenn es eine Krankheit war, die durch die Luft übertragen werden konnte, dann waren bereits die Familien aller, die auf dem Frachter gewesen waren, alle Kollegen dieser Wissenschaftler und alle ihre Studenten infiziert. Und jeder von ihnen hatte jedesmal, wenn er Lebensmittel einkaufen ging, Hunderte von weiteren Menschen angesteckt. Hinzu kamen die Passagiere der Flugzeuge, mit denen die verschiedenen Teams nach Hause geflogen waren, und jene, die anschließend überall im Land von diesen Passagieren infiziert worden waren. Wenn der Erreger durch die Luft übertragen wurde, gab es, statistisch betrachtet, keinen wissenschaftlichen Grund, sich über die Ansteckungsgefahr des FBI-Agenten Gedanken zu machen. Er wäre nur einer unter Tausenden und später Hunderttausenden von Fällen.

Doch das hieße von der schlimmsten Möglichkeit auszugehen, und es gab einen einfachen Grund, weshalb die höchst unwahrscheinlich war: Weder bei Jordan noch bei ihm selbst hatte sich bisher eines der Symptome bemerkbar gemacht.

Er wurde in seinen Gedanken unterbrochen, weil Darrell von dem Platz aus, an dem er Alex' Blut unter einem Lichtmikroskop untersucht hatte, herüberblickte.

Darrell nahm die Brille ab und strich sich durch die Haare. »Nun, wenn da etwas ist, dann ist es nicht offensichtlich«, sagte er. »Keine auffallenden Körper, nichts. Natürlich können die Symptome im Gehirn lokalisiert sein und nur latent im Kreislauf auftreten.« Er überlegte einen Augenblick, dann stand er auf und ging mit einer Probe von Alex' Blut zu einer Zentrifuge, die auf einem kleinen Tisch an der Wand stand.

Bevor er die Probe in die Hochgeschwindigkeitszentrifuge gab, seihte er sie durch. Delaney brauchte keine Erklärung dafür. Anschließend würde Darrell eine geringe Menge des pelletisierten Bluts auf ein Trägermaterial aufbringen und eine Scheibe davon in das Elektronenmikroskop einführen, das ein Stück weiter an der Wand stand. War der Krankheitserreger eine Bakterie von normaler Größe und tatsächlich im gesamten System vorhanden, hätte er ihn wahrscheinlich schon unter dem Lichtmikroskop entdeckt. Das legte den Schluß nahe, daß es sich bei dem Erreger, wenn er denn im Blut aktiv war, um ein Virus handelte. In diesem Fall wären nicht nur ihre Masken nutzlos, sondern sie ständen auch vor einem weiteren, möglicherweise unlösbaren Problem. Denn während man gegen Bakterien Hunderte von Präparaten erfolgreich einsetzen konnte, gab es gegen Viren nur sehr wenige, und diese wenigen Mittel waren in den meisten Fällen nur vorbeugend wirksam, indem sie den Virus in seiner latenten Form oder während der Inkubation ausschalteten. Eine Behandlung gegen einen Virus, der sich bereits in Form einer Krankheit manifestiert hatte, war nur selten von Erfolg gekrönt.

Delaney fing Jordans Blick auf und zwang sich zu einem Lächeln, so als würden ihn seine Gedanken nicht belasten, auch wenn er wußte, daß sie die Gefahren genauso gut kannte wie er.

Kapitel 18

Als Darrell sich zu ihnen umdrehte, konnten sie seiner Miene entnehmen, daß es das war, was sie befürchtet hatten, noch bevor seine Worte es bestätigten.

»Es ist ein Virus.«

Obwohl Delaney bereits geahnt hatte, was Darrell ihnen mitteilen würde, verspürte er doch einen Stich im Magen. Jordan sah ihn nur an, wohingegen Darrell keine Zeit verlor und zu einem kleinen Stahlbehälter auf dem ersten Labortisch ging und ihn öffnete. Als er sich wieder umdrehte, hatte er eine Spritze in der Hand.

Delaney rollte einen Ärmel hoch, während er zu ihm ging. Gleichzeitig nahm Jordan einen dünnen Gummischlauch vom Tisch, den sie um Delaneys Oberarm band. Sekunden später verfolgte er, wie die Nadel in eine Vene eindrang und die Spritze sich mit Blut füllte. Dann war Jordan an der Reihe. Niemand sagte ein Wort. Schließlich wandte sich Darrell wieder zum Elektronenmikroskop um.

Als die Proben entsprechend vorbereitet waren, schob er die erste ins Mikroskop. Delaney bemerkte, daß Jordans Blick wieder auf ihm ruhte, doch keiner brach das Schweigen. Er ging an ein Fenster und schaute hinaus. Das Gebet, das er in Gedanken sprach, war mindestens so inständig wie dasjenige, das er gesprochen hatte, als sie über den Regenwald hinweg zum Krankenhaus flogen, nachdem Jordan von dem Pfeil getroffen worden war.

Da er wußte, womit er es zu tun hatte, brauchte Darrell für seine Untersuchung nicht so lange wie beim ersten Mal. Dennoch schien es eine Ewigkeit zu dauern, bis er sich umdrehte. Auch diesmal war das Ergebnis an seinem Gesicht abzulesen – sein breites Lächeln sagte alles.

»Kein Anzeichen dafür, daß ihr euch angesteckt habt«, verkündete er. »Keiner von euch.«

Delaney hatte nicht gemerkt, wie angespannt seine Muskeln gewesen waren, bis er nun spürte, wie sie sich lockerten. Er sah, wie Jordan die Augen schloß und die Lippen in einem kurzen Dankesgebet bewegte. Aber als sie die Augen wieder aufschlug, lag keine Freude auf ihrem Gesicht, sondern der traurigste Ausdruck, den er jemals darauf gesehen hatte.

»Man kann nichts für Alex tun, nicht wahr?« fragte sie. »Nicht, wenn es ein Virus ist.«

»Das kann man nicht mit Sicherheit sagen«, entgegnete Darrell, während er sich mit einem Taschentuch den Schweiß von der Stirn wischte. »Ein abgeschwächter Antikörper könnte sich als wirksam erweisen. Daneben gibt es noch andere Möglichkeiten.« Er warf einen Blick auf die Tür zum Büro. »Gibt es hier ein Telefon?«

Jordan nickte, und er ging ins Büro hinüber.

Delaney sah ihm gedankenverloren nach. Ein inkompletter Antikörper war ein lebender Virus, dessen Pathogenität eliminiert worden war, der also keine Krankheiten mehr verursachte, aber seine Wirksamkeit als Antigen behalten hatte, so daß er vom Immunsystem als Fremdkörper erkannt werden würde. In dieser Form wurde er wieder in den Körper des Patienten injiziert, damit das Immunsystem ansprang und zusätzliche Antikörper gegen den neuesten Eindringling produzierte. Aber auch dieser Prozeß war für gewöhnlich nur dann erfolgreich, wenn er eingeleitet wurde, bevor das Virus sich im Körper der infizierten Person vermehrt und in aktivem Zustand ausgebreitet hatte, was für Alex offensichtlich nicht zutraf. Was konnte man noch tun? Darrell hatte von anderen Möglichkeiten gesprochen. Aber von welchen?

Delaney hatte nicht die leiseste Ahnung, und er bezweifelte, daß Darrell eine hatte.

Es verging fast eine halbe Stunde, bevor Darrell aus dem Büro zurückkam. »Ich habe mit Atlanta und Washington telefoniert«, sagte er. »Sie werden alle Hebel in Bewegung setzen, sobald wir ihnen Proben von Alex' Blut geschickt haben. In der Zwischenzeit sollen wir hier weitermachen.«

Wir, dachte Delaney. Wenn Washington oder Atlanta auf unsere Mitarbeit gedrungen hatte, dann wegen Darrells weltweitem Ruf. Wer hatte schon jemals etwas von den Doktoren Jeffries gehört, zwei kleinen Pflanzenbiologen aus Jackson, Mississippi? »Was sollen wir ihrer Meinung nach tun?« fragte er.

»Ihnen mit Hirn und Hand zur Seite stehen, zum Beispiel«, antwortete Darrell, und als Delaney ihn nur anstarrte, fügte er hinzu: »Glaub mir, ich bin auch nicht gerade begeistert davon, in diese Sache verwickelt zu sein. Aber, offen gesagt, habt ihr nur die Wahl, mitzumachen oder euch unter Quarantäne stellen zu lassen. Was mir übrigens auch passiert wäre, wenn ich nicht meine Mitarbeit zugesagt hätte. Sie legen Quarantänebedingungen fest für alle, die auf dem Schiff gewesen sind – um eine längere Inkubationszeit zu berücksichtigen und absolut sicher zu sein, daß es sich nicht schon ausgebreitet hat. Außerdem könnte ich wirklich einige Hilfe gebrauchen.«

»Was sollen wir als erstes tun?« fragte Jordan, während sie zu ihm ging.

»Sie wollen, daß mit dem nächstbesten Flugzeug neunzig bis hundert Kubikzentimeter von Alex' Blut zu ihnen geschickt werden.«

»Wir haben ein paar sterile Transportbehälter.«

Darrell nickte. »Gut. Und noch eins. Die Sache muß weiterhin geheim bleiben. Das wird allerdings kaum möglich sein, wenn wir andere Labors der Fakultät anrufen, um uns die benötigten Apparate auszuborgen, und sie dann bitten, alles draußen vor der Tür abzustellen. Und die Vorsicht ist leider weiterhin notwendig, bis wir mit Sicherheit festgestellt haben, daß es nicht durch die Luft übertragen wird.« Er hielt kopfschüttelnd inne. »Eigentlich hat das nicht viel Sinn, oder? Nachdem schon so viele Menschen damit in Berührung gekommen sind. Trotzdem fände ich es falsch, auf den Flur hinauszugehen, nachdem ich hier drinnen dem Virus ausgesetzt gewesen bin. Wir brauchen jemand, der die Gänge für uns übernimmt. Jemand, bei dem wir sicher sein können, daß er kein Wort über unser Tun verliert.«

»Carol«, sagte Jordan. Dann biß sie sich auf die Lippe, als ihr die Auswirkungen klarwurden. »Verdammt, wenn wir so weitermachen, werden wir noch jeden infizieren, dem wir vertrauen können, und ...« Sie schüttelte den Kopf und ging ins Büro, um zu telefonieren.

Delaney bildete es sich möglicherweise nur ein, aber als Carol wenige Sekunden, nachdem der FBI-Agent mit Alex' Blutproben zum Flughafen gefahren war, an der Labortür eintraf, schien ihre Gesichtsfarbe etwas heller als sonst zu sein. Mit Sicherheit war sie nervös und wrang die Hände, während Jordan ihr erklärte, welches Gerät Darrell als erstes haben wollte.

Als Carol den Flur hinunterging, sah Delaney durch die Glasfüllung der Tür, wie sie zweimal über die Schulter zurückblickte.

»Sie hat Angst«, sagte Jordan. »Die hab' ich auch. Aber sie wird alles erledigen.« Nach einem Blick auf ihre Uhr fragte sie: »Was machen wir mit den Assistenten? Sie werden in einer Stunde hier sein.«

Darrell lächelte. »Zieh das Rollo herunter und hefte draußen einen Zettel ans Glas mit der Mitteilung, daß das Labor bis nächste Woche geschlossen sei. Wenn sie wie all die Assistenten sind, die ich bisher gehabt habe, dann werden sie nicht erst nachfragen, warum sie eine Woche frei bekommen.«

Sie warteten, bis Jordan die Flurtür abgeschlossen und das Rollo heruntergezogen hatte. Dann gingen sie in den Raum auf der Rückseite des Labors.

Drei Wände des Raums wurden von Tierkäfigen eingenommen. Die Größe variierte von solchen, in denen Hunde gehalten werden konnten, bis zu ganz kleinen, die für eine einzelne weiße Ratte gedacht waren.

Darrell suchte jeweils drei Rhesusaffen, Meerschweinchen und Ratten aus, eigentlich eine recht große Anzahl von Versuchstieren für die ersten Tests, aber es war auch kein gewöhnliches Experiment. Sie hatten auch nicht die Zeit, herauszufinden, ob irgendein genetischer oder sonstiger Unterschied bei einem der Tiere es möglicherweise vor der Ansteckung schützte.

Delaney ging zum ersten Käfig und trug ihn mit Jordans Hilfe ins Labor. Inzwischen seihte Darrell eine Probe von Alex' Blut, um Verunreinigungen und Bakterien herauszufiltern und eine hellrosa Lösung zurückzubehalten, die nur noch das Virus enthielt.

Immer noch geschützt durch eine Maske über Mund und Nase und bis zum Ellbogen reichenden Handschuhen, nahm Delaney eine der Ratten hoch, so daß Darrell ihr das gefilterte Blut direkt injizieren konnte, was den sichersten Weg zu einer schnellen Infektion darstellte.

Die zweite Ratte wurde lediglich mit dem Blut eingerieben. Zwar würde das Tier einen Teil davon ablecken, so daß es keine eindeutige Ansteckung durch Hautaufnahme sein würde. Aber den genauen Übertragungsweg könnten sie dann feststellen, wenn das Tier tatsächlich erkranken sollte.

Die dritte Ratte wurde in einen Spezialkäfig mit separater Luftversorgung gesetzt. Der Käfig war durch einen simplen Maschendraht zweigeteilt, so daß auf der einen Seite die Ratte und auf der anderen eine Petrischale untergebracht werden konnte, die eine mit neutraler, steriler Flüssigkeit stark verdünnte Probe von Alex' Blut enthielt. Darüber hing ein kleiner, sich langsam drehender Ventilator. Der Käfig wurde dann in einen Ofen geschoben, der auf eine etwas höhere Temperatur als an einem heißen Tag eingestellt war. Eine einfache Anordnung, ähnlich wie ein Luftbefeuchter. Die Ratte atmete nun auf ihrer Seite des Maschendrahts wieder und wieder die von der Petrischale mit dem Blut hinüberwehende Luft ein.

Anschließend wurden die Meerschweinchen in derselben Weise behandelt. Dann die Affen.

Kapitel 19

Nun war es vierundzwanzig Stunden her, seit sie das Labor betreten, und vierzehn, seit sie das letzte Tier mit Alex' Blut in Kontakt gebracht hatten. Delaney saß am ersten Labortisch und nahm gerade die Reste seines Rühreis auf die Gabel. Darrell und Jordan hatten das von Carol gebrachte Frühstück schon aufgegessen, und Darrell war jetzt im Büro und telefonierte wieder mit Atlanta. Erfrischt von einem improvisierten Bad im Waschraum in der hinteren Ecke des Labors, bereitete Jordan in mehreren Petrischalen verschiedene Nährböden vor, allerdings nur solche, die lebende Zellen enthielten wie das Tierblut, das sie für ihre Tests benutzten. Im Unterschied zu Bakterien, die auf fast allem gediehen, konnten sich Viren nämlich nur in lebenden Zellen vermehren. Delaney blieb noch einen Augenblick sitzen und trank einen letzten Schluck von seinem Kaffee, bevor er aufstand und zu den Handtüchern und frischen Kleidern hinüberging, die neben der Labortür auf einem Stuhl lagen.

»Ich gehe mich frisch machen«, sagte er.

Jordan nickte. »Es wird jetzt schon heiß«, sagte sie. »Ich glaube, es wird noch schlimmer als gestern werden.«

Die Temperatur stieg, ihre Körper waren schweißgebadet, und die in den Latexhandschuhen schwitzenden Hände erschwerten das Verteilen von Alex' Blut auf immer neue Nährboden. Aber die Arbeit zahlte sich aus. Am späten Abend hatten sie eine sichere Erkenntnis gewonnen. Auf jedem anderen Nährboden als Blut war das Virus augenblicklich verendet. Genauer gesagt, wuchs es nur auf T-Lymphozyten und auf keinem anderen Material, egal, ob es lebende Zellen enthielt oder nicht. Das Blut, das sie den Tieren aufs Fell geschmiert hatten, enthielt jetzt nur noch tote Viren. Gerann das Blut, starben sie.

Darrell sah wieder auf den Käfig mit dem Affen, dem das Blut injiziert worden war. »Ich möchte ihm etwas Speichel abnehmen.«

Als er sich dem Käfig näherte, begann der Affe zu schreien. »He, Kumpel«, sagte Darrell, während er sich über den Käfig beugte, »wir werden keine Nadel mehr benutzen.«

Der Affe schrie noch lauter und rüttelte an der Vorderfront seines Käfigs. Plötzlich klammerte er sich fest an das Gitter und bleckte die Zähne.

Delaney mußte an Pauls Aufzeichnungen denken. Er sah auf die Laborfenster und die Dunkelheit hinter ihnen. Die Nacht! Er wandte sich wieder zu Darrell um, der gerade nach dem Käfig greifen wollte.

»Ich glaube, er verhält sich wie Paul und Alex.« Er nickte in Richtung Fenster. »Es ist Nacht.«

Darrell betrachtete den Affen. »Es ist nicht viel mehr als dreißig Stunden her. Ich brauche eine neue Blutprobe.«

Als Jordan auf den Käfig zutrat, riß der Affe, während er zu ihr hochsah, das Maul auf, gab ein tiefes Zischen von sich und biß dann fest in das Käfiggitter. »Du dürftest recht haben, Delaney.«

Darrell zog ein Paar lange Handschuhe an und griff nach der Käfigtür.

»Sei vorsichtig«, sagte Jordan.

Darrell lächelte, öffnete die Tür und steckte die Hände in den Käfig. Als er den Affen an Hals und Rücken gepackt hatte und heraushob, krümmte sich das Tier in dem verzweifelten Versuch, die Hände abzuschütteln. Delaney nahm eine der auf einem Metalltablett aufgereihten Spritzen.

Aber der Affe schien zu wissen, was ihm bevorstand, und versuchte noch angestrengter, sich freizukämpfen. Er biß um sich und krümmte sich immer heftiger, so daß Darrell extrem fest zugreifen mußte, um zu verhindern, daß ihm das Tier entglitt. Trotzdem wedelte der Schwanz hoch und traf Darrell im Gesicht. Jordan griff schnell nach dem Schwanz und einem Fuß und streckte das Bein des Affen, während Delaney sich mit der Spritze darüber beugte. Der Affe begann wieder zu kreischen.

Es vergingen mehrere Stunden, bevor Darrell die Untersuchungen unter dem Elektronenmikroskop abgeschlossen hatte, seine Brille absetzte und nickte. Das Virus war jetzt im Blut jedes gespritzten Tiers vorhanden – in dem des Affen ebenso wie in dem des Meerschweinchens und der Ratte.

Jordan schüttelte ratlos den Kopf. »Sie sind bereits gesättigt mit ihm. Es gab überhaupt keine Latenzperiode.«

»Sieh es von der positiven Seite«, sagte Darrell. »Wir wissen, daß das Virus auf niedere Tiere übertragen werden kann. Also können wir jetzt nach einem Heilmittel suchen.«

»Ein Heilmittel?« echote Jordan. »Einfach so? Wir sind nicht einmal in der Lage, eine simple Grippe zu heilen.«

Darrell fixierte sie. »Willst du zu Alex gehen und ihm sagen, es ist ein Virus, wir werden ihm seinen Lauf lassen müssen? Außerdem geht es hier nicht nur um dich, Delaney und Alex. Sonst wäre ich, bei allem Respekt, nicht hergekommen und hätte das Risiko auf mich genommen, selbst wahnsinnig zu werden. Wir wissen, daß ihr nicht infiziert seid, und dafür danke ich Gott. Nicht nur um euretwillen, sondern weil es deshalb höchst wahrscheinlich ist, daß das Virus nicht durch die Luft übertragen wird. Aber auf irgendeine Weise wird es übertragen, sonst hätten sich Alex und Paul nicht infiziert. Also müssen wir herausfinden wie, bevor sich jemand anders ansteckt. Denn weißt du, was das bedeuten könnte, wenn es sich ausbreitet?«

Der Frachter hatte in Miami abgelegt und befand sich auf der Fahrt aufs offene Meer hinaus. Der Kapitän runzelte die Stirn und rieb sich mit dem Stumpf seiner linken Hand übers Kinn, während er beobachtete, wie die Yachten viel zu dicht vor seinem Bug kreuzten.

Aber so verärgert der Kapitän auch war, seine Gedanken waren nichts gegen die des übergewichtigen Seemanns, der unter Deck im Mannschaftsquartier in seiner Koje lag und zum wiederholten Male fluchend auf seinen pochenden Finger starrte.

Verdammte hochnäsige Professoren, die wir aus Brasilien zurückgebracht haben, dachte er. Einer von ihnen mußte einen von den Critters an Bord gebracht haben. Was sonst hätte die ganzen Ratten auf diese Weise in Stücke gerissen? Und natürlich hatte dieser Hurensohn von Kapitän ihn beauftragt, die Schweinerei sauberzumachen. Wahrscheinlich irgendein Beutelteufel, dachte er. Der mußte das Gemetzel angerichtet haben. Er hatte einmal eins dieser grausamen kleinen Biester gesehen. Böse wie die Hölle, aßen ihr doppeltes Gewicht an Fleisch am Tag und griffen bis zur Größe von kleinen

Hunden alles an. Das Tier mußte ausgebrochen sein, und der Wissenschaftler, der es mitgebracht hatte, war zu feige gewesen, etwas zu sagen – die Strafen für das Schmuggeln von Tieren aus dem Amazonasgebiet waren verdammt hart.

Gab es am Amazonas überhaupt Beutelteufel? Egal, dachte er. Etwas in der Art mußte es gewesen sein. Und das war der Punkt. Dafür, daß er sich in den Finger geschnitten hatte, gab es einen Schuldigen. Dieser verdammte Wissenschaftler. Oder der bescheuerte Kapitän, weil er ihm befohlen hatte, sauberzumachen. Und was war mit all den anderen Mistkerlen an Bord? Hatte ihm vielleicht einer von denen angeboten, ihm bei der schmutzigen Arbeit zu helfen? Nein, natürlich nicht. Dafür hatten sie sich alle für zu gut gehalten.

Seine Wut wuchs immer weiter an.

Es war sechsundvierzig Stunden her, seit sie das Labor betreten, und achtunddreißig, seit sie das erste Tier mit Alex' Blut in Kontakt gebracht hatten. Nach einem weiteren Telefongespräch Darrells mit Atlanta hatten sie bei allen Tieren Abstriche durchgeführt und diesmal sowohl Sputum als auch Blut abgenommen. Doch die einzigen, in denen das Virus gedieh, waren die Tiere, denen es gespritzt worden war, und es war ausschließlich in ihrem Blut zu finden.

Darrell hob den Kopf, nachdem er die letzte Probe im Elektronenmikroskop untersucht hatte. »Es ist noch etwas zu früh, definitiv festzustellen, daß es nur von Blut zu Blut übertragen werden kann«, sagte er, »aber ich bin mir dessen von Minute zu Minute sicherer.«

Delaney warf einen Blick auf den gespritzten Affen, der an der Hinterseite seines Käfigs kauerte und mit gebleckten Zähnen herausstarrte. Daß die Krankheit derart schnell ausbrach, war, neben dem Fund des Virus selbst, ihre wichtigste Erkenntnis. »Darrell, wenn es diese Reaktion so schnell auslöst, dann müßte Paul auf etwas reagiert haben, das passiert ist, kurz bevor wir an Bord des Frachters gingen.«

Jordan biß sich in Gedanken auf die Lippe. »Von Blut zu Blut. Aber es muß am Anfang irgendwoher gekommen sein. Irgendwie muß es in Pauls ...« Sie kniff die Augen zusammen. »Der Affe hat bereits auf den Virus reagiert, bevor wir ihn untersucht haben. Die Symptome waren fast augenblicklich vorhanden. Paul wurde in der ersten Nacht auf dem Schiff krank – nur wenige Stunden, nachdem ...« Sie nickte, während ihre Gedanken ihren Worten vorauseilten. »Ob es in ihn eingedrungen ist, als er sich den Arm an dem Ast aufgeschnitten hatte? War das Virus auf den Bäumen? Vielleicht auf den Blättern? Das würde zeitlich passen, und die frische Wunde hätte dem Virus alle Türen geöffnet.« Sie runzelte die Stirn, und ihre Hand fuhr an ihren Hals. »Ungefähr zur selben Zeit, als mich der Pfeil traf.«

Darrell sah sie an. Auch Delaney, der jedoch den Kopf schüttelte. »Du bist negativ getestet.«

»Du mußt mich nicht aufbauen, Delaney. Vielleicht habe ich mich nicht infiziert, aber sehr wahrscheinlich Paul.« Sie hielt einen Moment inne. »Doch wenn sich Alex zum selben Zeitpunkt infiziert hat, wieso hat es dann bei ihm so lange gedauert, bis die Symptome auftraten? Und er hat sich nicht geschnitten. Doch, hat er – sein Gesicht war nach dem Aufstieg durch die Baumkronen zerkratzt. Trotzdem hat es neun Tage gedauert, bis er krank wurde. Bei Paul und unseren gespritzten Versuchstieren brauchte das Virus etwa dieselbe Zeit, um sich zu manifestieren. Warum nicht bei Alex? Hat er sich doch erst später infiziert, bei Paul vielleicht, wie auch immer?

Oder liegt der Unterschied im Immunsystem?« Sie verengte die Augen. »Es ist über zwei Wochen her. Aber wenn es Unterschiede aufgrund des Immunsystems gibt – und das ist durchaus möglich –, dann könnte ich es immer noch bekommen.«

In Delaneys Bauch rumorte es. Er sah zu dem Affen. Die Augen des Tiers waren zu Schlitzen geworden, durch die es ins Labor starrte. Es gab gewiß Unterschiede zwischen den Immunsystemen. Bei einigen mit HIV infizierten Menschen brach AIDS innerhalb weniger Jahre aus, während es bei anderen zehn, fünfzehn Jahre dauerte – bei manchen waren selbst dann noch keine Krankheitssymptome aufgetreten. Er sah zu Jordan.

Sie war jetzt still. Ihre Augen waren wieder zusammengekniffen. Aber nicht, weil sie einem schwerwiegenden Gedanken nachhing, sondern weil sie den Affen musterte. Plötzlich sprang sie zur Seite, hob die Arme hoch über den Kopf und klatschte in die Hände.

Darrell sah sie mit großen Augen an. Sie wandte sich ihm zu und zeigte ihm ihre Hand. Auf ihrer Handfläche war ein winziger Blutfleck zu sehen – zusammen mit den zerquetschten Überresten einer Mücke.

»Verdammt!« stieß Darrell hervor und sah zu dem Affen. »Da halten wir für den Fall, daß es durch die Luft übertragbar ist, die Tür geschlossen, und Mücken kommen mir nicht einmal in den Sinn. Überhaupt keine Insekten. Jeder Biologieschüler an der High School hätte daran gedacht, nur ich nicht.« Er warf einen Blick auf die Fenster; zusätzlich zum über die Schlitze geklebten Heftpflaster waren sie fest verschlossen und von Rollos verdeckt. Dann sah er auf die Tür; auch sie war verschlossen, obwohl sie mehr als einmal geöffnet worden war.

»Die Wahrscheinlichkeit einer Übertragung durch Insekten ist zwar gering, aber ich hätte bessere Vorsichtsmaßnahmen ergreifen sollen. Wir hätten das Labor jede Stunde ausräuchern sollen.« Er biß sich in Gedanken auf die Lippe. »Und auch den Zellentrakt.« Er schüttelte verärgert über sich selbst den Kopf. »Ich hätte daran denken müssen«, wiederholte er und ging ins Büro, um zu telefonieren.

Delaney trat an eins der Fenster. Eine geringe Wahrscheinlichkeit, hatte Darrell gesagt. Richtig. Das HI-Virus wurde nicht durch Mücken übertragen. Delaney kannte sich nicht gut genug in der medizinischen Praxis aus, um sagen zu können, ob überhaupt irgendwelche Viren von Insekten verbreitet wurden. Aber bei manchen Krankheiten traf das zu – bei Malaria zum Beispiel. Es war nicht unmöglich. Und wenn es möglich war …

Er schüttelte den Kopf über diesen Gedanken – und um das Bild von Paul zu verdrängen, wie er auf dem Golfplatz lag. Auf der einen Seite von Paul der über den Platz fließende Bach, auf der anderen das hohe Gras am Fuß des bebauten Abhangs. Hohes Gras und Feuchtigkeit bildeten eine ideale Brutstätte für Mücken. Sein Haus befand sich da. In dem seine Kinder waren. Um diesen beunruhigenden Gedanken abzuschütteln, schaute er durch das Fenster in die Dunkelheit hinaus.

Dann sah er plötzlich eine andere Szene vor sich: Paul, wie er stürzte, während er, auf den Indianer schießend, von den Bäumen wegrannte. Er sah den Schmutz auf dem Hemdärmel, als er wieder aufstand. *Auf demselben Ärmel, den der Ast zerfetzte.*

Alex und Paul hatten an einem Seil gehangen, als sie zum Blätterdach hochgezogen wurden. Dabei kam Alex in Kontakt mit dem Schmutz auf Pauls Ärmel. Und die Zweige zerkratzten ihm das Gesicht.

Er rief sich in Erinnerung, was sie bis zu diesem Zeitpunkt wußten. Ihre Untersuchungen hatten ergeben, daß das Virus fast augenblicklich starb, wenn es der Luft ausgesetzt wurde. Aber vielleicht hatte es in dem feuchten Schmutz auf Pauls Arm ein paar Minuten überlebt. Mehr hätte es nicht gebraucht, um lange genug virulent zu bleiben, bis Alex etwas von dem Dreck in die Kratzer auf seinem Gesicht bekam.

»Die Erde«, sagte er. »Das Virus kann in der Erde gewesen sein.«

»Pauls Hemd«, ergänzte Jordan.

Darrell sah sie durch die Bürotür fragend an.

»Paul ist hingefallen«, erklärte Jordan. »Und als wir im Krankenhaus waren, war sein Hemd voller Dreck. Ich habe ihn nicht berührt. Aber Alex ist am selben Seil wie er hochgezogen worden.«

Darrells Kopf verschwand wieder im Büro.

Jordans Mutter stand im Bademantel an der Spüle und ließ gähnend ein Glas mit Wasser vollaufen. Dabei wanderte ihr Blick über die Küchentheke ins dunkle Eßzimmer hinüber. Ihre Augen verengten sich bei dem Gedanken, der ihr durch den Kopf ging. Sie trank einen Schluck Wasser, stellte das Glas auf die Kacheln neben der Spüle und ging um die Theke herum ins Eßzimmer und weiter durchs Wohnzimmer in den Flur.

Sekunden später drückte sie leise Misseys Tür auf. Die Terrassentür stand offen, und der schwache Lichtschein der Morgendämmerung fiel ins Zimmer. Sie eilte am Bett vorbei und ging auf die Terrasse hinaus.

In einem dick gepolsterten schmiedeeisernen Sessel links von ihr hockte Missey. Ozzie saß neben ihr im Sessel.

»Missey?«

Die blauen Augen wandten sich ihr zu, aber sie sagte kein Wort.

»Was machst du hier draußen, Missey? Und im Nachthemd. Du wirst dir noch den Tod holen.«

»Ich habe Angst, ich werde Mama nicht wiedersehen.«

»Aber, Kind, natürlich wirst du das.«

»Ich habe Angst, ich werde niemanden jemals wiedersehen«, fügte Missey leise hinzu.

Mrs. Daniels kniete sich neben den Sessel. Ozzie beugte sich über Missey hinweg, um Mrs. Daniels zur Begrüßung die Hand zu lecken, doch sie schob seinen Kopf beiseite.

»Kindchen, natürlich kommt sie zurück. Sie hat nur im Moment etwas sehr, sehr Wichtiges zu tun. Aber es wird nicht lange dauern. Verstehst du das?«

Missey antwortete nicht.

»Du mußt jetzt ins Haus mitkommen«, sagte Mrs. Daniels. »Deine Mama und dein Papa werden früher zurück sein, als du denkst. Dann werden sie dich nie wieder allein lassen.«

Missey starrte ihre Großmutter ungläubig an.

Darrell kam aus dem Flur ins Labor und schloß rasch die Tür hinter sich. In der Hand hatte er ein Literglas, in dem mehrere Mücken summten. Er lächelte schwach.

»Der Wachmann auf dem Parkplatz muß mich für verrückt gehalten haben, als ich herumhüpfte, um diese Dinger zu fangen.«

Der amüsierte Ausdruck verschwand. »Also, jetzt verpassen wir ihnen etwas Blut – und dann beten wir.«

Kapitel 20

In den Mücken waren keine lebenden Viren zu finden, obwohl sie das kontaminierte Blut aufgenommen hatten. Aber kaum hatte Delaney einen Seufzer der Erleichterung ausgestoßen, entdeckte Darrell Viren im Sputum der gespritzten Tiere, und das in großer Menge.

Darrell legte die Zungenspitze an die Oberlippe, während er nachdachte. »Das Virus kann nicht in einer Mücke überleben. Aber in einem Säugetier. Und wenn es vom Blut in den Speichel übertragbar ist, könnte es dann nicht auch direkt in den Speichel gelangen – durch lecken oder essen?«

Jordan ging zur Rückseite des Labors und kam kurz darauf mit dem Käfig zurück, in dem sich der Affe befand, dem sie das Blut aufs Fell geschmiert hatten.

Sie stellte den Käfig auf den ersten Labortisch, während Darrell lange Handschuhe überstreifte. »Nur noch eins«, sagte sie. »Wenn das Virus stirbt, sobald es der Luft ausgesetzt wird, wie kann es dann lange genug draußen überleben, um aufgenommen zu werden – zum Beispiel durch lecken?«

»Vielleicht kann es das nicht«, antwortete Darrell. »Zumindest nicht unter gewöhnlichen Umständen. Aber nehmen wir einmal ein Blutgerinnsel, und stellen wir es uns als großen runden Ball vor. Nein, größer. Stellen wir es uns als Stadion mit einem Kuppeldach vor. Ein Virus in der Mitte des Blutgerinnsels wäre dann wie ein Baseball, der mitten im Stadion in der Luft schwebt. Möglicherweise sind alle anderen Viren um dieses eine herum tot, während es selbst durch seine Umgebung geschützt ist, so daß es eine Weile überlebt – ein oder zwei Stunden, vielleicht einige Tage, wenn das Gerinnsel feucht bleibt.«

Eine Minute später hatten sie sowohl eine Blut- als auch eine Speichelprobe, und Darrell begann sie für die Untersuchung im Elektronenmikroskop vorzubereiten.

Währenddessen injizierten Delaney und Jordan kontaminiertes Blut direkt in den Bauch der Versuchstiere, um den Zustand zu simulieren, in dem sie gewesen wären, wenn sie das Fleisch – und damit auch das Blut – eines mit dem Virus infizierten Tiers gefressen hätten.

Es dauerte nicht lange, bis sie es wußten. »Es ist da«, stellte Darrell fest. »Konzentriert im Speichel und nur in geringer Anzahl im Blut, aber es ist da. Es kann also auf beiden Wegen in den Körper gelangen, zum einen über den Speichel und von dort in den Blutkreislauf und zum anderen über das Blut und von dort in den Speichel. Und es hat lange genug auf den eingestrichenen Tieren überlebt, damit sie sich infizieren konnten. Da die Konzentration im Blut der nicht gespritzten Tiere gering, im Speichel der gespritzten Tiere dagegen hoch ist, sieht es so aus, als würde die Übertragung vom Speichel ins Blut länger dauern. Wir brauchen eine Speichelprobe von Alex, um sicher zu sein, daß es beim Menschen genauso ist. Ich wüßte allerdings nicht, warum es anders sein sollte.«

Delaney betrachtete den Affen, dem das Blut aufs Fell geschmiert worden war. Sein Blut war jetzt ebenfalls infiziert, wenn auch noch nicht so stark wie das des injizierten Affen. Und er zeigte auch noch kein Anzeichen von

Raserei. Delaney schaute zu Jordan, und beim nächsten Gedanken rutschte ihm das Herz in die Hose. Der Pfeil hatte nur eine winzige Wunde hinterlassen. Durch den tiefen Schnitt in Pauls Arm konnte ein Vielfaches an Viren eindringen – so wie sie den Versuchstieren eine größere Menge von Viren gespritzt hatten. Dagegen hatte Alex nur Kratzer gehabt, durch die relativ wenige Viren in sein Blut gelangen konnten. Deshalb hatten sie mehrere Tage benötigt, um sich zu vermehren und die Krankheit auszulösen, die schließlich die Widerstandskräfte seines Körpers überwunden hatte. Vielleicht waren durch Jordans winzige Wunde sogar noch weniger Viren eingedrungen.

Delaneys Übelkeit wuchs, als er sah, wie sie einen Ärmel ihrer Bluse hochrollte. Darrell hatte sie nicht erst dazu auffordern müssen. Er griff bereits nach einer sterilen Nadel.

Sekunden später füllte sich die Spritze mit Jordans Blut.

Und wieder dehnte sich die Wartezeit. Darrell brauchte auch diesmal nicht lange. Aber wieder schien es eine Ewigkeit zu dauern, bis er sich endlich zu ihnen umdrehte.

»Negativ«, verkündete er.

Jordans Erleichterung war allenfalls an einer kaum sichtbaren Entspannung ihrer Gesichtsmuskeln zu erkennen. Delaney atmete tief durch. So muß es einem zum Tode Verurteilten ergehen, der in letzter Minute einen Aufschub erhält, dachte er.

»Delaney«, sagte Darrell.

Delaney sah zu Darrell, der einen seiner Hemdsärmel hochschob, während Jordan nach einer Spritze griff. Darrell zuckte die Achseln. »Wir müssen uns auch wieder untersuchen«, erklärte er.

Delaney ging zu dem Tisch hinüber. Es war eine logische Vorsichtsmaßnahme. Doch er war nicht im geringsten beunruhigt über das mögliche Ergebnis, weder für sich noch für Darrell. Es würde negativ sein. Und das würde es auch weiterhin bleiben. Über Jordan machte er sich Sorgen. Warum? Wegen der Pfeilwunde vielleicht oder aufgrund irgendeines siebten Sinns? Oder lag es daran, daß er sich so sehr wünschte, sie möge es nicht bekommen, daß er nicht aufhören konnte, es zu befürchten?

»Der Wechsel zwischen Raserei nachts und scheinbarer Normalität am Tag«, sagte Darrell, »ist für mich immer noch der verwirrendste Aspekt. Sicher, das Gehirn ist das unbekannteste Organ des menschlichen Körpers, aber es gibt einige grundlegende Prämissen. Wenn ein Teil des Gehirns zerstört wird, der einen hemmenden Bereich enthält, tritt ein anregender Bereich an seine Stelle. Der Betreffende verhält sich völlig anders als vorher; bei schweren Schäden wird er manchmal auch verrückt. Aber wenn so etwas passiert, springt der Betreffende nicht zwischen neuem und altem Verhalten hin und her. Doch Paul und Alex haben nicht nur, wie ihr erzählt habt, einen Wechsel zwischen Tag und Nacht vollzogen, sondern auch bewiesen, daß sie in der Lage waren, ihre nächtliche Raserei bis zu einem gewissen Grad unter Kontrolle zu halten – Paul, indem er auf dem Frachter nicht wie wahnsinnig aus seiner Kabine gerannt ist und sich damit verraten hat, indem er die Fassung bewahrt hat, als er bei euch war, und indem er sich vorher schon soweit zusammengenommen hatte, daß er den ganzen Weg von Jackson nach Castlewoods fahren konnte.«

Jordan hatte eine Idee. »Könnte es nicht sein, daß die Krankheit keinen hemmenden Bereich zerstört, sondern einen anregenden bis zu dem Punkt reizt, daß ein fast unwiderstehlicher Drang entsteht, aber eben nur ein *fast* unwiderstehlicher? Die gespritzten Tiere verfielen beinah sofort in Raserei. Aber Menschen – wir stehen auf einer höheren Stufe der Intelligenz. Wir werden nicht nur von Instinkt und Trieben beherrscht, sondern auch von der Umwelt geformt. Könnten wir dadurch nicht die Fähigkeit erlangt haben, dem Drang zu widerstehen, zumindest vorübergehend, wenn wir normal erscheinen?«

»Alles ist möglich«, meinte Darrell.

»Vielleicht etwas mehr als nur möglich«, entgegnete Jordan. »In gewisser Weise verläuft die Krankheit konträr zur Temperatur: Nachts steigt der Wahnsinn an, tagsüber nimmt er ab. Vielleicht erreicht die Krankheit nachts einen Höhepunkt, an dem sie unerträglich wird. Aber gerade dann hat Paul sich unter Kontrolle gehabt, oder?«

Darrell runzelte in Gedanken versunken die Stirn. Sein Blick ruhte auf einem dicken Buch, das am Ende des ersten Labortischs lag. Es war ein Handbuch über Fälle extremer psychischer Störungen, das Carol ihm aus der Fakultätsbibliothek geholt hatte. Jeden freien Augenblick hatte er darin gelesen, aber keinen Hinweis auf eine Krankheit gefunden, die derjenigen ähnelte, mit der sie es zu tun hatten.

Delaney hatte den Band ebenfalls durchgeblättert. Er war überwiegend im psychiatrischen Fachjargon geschrieben und mit vielen Tabellen und Graphiken versehen. Ein Kapitel befaßte sich mit der Lykanthropie. Er hatte es aufmerksam gelesen, aber außer einem kurzen Abschnitt über den Fall Metheny nichts entdeckt, das auch nur annähernd dem ähnelte, woran Paul und Alex litten, und in keiner anderen Kapitelüberschrift wurde eine im entfernten vergleichbare Krankheit erwähnt.

Darrell ging zu dem Buch und blätterte es rückwärts durch. Als er die gesuchte Stelle gefunden hatte, vertiefte er sich für einen Moment in den Text. »1943«, sagte er dann über die Schulter, »wurde beim Absturz eines Privatflugzeugs außerhalb von Rio de Janeiro ein südamerikanischer Industrieller mit nazistischen Vorlieben getötet. Der Pilot überlebte lange genug, um zu erzählen, daß der Industrielle plötzlich verrückt geworden sei und verlangt habe, umzudrehen und wieder zu landen, als das Flugzeug gerade abgehoben hatte. Er versuchte sogar, selbst den Steuerknüppel herumzureißen. Es gab einen Kampf, und das Flugzeug ist abgestürzt. Wenig später wurde in dem Hotelzimmer, in dem der Industrielle die letzte Nacht verbracht hatte, die Leiche eines Jungen gefunden, der sexuell mißbraucht und mehrmals gebissen worden war, bevor er erwürgt wurde. Der Fall ist in einem Kapitel versteckt, das sich mit den Perversionen von SS-Angehörigen beschäftigt. Beißen ist bei sexuellen Gewaltakten nichts Ungewöhnliches. Es kommt sowohl bei hetero- als auch bei homosexuellen Vergewaltigungen vor. Was mich jedesmal, wenn ich den Abschnitt gelesen habe, verwundert hat, war die Tatsache, daß der Mann in der Nacht zuvor ein abscheuliches Verbrechen begangen hatte, und das in seinem Hotelzimmer, wo es herauskommen mußte. Das erinnerte mich daran, wie Paul die Leichen in seinem Haus liegen ließ. Und dann hat mich dieser Satz hier gefesselt. Hört zu: ›Wenngleich man annimmt, daß der Industrielle in Rio de Janeiro weilte, um sich mit Naziagenten zu treffen, gab er zur Tarnung an, er sei in dem Land, um seinen riesigen Waldbesitz im Amazonasgebiet zu inspizieren.‹«

Darrell hob den Kopf und sah zu Delaney und Jordan. »Ich frage mich, ob ein Teil dieses Besitzes vielleicht in dem Gebiet lag, in dem ihr wart, und ob er ihn tatsächlich inspiziert hat, also persönlich dort war?«

Jordan sah ihn erstaunt an. »Willst du sagen, das sei schon einmal passiert?«

Kapitel 21

Auf beiden Seiten des Bugs schäumte phosphoreszierende weiße Gischt auf, während das Küstenwachboot den Abstand verringerte. Auf der Brücke hob der Kommandant ein Mikrofon an den Mund.

»Frachter mit Kurs Südwest, hier ist die US-Küstenwache. Wir fordern Sie auf, beizudrehen und weitere Anweisungen abzuwarten.«

»Beidrehen? Wozu?« entgegnete der Kapitän des Frachters über Funk.

»Unser Auftrag lautet, Sie abzufangen und an Ihrer Position festzuhalten, bis weitere Befehle eintreffen.«

»Was, zum Teufel, reden Sie da? Wir können nicht stoppen. Für unsere Fracht gelten Verzugsklauseln.«

»Ich kann Sie verstehen, Kapitän. Aber ich habe meine Befehle. Ich bin sicher, das wird sich regeln lassen.«

»Regeln! Die Regierung? Bürokratisches Gerangel mit einer Bande von Beamten, die ein Schiff voll Fracht nicht von einem Faß voll Scheiße unterscheiden können? Die Verzugsstrafe beläuft sich auf das Doppelte dessen, was wir mit den letzten beiden Fahrten verdient haben!«

Der Kommandant des Küstenwachboots warf dem neben ihm stehenden Offizier einen Seitenblick zu. Dann sprach er wieder ins Mikrofon: »Noch einmal, es tut mir leid.«

Der Kapitän des Frachters biß die Zähne zusammen, während er das Mikro dicht vor den Mund hielt. »Zum Teufel, wer seid ihr? Die amerikanische Küstenwache oder die Kubaner? Aber wenn ich so darüber nachdenke – Castros Bande würde uns das nicht antun. Ich sag Ihnen was, ich werde nicht stoppen, bevor Sie mir nicht eine schriftliche Bestätigung Ihres Befehls vorgelegt haben. Was halten Sie davon?«

»Tut mir leid, Kapitän. Aber ich habe keinen schriftlichen Befehl. Trotzdem werden Sie beidrehen müssen.«

»Na, dann passen Sie mal auf.«

Für einige Sekunden trat Stille ein.

Dann meldete sich der Kommandant des Küstenwachboots wieder zu Wort: »Kapitän, mein Befehl lautet, Sie abzufangen und zu stoppen – mit allen Mitteln, die nötig sind.«

Der Kapitän des Frachters hämmerte seinen Handstumpf auf den Kartentisch. »Sie verdammter Spielzeugsoldat, wie kommen Sie dazu, mir zu drohen, mir, einem Bürger der Vereinigten Staaten von Amerika?«

Darauf gab die Küstenwache keine Antwort.

Der Kapitän starrte, vor Wut schäumend, lange auf das Küstenwachboot, bis er sich schließlich zu seinem Ersten Offizier umwandte. »Verdammt, ich sollte es wirklich tun«, sagte er. »In mexikanische Gewässer fliehen und sehen, ob die Hurensöhne mir folgen und einen internationalen Zwischenfall riskieren.« Damit rammte er das Mikrofon wütend an seinen Platz am Funkgerät.

Als die dröhnenden Schiffsschrauben stoppten, verengte der dicke Seemann in seiner Koje verwundert die Augen. Doch dann dachte er wieder an den Schmerz in seinem pochenden Finger und die Krankheit, die er sich geholt hatte.

Das braune Gesicht eines Vietnamesen sah durch die Luke in die Kabine. Er sog lächelnd den Marihuanageruch ein und schüttelte amüsiert den Kopf, bevor er weiter den Gang entlangging.

Der dicke Seemann sprang aus seiner Koje und rannte in den Gang hinaus.

»Was soll das heißen?«

Der Vietnamese blieb stehen und drehte sich um. »Was heißen?«

Der Seemann ging, großspurig die Schultern vorschiebend, zu ihm.

»Du verdammter Vietnamese kommst in dieses verdammte Land«, brummte er. »Fünfzehn von euch leben in einer Hütte. Machst ein bißchen Geld. Kaufst ein stinkendes Fischerboot. Und plötzlich denkst du, du bist was Besseres als wir.«

Der Vietnamese streckte die Hände zur Seite aus. »Mann, ich nicht kaufen Boot. Ich arbeiten wie du.«

Der übergewichtige Seemann stand jetzt so dicht vor ihm, daß der Vietnamese einen Schritt zurücktrat. Aber der Dicke folgte ihm. »Blöder kleiner Chinese!« sagte er plötzlich und holte aus.

Dem flinken Vietnamesen fiel es nicht schwer, dem Schlag auszuweichen. »Ich Vietnamese, nicht Chinese, du dämlicher fetter Idiot!« gab er zurück und versetzte dem Seemann einen kräftigen Tritt zwischen die Beine.

Stöhnend krümmte der Dicke sich, schaffte es aber, den kleineren Mann zu packen und ihn mit seinem Gewicht nach hinten zu drücken, so daß sie beide auf dem Boden des Gangs landeten.

Die Faust des Vietnamesen krachte gegen ein fleischiges Ohr, während sich die Zähne des dicken Seemanns in eine braune Schulter gruben. Der Vietnamese jaulte auf und trieb seine Daumen in die Schweinsäuglein des anderen, der sich aufschreiend von seinem Widersacher herunter auf den Rücken rollte. Nachdem der Vietnamese sich wieder aufgerappelt hatte, trat er seinem Widersacher gegen den Kopf und ins Gesicht, bis sein Bein festgehalten wurde. Als er es dem Griff des anderen entzog, rissen dessen Fingernägel dünne Streifen brauner Haut von seinen Knöcheln.

Aus einer Kabine trat ein junger, blonder, muskulöser Seemann auf den Gang und eilte zu den beiden Kampfhähnen. Er stellte sich über den dicken Seemann und hielt dem Vietnamesen abwehrend die offenen Hände entgegen. »Das reicht, Alter«, befahl er.

Doch der am Boden liegende Seemann biß ihm in den Fuß, so daß der Blonde schreiend seinen Fuß wegzerrte und selbst nach dem Angreifer trat.

In diesem Augenblick lief ein älterer Seemann den Gang zwischen den Kabinen entlang. »Was, zum Teufel, ist hier los?« rief er und stieß den Blonden weg, damit er aufhörte, den Seemann zu treten. Als Dank für seine Bemühungen bekam er von dem Blonden einen schweren Schlag ins Gesicht. Der Ältere taumelte zurück, stieß einen Schrei aus, stürmte vorwärts, umklammerte den Blonden und stürzte mit ihm zusammen auf den Boden.

»Aufhören!« brüllte der Erste Offizier, der in den Gang eilte.

Aber bald darauf war auch er mitten im Kampfgetümmel. Fäuste flogen, Zähne bissen zu, Füße trampelten – und überall spritzte Blut herum.

In Miami verspürte der alte Penner den ersten stechenden Schmerz. Er blieb abrupt auf dem Bürgersteig stehen und drückte eine Hand auf die Brust. Ein zweiter Stich durchzuckte ihn und trieb ihm den Schweiß auf die Stirn. Ihm war schwindlig. Nur wenige Meter entfernt stand ein

Briefkasten, und er stakte unsicher hinüber und stützte sich mit den Unterarmen darauf.

Ein junger schwarzer Polizist, der dem Penner auf dem Bürgersteig entgegenkam, eilte zu dem alten Mann.

»Alles in Ordnung, Opa?«

Henry warf dem jungen Mann einen merkwürdigen Blick zu.

»Ich fragte, ob Sie in Ordnung sind.«

Das Schwindelgefühl verschwand so schnell, wie es gekommen war. Auch der stechende Schmerz wiederholte sich nicht; er war wieder Henry B. McKinley III. Sich immer noch mit der Hand auf den Briefkasten stützend, straffte er sich und nickte. »Mir geht es gut.«

Auf dem Gesicht des Polizisten lag immer noch ein besorgter Ausdruck.

»Mir geht es gut«, wiederholte Henry.

»Ich kann Sie zur Erste-Hilfe-Station bringen.«

Henry zwang seinen Körper in eine noch aufrechtere Haltung. »Nein, das ist nicht nötig.«

Der Polizist studierte die roten Flecken auf Henrys Gesicht. Sie waren zu rot. »Es kostet nichts. Sie können sich untersuchen lassen, und wenn alles erledigt ist, bringe ich Sie hierher zurück.«

Henry betrachtete das Gesicht des jungen Mannes. Das kantige Kinn und die breiten Backenknochen erinnerten ihn an seinen Sohn. Seinen früheren Sohn, dachte er, bevor der Junge einen Zettel hinterlassen hatte, auf dem stand, daß er genug habe von seiner Trinkerei und die Stadt verlasse. Seitdem hatte er nichts mehr von ihm gehört. Zwischen Blutsverwandten sollte es mehr Loyalität geben, dachte er, wenigstens eine zweite Chance. Besonders wenn derjenige schon eine Tochter verloren hatte und seine Frau ihm abgehauen war. Aber sein Sohn war nie zurückgekommen, hatte ihn nicht einmal angerufen, so daß er ihm hätte versprechen können, mit dem Trinken aufzuhören – wenn er nur zurückkäme. Jetzt war es zu spät. Sein Sohn war tot, in einem Streit um Geld getötet von irgendeinem Crackfreak, wie er gehört hatte.

Der junge Polizist, der den alten Mann geduldig weiter beobachtet hatte, bemerkte, daß die roten Flecken langsam verschwanden. »Sind Sie sicher, daß Sie in Ordnung sind?« fragte er noch einmal.

Diesmal nickte Henry nur. Waren das die ersten Anzeichen eines Herzanfalls gewesen? fragte er sich. Möglicherweise schon ein richtiger Herzanfall – mit welchen Schäden? Aber was spielte es für eine Rolle? fügte er hinzu. Vielleicht wäre es am besten, einfach so abzutreten. Wer gab schon etwas um so eine verdammte Ratte wie ihn?

Er lächelte über seinen Gedanken, ein einseitiges, sarkastisches Lächeln. Er hatte es dieser fetten Ratte gezeigt, oder etwa nicht? Doch das Lächeln verblaßte rasch wieder. Es kümmerte ihn nicht. Gab es überhaupt etwas, das einen kümmern mußte? Er schob die Beine ein wenig vor, um zu sehen, ob sie ihn tragen würden, dann stieß er sich vom Briefkasten ab und ging langsam an dem ihn immer noch anstarrenden Polizisten vorbei davon. Wer gab wirklich etwas um ihn? dachte er wieder – und mit mehr Wehmut, als er jemals zugeben würde. Weder sein damaliger Sohn noch seine damalige Tochter; sie konnten nicht. Und seine Ex-Frau auch nicht. Die schon gar nicht.

Einen Block weiter griff er in seiner zerschlissenen Jacke nach der Flasche. Aber sie war leer, und er warf sie weg.

Er war fast einen ganzen Block weitergegangen, als der Schmerz zurückkehrte, so schlimm, daß er stehenbleiben mußte.

Aber auch diesmal verging er wieder, und er machte

sich immer noch keine Sorgen. Vielmehr begrüßte er von neuem, was der Schmerz bedeuten mochte, und ging weiter die Straße hinunter.

Und plötzlich verspürte er eine furchtbare Wut.

Kapitel 22

Delaney hatte im Waschraum seinem Körper Erholung von der drückenden Hitze im Labor verschafft, so gut es ging. Beim Blick auf das Wasser im Waschbecken kam ihm seltsamerweise das Bild eines ausbrechenden Vulkans in den Sinn, um den herum es von Anwohnern wimmelte, die nach einer Wasserquelle suchten, um ihn zu löschen. Das war ein guter Vergleich für ihren Versuch, ein Mittel gegen ein Virus zu finden. *Wen wollen wir eigentlich täuschen?* dachte er.

Dann bemerkte er, daß er schon seit einiger Zeit Stimmen von nebenan hörte. Fremde Stimmen. Und wirklich, als er ins Labor zurückging, fand er dort zwei Männer in Anzügen vor, die sich mit Darrell und Jordan unterhielten. Einer von ihnen hielt einen großen, schwarzen Handkoffer.

Als Delaney sich ihnen näherte, drehte sich der Größere der beiden, ein breitschultriger Mann mittleren Alters mit graumelierten Haaren, zu ihm um.

»Das ist Dr. Feltenstein vom CDC in Atlanta«, stellte Darrell ihn vor.

»Ich bin hier, um die Leitung des Projekts zu übernehmen«, verkündete Feltenstein. »Meine Kollegen und ich haben die bisherigen Erkenntnisse diskutiert und sind übereinstimmend zu der Meinung gelangt, daß das Virus mit an Sicherheit grenzender Wahrscheinlichkeit ausschließlich durch Körperflüssigkeiten übertragen wird. Daß Sie und Ihre Frau nicht infiziert sind, ist das sicherste Zeichen dafür.«

Er blickte über die Schulter zu seinem Begleiter, einem älteren Mann in einem weiten braunen Anzug, der jetzt auf das Büro am anderen Ende des Labors zuging.

»Wie es aussieht, sind uns also noch zwei Probleme geblieben. Erstens, wie stark variiert die Inkubationszeit im Einzelfall? Angesichts des Unterschiedes zwischen der ersten Person, bei der die Symptome fast augenblicklich auftraten, und der zweiten, diesem Dr. Alex – äh ...«

»Brister«, half Jordan aus.

»Ja, Dr. Alex Brister. Daraus, daß er die Symptome erst mehrere Tage nach der ersten Person entwickelte, folgt, daß es noch etwas gibt, was wir nicht erklären können. Sie haben die Vermutung angestellt, daß es nicht nur mit der stärkeren Immunreaktion des Betreffenden zusammenhängt, sondern auch davon, wie massiv die ursprüngliche Infektion war. Doch damit wäre nur das verzögerte Auftreten der Symptome erklärt, aber noch nicht die Frage beantwortet, wie lange die Verzögerung sein kann.«

Als er innehielt, musterte er unverhohlen die Wunde an Jordans Hals, wie Delaney gereizt bemerkte.

»Also«, fuhr Feltenstein fort, »welchen Zeitraum müssen wir abwarten, bis wir bestätigen können, daß jemand die Gefahr überstanden hat, ganz gleich, wie geringfügig die ursprüngliche Infektion war? Und schließlich die letzte Frage: Wie eliminieren wir das Virus an seinem Ursprungsort in Brasilien, ob nun am Amazonas oder sonstwo? Er muß irgendwo aus der Ecke stammen. Und da nicht jeder da unten wahnsinnig geworden ist, ziehe ich den vorläufigen Schluß, daß er in dem entlegenen Gebiet zu finden ist, in dem Sie Pflanzenproben gesammelt haben.«

»Hat Darrell Ihnen von der Erde erzählt?« fragte Jordan.

»Es waren bereits Teams auf dem Weg, um das Gebiet zu erkunden, und wir haben die Information an sie weitergegeben. Das bringt mich auf etwas anderes. Indianer haben diesen Pfeil auf Sie abgeschossen. Ein Indianer jedenfalls. Deshalb habe ich zuerst überlegt, ob wir es vielleicht mit einem unbekannten Stamm von Eingeborenen zu tun haben, dessen Angehörige verrückt geworden sind. Doch das ist unwahrscheinlich. Denn wenn sie wahnsinnig geworden sind, warum haben sie sich dann nicht gegenseitig umgebracht? Das wirft die Frage auf, ob sie vielleicht gegen das Virus immun geworden sind. Wenn es so ist, könnten wir daraus Nutzen ziehen, indem wir einen Impfstoff entwickeln, vielleicht sogar ein Gegenmittel.«

Feltenstein zuckte die Achseln. »Aber es gibt dort keine Indianer. Keinen einzigen. Wir haben das ganze Gebiet mit Hubschraubern abgesucht. Auf Satellitenaufnahmen ist im Umkreis von hundertfünfzig Kilometern kein Hinweis auf Wärmestrahlung – Lagerfeuer – zu finden. Einen knappen Kilometer von der Stelle, an der Sie sich abgeseilt haben, fließt ein Fluß entlang. Deshalb kann ich mir nur vorstellen, daß ein bekannter Stamm auf der Suche nach Jagdbeute den Fluß heruntergefahren war, durch Ihr Auftauchen in Angst versetzt wurde und auf Sie geschossen hat. Ich bete zu Gott, daß keiner von ihnen mit dem Virus in Berührung gekommen ist. Wir haben Ärzteteams hinuntergeschickt, die in diesem Moment achthundert Kilometer flußaufwärts und flußabwärts jedes Dorf checken.«

Feltenstein unterbrach sich und schüttelte den Kopf. »Es wäre die Hölle, oder? Die Verbreitung hätte schon begonnen. Was würden wir tun? Einen ganzen Stamm in Gewahrsam nehmen – oder ihn auslöschen?«

Über dem Regenwald flogen vier amerikanische Armeehubschrauber in enger Formation ihrem Ziel entgegen.

»Wir sind genau über der Stelle«, meldete einer der Piloten.

Im Passagierabteil des vorderen Hubschraubers bestätigte ein Oberst: »Roger. Geben Sie an die anderen Piloten durch, sie sollen ihre Teams daran erinnern, wegen der möglichen Anwesenheit von Indianern auf der Hut zu sein. Daß bisher keiner gesichtet worden ist, muß nicht heißen, daß keiner da ist.«

Er griff nach seinem Helm, der dem eines Taucheranzugs ähnelte, aber aus einem leichterem Material gemacht und mit einer Halsschürze versehen war. Einen weißen Schutzanzug hatte er bereits an. Jetzt stand er auf und stülpte sich, das Visier zur rechten Seite, den Helm über den Kopf. Dann drehte er ihn nach vorn, bis ein Klicken zu erkennen gab, daß der Verschluß eingerastet war. Sofort wurde aus dem Metallbehälter auf seinem Rücken Preßluft in den Anzug gepumpt.

Wenig später schwebten die vier Hubschrauber dicht über den Baumkronen und brachten durch die heftigen Luftstrudel des Propellers Bewegung in das Meer aus grünen Blättern unter ihnen. Zwei Seile wurden aus den offenen Türen der Hubschrauber heruntergelassen, an denen acht Männer, allesamt in weiße Schutzanzüge gekleidet, hinunterrutschten.

Weitere acht Männer folgten, und dann wieder acht. Einige hatten neben dem Luftbehälter eine Kettensäge auf den Rücken geschnallt, andere hatten sich eine automatische Waffe über die Schulter gehängt. Zwei Männer trugen keine zusätzliche Last; sie waren die Offiziere.

Es dauerte nicht lange, bis die erste Kettensäge aufheulte, und kurz darauf hörte man auch den Lärm der anderen. Binnen zwei Stunden war eine Lichtung geschaffen, von der die gefällten Bäume wie die Streben ines Fächers nach außen zeigten. Dann landeten die Hubschrauber nacheinander auf der Lichtung, um diverse Ausrüstungsgegenstände und weitere Soldaten, Wissenschaftler und schwerbewaffnete Ranger der Armee abzusetzen, die augenblicklich darangingen, ihre jeweiligen Aufgaben zu erfüllen: die Ranger, indem sie ausschwärmten und einen Schutzring um die sich ständig vergrößernde Lichtung bildeten, die Ingenieure, indem sie begannen, Boden- und Pflanzenproben zu nehmen. Beides geschah im Umkreis von mehreren Kilometern, während Hubschrauber weitere Ranger einflogen, die neue Landeplätze freiräumten, um den Rest der Ausrüstung entladen zu können. Insgesamt sollten bis zum Abend fast tausend Mann auf der Lichtung abgesetzt werden.

Ein Indianer wurde in der ganzen Zeit nicht gesichtet.

Im Hafen von Miami schlug Vater Dunnigan mehrmals das Kreuz in Richtung eines auslaufenden Kreuzfahrtschiffes, obwohl die Gruppe der in Urlaub fahrenden Gemeindemitglieder schon nicht mehr zu sehen war.

Nachdem er seinen Segen erteilt hatte, blieb er noch einen Moment stehen und verfolgte, wie das aufs offene Meer hinausfahrende weiße Schiff immer kleiner wurde. Dann drehte er sich um und überquerte die Straße, um zu seinem auf der anderen Seite parkenden Auto zu gehen.

Den auf ihn zufahrenden Wagen bemerkte er nicht. Erst die kreischenden Bremsen nahm er wahr.

Dann gab es den Aufprall.

Kapitel 23

Der Krankenwagen jagte mit blinkendem Warnlicht durch die Innenstadt von Miami, auch wenn bei diesem Notfall eigentlich keine Veranlassung dazu vorlag. Der Fahrer sah über die Schulter durch das kleine Glasfenster zu Vater Dunnigan.

Der alte Priester lag bäuchlings auf der Trage. Aber seine Augen waren offen, und seine schmalen Hände lagen unter seinem Kopf, während er mit dem über ihn gebeugten Sanitäter sprach.

»Der Herr hat offenbar über mich gewacht«, sagte er lächelnd und zwinkerte dem Sanitäter zu. »Es ist kaum zu glauben, wie schnell manche Dinge passieren.«

Der Sanitäter nickte. »Nicht nur über Sie, Vater. Nachdem das Auto Sie mit der Seite gerammt hatte, ist es über den Bürgersteig in die Glasfront einer Imbißstube gerast, und als der Fahrer die Tür öffnete, saß eine Gruppe kleiner Pfadfinderinnen so dicht neben dem Wagen, daß sie ihre Stühle beiseite rücken mußten, damit er aussteigen konnte. Weder er noch sonst irgend jemand hatte auch nur einen Kratzer abbekommen.« Er lächelte. »Wenn man von Ihren absieht. Aber das ist alles. Gelobt sei der Herr.«

»Gesegnet seist du, mein Sohn.«

Während der Krankenwagen weiterfuhr, drang das schrille, durchdringende Heulen seiner Sirene auch in einen nahegelegenen Durchgang. Der Lärm war mehr, als der alte Penner in seiner Lattenkiste aushalten konnte. Schweiß trat auf seine Stirn, und er drückte die Hände auf die Ohren und stöhnte auf.

Ein braunes Gesicht erschien in der Öffnung der Kiste. »Hast wohl einen gewaltigen Kater, was, Alter?« sagte der Hispanic lachend.

Der Penner nahm vorsichtig die Hände vom Kopf und starrte den Jungen an. Dessen dunkle Augen sahen an dem Alten vorbei und inspizierten jeden Winkel der Kiste. »Du hast da drin nicht vielleicht irgendwo Geld versteckt, oder?«

Der Penner funkelte den Jungen böse an.

Ein zweites Gesicht tauchte vor der Kiste auf, das eines blonden Weißen mit breiter Stirn. »Du redest wohl nicht mit uns, Alter?«

Das Gesicht des Penners lief rot an, und seine Finger zogen sich unruhig zusammen und streckten sich sofort wieder, während er seine dünnen Beine langsam aus der Kiste schob.

Der Blonde trat auf einen Knöchel des Alten. »Los, Geld her«, forderte er. »Oder wir überzeugen uns, ob du echte oder falsche Zähne hast.« Der Junge schüttelte grinsend den Kopf. »Nein, falsch sind die nicht. Sind viel zu gelb dafür.«

Plötzlich griff der Penner nach dem Bein des Jungen, der gerade noch rechtzeitig zurücksprang, um nicht gebissen zu werden. »He, du alter Bastard!« schrie er.

Der Penner kam aus der Kiste und stand auf.

Angriffslustig starrte der Blonde ihn an. »Du willst mich beißen, was? Zum Teufel, ich werde dafür sorgen, daß du keine Zähne mehr dafür hast.«

Knurrend streckte der Penner die Hand aus. Die Jungen wichen zurück. »Hör zu, du alter Bastard«, begann der

Blonde, konnte aber nicht mehr fortfahren, weil der Penner sich auf ihn stürzte.

Der Junge sprang zur Seite, und als der Penner ihm folgte, machte er einige Schritte zurück und zog ein Messer. »Du verdammter Hurensohn!«

Der Penner griff nach einem alten, rostigen Metallstuhl, der neben seiner Kiste stand, und hob ihn hoch.

Der Hispanic wollte etwas sagen, hielt aber inne, als er sah, wie der Alte den Stuhl in den Händen drehte, die Lehne auf den Sitz bog und dann heftig zurückzog, so daß sich die Schrauben lösten und er sie mit einem Ruck vom Sitz trennen konnte.

Die Jungen rissen die Augen auf.

Nachdem er den Rest des Stuhls weggeworfen hatte, hob der Penner die verdrehte Lehne über den Kopf und ging zum Angriff über. Die Jungen machten kehrt und rannten, den Alten auf den Fersen, zum Ende des Durchgangs.

Vor ihnen sperrte ein Maschendrahtzaun den Durchgang ab, und sie sprangen beide nach oben, klammerten sich an den Maschendraht und kletterten hinauf. Der Penner schlug mit der Stuhllehne unter ihren Füßen gegen den Zaun und hüpfte hoch, um nach dem Bein des Blonden zu greifen, verfehlte es aber. Die Jungen stiegen weiter den Zaun hinauf und schwangen sich auf die andere Seite.

Er kletterte ihnen hinterher.

»Du verrückter Hurensohn!« schrie der Hispanic ungläubig.

Der Penner ächzte laut, als er das obere Ende des Zauns erreicht hatte, und die Jungen rannten weiter, was das Zeug hielt. Mit hochrotem Gesicht, geifernd und schwer atmend, sprang er auf der anderen Seite auf den Boden und verfolgte die Jungen.

Als sie sich umsahen, stellten sie zu ihrem Entsetzen fest, daß der Penner plötzlich das Tempo beschleunigte und den Abstand zu ihnen verringerte. Sie stürmten am Ende des Durchgangs auf die Straße und rannten kopflos zwischen den Autos hindurch über die Fahrbahn.

Der Penner begann zu zittern, rannte aber weiter. Seine Augen waren nur noch Schlitze, und der Speichel floß ihm jetzt ungehindert aus den Mundwinkeln. Dann blieb er abrupt stehen, drückte die Hand auf die Brust und riß die Augen auf. Diesmal war es ein anderer Schmerz. Er taumelte an einem erstaunten Paar vorbei aus dem Durchgang, machte noch einen Schritt, wurde wieder von einem Beben erfaßt und sank dann vor einer alten Frau auf die Knie, die zurücksprang, um ihm auszuweichen.

Er blickte geradeaus über die Straße, stöhnte auf und stürzte mit ausgestreckten Armen, sich am Knöchel der Frau festklammernd, vornüber auf den Bürgersteig. Erschrocken schrie die Frau auf.

Der Mann schauderte wieder, dann krümmte er sich stöhnend, zuckte noch einmal und blieb regungslos liegen. Seine Hand fiel vom Fuß der Frau herab, während er aus leeren Augen über den Bürgersteig starrte. Die rote Färbung seines Gesichts ging sofort zurück.

Der schwarze Handkoffer des Mannes, der mit Dr. Feltenstein eingetroffen war, hatte ein Faxgerät enthalten, das jetzt an eine Telefonleitung im Büro angeschlossen war. Jordan lag auf der Couch. Eigentlich war nun die Reihe an ihr zu schlafen, aber ihre Gedanken ließen es nicht zu. Ein Virus, dachte sie. Daß es die menschliche Rasse noch gab, war der Tatsache zu verdanken, daß über neunzig Prozent aller Viren, Sporen und Bakterien für ihn ungefährlich waren; zwei weitere Prozent hatten nur geringfügige Auswirkungen, während nur ein bis zwei Prozent ein Problem darstellten. Natürlich war es nicht immer so gewesen. Heute waren viele Organismen nur deshalb harmlos, weil in der Vergangenheit der Preis dafür bezahlt worden war. In früheren Jahrhunderten hatten virulente Erreger furchtbare Epidemien ausgelöst und buchstäblich Millionen von Menschen hingerafft, manchmal während einer einzigen Krankheitswelle. Dann hatten ein paar Menschen mit genetischer Immunität überlebt und die Immunität ihren Nachkommen vererbt, und die einst schrecklichen Todesboten waren harmlos geworden.

Das konnte auch bei diesem Virus geschehen. Vielleicht war es in der Vergangenheit schon passiert, und es hatte bereits einige furchtbare Epidemien hervorgerufen, bis die Menschheit immun geworden war. Möglicherweise hatte der Körper sogar eine Killerzelle entwickelt, um das Virus vom Erdboden zu vertilgen – außer an einem entlegenen Ort im riesigen Amazonasgebiet.

Hatte es dort überlebt und sich irgendwie vermehrt? Oder hatte es wie die in ägyptischen Gräbern gefundenen Sporen und Bakterien eine Schutzhülle gebildet und Jahrhunderte ohne Sauerstoff und Nahrung überdauert, immer bereit, wieder zuzuschlagen, falls seine Ruhe gestört wurde?

Vielleicht hatte die Menschheit, weil sie diesen Schutz nicht mehr benötigte, im Lauf der Zeit die Immunität gegen diesen speziellen Organismus verloren oder die Fähigkeit, ihn zu bekämpfen, nicht mehr vererbt.

Doch jetzt war das Virus wieder da. Wie viele Millionen Menschenleben würde es kosten, bis es eines Tages besiegt wäre? Und wenn es ein für den Menschen neues Virus war, würde irgendein Preis hoch genug sein? Würde es die gesamte Menschheit von der Erde getilgt haben, bevor es in seinen Ruhezustand zurückkehrte?

Diese Szenarios – und das Wissen darum, daß eines von ihnen zutreffen könnte – jagten ihr einen Schauder über den Rücken. Doch dann kapitulierten ihre Gedanken, wie aktiv ihr Verstand auch sein mochte, vorübergehend doch vor ihrer Müdigkeit. Sie schloß die Augen, um sie nur für einen Moment auszuruhen und fiel, ohne es zu wollen, in Schlaf.

»Au«, stieß Vater Dunnigan hervor.

Der Arzt lächelte entschuldigend. »Etwas empfindlich hier, was?«

»Ja, mein Sohn, ein wenig.«

»Ihre Niere ist gequetscht. Dort, wo die Blutung war. Die ist zwar jetzt gestoppt. Aber um ganz sicherzugehen, werden wir Ihnen eine Packung Blut verabreichen.«

In Washington dachte Präsident Richardson über den alten Frachter nach. Wenn das verdammte Ding auf der Rückfahrt von Brasilien in einem Wirbelsturm oder durch irgendein anderes segensreiches Ereignis gesunken wäre, würde es der Welt erheblich bessergehen. Aber darum zu beten, war jetzt zu spät. Das verdammte Ding war nicht untergegangen, und er hatte jede Menge Scherereien am Hals.

Er sah auf seine Uhr, schüttelte den Kopf und lehnte sich in seinem großen, überweichen Sessel zurück. Seinen Arm ausstreckend, drückte er auf den Knopf einer Standleitung.

Am anderen Ende meldete sich sein Stabschef. »Werde ich in dieser verdammten Virussache vielleicht irgendwann aufs laufende gebracht?« donnerte er los.

»Ja, Sir. Ich wollte Sie gerade anrufen. Wie ich Ihnen schon gesagt habe – und die Vermutung ist jetzt sogar fast sicher –, hat es den Anschein, als könnte das Virus nur durch den direkten Austausch von Blut oder Speichel, also durch Körperflüssigkeiten, übertragen werden. Die Sache ist eingedämmt, insofern der einzige derzeit Infizierte im Gefängnis sitzt. Als zusätzliche Vorsichtsmaßnahme sind alle Wissenschaftler, die sich auf dem Frachter befanden, in Gewahrsam genommen worden und werden von der Außenwelt abgeschirmt – außer den beiden in Jackson, die Dr. Feltenstein neben Dr. Rogers als Mitarbeiter bei dieser Sache angefordert hat. Dr. Feltenstein untersucht selbstverständlich jeden Tag ihr Blut, da immer noch die Möglichkeit besteht, daß die Krankheit bei ihnen ausbricht. Insbesondere bei Jordan Jeffries. Sie ist diejenige, die in Brasilien verwundet wurde. Die Küstenwache hält den Frachter fest. Sie hat Befehl, ihn bis auf weiteres auf See unter Quarantäne zu stellen. Am Amazonas sind Leute von uns damit beschäftigt, festzustellen, wie groß das verseuchte Gebiet ist, falls nicht der Frachter der Infektionsherd ist. Nach der letzten Mitteilung von Dr. Feltenstein ist dieser Herd wahrscheinlich die Erde am Amazonas. Wenn das zutrifft, besteht die Hoffnung, daß das Gebiet nicht allzu groß ist. Wir werden einen Weg finden müssen, den Boden zu sterilisieren. Das wird einiges Nachdenken erfordern. Ich habe bereits Leute darauf angesetzt. Außerdem sollte man weiter nach einem Gegenmittel suchen, auch wenn Atlanta der Meinung ist, das könnten wir vergessen.«

»Was ist mit den Indianern? Hat jemand einen von den Bastarden gesehen?«

»Nein, Sir. Noch nicht.«

»Woher sollten sie auch kommen. Soweit ich das Krankheitsschema verstanden habe, hätten sie sich gegenseitig umbringen müssen.«

»Dr. Feltenstein hält es theoretisch für möglich, daß die Infektion anfänglich nicht so verheerend war – vor Tausenden von Jahren vielleicht. Möglicherweise war das Virus damals weniger virulent und ist erst später in seine heutige Form mutiert. Dann könnten die in diesem Gebiet lebenden Indianer gegen das ursprüngliche Virus immun geworden sein, und diese Immunität könnte auch gegen die mutierte Form wirken. Aber Dr. Feltenstein gibt selbst zu, daß das reine Spekulation ist. Und bis jetzt sind keine Indianer gefunden worden.«

»Was machen wir mit den Stämmen, die an dem Fluß leben?«

»Die stehen unter ständiger Beobachtung. Man muß zwar noch etwas abwarten, aber wie es scheint, haben wir Glück. Wir können fast mit Sicherheit sagen, daß die Krankheit auf den Mann, der in Mississippi im Gefängnis sitzt, eingedämmt ist. Und das ist der Schlüssel. Die ganze Sache klein halten. Eindämmung.«

Auf dem Frachter brauchte es vier Männer, um den in Raserei verfallenen dicken Seemann in den Bau zu schaffen, den man hastig improvisiert hatte, indem man einen verschließbaren Kühlraum ausgeräumt hatte.

Nachdem die Tür zugefallen und verschlossen war, hörten sie, wie der Gefangene von innen mit den Fäusten dagegen hämmerte.

Einer der Männer wischte sich das Blut von seinen aufgesprungenen Lippen. »Schwachsinniger Bastard!« rief er aus.

In der Luke des Lagerraums stand der Mann, den der dicke Seemann zuerst angegriffen hatte. Er drückte die Hand auf eine Bißwunde am Hals, aus der langsam Blut heraussickerte.

Kapitel 24

Im Krankenhaus in Miami schüttelte der junge Arzt den Kopf, während er zusah, wie sich Vater Dunnigan seine Kleider überstreifte. Der Priester blickte über die Schulter zu ihm hinüber.

»Mir geht es gut, mein Sohn«, sagte er. »Es ist kaum noch ein blauer Fleck an meinem Körper. Aber er ist alt, und ich weiß nicht, wieviel Zeit mir noch bleibt. Und es gibt noch soviel zu tun. Die Arbeit des Herrn, mein Sohn, die Arbeit des Herrn.«

Wenige Minuten später trat Vater Dunnigan aus dem Krankenhaus auf den Bürgersteig hinaus und sog die nach Salz riechende frische Luft tief ein. Er hatte wirklich keine Schmerzen gespürt, weder als er sich anzog, noch als er in den Aufzug stieg oder als er durch die Krankenhaustür ins Freie trat und die Treppe hinunterging. Der Herr war barmherzig in Seiner Gnade.

Von der anderen Straßenseite winkte ihm ein altes Ehepaar zu.

»Guten Tag!« rief er ihnen zu. »Ist das nicht ein schöner Morgen?«

Dann spürte er etwas im Bauch, zwar nur schwach und kaum erwähnenswert. Aber wegen seines chronischen Problems mit dem Magen achtete er auf solche Zeichen. Sobald er zu Hause wäre, würde er etwas Maalox nehmen, dann ginge es ihm wieder besser. Sein nächster Gedanke brachte ihn zum Lächeln. Siebenundsechzig Jahre war er alt, und sein einziges gesundheitliches Problem war eine kleine Magenschwäche, medizinisch gesprochen: eine Polyrusstenose – eine Magenverengung – und ein Geschwür im Zwölffingerdarm. Auf der anderen Seite brauchte er immer noch keine Brille, außer zum Lesen. Wie viele andere in seinem Alter hatten soviel Glück?

Der Herr war wirklich barmherzig in Seiner Gnade.

Jordan sah zu Sheriff Langston. Sie hatte eine Spritze in der Hand.

»Alex«, sagte Langston.

Alex sah auf, während der Sheriff ein Paar Handschellen unter seiner Jacke hervorholte.

»Ich möchte, daß Sie die Arme, so weit Sie können, durch die Gitterstäbe stecken und die Handgelenke zusammendrücken.«

Alex ging zum Gitter, und als er seine kräftigen Arme ausgestreckt und die Handgelenke zusammengelegt hatte, trat Langston gerade weit genug vor, um ihm die Handschellen anlegen zu können.

Alex lächelte.

Als Jordan an ihn herantrat, war Delaney an ihrer Seite.

»Alex«, sagte sie, »vielleicht ist es Zeitverschwendung, aber es kann auch nichts schaden.«

»Ich weiß«, erwiderte er.

Während Delaney den Gummischlauch um Alex' Oberarm schlang, ließ er dessen an die Gitterstäbe gepreßtes Gesicht nicht aus den Augen. Jordan fand problemlos eine Vene und stach mit der Nadel hinein. Das in der sterilen Lösung enthaltene inkomplette Virus strömte in Alex' Körper. Würde sein Immunsystem jetzt zusätzliche Antikörper produzieren, um diesem neuen Angreifer entgegenzutreten, und dabei gleichzeitig auch den alten Krankheitserreger bekämpfen? Oder lief sein Immunsystem schon auf Hochtouren und war hoffnungslos überlastet?

»Es sind wohl doch keine Windpocken, oder?« sagte Alex.

Jordan lächelte sanft. »Nein, Alex. Wir werden das ein paar Minuten wirken lassen, dann nehmen wir eine weitere Blutprobe.«

Er erwiderte das Lächeln, um seine wirklichen Gedanken zu verschleiern. *Ein schneller Griff, mehr wäre nicht nötig. Ich könnte sie problemlos ans Gitter ziehen, ihr Kinn hochdrücken, mit dem Mund ihren Hals finden und ihr die Finger in die Augen treiben. Ihr zeigen, wie es sich anfühlt. Delaney zeigen, warum er sich stärker anstrengen muß, ein Gegenmittel zu finden. Aber die Zeit ist noch nicht gekommen.*

Sein Blick ging zu Delaney – demjenigen, der eigentlich an allem schuld war. Immerhin hatte er ihre Gruppe zusammengestellt. Delaney erwiderte den Blick. Aufmerksam. Auf der Hut. Aber niemand kann immer auf der Hut sein.

Er zwang sich, sie weiter anzulächeln. Das war sein Schutzschild. Aber viel länger würde er es nicht aufrechterhalten können; bald würde der Speichel, der in seinem Mund zusammenlief, für alle sichtbar heraustropfen.

Dann war Jordans Spritze leer, und sie zog sich vom Gitter zurück. Delaney schaute für einen Augenblick weg, und als Jordan ebenfalls nicht zu ihm sah, schluckte Alex rasch.

Der Sheriff kam vorsichtig näher, und Alex lächelte ihn an, während ihm die Handschellen abgenommen wurden. Dabei entging ihm nicht, daß Delaney ihn wieder beobachtete.

Er versuchte, seinen Schutzschild zu durchdringen. Mehr als jeder andere wollte er ihn durchschauen. Der Bastard, dachte Alex und lächelte noch einmal, bevor er sich zu seiner Pritsche umdrehte, so daß sein Rücken verbarg, wie seine Augen sich verengten und die Oberlippe sich über die Zähne zurückzog.

»Hier, der Mop«, sagte der Sheriff.

Alex war klar, daß er sich jetzt nicht umdrehen konnte. So schnell konnte er seine Gesichtszüge nicht entspannen. Er versuchte es, indem er sich ganz darauf konzentrierte.

»Der Mop, Alex.«

Endlich spürte er, wie die Muskeln die Spannung verloren. Die Lippe schob sich wieder über die Zähne, und er drehte sich mit einem Lächeln um, ging in den vorderen Teil der Zelle und griff nach dem langen Stiel des Mops, den der Sheriff durchs Gitter gesteckt hatte.

Nachdem er die Stoffstreifen des Mops im Waschbekken eingeweicht hatte, begann er den Betonfußboden zu wischen. Aus den Augenwinkeln beobachtete er jedoch, wie Jordan eine neue Spritze vorbereitete. Dann wurde seine Aufmerksamkeit auf die Tür zum Zellentrakt gelenkt. Ein Polizist war in ihr erschienen.

»Ihre Tochter ist am Telefon«, rief er den Gang hinunter. »Ich habe ihr gesagt, Sie seien beschäftigt, aber sie meint, es sei wichtig.«

Jordan sah zu Delaney. »Geh ran«, sagte sie. »Es könnte etwas mit meinen Eltern sein.«

»Dann hätte einer von ihnen angerufen«, wandte Delaney ein.

»Geh schon, Delaney. Man kann nie wissen.«

Er zögerte einen Augenblick, sah zu Alex, dann wieder zu Jordan. »Ich will nicht, daß du das Blut abnimmst, bevor ich zurück bin.«

Sie runzelte die Stirn, nickte aber, und er drehte sich um und ging auf die Tür zu. Alex' Blick hing wieder an Jordan.

Delaney blieb im Aufnahmebereich vor dem Zellentrakt stehen. Am einzigen Telefon hinter dem Schalter führte der Wärter ein Gespräch. Delaney sah zu dem am Aufzug wartenden Polizisten und eilte zu ihm. Im Erdgeschoß angekommen, gingen sie in Langstons Büro. Auf dem Schreibtisch lagen Zigaretten und Feuerzeug, und Delaney griff nach der Packung und zog umständlich eine Zigarette heraus, während er den Hörer hochhob.

»Papa«, sagte Missey, »Ozzie hat sich ins Bein geschnitten.«

»Wie schlimm ist es denn?«

»Opa hat ein Pflaster draufgetan.«

Er lächelte, während er den Hörer zwischen Schulter und Kopf klemmte, um die Zigarette anzuzünden. »Dann wird er bestimmt wieder in Ordnung kommen.« Er nahm einen tiefen Zug von der Zigarette.

»Bist du sicher?«

»Ja, bin ich.«

»Gut, Papa. Ich liebe dich.«

»Ich dich auch.«

Im Zellentrakt wartete der Sheriff ab, bis Alex den Mop über dem Waschbecken ausgewrungen hatte, dann streckte er die Hand aus. Alex ging zu ihm. Diesmal steckte er den Stiel des Mops nicht so weit wie sonst heraus, und er tat es mit der Linken, während er die rechte Seite dicht ans Gitter schob.

Der Sheriff griff nach dem Stiel. Seine Hand schloß sich darum. In diesem Augenblick schoß Alex' Hand vor und umklammerte Langstons Handgelenk. Langston ertarrte, dann versuchte er sich aus dem Griff zu befreien, wurde aber ans Gitter gezerrt. Sein Gesicht prallte gegen die Eisenstäbe, was ihn außer Gefecht setzte, während Alex ihn herumdrehte, den Arm um seinen Hals legte und zu würgen begann. Mit seinem kräftigen Unterarm drückte er Langston den Hals zu, bis ihm die Zunge aus dem Mund trat.

»Alex!« schrie Jordan.

Mit der anderen Hand durchsuchte Alex hastig die Jacke des Sheriffs.

»Hilfe!« schrie Jordan.

Die Tür am Ende des Zellentrakts flog auf, und zwei Polizisten stürmten herein.

Alex hatte den Schlüssel zu seiner Zelle gefunden. »Nein!« stieß Jordan hervor, als sie es bemerkte. Die Polizisten zogen ihre Pistolen. »Nicht schießen!« rief Jordan. Sie versuchten auf Alex zu zielen, ohne den Sheriff ins Visier zu bekommen, der inzwischen dunkelrot angelaufen war und schlaff wurde.

»Nein!« schrie Jordan wieder und rannte zur Zelle, griff nach dem am Gitter lehnenden Mop und stieß das Ende des Stiels in Alex' Gesicht. Er schlug nach dem Mop, aber sie stieß, auf seine Augen zielend, noch einmal zu. Sein Kopf zuckte zurück, und sein Griff um den Hals des Sheriffs lockerte sich. Jordan ließ den Mop wieder durch die Gitter schnellen. Doch plötzlich schoß seine Hand darunter hinweg, schnappte nach ihrem Handgelenk und riß sie ans Gitter. Den Sheriff loslassend, der vor der Zelle auf den Fußboden sackte, griff er mit einer Hand nach ihrem Hals, während er mit der anderen ihren Arm durchs Gitter zog und seine Zähne tief in ihren Unterarm senkte.

Einer der Polizisten feuerte. Doch der Schuß verfehlte knapp Alex' Kopf und bohrte sich, einen Hagel aus Betonstücken auslösend, in die Wand. Alex ruckte mit dem

Kopf vor und zurück wie ein Hund, der an einem Knochen zerrt. Jordan versuchte schreiend ihren Arm zu befreien – und dann sprang er plötzlich zurück und hob mit einem Grinsen für die Polizisten die Hände über den Kopf.

Jordan trat schluchzend von der Zelle zurück und starrte auf ihren blutenden Unterarm.

»Oh, Gott, nein!«

Kapitel 25

Alex stand lächelnd in seiner Zelle. »Jetzt wirst du wirklich nach einem Mittel suchen, nicht wahr, Delaney?«

Bis auf eine Motte, die einsam ihre Kreise um eine trübe, vergitterte Deckenlampe drehte, war der breite Gang zwischen den Zellen leer.

»Nicht wahr, Delaney?«

Seine Worte hallten durch den leeren Zellentrakt.

Darrell betrachtete die Wunde.

»Ich habe sie mit Alkohol ausgewaschen und nicht verbunden, damit Luft drankommt«, sagte Delaney.

Darrell nahm Jordans Unterarm in die Hände. Abgesehen von einigen Stellen, wo Alex an der Haut gezerrt hatte, waren seine Zahnabdrücke so deutlich zu erkennen, als hätte er in Paraffin gebissen. Delaney sah auf die Abdrücke und überlegte. Hatte er die Viren von der Wunde gespült oder hatte er genau das Gegenteil bewirkt? Auf der eiligen Fahrt vom Gefängnis zur Fakultät hatte Jordan die Wunde in Richtung Fußboden gehalten, um das Blut abtropfen zu lassen. Etwas anderes war ihnen nicht eingefallen. Sie waren so durcheinander gewesen, daß sie kaum in der Lage gewesen waren, überhaupt einen Gedanken zu fassen. Wie blutige Anfänger hatten sie sich verhalten.

Aber was hätten sie noch tun können? Er stellte sich die Viren vor, die im Vergleich mit dem Grand Canyon der Wunde so klein waren wie Murmeln, die in ihn hineinfielen. Wie wusch man Murmeln aus dem Grand Canyon heraus? Und was waren die Murmeln jetzt? Winzige Staubkörner, die durch die riesigen Wasserleitungen ihres Blutkreislaufs trieben und nach lebenden Zellen suchten, die sie ausschlachten und übernehmen konnten? Er schloß die Augen bei diesem Gedanken.

Im Büro klingelte das Telefon.

Delaney sah zu Darrell, der immer noch die Wunde untersuchte, dann drehte er sich um und ging, als das Telefon zum zweitenmal klingelte, ins Büro.

Es war nicht der normale Anschluß des Labors, sondern Feltensteins Faxgerät. Der alte Agent, der für gewöhnlich an dem Gerät saß, war im Ruheraum hinter dem Labor. Als Delaney das Papier aus dem Gerät rollen sah, wollte er kehrtmachen, um zu Jordan zurückzugehen, doch da stach ihm Alex' Name ins Auge – und dann ihrer.

Betreff: Dr. Alex Brister, Dr. Jordan Jeffries
Anweisungen bezüglich Transportteam bestätigt. Ist unterwegs. Ankunft, wie angekündigt, morgen 13.30 Uhr. Ihre Seite ist für sicheren Transport zum Flugplatz der Nationalgarde verantwortlich.

Fortsetzung –

Text des Memos des nationalen Sicherheitsberaters folgt:

Laut CDC kein Gegenmittel möglich. Empfehle sofortige Einlieferung in sichere bakteriologische Einrichtung der Regierung, um weitere Vorfälle zu vermeiden. Über abschließende Regelung wird später entschieden.

Fortsetzung –

Text der Antwort des Präsidenten:
Weitermachen.
Fortsetzung –
Erhalt der Anweisungen bestätigen.
Ende.

Delaneys Blick wanderte ein Stück das Fax hinauf: *Über abschließende Regelung wird später entschieden.*

Angst erfaßte ihn. In einer sicheren Regierungseinrichtung. Wo alles unter dem Deckel gehalten werden konnte. *Bis zur abschließenden Regelung.*

Er warf einen Blick ins Labor und griff dann nach dem Fax. Am Anfang der Seite stand die Antwortadresse. Er nahm einen Notizblock vom Schreibtisch, setzte Feltensteins Namen darauf und schrieb: »Anweisungen erhalten.« Dann schob er das Blatt in den Schlitz des Geräts und tippte die richtige Nummer ein.

Er wartete, bis die Antwort abgeschickt war, dann stopfte er das Fax und den Notizzettel in die Tasche und lehnte sich an die Wand, um nachzudenken.

Aber was gab es da nachzudenken? Und zu tun?

Sein Blick fiel auf die an die Wand geheftete große Karte von Nord- und Südamerika. Vor ihrer Expedition hatte Jordan mit einem roten Textmarker ihre Route auf die Karte gezeichnet. Er erinnerte sich an das Lächeln, mit dem sie es getan hatte. Es würde eine Menge Spaß bringen, hatte sie gesagt. Arbeit und Vergnügen in einem. »Eine solche Chance bekommt man nicht oft«, hatte sie hinzugefügt.

Und was hatten sie bekommen? Hitze, Schwüle, stechende Insekten, Indianer und …

Er kniff die Augen zusammen und blickte noch einmal auf die Karte. Dann drehte er sich um und ging rasch ins Labor zurück.

»Jordan.«

Sie sah ihm über die Schulter entgegen, während Darrell den Verband um ihren Unterarm fertigstellte.

»Missey und Ryder«, sagte er. »Ich will sie sehen.«

Sie warf ihm einen erstaunten Blick zu. Ihr ging die Frage durch den Kopf, ob sie das Recht hatten, sich den Kindern zu nähern, solange noch nicht zweifelsfrei feststand, daß die Krankheit ausschließlich durch Körperflüssigkeiten übertragen wurde. Aber welche Selbsttäuschung wäre es, sich zu sagen, sie würde sie später sehen können – wenn das hier vorüber wäre. Sie nickte.

Als er mit ihr zur Labortür ging, sah er, wie Darrell zum Elektronenmikroskop ging. Seine Suche würde jetzt noch fruchtlos sein, aber in wenigen Stunden – bei dem Affen hatte es nur Stunden gedauert, bis die Krankheit ausgebrochen war –, spätestens aber in ein, zwei Tagen würde es Hundert Millionen von Viren geben.

Und Feltenstein mußte bald aus dem Gefängnis zurückkommen. Es würde nicht lange dauern, bis er sich wunderte, daß er keine weiteren Mitteilungen erhalten hatte. Delaney beschleunigte seine Schritte, was ihm einen fragenden Blick von Jordan einbrachte.

Als sie das Labor verließen und auf den Ausgang des Gebäudes zugingen, kam ihnen Feltenstein jedoch schon entgegen. Zwei jüngere Männer in dunklen Anzügen bemühten sich, mit ihm Schritt zu halten.

»Es tut mir leid«, sagte er auf ihren Verband starrend, als er vor Jordan stehenblieb. »Sie wissen gar nicht, wie leid es mir tut. Aber wir müssen ihre Bewegungsfreiheit jetzt leider einschränken.« Er blickte wieder auf den Verband. »Zumindest, bis wir sehen, was passiert.«

Delaney drehte sich der Magen um. Er hatte zu lange abgewartet. Statt im Büro herumzustehen und nachzudenken, hätte er gleich weglaufen sollen. Er versuchte, die beiden Männer hinter Feltenstein einzuschätzen. Der eine war groß und breit wie ein Footballspieler, der andere schlank, aber durchtrainiert.

Vielleicht konnte er Zeit schinden. »Nein, noch nicht. Sie wissen, daß keine Notwendigkeit besteht, so schnell etwas zu unternehmen. Darrell checkt es gerade. Wir werden ihr Blut alle zwei Stunden untersuchen, wenn Sie wollen. Wir machen es auf alle Fälle. Aber bis ein Symptom auftritt, ist alles beim alten. Wir fahren jetzt zu unseren Kindern. In zwei Stunden sind wir wieder zurück.«

Feltenstein hatte einen Ausdruck tiefsten Bedauerns auf dem Gesicht. Aber er machte ihnen nicht Platz, und die beiden dunkel gekleideten Männer traten an seine Seite.

Delaney funkelte sie an. »Ich habe nein gesagt. Haben Sie denn kein Mitgefühl mit –«

»Sie muß unter Quarantäne gestellt werden«, unterbrach ihn Feltenstein mit leiser Stimme. »Das wissen Sie genauso gut wie ich.«

»Ich habe Ihnen doch gesagt, daß –«

»Nein, Delaney. Es muß sein.«

»Ich komme doch zurück«, versprach Jordan. »In weniger als zwei Stunden bin ich wieder da.«

Feltenstein schüttelte langsam den Kopf.

»Das lasse ich nicht zu«, sagte Delaney. »Sie reagieren überzogen. Wenn ... wenn sie später ... Wir reden später darüber.« Damit nahm er Jordan beim Ellbogen, um mit ihr davonzugehen.

Feltenstein schüttelte wieder den Kopf. »Delaney, ich weiß, ich kann nicht völlig nachfühlen, was Sie empfinden. Aber ich schwöre bei Gott, es geht mir nahe. Doch ich habe keine andere Wahl. Die möglichen Folgen sind zu verheerend, um wegen zwei Menschen die Sicherheit aufs Spiel zu setzen, daß die Krankheit sich nicht weiter ausbreitet. Ich werde … Ich muß tun, was immer nötig ist.«

Delaney spürte Jordans Hand auf seinem Arm. »Er hat recht.« Sie versuchte sich an einem Lächeln. »Wir werden es bald wissen und …« Ihre Lippen zitterten. »… und dann fahren wir zu Missey und Ryder.«

Delaney warf einen Blick zu Feltenstein, drehte sich dann zu Jordan, nahm sie in den Arm und machte sich mit ihr auf den Weg ins Labor zurück.

»Nein«, sagte Feltenstein.

Delaney blieb stehen und wandte sich um.

»Es tut mir leid, Delaney, aber sie muß nach Rankin County.«

Eine konkrete Befürchtung ließ Delaney die Haare zu Berge stehen. Sobald Jordan im Gefängnis wäre, würde er nichts mehr für sie tun können. Ein zweites Fax würde kommen. Er schüttelte den Kopf. »Nein.«

»Es tut mir leid, Delaney.«

»Fassen Sie sie nicht an!«

Die Männer an Feltensteins Seite kamen zu ihnen.

Delaney hob die Hände. »Ich warne Sie!«

»Nein«, sagte Jordan, »er hat recht.«

Er ging nicht darauf ein. »Sie wird im Labor sitzen, bis Darrell Bescheid weiß. Wenn sie infiziert ist, wird sie gehen. Aber Sie werden ihr jetzt nicht noch mehr aufbürden. Das ist nicht nötig. Niemand, weder Paul noch Alex, noch eins der Versuchstiere, hat die Kontrolle verloren, als sich das Virus zum erstenmal manifestierte. Wir haben Zeit. Wir haben Zeit.«

Der kleinere Agent griff nach Jordans Arm.

Als Delaney die Hand wegstieß, schlug der größere Agent das Jackett zurück und zeigte seine Automatik.

Jordan trat rasch an Feltensteins Seite. »Gut«, verkündete sie, »ich bin bereit.«

Kapitel 26

Gerade hatte ein Agent in einem zerknitterten braunen Anzug Jordan Blut abgenommen und den Zellentrakt verlassen. Sie befand sich in einer Zelle direkt gegenüber von Alex. Langston hatte sie am anderen Ende des Trakts unterbringen wollen, so weit wie möglich von Alex entfernt, aber sie hatte es abgelehnt. Sie wollte ihn beobachten können. Wenn sie wie er werden sollte, wollte sie soviel wie möglich von dem sehen, was ihr bevorstand. Vielleicht würde sie ja etwas erfahren. Etwas, das sie Delaney erzählen könnte. Das helfen könnte. Irgend etwas.

Dr. Feltenstein trat an ihre Zelle. »Es tut mir leid.« Er streckte die Hände aus und legte sie über der Querstange der Zellentür auf ihre. Sie sah auf die Berührung hinunter und dann wieder in seine Augen. Statt eines gleichgültigen, nüchternen Bundesbeamten sah sie sich einem älteren Mann gegenüber, der ehrliches Mitleid mit ihr empfand.

»Hoffentlich tragen Sie es Delaney nicht nach«, sagte sie. »Er war nur besorgt über das, was mit mir geschieht.«

»Das geht schon in Ordnung. Ich habe ihn nur dazu gebracht, im Labor zu bleiben, weil ich ihn nicht hier haben wollte, wenn wir Sie in eine Zelle stecken. Er ist verzweifelt. Aber er kommt damit zurecht.«

Sie zwang sich zu einem Lächeln, drehte die Hand unter seiner um und drückte sie. Dann ging sie zu der Pritsche am hinteren Ende der Zelle, setzte sich und lehnte sich an die Wand, während Feltenstein und die anderen den Zellentrakt verließen. Über den Gang konnte sie in Alex' Zelle blicken.

Alex sah einen Moment der Gruppe nach, dann wandte er sich wieder zu Jordan um.

Darrell saß am Elektronenmikroskop und blickte über die Schulter zu Delaney, der auf das Resultat der Untersuchung wartete. Darrell schüttelte den Kopf.

Der ältere Agent, der an der Bürotür gestanden hatte, drehte sich um und ging zum Schreibtisch, wo er nach dem Sondertelefon griff.

Einen Augenblick später hörte Delaney ihn sagen: »Keine Anzeichen bis jetzt.«

Kurz darauf betrat Dr. Feltenstein das Labor und ging als erstes zu Darrell, der wieder den Kopf schüttelte. Dann sagte Feltenstein: »Ich habe auf der Fahrt vom Gefängnis hierher mit Washington gesprochen. Das Virus befindet sich, wie Sie vermutet haben, in der Erde. Es gibt offenbar ein Problem mit der Sterilisierung des Gebiets. Aber es ist weniger als einen Quadratkilometer groß – es müßte also zu machen sein.«

Feltenstein hielt inne und sah zu dem Fenster, an dem Delaney stand. »Wenn sich Ihre Gruppe nur zweihundert Meter weiter östlich abgeseilt hätte, wäre nichts passiert. Das kontaminierte Gebiet endet dort an einem Fluß. Am anderen Ufer findet sich nicht die geringste Verseuchung. Auch an zwei anderen Seiten grenzt das Gebiet an kleine Wasserläufe.« Feltenstein wandte sich wieder Darrell zu. »Es sieht fast so aus, als käme das Virus nicht übers Wasser. Sagt Ihnen das irgend etwas?«

Darrell schüttelte den Kopf.

Delaneys Blick wanderte von Feltenstein zu dem älteren Agenten an der Bürotür und schließlich zur Flurtür.

Jordan schaute wieder in Alex' Zelle hinüber. Diesmal erwiderte er den Blick. Bisher war er ihren Augen meistens ausgewichen. Sie sah auf das vergitterte Fenster in der Außenwand der Zelle und die zunehmende Dunkelheit dahinter.

»Alex.«

»Ja«, antwortete er mit weicher Stimme.

»Spürst du irgend etwas?«

Einen Moment starrte er sie nur an. Dann schien sich sein Gesicht zu entspannen, und er sah auf seine Hände, als würde er sie studieren. Als er wieder zu ihr sah, schüttelte er leicht den Kopf. »Ich spüre nichts«, sagte er. »Nur so ein Gefühl.«

»Ich verstehe nicht. Kannst du das erklären?«

»Zuerst fühlst du dich krank«, erklärte er.

Sie nickte.

»Dein Bauch revoltiert«, fuhr er fort. »Und du bekommst Kopfschmerzen. Sie fangen tief drinnen an, und du merkst, wie sie wandern. Als würden sie ... als würde, was immer es ist, versuchen herauszukommen.«

»Und es fängt an, sobald es dunkel geworden ist?«

Alex nickte. »Und hört bei Tagesanbruch auf. Zuerst ist es, als hättest du einen Kater. Dann verschwindet auch das. In den ersten Tagen hältst du es auch dafür – für die Nachwirkungen schlimmer Kopfschmerzen. Aber irgendwie weißt du, daß es nicht so ist. Es ist dieses Gefühl. Dann kommen die Gedanken. Es ist ...« Er schloß die Augen, als würde er sich seine Worte durch den Kopf gehen lassen.

»Du hast dich jetzt unter Kontrolle«, sagte sie.

»Nein, habe ich nicht.«

Sie verengte die Augen. »Als der Agent hier war, warst du völlig normal. Deine Stimme ist gefaßt, deine Gedanken sind –«

»Du weißt nicht, was ich denke.«

»Haß?«

Er schwieg einen Augenblick, dann antwortete er: »Ich hasse in einem Maße, wie du es dir nicht vorstellen kannst. Wärst du nah genug ...« Als er innehielt, nahm sein Gesicht einen anderen Ausdruck an. Er blickte über die Schulter in den hinteren Teil der Zelle, sah zurück zu ihr und drehte sich dann langsam um und ging zu seiner Pritsche.

»Aber du kannst dein Verhalten kontrollieren. Deine Erscheinung.«

»Ja«, bestätigte er, ohne sich zu ihr umzudrehen. Er beugte sich über die Pritsche und griff unter der Matratze nach dem Metallrahmen.

»Ja«, wiederholte er.

Feltenstein ruhte sich auf der Couch im Büro aus, während sich die beiden FBI-Agenten an der Labortür unterhielten. Darrell saß am Elektronenmikroskop. Delaney bemerkte, wie seine Hände an den Reglern erstarrten, und schloß die Augen. Als Darrell ihn ansah, warf Delaney einen kurzen Blick auf die Tür und ging dann auf sie zu.

Die beiden Agenten drehten sich zu ihm um, und er blieb vor ihnen stehen.

»Ich will zu meinen Kindern.«

Sie verwehrten es ihm, indem sie ihm weiterhin den Weg versperrten.

»Warum?« fragte Feltenstein.

Delaney sah zum Büro und dann zu Darrell. Als Feltenstein dem Blick folgte, nickte Darrell, und er atmete tief ein. »Sie können es ihnen nicht sagen«, stellte er fest.

»Himmel, sind Sie verrückt? Ich würde doch nie ...« Er spürte, daß die Agenten hinter ihm näherkamen, und zwang sich, ruhiger zu sprechen. »Ich würde sie doch niemals dem aussetzen. Ich möchte sie nur sehen.«

Feltenstein legte die Zungenspitze an die Oberlippe. »Ich weiß, was in Ihnen vorgeht, Delaney. Aber wir sollten das Labor nicht verlassen. Außerdem, wenn ich Sie gehen lasse und Sie etwas sagen sollten –«

»Ich werde nichts sagen, um Himmels willen. Ich möchte einfach nur meine Kinder sehen.«

»Okay, Delaney, einmal muß ich es ja feststellen. Warum nicht jetzt? Ich bin zu hundertundfünfzig Prozent sicher, daß es nur durch Körperflüssigkeiten übertragen wird. Nach allem, was wir wissen, muß es so sein. Auf anderem Weg kann es nicht übertragen werden. Aber da wäre immer noch die Panik, die entstünde, wenn die Krankheit bekannt würde. Die meisten Leute, die wir in Quarantäne haben, wissen nichts über die Art der Krankheit – außer, daß sie damit in Berührung gekommen sind. Sie haben Familien, die vielleicht mit den Reportern reden – das Gerücht ist sowieso schon in Umlauf. Aber bis jetzt ist nur bekannt, daß es irgendeine Krankheit ist. Es könnte sich um eine resistente Tuberkulose handeln. Himmel, es wäre mir auch egal, wenn sie denken würden, es sei die Pest. Aber Sie – Sie sind ein Augenzeuge dessen, was wirklich los ist. Wenn Sie zu irgend jemand etwas verlauten lassen sollten – darüber, daß es eine Krankheit ist, die einen in den Wahnsinn treibt – und es an die Öffentlichkeit kommt, könnte es eine Panik auslösen, die leicht aus dem Ruder gerät. Aber ich kann auch verstehen, daß Sie Ihre Kinder sehen wollen. Besonders da Jordan ...«

Feltenstein atmete tief durch und überlegte einen Augenblick. Dann fuhr er fort: »Wenn Sie mir Ihr Wort geben ...«

Alex fingerte immer noch unter der Matratze am Bettgestell herum.

»Alex.«

»Ja.« Er sah sich nicht um, und er sprach so leise, wie er es tat, seit er sich zur Pritsche umgedreht hatte.

»Alex.«

»Ja, Jordan.«

»Was tust du da?«

»Das weißt du doch.«

Kapitel 27

Die Motte verschwand, als das Licht ausging. Jordan sah den Gang hinunter. Kurzzeitig verdunkelte ein Gesicht das Sichtfenster in der Stahltür, dann fiel wieder das Licht aus dem Aufnahmebereich in den Zellentrakt. Es reichte ein paar Meter weit bis in die Mitte des Gangs. Sie hörte, daß Alex immer noch fieberhaft an dem Metallgestell arbeitete.

Der größere FBI-Agent hieß Mueller. »Karl Mueller«, hatte er sich vorgestellt. »Karl mit K.« Er hatte blonde Haare und ein langes Gesicht mit einem vorstehenden, kantigen Kinn. Mit seinem Auftreten hätte Delaney ihn sich leicht als SS-Mann vorstellen können, wenn er zur richtigen Zeit in Deutschland zur Welt gekommen wäre. Als Mueller den Wagen auf der kurzen, betonierten Einfahrt vor der Garage geparkt hatte, drehte er sich zu Delaney um.

»Wenn Sie irgend etwas sagen, das uns nicht gefällt, nehmen wir Sie gleich wieder mit.«

Der rechts neben Delaney sitzende Agent drückte die Autotür auf. Er hieß Bob, und er schien so leichtlebig zu sein, wie sein Name klang. Aber er machte seine Arbeit. Delaney schob sich aus dem Wagen und ging auf die Eisentür zu.

Mrs. Daniels öffnete ihnen. »Delaney, die Kinder werden sich so freuen, daß du da bist ...« Sie lächelte den Männern hinter ihm höflich zu und warf einen suchenden Blick an ihnen vorbei. »Jordan ist nicht mitgekommen?«

»Sie ist im Labor nicht abkömmlich.«

Er ging ins Haus, und die Agenten folgten ihm. Die Tür zum Kinderzimmer war zu.

»Sie schlafen seit ungefähr einer halben Stunde«, sagte Mrs. Daniels.

»Ich gehe in einer Minute zu ihnen«, erwiderte Delaney, während er das Wohnzimmer betrat.

Als sie ins Zimmer kamen, erhob sich Mr. Daniels von der Couch. »Wo ist Jordan?«

»Sie konnte nicht weg.«

»Missey und Ryder werden völlig aus dem Häuschen sein, wenn sie dich sehen.«

»Jordan braucht ein paar Kleider.«

Mrs. Daniels nickte. »Hat sie gesagt, welche?«

»Etwas Bequemes – ein paar Jeans und Blusen, würde ich sagen. Wäsche zum Wechseln. Ein Paar Tennisschuhe.«

Mrs. Daniels zog sich in Richtung Schlafzimmer zurück.

»Wird es euch noch lange in Anspruch nehmen?« erkundigte sich Mr. Daniels. »Was immer ihr da macht?«

Delaney schüttelte den Kopf. Dann sah er zu Mueller. »Könnten Sie mir ein paar Hosen und Hemden holen?« Er nickte in Richtung der offenen Schlafzimmertür. »Sie wird Ihnen zeigen, wo sie liegen.«

Mueller starrte ihn einen Augenblick an, dann ging er Mrs. Daniels hinterher.

»Arbeitet, ihr jetzt für die Regierung?« fragte Mr. Daniels mit einem Blick auf den zweiten Agenten.

Delaney nickte, sah zum Schlafzimmer und ging darauf zu. Bob folgte ihm auf dem Fuß.

Mrs. Daniels und Karl waren in gegenüberliegenden Wandschänken im Ankleideraum zwischen Schlafzimmer und Bad verschwunden. Delaney ging zu einer Kommode und griff nach dem obersten Schubkasten.

»Halt, einen Moment«, sagte Bob. »Ich werde Ihnen holen, was Sie ...«

Als Delaney den Schubkasten herauszog und die Hand hineinsteckte, schlug Bob sein Jackett zurück und griff nach seiner Waffe. Doch da blickte er schon in Delaneys Revolver.

Mueller kam mit einer schwarzen Hose über dem Arm und einigen auf Bügeln hängenden Hemden in der anderen Hand ins Schlafzimmer zurück. Beim Anblick des Revolvers erstarrte er und schüttelte langsam den Kopf. »Sie verdammter Idiot!«

Mr. Daniels stand mit aufgerissenen Augen in der Tür zum Wohnzimmer.

Delaney sah zu ihm hinüber. »Hol mir das Klebeband aus dem Schubkasten neben dem Kühlschrank.«

Mr. Daniels rührte sich nicht von der Stelle.

»Verdammt, mach schon.«

Entsetzt schlug Mrs. Daniels die Hände vor den Mund.

Dr. Feltenstein sprach am Telefon mit Washington. »Nein«, sagte er. »Ich denke nicht, daß Delaney etwas sagen wird.«

»Sie denken nicht?« echote eine schroffe Stimme. »Das tun Sie wahrhaftig nicht. Und wenn er es Ihnen nun schriftlich mitteilt?«

»Das wird er nicht. Er würde sie dem nicht aussetzen. Er wollte nur seine Kinder sehen. Ich kann gut verstehen –«

»Nehmen Sie sie in Gewahrsam.«

»Sir, er wird nicht –«

»Nehmen Sie sie in Gewahrsam. Von dieser Sache darf nichts durchsickern.«

Feltenstein atmete tief durch, um seine Verärgerung zu beherrschen. »Ja, Sir. Aber ich habe nicht genug Leute. Die beiden, die ihn begleiten, sind jetzt seit sechzehn Stunden auf den Beinen.«

»Wie viele Männer haben Sie im Gefängnis?«

»Einen Wachhabenden und zwei, die im Aufnahmebereich schlafen – sie wechseln sich ab.«

»Wecken Sie sie auf und schicken Sie sie los. Schaffen Sie die Familie in das sichere Haus in Madison. Und sorgen Sie dafür, daß Delaney das Labor nicht mehr verläßt. Unter keinen Umständen.«

Den beiden FBI-Agenten in Delaneys Haus waren die Hände auf den Rücken gebunden, die Münder mit Waschlappen verstopft, und um ihre Körper war soviel breites weißes Klebeband gewickelt worden, daß sie fast wie Mumien aussahen, die nebeneinander auf dem Fußboden des Schlafzimmers lagen. Delaney nahm einige gefaltete Hundert-Dollar-Scheine aus dem Schubkasten und ging dann, die Tür hinter sich zuziehend, aus dem Zimmer.

Mr. Daniels starrte ihn an. »Was, in Gottes Namen, geht hier vor, Delaney?«

»Jordan hat sich mit einer schweren Krankheit angesteckt.«

Mrs. Daniels hielt den Atem an.

»Die Regierung will nicht, daß es herauskommt. Deshalb waren die beiden bei mir.«

»Herauskommt?« stieß Mr. Daniels hervor. »Die Regierung? Was ... Ich will sie sehen.«

»Es ist ansteckend. Wenn ihr versuchen würdet, sie zu sehen, würde man euch in Gewahrsam nehmen. Das würde sogar geschehen, wenn sie erführen, was ich euch gesagt habe. Ihr müßt bei Ryder und Missey bleiben.«

»Ich will meine Tochter sehen«, sagte Mrs. Daniels.

Delaney sah sie an. »Bitte. Ich werde es euch erzählen. Alles. Ihr werdet stark sein müssen, und ihr müßt mir vertrauen.«

Das Kreischen von Metall war nicht zu überhören, dann ein Knacken. Alex erhob sich neben der Pritsche von den Knien, drehte sich um und sah über den breiten Gang zu Jordans Zelle hinüber. Dann ging er zum Gitter.

Jordans Augen hatten sich inzwischen auf die Dunkelheit eingestellt, und sie konnte seinen Schatten deutlich erkennen, allerdings nur als Umriß an der Zellentür. Das Geräusch von aneinanderstoßenden Metallteilen war zu hören. Dann lächelte Alex offenbar, denn seine Zähne blinkten auf. Sie sah den Gang hinunter zu dem kleinen, erleuchteten Fenster in der Tür zum Aufnahmebereich.

»Alex«, sagte sie mit vor Angst gepreßter Stimme.

Als Antwort vernahm sie nur das Geräusch von Metall auf Metall.

»Alex, wenn ich sie rufe, könnten sie dich verletzen.«

Doch das metallische Geräusch hörte nicht auf. Sie sah wieder zu dem erleuchteten Fenster. »Alex – bitte.«

Dr. Feltenstein gab am Telefon seinen Leuten im Gefängnis letzte Anweisungen. »Falls Delaney noch da ist, wenn Sie hinkommen, wird es ihm nicht gefallen, daß Sie die Daniels' in Gewahrsam nehmen. Seien Sie auf der Hut. Er ist durcheinander. Aber verletzen Sie ihn nicht …« Er holte tief Luft. »Es sei denn, es geht nicht anders.«

Im Aufnahmebereich legte der Agent den Hörer auf. »Feltenstein sagt, wir sollen nach Madison fahren.«

Nicht weit von ihm entfernt legte ein hoch aufgeschossener Agent mittleren Alters mit schütteren braunen Haaren die Hand vor den Mund und gähnte. »Dann kommen wir vielleicht endlich zu etwas Schlaf«, meinte er und ging zum Aufzug.

Der dritte Agent, ein stämmiger, rothaariger Mann von Ende Dreißig sah über die Schulter zu seinen beiden Kollegen am Aufzug. Dann drehte er sich wieder zum Schalter um.

»Gin«, sagte der Wärter und legte seine Karten auf den Schalter, bevor er sie wieder aufnahm und das ganze Spiel neu mischte.

Der Agent schrieb die Punkte auf den Block, der neben seinem Ellbogen lag, las sich den Stand mit einem Stirnrunzeln durch und gähnte dann.

Immer noch hörte sie das metallische Geräusch.

Dann verstummte es.

Plötzlich ein neues Geräusch – ein Klicken.

Alex' Zellentür schwang auf, und Jordan zog sich vom Gitter zurück, während sich Alex' dunkler Schatten ihrer Zelle näherte.

Sie blickte zu dem erleuchteten Fenster am Ende des Zellentrakts. »Hilfe!«

Metall kratzte auf Metall, als Alex begann, am Schloß ihrer Zellentür zu arbeiten.

»Hilfe!«

Sie sah sich hastig um. Toilette, Waschbecken, an der Rückwand befestigte Pritsche – nichts ließ sich verwenden, um Alex von ihrem Gitter zu vertreiben.

»*Hiiilfe!*«

Das Licht im Zellentrakt ging an, die Eingangstür

krachte auf, und der rothaarige FBI-Agent stürmte herein. Alex starrte ihn an, während der Agent seine Pistole zog und in die Hocke ging.

Delaney ging die Außentreppe zu der Stahltür auf der Südseite des Gefängnisses hinauf. Den Revolver leicht hinter sich haltend, zögerte er einen Augenblick, bevor er scharf auf das Metall klopfte.

Die Tür öffnete sich. Das Gesicht des Wärters war gerötet. »Der Irre ist …«

Dann bemerkte er den Revolver, und während er die Hände langsam über den Kopf hob, sah er über die Schulter zurück. »Er ist ausgebrochen.«

Delaney sah auf die offenstehende Tür zum Zellentrakt. Jordan! »Lassen Sie mich durch!«

Der Wärter trat zurück, und Delaney lief um ihn herum zu der offenen Tür.

Im Gang zwischen den Zellen sah er den Agenten auf dem Boden hocken, die Automatik im Anschlag und direkt auf Alex' Brust zielend.

»Alex, bitte«, beschwor ihn Jordan.

»Das ist deine letzte Chance, Kumpel«, sagte der Agent.

Alex sah an ihm vorbei zu dem Wärter, den Delaney vor sich in den Gang stieß. Doch der FBI-Agent drehte sich nicht um. Der Wärter, oder wer auch immer hinter ihm sein mochte, war im Augenblick die geringste seiner Sorgen.

»Okay, Bastard, ich habe dich gewarnt«, sagte er. »Ich zähle jetzt bis drei, und wenn du dann nicht wieder in deiner Zelle bist, hast du ausgespielt.«

Den kalten Stahl von Delaneys Waffe im Nacken, trat der Wärter neben den Agenten. Der behielt die Automatik weiter mit beiden Händen im Anschlag, drehte aber den Kopf zur Seite und riß erstaunt die Augen auf. Als er wieder zu Alex schaute, ließ Delaney den Griff des Revolvers auf seinen Nacken sausen. Alex machte plötzlich einen Schritt vorwärts. Der Agent feuerte. Ohrenbetäubend hallte der Schuß in dem geschlossenen Raum wider.

Alex wurde rückwärts gerissen. Jordan schrie entsetzt auf. Delaney hob den Revolver und schlug ihn dem Agenten auf den Kopf. Diesmal gaben seine Knie nach, und er stürzte vorwärts auf den Beton.

Jordan verfolgte die Szenerie mit Schrecken. Alex krümmte sich am Boden, trat krampfhaft mit den Füßen um sich und stieß dabei ein Geräusch aus, das fast wie ein Knurren klang. Ein Metallteil flog aus seiner zuckenden Hand und rutschte über den Fußboden. Der Wärter stand mit großen Augen daneben.

Alex bewegte sich wieder. Jordan kniete dicht bei ihm am Gitter.

»Tritt zurück!« sagte Delaney.

Sie sah zu ihm auf.

»Tritt zurück!«

Im selben Augenblick, als sie in die Zelle zurückwich, krümmte sich Alex' Hand zu einer Klaue. Er starrte sie an, und seine Hand entspannte sich wieder. Delaney hob den Revolver und richtete ihn auf Alex' Gesicht.

»Nicht!« rief Jordan. »Mein Gott, Delaney, bist du verrückt geworden?«

Delaney zielte weiter auf Alex. »Du wirst jetzt in die Zelle zurückkriechen, Alex. Ich werde nicht näherkommen. Wenn du nicht kriechen kannst, werde ich dich töten.«

Alex ließ den Kopf wieder auf den Boden sinken und sah zur Decke hinauf. Sein Körper schien sich zu entspannen.

»Alex, ich habe keine Wahl. Jemand könnte hier auftauchen, und wenn sie hereinkämen, hätte ich keine Chance. Also sieht es so aus: entweder du oder ich.«

Alex rührte sich nicht.

Delaney spannte den Hahn des Revolvers.

»Nicht!« schrie Jordan. »Was tust du –«

Jetzt streckte Alex den Arm aus und schob sich auf seine Zelle zu. Langsam drehte er sich auf den Bauch und begann in die Richtung zu kriechen.

Delaney sah über die Schulter zum Aufnahmebereich zurück. Der Wärter starrte auf die Pistole, atmete tief durch, als Delaney ihn anblickte, und sah dann wieder zu Alex.

Der quälte sich über den Fußboden. Als er sich durch die Zellentür schob, erhob er sich etwas und schaffte es fast auf Ellbogen und Knie.

Delaney nickte in Richtung der Zellentür. »Zuschließen!« befahl er.

Der Wärter ging langsam zu der Zelle, ohne einen Blick von Alex zu lassen, der dicht hinter dem Gitter liegengeblieben war. Als er die Tür erreichen konnte, warf er sie scheppernd zu und drückte dann mit dem Arm dagegen, während er in Windeseile den Schlüssel ins Schloß steckte und herumdrehte. Als sich der Riegel klickend ins Schloß geschoben hatte, trat er rasch in den Gang zurück.

Delaney nickte in Richtung von Jordans Zelle, und der Wärter ging zu ihr hinüber.

Als die Tür aufschwang, trat Jordan aber nicht heraus.

»Komm schon«, sagte Delaney mit einem Blick den Zellentrakt hinunter.

»Bist du völlig übergeschnappt?« fragte sie. »Was tust du da?«

»Verdammt, Jordan.«

»In ein, zwei Tagen werden wir es wissen«, sagte sie, »vielleicht schon in wenigen Stunden. Ich werde es überstanden haben …« Sie schüttelte den Kopf. »Ich werde es entweder überstanden haben, oder wir werden wissen, daß ich es nicht überstehen kann.«

Er hatte keine Zeit, die Hiobsbotschaft anders zu formulieren. »Wir wissen es bereits.«

Sie bekam große Augen. Der Wärter machte einen Schritt von ihr zurück.

»Jordan, ich werde dich hier nicht verrotten lassen, oder wo immer sie …« Er beendete den Satz nicht, sondern schüttelte nur den Kopf. »Das kann ich nicht. Zum Teufel mit der ganzen Welt – ich kann es einfach nicht. Wir haben eine Chance, aber dazu mußt du mit mir kommen.«

Sie sah über den Gang zu Alex, der immer noch am Boden liegend zu ihr herüberstarrte.

»Verdammt, Jordan.«

Sie sah wieder zu ihm, machte aber immer noch keine Anstalten, die Zelle zu verlassen.

»Jordan, ich schwöre bei Gott, ich werde dich hier rausbringen – so oder so. Lieber würde ich dich tot sehen, als mitzuerleben, wie du dasselbe durchmachst wie Alex. Wenn jemand hereinkommen sollte, werde ich tun, was ich tun muß, aber ich werde dich nicht hier lassen.«

Kapitel 28

Als er durch die Natchez-Trace-Unterführung fuhr, mußte Delaney einsehen, daß sein Plan schon im Keim erstickt war. Hinter ihnen war ein Blaulicht aufgetaucht, und das dazugehörige Auto kam schnell näher.

Er blickte in seinen Schoß, überlegte einen Augenblick und hob dann den Revolver hoch.

»Oh, Gott, Delaney«, sagte Jordan. »Tu das nicht. Bitte.« Sie griff nach seinem Arm. »Bitte.«

Sie versuchte, ihm die Waffe zu entwinden, aber er hielt sie so, daß Jordan nicht an sie herankommen konnte. Doch sie zerrte weiter an seinem Arm, so daß der Wagen erst auf die linke Fahrbahn ausbrach und dann zurück auf die rechte schwenkte. Schließlich riß er sich los.

»Bitte, um Gottes willen, Delaney, nicht.«

Er blickte im Rückspiegel auf das Blaulicht. Wenn sie nur zehn Minuten mehr Zeit gehabt hätten. Als der Streifenwagen auf die Überholspur ausscherte, um zu ihnen aufzuschließen, hob er den Revolver in Brusthöhe.

Dann ließ er ihn wieder sinken. Er konnte es nicht.

Er nahm den Fuß vom Gaspedal.

Der Streifenwagen überholte sie und vergrößerte mit weiter blinkendem Blaulicht rasch den Abstand zwischen sich und Delaneys Auto.

Delaney gab kein Gas mehr, so daß der Wagen immer

langsamer wurde, bis das Blaulicht verschwunden war. Dann bog er in den kleinen, im Dunkeln liegenden Flugplatz ein.

Jordan schaute auf die Cessna. »Delaney, Weglaufen bringt nichts. Wie kann ich vor dem –«

»Wir laufen nicht weg.«

Sie sah ihn fragend an.

»Wir gehen zurück«, teilte er ihr mit.

»Zurück wohin?«

»Nach Brasilien.« Er fuhr am dunklen Flughafenbüro vorbei auf zwei langgestreckte Gebäude am Ende des Flugfeldes zu.

»Nach Brasilien?« echote sie.

»Warum, Jordan – warum war da ein Indianer?«

Bevor sie antworten konnte, fuhr er fort: »Feltenstein hat von einer Jagdgruppe gesprochen. Vielleicht stimmt das. Aber vielleicht auch nicht. Möglicherweise waren es Indianer, die dort leben. Und es könnte sein, daß sie wissen, wie man das Virus aufhält.« Er schüttelte frustriert den Kopf. »Ich weiß, das klingt nicht plausibel – ein unterentwickelter Indianerstamm, der entdeckt haben soll, wie man ein Virus bekämpft, gegen das die moderne Wissenschaft nichts auszurichten vermag. Aber wenn es ihn gibt, müssen wir wenigsten versuchen, ihn zu finden und zu befragen.«

Er hielt vor dem zweiten Gebäude an.

Das Gesicht dem vergitterten Fenster der Zelle zugewandt, schrie der stämmige, rothaarige Agent aus vollem Hals. Der Wärter starrte über den Gang zu Alex, der sich wieder fieberhaft an seiner Pritsche zu schaffen machte. Die Asphaltstraße am Fuß des kleinen Abhangs auf der Rückseite des Gefängnisses wurde hell. Ein Auto kam näher, und der Agent rief, so laut er konnte, um Hilfe. Aber die Fenster des Autos waren hochgekurbelt, und es fuhr, ohne anzuhalten, vorbei.

Alex arbeitete angestrengt. Über die lange Nase des Wärters rollte ein Schweißtropfen herunter und tropfte auf den Fußboden. In der Mitte des Ganges zwischen den Zellen lag eine Motte auf dem Betonboden und drehte sich mit flatternden Flügeln im Kreis.

Das Vorhängeschloß brach unter dem Druck des Reifenhebers, und die Tür auf der Seite des Hangars schwang auf. Delaney hastete hinein. Aus Furcht vor Entdeckung wollte er das Licht nicht einschalten und benutzte zur Beleuchtung lediglich die Flamme eines Feuerzeugs, die jedoch immer nur wenige Quadratmeter erhellte.

Vierhundert Meter vom Hangar entfernt parkte Jordan das Auto auf dem Studentenparkplatz hinter der Madison-Ridgeland Academy. Wenn nicht schon vor Tagesanbruch jemand hinter die Gebäude fuhr, würde es vermutlich unter zweihundert anderen im Laufe des Tages dort parkenden Autos nicht auffallen.

Dann stieg sie aus und begann, zum Flugplatz zurückzulaufen.

Delaney stellte unterdessen einen leeren Zehnliterkanister neben die drei Fünfundzwanzigliterkanister, die er bereits gefunden hatte. Aber sie brauchten mehr. Den Reifenheber in der Hand, rannte er ins letzte Gebäude hinüber.

Fünf Minuten später trat er mit zwei weiteren Fünfundzwanzigliterkanistern aus dem Gebäude. Mehr hatte er nicht gefunden. Damit hatte er Kanister für zusammen hundertfünfunddreißig Liter Benzin. Das lohnte kaum die Mühe, sie zu füllen. Aber es war besser als nichts – immerhin genug für rund dreihundertfünfzig Kilometer Reichweite.

Er eilte mit den Kanistern zur Kraftstoffpumpe. Eine Minute später hatte er das Schloß aufgebrochen und war dabei, die Kanister zu füllen. Doch dann bemerkte er ein Auto, das die am Flugplatz vorbeiführenden Straße entlangfuhr.

Er duckte sich hinter die Pumpe.

Das Auto verlangsamte die Fahrt.

Es war wieder ein Streifenwagen. Auf der anderen Seite blitzte ein Scheinwerfer auf. Der Lichtstrahl war nicht auf den Flugplatz, sondern auf das Feld gegenüber gerichtet.

Jordan!

Als der Lichtstrahl näherkam, warf sich Jordan auf den Boden und behielt das Gesicht unten. Sie hoffte, daß ihre dunklen Haare mit der Nacht verschmolzen. Der Lichtstrahl huschte über sie hinweg, kam dann aber zurück. Sie drückte automatisch die Augen ganz fest zu, so als könnte dann auch die Polizei sie nicht sehen.

Der Scheinwerfer ging aus, und der Streifenwagen fuhr weiter, zuerst langsam, dann immer schneller. Sie bewegte keinen Muskel, bis die roten Rücklichter nicht mehr zu sehen waren.

Doch statt erleichtert zu sein, lief ein eisiger Schauder der Angst über ihren Körper. Sie schloß wieder die Augen. Aber es war immer noch da – eine leichte Übelkeit im Bauch.

Wieder erfaßte sie der eisige Schauder.

Der Stauraum im Cockpit war so begrenzt, daß Delaney den letzten Fünfundzwanzigliterkanister aufrecht auf einen der Rücksitze stellen mußte.

Jordan sah vom Kopilotensitz aus zu, wie er den Sicherheitsgurt über den Kanister legte. »Glaubst du, daß sie das waren? Daß sie schon nach uns suchen?«

»Dann hätten sie nicht nur das Feld abgesucht und wären dann einfach weitergefahren.« Er drehte sich um und schob sich auf den Pilotensitz.

Jordan nahm seine Hand. »Ich liebe dich«, sagte sie.

Die Motoren stotterten und verfielen dann in lautes Donnern. Delaney fuhr auf die dunkle Rollbahn hinaus, und Sekunden später raste die Maschine mit ausgeschalteten Navigationslichtern über den harten Untergrund und hob ab.

Er flog absichtlich in nordöstlicher Richtung, bis sie im hellen Mondlicht an Höhe gewonnen hatten, und hielt diesen Kurs für zwei Kilometer bei, bevor er nach Südosten schwenkte.

»Ich hoffe, irgend jemand hat mitbekommen, daß wir nach Nordosten geflogen sind«, sagte er. Es war ebenso ein laut geäußerter Gedanke wie eine Mitteilung.

Jordan hielt immer noch seine Hand.

Zwei Polizisten rannten an der toten Motte vorbei in den Zellentrakt und unterbrachen Alex, dessen Overall sich auf der Brust mit Blut vollgesaugt hatte, in seiner Tätigkeit; er versuchte erneut, mit einem Stück Metall das Schloß seiner Zelle zu öffnen. Sie behielten ihn im Auge, während sie vor die Zelle traten, in die Delaney den FBI-Agenten und den Wärter gesperrt hatte.

»Im untersten Schreibtischschubkasten sind Ersatzschlüssel«, sagte der Wärter. »Paßt auf den Bastard auf. Er versucht, sein Schloß zu knacken.«

Als im Büro des Labors das Telefon klingelte, hob Feltenstein selbst ab. Sein Gesicht lief rot an. »Was?«

In Jackson gab es nur ein Dutzend FBI-Agenten, aber sie wurden bei der Suche nach Jordan und Delaney von jedem Streifenwagen der städtischen Polizei, der Autobahnpolizei und der Sheriffbüros von drei Countys unterstützt.

Einer der Streifenwagen fuhr an der Rückseite der Madison-Ridgeland Academy entlang, und sein Scheinwerfer erfaßte das einzelne Auto auf dem Parkplatz.

Eine Stunde, nachdem er das Labor verlassen hatte, telefonierte Feltenstein vor Alex' Zelle mit seinem Handy.

»Kann er ein Flugzeug fliegen?« fragte er und fügte nach kurzer Pause hinzu: »Verdammt, ja, ein Flugzeug. Ein Flugzeug.«

Einen Moment später klappte er das Handy wütend zusammen und schüttelte den Kopf. »Sie wollen es herausfinden.«

Darrell sah ihn an. Er wußte es. Wer an der Fakultät wußte nicht von Delaneys Flugleidenschaft? Er wußte auch, was sein Schweigen – wenn sie davonkamen – bedeuten konnte, und doch fiel es ihm schwer, es zu brechen.

»Er besitzt eine Cessna, die dort draußen untergestellt ist.«

Feltenstein klappte das Handy wieder auf und hatte kurz darauf jemanden am Apparat. »Sie sind in der Luft. Was, zum Teufel, sollen wir tun? Radar. Gibt es hier ein Radar, mit dem man ihn aufspüren kann?«

Der Gesprächsteilnehmer am anderen Ende der Leitung erwiderte etwas.

Feltenstein kniff die Augen zusammen. »Verdammt, wenn ich es wüßte, würde ich nicht fragen. Finden Sie es heraus. Wenden Sie sich an die Luftwaffe. Wo ist der nächste Luftwaffenstützpunkt?«

Er quittierte die Antwort mit einem Nicken. »Gut, spannen Sie die ein. Sehen Sie zu, daß sie ein paar Jets in die Luft bekommen. Diese Dinger haben Radargeräte von enormer Reichweite. Die werden sie in ein paar Minuten aufspüren, ganz egal, wohin sie geflogen sind. Zum Teufel, bringen Sie so viele hoch, wie Sie können. Und schicken Sie sie in jede nur erdenkliche Richtung.«

Er hörte eine Sekunde zu. »Verdammt, ich weiß es nicht. Rufen Sie das beschissene Pentagon an, wenn Sie wollen. Rufen Sie an, wen Sie wollen. Aber bringen Sie diese verdammten Jets in die Luft. Und rufen Sie die angrenzenden Bundesstaaten an. Jesus, wie schnell fliegt eine Cessna eigentlich?«

Er hatte Darrell angesehen, aber der zuckte die Achseln.

Offenbar erhielt Feltenstein über Telefon dieselbe Auskunft. »Nun, dann finden Sie es heraus, verdammt noch mal. Sie werden so schnell fliegen, wie sie können. Wir müssen abschätzen können, wie weit sie schon gekommen sind und wo genau sie sich im Augenblick befinden. Kümmern Sie sich darum.« Damit klappte er das Handy wieder zusammen.

Darrell blickte in die Zelle. »Sie werden herüberkriechen müssen, Alex, und dann legen Sie den Kopf dicht ans Gitter, damit wir die Anästhesie vornehmen können.«

Alex schüttelte schwach den Kopf.

Feltenstein fixierte ihn. »Nun gut, dann werden Sie, verdammt noch mal, sterben. Niemand wird Ihre Zelle betreten, solange Sie nicht betäubt sind.«

Alex wandte sich Feltenstein zu und starrte ihn abschätzend an. Dann stand er langsam von der Pritsche auf und fand erstaunlicherweise die Kraft, zum Gitter zu gehen.

Kapitel 29

Delaney brachte die Cessna so tief, wie er es wagen konnte. Tiefer, als er eigentlich wollte. Jordan studierte mit Hilfe des gedämpften Lichtscheins einer kleinen Taschenlampe die Karte, die sie auf ihrem Schoß ausgebreitet hatte.

»Keine Überlandleitungen«, verkündete sie. Prüfend schaute sie aus dem Fenster auf die dunklen Baumkronen nur wenige Meter unter dem Flugzeug. »Aber in dieser Höhe würden wir sowieso unter ihnen hinwegfliegen.«

Wenn das ein Scherz gewesen sein sollte, so war er wegen ihres grimmigen Tonfalls schlecht zu erkennen. Sie sah zu Delaney. »Woher weißt du übrigens, daß das Radar uns in dieser Höhe nicht erfassen kann?«

»Ich weiß es nicht.«

Sie schaute wieder aus dem Fenster. Dort verschwanden gerade die letzten Bäume auf der Westseite des Mississippi aus dem Blickfeld. Als sie das flache Ackerland von Louisiana unter sich hatten, brachte Delaney die Cessna noch tiefer.

Sie wandte sich wieder der Karte zu.

Auf dem Luftwaffenstützpunkt in Columbus, Mississippi, startete eine komplette Staffel von Jagdflugzeugen. Das würde genügen, hatte das Pentagon entschieden. Die

Jäger konnten in zwei Stunden weiter fliegen als die Cessna in einer ganzen Nacht. Aber während die Flugzeuge in alle Richtungen ausschwärmten, entfernten sie sich immer weiter voneinander. Und auch ihr Radar reichte nicht in jeden Winkel. Aber so weit konnte die Cessna nicht entfernt sein.

Ein Vorteil war, daß in einer Stunde die Dämmerung einsetzen würde. Wenn die Jäger bis dahin noch keinen Kontakt hatten, konnten alle möglichen Flugzeuge der Strafverfolgungsbehörden in die Suche eingreifen, ganz zu schweigen von den Fahrzeugen auf dem Boden, von denen aus man ebenfalls den Himmel absuchen konnte. Dem Befehl zufolge sollte die Cessna, sobald sie eindeutig identifiziert war, auf der Stelle abgeschossen werden. Es war das erste Mal, daß dies für das Abfangen eines Flugzeugs über den Vereinigten Staaten angeordnet worden war.

Kurz nach der Ausgabe dieses Befehls wurde Vater Dunnigan vom Klingeln des Telefons aus dem Schlaf gerissen. Ungewöhnlich gereizt starrte er einen Moment auf den Apparat auf seinem Nachttisch, bevor er abhob.

Doch die Gewohnheit zwang ihn zu einem freundlichen Ton. »Ja?«

Es war eines seiner Gemeindemitglieder, Rowella Lopez. Er kannte ihre Situation gut. Binnen einer Stunde, gerade als die Sonne über Miami aufging, parkte er sein Auto vor einem kleinen Haus an der Biscayne-Bucht. Obwohl augenscheinlich billig gebaut, war es auf seine Art ein hübsches Haus mit einer von der salzigen Luft versilberten Holzverschalung und einer Kinderschaukel im gepflegten Garten.

Im Innern stand es jedoch nicht zum Besten. Deshalb war er hier. Dabei verspürte er auch ein beunruhigendes

Gefühl, ein Anflug von leichter Verärgerung, den die meisten durchaus für gerechtfertigt gehalten hätten, nachdem er sich so viele Monate um die Frau gekümmert hatte.

Er sah über den abgenutzten hölzernen Küchentisch zu der kräftigen Frau mit dem Kind auf dem Arm. Die Einstiche auf dem fleischigen Unterarm waren nicht zu übersehen, und es waren neue hinzugekommen.

Doch sie schien das nicht zu belasten. Das hatte sie mit ihrer schnodderigen Antwort von wegen »zum Aufhören herumkriegen« gerade klargemacht.

In diesem Moment hatte er erneut die leichte Verärgerung verspürt, die ihm fast den Wunsch eingegeben hatte, sich hinüberzubeugen und ihr eine Ohrfeige zu geben. Warum hatte sie sich überhaupt an ihn gewandt, wenn sie es jetzt so lässig abtat? Aber damals hatte sie noch versucht, dem Drang zum Rauschgift zu widerstehen. Jetzt war es ihr egal.

Er spürte immer noch diese Gereiztheit. Schließlich schaffte er es erfolgreich, sie zu verdrängen. Schnell bedankte er sich im stillen und sah dann wieder über den Tisch zu Rowella.

»Wir haben mit Fehltritten gerechnet, Rowella ...« Obwohl er soviel Mühe auf sie verwendet hatte, mußte er über seine Wortwahl lächeln. Er klang eher wie ein Baptistenprediger. Zweifellos die Nachwirkungen einer Kindheit in Georgia.

»Rowella«, begann er wieder.

Darrell zog den letzten Stich über Alex' Wunde fest und richtete sich auf. Alex war nicht nur bewußtlos, sondern auch mit Händen und Füßen an die Pritsche gefesselt.

Darrell zog seine Handschuhe aus und warf sie in den Mülleimer, den sie in die Zelle gestellt hatten. »Ich weiß nicht«, sagte er. »Ich bin wirklich kein Chirurg. Er ist ziemlich stark verwundet. Ich weiß wirklich nicht, wie er sich überhaupt noch aufrichten konnte.«

Feltenstein sah zu dem Agenten, der den Mülleimer aus der Zelle schaffen wollte. »Stecken Sie ihn in Plastiktüten«, ordnete er an. »Zwei oder drei Tüten. Und verschütten Sie nichts.« Sein Blick wanderte zu den anderen Agenten. Sie hatten Handschuhe angezogen und waren aus Angst, sich hinzuknien, in gebückter Haltung dabei, die von der Operation zurückgebliebenen Blutspritzer vom Boden aufzuwischen.

Vor der Zelle betrachtete ein Agent die Dietriche, die Alex aus Teilen des Drahtgestells unter seiner Matratze hergestellt hatte. Verwundert schüttelte er den Kopf. »Ich hätte das nicht einmal mit einer Drahtzange geschafft«, sagte er. »Und er hat sie mit bloßen Fingern zurechtgebogen.«

Delaney landete in Osttexas auf scheinbar endlosem, flachem Weideland und fuhr die Cessna zwischen einige dicke Eichen. Das Heck war nicht ganz unter den Bäumen verschwunden, und sie tarnten es mit breiten, dicht mit Blättern besetzten Ästen von Büschen, die an einem Bach wuchsen, der neben den Eichen entlangfloß. Mehr konnten sie nicht tun. Aber es war gut genug, dachte Delaney, als sie sich unter einen der Bäume gesetzt hatten; außer für einen adleräugigen Beobachter in einem langsam fliegenden Hubschrauber. Er verscheuchte diesen Gedanken und zog Jordan enger an sich.

»Delaney.«

»Hm.« Seine Umarmung wurde noch enger.

»Wenn es passiert ...« Sie schloß für einen Moment die Augen. »Wenn es passiert, mußt du mich aufhalten.«

Er drückte ihre Schulter, sagte aber nichts.

»Wir müssen darüber sprechen, Delaney. Ich habe nachgedacht. Solange eine Chance besteht, möchte ich weiterleben – zumindest nehme ich das an.«

Er sah sie an.

»Aber ich will es nicht so weit kommen lassen, daß ich jemandem etwas antue. Wenn die Krankheit ausbricht, wenn klar ist, wohin ich steuere, ... falls es dann einen Ort gibt, wo ich ... wo ich sicher untergebracht werden kann. Wo ich nicht ausbrechen kann ... Du mußt mir versprechen, daß du dafür sorgst. Wenn wir irgendwo sind, wo es keinen solchen Ort gibt, mußt du mir versprechen ...«

»Ich will nicht darüber sprechen.«

Sie hob die Hand und legte sie zärtlich an seine Wange. »Schatz, ich will genausowenig darüber sprechen wie du. Aber wir müssen es. Würdest du so sein wollen? Wenn du das Virus hättest, würde ich mich nicht anstecken wollen. Und ich will dich nicht anstecken. Ich wünsche niemandem, daß er das durchmacht – meinetwegen. Man muß mich stoppen.«

Eigensinnig starrte er über das sich in der warmen Brise wiegende Gras hinweg in die Ferne.

»Delaney, ich möchte, daß du mir zuhörst, denn ich will mich nicht selbst töten müssen.«

Er nahm sie bei den Schultern und rückte sie von sich weg, um sie entsetzt anzusehen.

»Ich meine es ernst, Delaney. Gib mir dein Wort, damit ich deinen Worten Glauben schenken kann. Wenn es anfängt, möchte ich, daß du mich irgendwohin bringst, wo man mich einsperren kann. Ich möchte, daß du mich fesselst und alles tust, um mich von dir und jedem anderen fernzuhalten, bis du mich irgendwo untergebracht hast. Wenn ich dir nicht vertrauen kann, werde ich es nicht erst soweit kommen lassen.«

Er starrte sie unverwandt an. Vor Entschlossenheit wirkte ihr Blick fast kalt. Er nickte. »Ich verspreche es.«

»Ich möchte es nicht nur hören, Delaney. Ich will dir glauben können.«

»Ich schwöre es.«

Sie schüttelte unsicher den Kopf.

»Jordan, ich schwöre es. Ich will dir aber nicht weh tun. Wenn du das Stadium erreicht hast, in dem dir weh getan werden könnte, werde ich mich um dich kümmern. Auch danach werde ich es tun. Und ich werde nicht zulassen, daß du jemandem weh tust. Besonders nicht mir. Denn wie könnte ich dir dann noch helfen?«

Sie sah ihn zweifelnd an. Obwohl er alles tat, um sie zu überzeugen, konnte sie nicht einschätzen, wie ernst er es meinte. Aber woher sollte er es auch wissen, bevor es soweit war? Bevor es anfing. Bevor es geschah.

»Ich schwöre«, wiederholte er.

Sie musterte ihn noch einen Augenblick, dann nickte sie und ließ sich langsam an seine Schulter sinken. Er legte den Arm um sie und fuhr ihr mit der Hand über die Haare.

»Du bist der einzige, der Ryder und Missey bleibt«, sagte sie leise. »Und es ist nun mal nicht dasselbe, wenn meine Eltern sich um sie kümmern, egal, wie sehr sie sich auch bemühen.«

Verzweifelt schloß er die Augen. Missey und Ryder. Wie konnte er es riskieren, sie ohne Mutter und Vater zurückzulassen? Jordan hatte recht. Drei Tage, vier Tage noch. Wie lange es auch immer dauern mochte. Dann würde er etwas tun müssen.

Gott, hilf mir, dachte er. *Laß uns dort, wo wir hingehen, eine Antwort finden.*

Aber woher? Ein Stamm halbnackter, mit weißen Streifen bemalter Indianer hatte sicherlich kein Mittel gegen das Virus entwickelt. Das war nichts, was eine graue Rauchwolke aus der Pfeife des Medizinmannes heilen konnte.

Aber etwas war passiert. Etwas, das sie – wenn sie tatsächlich dort waren – vor der Krankheit schützte. Es mußte ein Mittel geben. Wenn nicht, hätten sie in mörderischer Raserei jeden um sich herum angefallen und durch Bisse und Kratzer zuerst einen und schließlich alle Stammesangehörigen infiziert.

Er versuchte, vernünftig zu denken. Sich eine Möglichkeit vorzustellen, und sei sie noch so abwegig. Aber ihm fiel nichts ein. Und so grübelte er weiter.

Es war keine vererbte Immunität. Soviel wußte er. Dafür hätten ein paar Glückliche die Krankheit überleben und resistente Kinder zur Welt bringen müssen. Aber wie hätte sich jemand von der Krankheit erholen können, wenn alle um ihn herum in einen tödlichen Wahnsinn verfallen waren? Es wäre niemand davongekommen, der eine Immunität hätte entwickeln können.

Das letzte Opfer vielleicht. Vor hundert Jahren. Ein Mann oder eine Frau, die allein zwischen den blutenden, zerfetzten Leichen des Stammes zurückgeblieben waren? Aber selbst wenn dieses Opfer wieder gesund geworden sein sollte, wofür die Chance vielleicht eins zu einer Milliarde oder eins zu zehn Milliarden stand, wer wäre dann noch übrig gewesen, um mit ihm einen neuen Stamm zu gründen?

Und welcher Überlebende, wenn es denn einen gab, hätte es ausgehalten, am Ort eines solchen Gemetzels zu leben und dort einen neuen Stamm zu gründen?

Nein, eine Immunität konnte sich nicht entwickelt haben. Ein medizinisches Gegenmittel war ebenfalls auszuschließen. Aber irgend etwas mußte es geben. Er spürte es. Es mußte einfach da sein, um Jordans willen. Und dann bemerkte er ihren gleichmäßigen, ruhigen Atem an seiner Brust. Sie war eingeschlafen.

Wie das? fragte er sich. Wie konnte sie trotz des Wissens darum, was in ihre Venen eingedrungen war, schlafen?

Aber wahrscheinlich hatte sie die Augen nicht mehr zugemacht, seit sie in die Zelle gebracht worden war. Er zumindest hatte es nicht getan – und niemand konnte ewig wach bleiben.

Er lehnte den Kopf in bequemerer Haltung an die Rinde des Baums, schloß die Augen und versuchte sich selbst zum Schlafen zu bewegen.

Am Himmel raste ein Jagdflugzeug in voller Geschwindigkeit durch die Wolken.

Kapitel 30

Feltenstein hämmerte mit der Faust auf den Schreibtisch. »Was soll das heißen – ›gerade verschwunden‹? Flugzeuge verschwinden nicht einfach so.«

Sie füllten den letzten Tropfen Kraftstoff in den in einer Tragfläche befindlichen Tank der Cessna, ließen die Kanister am Ufer des Bachs zurück und starteten kurz nach Einbruch der Dunkelheit.

Delaney flog so niedrig, daß ihm der Angstschweiß regelrecht von der Stirn floß. Um die Sache noch schlimmer zu machen, hing eine dicke Wolke vor dem Mond, so daß der Erdboden erheblich schwerer auszumachen war. Doch dann hatten sie die verkrüppelten Bäume, den Sand und die Küste hinter sich. Vor ihnen erstreckte sich die scheinbar endlose Fläche des Meeres.

»Nun, auf geht's«, sagte er mit einem Blick auf die Kraftstoffanzeigen.

Jordan schaute ebenfalls darauf, zog dann wieder die Karte auf ihren Schoß und folgte mit dem Finger der Linie, die sie ausgerechnet hatte – dem Weg, den sie in Südtexas zur Küste geflogen waren, und den, der vor ihnen lag, bis die Linie dreihundertfünfzig Kilometer weiter scharf in Richtung Mexiko abbog. Die Küste war bereits in der Dunkelheit hinter ihnen verschwunden.

»Antworten Sie, Küstenwache«, sagte der Kapitän flehentlich ins Mikrofon. »Sie sind alle verrückt geworden.«

Das Pochen an die Stahltür des kleinen Funkraums verstärkte sich, so daß der unter die Türklinke geklemmte Stuhl erzitterte.

»Mayday. Mayday. Mayday.«

Jetzt schlugen sie mit etwas Metallischem gegen die Tür.

»Um Himmels willen, antworten Sie.«

Auf dem Küstenwachboot blickte der Kommandant durch ein Fernglas zum Frachter hinüber, als ein Leutnant neben ihn trat.

»Sir, der Stützpunkt sagt, wir sollen unseren Abstand beibehalten. Er wiederholt, daß wir unter keinen Umständen an Bord des Frachters gehen sollen.«

Auf dem Gesicht des Kommandanten spiegelte sich der Unglaube über den Befehl wider. Er hob das Fernglas wieder vor die Augen und richtete es auf den abgedunkelten Frachter.

An der Bugreling kämpften zwei Männer miteinander. Der Mann, der von drei anderen am Heck angegriffen worden war, lag jetzt reglos auf den Planken. Zwei der Angreifer waren verschwunden. Der dritte war auf allen vieren und hatte den Kopf über die Brust des Mannes gebeugt, so als würde er auf dessen Herzschlag horchen.

»Mein Gott!« stieß der Mann an dem großen, verankerten Fernrohr auf der Brücke hervor.

Der Kommandant ging dorthin, und das Besatzungsmitglied trat beiseite. Sein Gesicht war aschfahl. Als der Kommandant die Augen ans Okular des leistungsfähigeren Instruments gedrückt hatte, sah er, daß es auf dieselbe Szene ausgerichtet war, die er beobachtet hatte. Doch jetzt klappte ihm das Kinn herunter. Der auf allen vieren am Boden hockende Seemann hatte den Kopf gehoben und dabei den Oberkörper des vor ihm liegenden Mannes mit hochgehoben. Mit den Zähnen. Im Hals des Opfers – er hatte sie in den Hals des Mannes geschlagen.

»Kapitän.«

Es war der Leutnant.

»Eine neue Nachricht vom Stützpunkt. Wenn einer von ihnen über Bord geht, sollen wir ihn nicht aufnehmen. Wir sollen ihn unter keinen Umständen an Bord lassen.« Der Leutnant warf einen Blick auf den Frachter und fügte dann hinzu: »Notfalls sogar unter Anwendung tödlicher Gewalt.«

Der Kommandant stürmte an dem Offizier vorbei ans Funkgerät.

Der Stuhl zerbrach, und die Tür sprang auf. Der lange Metallträger, den die Männer gegen die Tür gerammt hatten, fiel krachend zu Boden. Der Kapitän ließ das Mikrofon los und zog seine Pistole.

Als der erste Mann wütend knurrte, schoß der Kapitän auf ihn. Der zweite Mann warf sich über den zusammenbrechenden Seemann hinweg auf den Kapitän und prallte gegen seine Brust, so daß dieser mitsamt seines Stuhls rücklings auf den Boden stürzte.

Die anderen drängten durch die Tür nach. Einer biß dem auf dem Kapitän liegenden Mann in den Nacken. Der fuhr daraufhin herum und schnappte nach der Hand, die an ihm vorbei nach dem Gesicht des Kapitäns griff.

Auf Umwegen waren die Berichte über die Geschehnisse auf dem Frachter auch zu Dr. Feltenstein gelangt, nachdem sie vom Küstenwachboot an den Stützpunkt übermittelt und von dort zum Südkommando, dann nach Washington und schließlich nach Jackson weitergeleitet worden waren. Jetzt jedoch war er durch eine Konferenzschaltung mit sämtlichen Beteiligten verbunden, die alle gleichzeitig sprechen wollten und einander daher ständig ins Wort fielen. Trotz seiner Kenntnisse über die Krankheit war Feltenstein erstaunt über die Grausamkeiten, die an Bord des Frachters begangen worden waren – *und die überall geschehen würden, wenn man dem Virus erlaubte, sich auszubreiten.*

Eine Stimme unterbrach den Streit zwischen einem Admiral des Pentagons und einem Arzt aus Atlanta. Die Männer verstummten sofort. Es war die Stimme des Präsidenten.

»Befehlen Sie der Marine, das Schiff zu versenken. Aber warten Sie das Tageslicht ab, damit wir sicher sind, daß es keine Überlebenden gibt.«

Feltenstein erschauerte bei dem Gedanken, der ihm durch den Kopf ging.

»Das können wir nicht.«

»Wer spricht da?«

»Dr. Feltenstein in Jackson, Mr. President. Ein Affe, eine Ratte und ein Meerschweinchen haben sich mit der Krankheit angesteckt. Angenommen, der Frachter wird versenkt: Wie wollen wir ausschließen, daß sie sich nicht ausbreitet – auf ...«

»Heraus damit, Mann.«

»Auf Haie.«

Delaney riß den Steuerknüppel nach links, um nicht mit dem dunklen Schatten zusammenzustoßen, der plötzlich vor dem Flugzeug aus dem Wasser aufragte. Die Cessna verfehlte nur knapp das Heck des Frachters.

Jordan sah sich nach ihm um.

»Verdammt!« stieß Delaney beim Anblick der Schiffslichter hervor, die nun vor ihm auftauchten. Es war ein Küstenwachboot. Er drehte den Steuerknüppel nach rechts und zog ihn gleichzeitig zu sich heran.

Rechts hinter ihnen trieb der Frachter in der Dunkelheit. Auf dem Küstenwachboot standen winzige Figuren an der Reling und schauten zu ihnen hoch.

Der Klub unterschied sich kaum von zahllosen anderen in Miami. Es war ein einfacher, einstöckiger Kasten, dessen einst weißer Anstrich inzwischen zu einem schmutzigen Grau verkommen war. Aber das störte niemanden. Der ständige Strom von Kunden kam nicht wegen der Atmosphäre, sondern wegen der jungen Frauen, die auf der Bühne strippten.

Vater Dunnigan blieb am Eingang stehen und betrachtete die überlebensgroße nackte Stripperin, die neben der Tür auf die Fassade gemalt worden war. Der Türsteher, ein schmächtiger, dunkelhäutiger Mann mit langem Kinn, musterte ihn, und Vater Dunnigan lächelte höflich.

»Mr. Estrada erwartet mich.«

Auf dem Gesicht des Türstehers malten sich Zweifel ab; er zögerte einen Moment, nickte dann aber und verschwand im Inneren des Klubs. Ein junger Mann in buntem Hemd, Jeans und Cowboystiefeln ging an Vater Dunnigan vorbei, blieb an der Tür stehen, warf einen Blick auf den Priester und ging in den Klub. Der nächste Besucher, ein grauhaariger alter Mann, entdeckte Dunnigan auf dem Weg vom Auto zum Klub, blieb stehen und hastete dann zu seinem Auto zurück.

Johnny Estrada, ein kleiner, schmaler Mann in einem glänzenden schwarzen Anzug, kam aus dem Klub. Er hatte ein breites Lächeln aufgesetzt und streckte dem Priester die Hand entgegen.

»Vater.«

Als sie sich die Hand gaben, traten zwei kräftige, dunkelhäutige Männer aus der Tür und bauten sich hinter Estrada auf. Vater Dunnigan erhaschte einen kurzen Blick auf blasses Fleisch im hell erleuchteten Zentrum des ansonsten dämmerigen Klubs.

Estrada sah den Bürgersteig hinunter. »Wir können hier herum zu meinem Büro gehen«, sagte er.

Es dauerte einen Augenblick, die Tür zu öffnen, und während Estrada damit beschäftigt war, warf er einen Blick über die Schulter. Auch die Männer hinter ihm sahen sich um.

»Ich benutze diesen Eingang nur selten«, erklärte Estrada. Dann bekam er endlich die Tür auf, trat zurück und forderte Vater Dunnigan mit einer Geste auf hineinzugehen. Bevor der Priester einen Schritt machen konnte, war jedoch einer der Muskelmänner an ihm vorbei durch die Tür gegangen.

Estrada runzelte die Stirn und sah wieder zu Vater Dunnigan zurück, wartete, bis der Priester eingetreten war, und folgte ihm dann ins Haus. Der zweite Muskelmann blieb draußen und schloß hinter der kleinen Gruppe die Tür.

Vater Dunnigan sah sich in dem Raum um. Er war überraschend klein, fand er, und mit den billigsten Möbeln ausgestattet: einem abgenutzten Schreibtisch aus rohem Holz, einem Stuhl dahinter und zweien davor. Die Tür auf der anderen Seite eines schmutziggrauen Teppichs stand einen Spaltbreit offen, und aus dem Klub zog ein dünner Schwaden von Tabakrauch herein. Durch diese Tür verschwand der kräftige Mann, der mit ihnen hereingekommen war, und zog sie hinter sich zu. Die krächzende Countrymusik aus einer alten Jukebox war immer noch zu hören, wenn auch wesentlich leiser.

Estrada ging hinter den Schreibtisch, setzte sich aber erst, als Vater Dunnigan davor Platz genommen hatte.

»Es ist eine Ehre für mich, Sie in meinem Büro zu empfangen, Vater.«

Es ist fast, als machte man einen Handel mit dem Teufel, dachte Vater Dunnigan, kam aber sofort auf den Punkt. »Mrs. Rowella Lopez gehört zu meiner Gemeinde.«

Als der Priester innehielt, lächelte sein Gegenüber höflich. »Bei dem Namen klingelt es bei mir leider nicht.«

»Sie haben einen ...«, begann Vater Dunnigan, formulierte es dann jedoch anders: »In meinem Pfarrbezirk arbeitet ein Gentleman namens Maury Soles.«

Der kleine Mann ihm gegenüber runzelte die Stirn. »Vater, wenn Sie nichts dagegen haben, sollten wir Religion und Geschäft nicht miteinander vermischen.«

»Das tue ich nicht. Ich weiß, daß mich das nicht weiterbringen würde. Aber es gibt da eine Frau. Sie ist erst dreiundzwanzig Jahre alt und hat vier kleine Kinder. Sie ist drogensüchtig, kann aber wieder auf die rechte Bahn gebracht werden. Dreimal habe ich es jetzt geschafft, sie zum Aufhören zu bewegen. Und sie hat es tatsächlich getan. Cold Turkey. Dann hat Mr. Soles sie besucht, sie gefragt, wo sie gewesen sei, und ihr ein paar kostenlose Briefchen gegeben. Sie ist auch nur ein Mensch und nicht frei von Versuchung. Zumindest nicht, wenn man sie ihr ins Haus bringt.«

Estrada stützte das Kinn auf seine kurzen Finger. »Ich verstehe.«

»Können Sie mir helfen? Bei dieser einen Frau?«

Der kleine Mann lächelte honigsüß. »Vater, Sie tun mir unrecht, wenn Sie das fragen. Selbstverständlich helfe ich Ihnen. Ich kannte die Situation nicht. Wir bieten nur jenen unsere Dienste an, die sich sonst an jemand anders wenden würden. Es ist nicht unsere Absicht – ist es nie gewesen –, jemanden in Versuchung zu führen und abhängig zu machen.« Sein Lächeln wurde noch süffisanter. »Verstehen Sie?«

»Ich danke Ihnen.« Vater Dunnigan stand auf.

»Wollen Sie nicht noch etwas bleiben? Ich habe nicht oft Gelegenheit, mit einem Priester zu sprechen.«

»Sie finden mich immer in der Kirche.«

Estrada nickte langsam. »Ich weiß. Aber ich habe viele Feinde. Wenn ich an einem Gottesdienst teilnehme, müßte ich es mit meinen Leibwächtern tun, und das würde die anderen Gläubigen stören. Besonders, da sie Waffen tragen. Irgendwie habe ich immer das Gefühl gehabt, daß das gottlos wäre – in einer Kirche.«

Vater Dunnigan betrachtete den kleinen Mann hinter dem Schreibtisch. In seiner Stimme hatte ein ehrlicher Ton mitgeschwungen. »Vielleicht sollten Sie auf den Herrn vertrauen.«

Der kleine Mann schüttelte nachdenklich den Kopf. »Wenn auf der Straße bekannt würde, daß ich ohne meine Leibwächter da war ... Sie verstehen das einfach nicht.«

»Nein, mein Sohn, Sie sind derjenige, der nicht versteht.«

Kapitel 31

Die Kraftstoffanzeigen näherten sich dem Nullpunkt. Delaney wußte nicht, wieviel noch in den Tanks war, als er es bemerkte. Er hatte die Tanks noch nie auch nur annähernd leergeflogen. Aus Jordans Miene war die Sorge abzulesen. Die Wasserfläche unter ihnen zog sich endlos hin.

Dann sahen sie es. Einen dünnen, grauen Strich im trüben Mondlicht, das durch die Wolken sickerte.

»Dort«, sagte Jordan.

Bald darauf war aus dem Strich ein weißer Sandstreifen geworden, hinter dem ein dunkler Dschungel begann.

Als der Strand breiter wurde und die Bäume sich deutlicher abzeichneten, sah Delaney wieder auf die Kraftstoffanzeigen. Die für den linken Tank, mit dessen Inhalt sie jetzt flogen, sank in dem Moment unter die rote Linie, als er den Steuerknüppel zurückzog und über dem Dschungel aufstieg.

Jordan sah auf die Karte, doch er wußte die Kompaßrichtung bereits und brachte die Cessna auf diesen Kurs.

Die Motoren stotterten.

Er wartete einen Augenblick ab, bevor er verzweifelt auf den anderen fast leeren Tank umschaltete. Er tat so, als könnten die Motoren mit den letzten Gaswolken aus dem Tank ein paar Meter weiter fliegen. Aber sie gaben keinen Ton mehr von sich. Jordan lehnte sich zurück. Ihr Gesicht war blaß.

Als Vater Dunnigan das Haus betreten und die Tür hinter sich geschlossen hatte, wurden seine Nerven augenblicklich vom Dröhnen eines Staubsaugers strapaziert. Die grauhaarige hispanische Frau, die ihn bediente, lächelte ihn an und nickte entschuldigend. Dann schob sie den Staubsauger hinter die Couch, ging um sie herum und begann davor zu saugen. Vater Dunnigan eilte an ihr vorbei in sein Arbeitszimmer.

In dem kleinen Zimmer angekommen, zog er die Tür hinter sich zu. Natürlich hatte sie nichts Besseres zu tun, als augenblicklich vor der Tür zu saugen. Er schaute stirnrunzelnd auf die Tür. Der Lärm wurde leiser, verstärkte sich dann aber wieder. Ebenso wie sein Stirnrunzeln. Er versuchte sich auf die Arbeit zu konzentrieren und nahm einen dicken Stapel Papiere aus dem Schreibtisch.

Das verdammte Ding kam schon wieder an seiner Tür vorbei.

Er stand auf, stapfte zur Tür und riß sie auf.

Die Frau erschrak über seinen Gesichtsausdruck.

Der Staubsauger verstummte.

»Vater?«

Er warf die Tür wieder zu.

Die Motoren stotterten, und Delaney griff fester um den Steuerknüppel. Sie waren in dreitausend Metern Höhe. Anderthalb Kilometer weiter trat eine wüstenähnliche Ebene an die Stelle des Dschungels. Es würde für die Cessna kein Problem sein, diese Strecke zu gleiten. Aber was dann?

»Delaney.«

Jordan blickte auf den Erdboden. Es war im Mondlicht zwar kaum zu erkennen, aber zwischen den Bäumen schlängelte sich ein schmales braunes Band entlang. Das mußte eine Straße sein. Irgendwann würde jemand sie benutzen. Doch bis dahin würde die Cessna dort weniger leicht zu entdecken sein als auf der Ebene hinter dem Dschungel.

Während Delaney den Steuerknüppel drehte, um zu der Straße zurückzufliegen, überlegte er, ob die Tragflächen zwischen die auf beiden Straßenseiten wachsenden Bäume passen würden. Aber hatten sie eine Wahl? Die Bäume unter ihnen wurden immer größer.

»Dehnen Sie die Suche aus«, sagte der General.

Der hochgewachsene Oberst, der auf der anderen Seite des Schreibtischs im Pentagon stand, nickte.

»Verdoppeln Sie die Strecke, die sie in dieser Zeit geflogen sein können«, fuhr der General fort, »und schicken Sie die Flugzeuge bis an den Rand des Suchradius.«

»Ein Sektor reicht nach Mexiko hinein.«

»Wir haben die Genehmigung.«

»Auch dafür, eine Cessna über ihrem Territorium abzuschießen?«

»Auch dafür«, bestätigte der General.

Ohne den Schimmer des Mondlichts auf dem Zinndach hätten sie das Gebäude nicht gesehen. Jordan blickte über die Schulter aus dem Fenster.

»Versuch dir die Richtung zu merken«, sagte Delaney. »Vielleicht haben sie ja Treibstoff.« Damit richtete er die Nase der Cessna auf die Mitte der Straße aus.

Als das Flugzeug in den schmalen Einschnitt zwischen den hohen Bäumen abtauchte, verschwand das Mondlicht hinter ihnen. Neben sich sah Jordan die nahen Äste im Luftwirbel der Tragflächen schwanken. Die Straße machte eine leichte Rechtskurve, und Delaney folgte ihr mit einer knappen Bewegung des Steuerknüppels. Das Flugzeug glitt fast unmerklich nach links. Sein Griff um den Steuerknüppel verstärkte sich, während der weiße Sand der Straße näherkam.

»Delaney!«

Er sah es auch, einige dicht stehende Bäume, die sechzig Meter vor ihnen über die Straße wuchsen. Als er den Steuerknüppel nach vorn drückte, sackte die Maschine scharf ab, und das Fahrwerk grub sich in den weichen Sand. Das Flugzeug sprang hoch und setzte dann wieder hart auf. Der Steuerknüppel ruckte in seinen Händen. Bäume rasten an den Tragflächen vorbei. Delaney trat die Bremse durch, und die Cessna schlitterte vorwärts, neigte sich nach vorn, richtete sich wieder auf und kam wenige Meter vor den dicken Baumstämmen zum Stehen.

Delaney nahm langsam die Hände vom Steuerknüppel. Um die Tragflächen hatte sich Gestrüpp gewunden. Hinter dem Flugzeug wuchs, so weit er sehen konnte, hüfthohes Gras. Es war keine Straße, sondern eine alte Rollbahn.

Eine *verlassene* Rollbahn.

Erleichtert schlug er mit der Faust auf den Steuerknüppel. Weder er noch Jordan bemerkten die dunklen Gestalten, die auf beiden Seiten des Flugzeugs zwischen den Bäumen hervortraten.

Kapitel 32

Jordan stockte der Atem, als der Mann auf die Tragfläche an ihrer Seite kletterte. Instinktiv tastete Delaney in der Seitentasche links neben sich nach dem Revolver – und blickte in den Lauf eines Gewehrs, das durch das Plexiglas auf sein Gesicht zielte.

Seine Finger erstarrten am Griff des Revolvers, dann zog er die Hand aus der Tasche. Seine Tür wurde aufgerissen, und die Gewehrmündung schwenkte zur Seite, um ihm zu bedeuten, daß er aussteigen solle.

Er sah sich nach Jordan um. Ihre Tür stand ebenfalls offen, nur daß sie mit einem Revolver bedroht wurde. Es waren hellhäutige Menschen, eher Mexikaner als Indianer. Sie trugen keine Uniformen, sondern nur weite Hemden und Hosen. Und daß sie so schnell und so schwer bewaffnet zur Stelle gewesen waren ... Rauschgifttransporteure. Ein geheimes Labor im Dschungel. Was sollte es sonst sein?

Das Gewehr bewegte sich wieder, und Delaney stieg auf die Tragfläche hinaus. Vor ihm stand ein Mann mit breitem Gesicht, dickem Hals und kleinem, kräftigem Körper, der ihn aus kalten Augen anstarrte. Über die Schulter blickend, sah Delaney, daß Jordan ebenfalls ausstieg. Der Mann auf ihrer Seite griff mit einer Hand nach ihrer Schulter und schob sie von der Tragfläche.

Der Mann vor Delaney musterte ihn von oben bis unten, als suchte er eine Waffe.

»Uns ist der Treibstoff ausgegangen«, sagte Jordan auf der anderen Seite des Flugzeugs.

Der Mann bedeutete Delaney mit einem Nicken, von der Tragfläche zu springen.

Auf dem Boden konnte er sechs Gestalten ausmachen, von denen zwei besonders dunkel waren. Sie trugen alle dieselbe Kleidung. Und sie waren alle bewaffnet.

Jordan sagte etwas, als sie um das Heck des Flugzeugs herumkam. Der Mann, der sie dicht unter der Schulter am Arm festhielt, hatte immer noch kein Wort von sich gegeben. Als Delaneys Bewacher sie sah, betrachtete er sie von Kopf bis Fuß und grinste.

Dann fragte eine tiefe, fast heisere Stimme aus dem Dunkel der Bäume neben dem Flugzeug: »Wer sind Sie?«

Delaney sah in die Richtung, und als sein Bewacher einen Schritt zur Seite machte, trat ein großer Mann, der alle anderen überragte, ins Mondlicht heraus.

»Wer sind Sie?« wiederholte er.

Delaney fixierte die dunklen Augen.

»In Brasilien gibt es eine Krankheit«, antwortete Jordan. »Wir wollen hin, um sie aufzuhalten.«

Delaney sah sie an.

»Sie sind Doktoren?« fragte der Mann.

Delaney war klar, daß er Ärzte meinte, und Jordan ebenfalls. »Ja«, sagte sie, »Freiwillige.«

Glaubte sie, damit Mitleid hervorrufen zu können?

»Kommen Sie mit«, befahl der Mann.

Sie gingen nicht in die Richtung des Zinndachs, sondern wandten sich genau entgegengesetzt den dunklen Bäumen auf der anderen Seite der Rollbahn zu.

Die Männer bewegten sich, als wüßten sie genau, wo

sich Ranken und Unterholz befanden, während Delaney ständig gegen irgend etwas stieß oder spürte, wie etwas an ihm zerrte. Jordan stürzte sogar einmal.

Nach zehn Minuten erreichten sie ein Lager aus großen Zelten, die unter dem Dach der verschlungenen und von Ranken bewachsenen Baumkronen aufgestellt worden waren. Delaney und Jordan mußten warten, während der Anführer der Gruppe zu einem der kleineren Zelte ging.

Delaney betrachtete das größte Zelt des Lagers, das aus mehreren Planen zusammengenäht worden war und von dünnen Stangen aufrecht gehalten wurde. Auf einem Holzboden unter den Zeltplanen standen Boiler, Kübel und lange Tische: das Labor, in dem das Rauschgift hergestellt wurde. Als er wieder zu dem kleinen Zelt schaute, kam ein großer Mann heraus, der nichts weiter anhatte als ausgebeulte Shorts und Sandalen. Sein Arm lag in einer Schlinge, und der Schweiß rann ihm über die Stirn.

»Sie sind Ärzte?« fragte er, als er vor Delaney und Jordan stehenblieb.

Jordan trat auf ihn zu und streckte die Hand nach der Schlinge aus, ohne ein Wort zu sagen.

»Ein Schlangenbiß«, erklärte der Mann und hielt ihr den Arm hin. »Das ist vorbei, aber jetzt ist er entzündet.«

Er war mehr als entzündet. Am Rand des Schnitts, den jemand gemacht hatte, um das Gift herausfließen zu lassen, war die Haut schwarz geworden, und dunkelrote Linien liefen, nach und nach heller werdend, den Arm hinauf.

»Haben Sie Antibiotika?« fragte Jordan.

Der Mann nickte.

»Welche?«

»Penicillin.«

»Haben Sie es genommen?«

»Seit letzte Nacht.«

Jordan schob die Schlinge wieder unter den Unterarm des Mannes. »Die Wunde muß gesäubert werden. Haben Sie irgend etwas, das die Schmerzen lindert?«

»Kommen Sie mit«, sagte der Mann und drehte sich zum Zelt um.

Jordan folgte ihm. Delaney wollte ebenfalls gehen, spürte aber einen Griff am Arm, der ihn zurückhielt, und als er ihn abschüttelte, kam ein zweiter Mann dem ersten zu Hilfe.

Ihr Anführer drehte sich um, sah sie einen Moment an und nickte dann. Daraufhin ließen die Männer Delaney los, und er ging Jordan nach.

Im Innern des Zelts begab sich der Mann zu einem Feldbett und setzte sich darauf. Dann nickte er in Richtung eines Pappkartons mit einem roten Kreuz auf der Seite. Jordan ging zu dem Verbandskasten, während der Mann schon mal die Schlinge abnahm. Einen Moment darauf stand sie mit einer Spritze vor ihm.

Delaney sah sich im Zelt nach Waffen um, konnte aber keine entdecken. Auf der anderen Seite des Betts stand ein Metallspind.

»Sie sind beide Ärzte?«

Der Mann sprach zu Delaney, der mit einem Nicken bejahte und zu dem Karton mit dem roten Kreuz ging. Er entnahm ihm eine Packung steriler Skalpelle, eine kleine Pinzette, Verbandsmull und Binden und ging damit zum Feldbett, wo Jordan bereits eine Reihe von schmerzstillenden Injektionen um die gezackte Wunde herum setzte.

Der Mann nahm die Einstiche hin, ohne mit der Wimper zu zucken, beobachtete aber genau, wie Jordan die Spritze handhabte. Schließlich sah er auf und fragte: »Sie sind wirklich Ärzte?«

»Ja«, antwortete sie. »Wir haben Ihnen doch gesagt –«

»Es gibt Rivalen«, fiel er ihr ins Wort.

Sie schüttelte den Kopf. »Ärzte«, wiederholte sie.

»Wieso fliegen Sie in einem so kleinen Flugzeug nach Brasilien?«

Sie sah ihn einen Augenblick an. »Wir haben keine Genehmigung bekommen.«

Der Mann kniff die Augen zusammen. »Genehmigung? Sie hätten einen Linienflug nehmen können. Sie haben keine medizinische Ausrüstung in Ihrem Flugzeug?«

Er war nicht nur der Anführer des Lagers, sondern offenbar auch intelligent, zwei Eigenschaften, die nicht immer zusammengehen. Aber besaß er auch Mitgefühl?

Wieso sollte er? Sie wußten jetzt, wo sich sein Lager befand. Womit konnten sie ihn für sich einnehmen? Delaney stellte Augenkontakt mit dem Mann her. »Wir brauchen Ihre Hilfe, um hier wegzukommen – Treibstoff. Wir würden bestimmt niemals etwas über diesen Ort hier sagen.«

Der Mann schwieg.

»Es gibt dort einen Krankheitsherd. Eine Krankheit, die Tausenden den Tod bringen kann.«

Mehr würde er nicht über die Krankheit sagen. Es war genug, um das Mitgefühl des Mannes zu erregen – wenn er welches besaß.

Dann fiel ihm ein, wie der Mann Jordans Körper angesehen hatte, und er beschloß, doch noch etwas hinzuzufügen, das zumindest ihr Ende erleichtern würde, wenn es schon nicht dazu beitragen würde, sie von diesem Ort fortzubringen.

»Jordan ist damit infiziert.«

Der Mann blickte zu ihr hoch.

»Es ist nicht ansteckend, außer beim Austausch von Körperflüssigkeiten. Solange sie nicht blutet, können Sie sich nicht anstecken.«

Der Mann zuckte zurück, als Jordan ein Stück des am schlimmsten betroffenen Fleischs behandelte, so daß sie die Pinzette neu ansetzen mußte.

Ein dunkles Gesicht erschien zwischen den Zeltplanen. Es war der große Mann, der am Flugzeug gewesen war. Er spähte einen Moment herein und zog sich dann wieder nach draußen zurück.

Delaney sah wieder zu dem Mann auf dem Feldbett, der Jordan immer noch mit zusammengekniffenen Augen fixierte – nicht wütend, eher fragend. Er wollte, daß seine Wunde versorgt wurde, denn er wußte, was eine Blutvergiftung anrichten konnte. Andererseits machte ihn Jordans Nähe unsicher. Zutiefst unsicher.

Zutiefst unsicher, wiederholte Delaney in Gedanken. Vielleicht ... Ihm fiel das Fax in seiner Tasche ein. Als er es herausnahm, zog das gefaltete Papier sofort die Aufmerksamkeit des Mannes auf sich.

Delaney hielt es hoch. »Können Sie Englisch lesen?«

Der Mann nahm das Fax und faltete es auseinander.

Delaney wartete einen Moment, während er die Augen des Mannes beobachtete. Als sie sich verengten, sagte er: »Die Krankheit ist so ansteckend, daß bei der Übertragung von Blut die Infektion garantiert ist. Und sie ist nicht einfach nur tödlich, sondern ...« Er hielt kopfschüttelnd inne, so als stellte er sich den Verlauf der Krankheit bildlich vor. »Sie ist schrecklich. Blut fließt aus den Augen, der Kopf schwillt an, als wäre er voll Wasser ...«

Jordan sah sich zu ihm um.

»Die Schmerzen sind furchtbar.«

Jordan wandte sich wieder dem Mann zu.

Delaney trat einen Schritt auf das Feldbett zu. »Ja, das schlimmste sind die Schmerzen. Man betet darum zu sterben.« Er schüttelte mit einer dramatischen Grimasse den Kopf. »Nein – man betet nicht«, fuhr er fort, »man flucht. Am Anfang jedenfalls. Dann schwillt die Kehle so an, daß man …«

Der Mann stieß Jordans Hand von seinem Unterarm weg, warf noch einmal einen Blick auf das Fax und stand auf.

»… eine Röhre in die Kehle einführen muß, um die Atmung aufrechtzuerhalten«, fuhr Delaney fort. »Trotzdem hat man weiter das Gefühl zu ersticken. Sie können selbst aus dem Fax ersehen, wie ernst die Sache ist; es steht so schlimm, daß der Präsident sich eingeschaltet hat. Was da nicht steht, ist die Tatsache, daß die Krankheit nicht nur durch Blut übertragen wird, sondern durch jede Körperflüssigkeit. Wenn sie auf Ihren Arm spucken würde, wären Sie erledigt.«

Als der Mann zum Zelteingang gehen wollte, sprang Delaney auf ihn zu, packte ihn mit dem Arm um den Hals und glitt hinter ihn, während Jordan die Schlinge um seinen Unterarm nach hinten riß. Er versuchte, seinen Arm zu befreien, aber sie ließ nicht locker, obwohl sie fast von den Füßen geholt wurde. Delaney drückte den Unterarm, so fest er konnte, gegen den Hals des Mannes, bis der den Atem nur noch quietschend herauspressen konnte.

Aber er versuchte nicht zu schreien, obwohl er, bevor sein Atem abgeschnitten worden war, genügend Zeit dafür gehabt hatte. Dennoch hatte er nicht geschrien. Nicht, solange Jordan in der Nähe war.

Nicht, nachdem er das Fax gelesen hatte.

Nicht bei etwas so Schrecklichem, daß der Präsident selbst beteiligt war.

Der Mann starrte Jordan mit großen Augen an, die jetzt beide Arme um seinen Unterarm geschlungen hatte und ihn dicht vor ihr Gesicht hielt. Sein Gesicht wurde vor Atemnot aschfahl, und seine Knie begannen zu zittern. Er versuchte den Kopf zu schütteln. Delaney lokkerte seinen Griff ein wenig und flüsterte ihm ins Ohr: »Lassen Sie das Flugzeug auftanken und umdrehen, so daß es in Richtung Rollbahn steht.«

Der Mann nickte, ohne die Augen von Jordan zu nehmen.

»Und keine Tricks mit dem Flugzeug. Sie werden mit uns fliegen. Wenn wir abstürzen, tun Sie es auch.«

Delaney bemerkte die Schweißtropfen auf Jordans Stirn. Der Mann ebenfalls – ihre Waffe, die Körperflüssigkeiten. Und der Glaube des Mannes, seine Überzeugung, daß Delaney die Wahrheit gesagt hatte. Aber wie leicht könnte sich das Fähnchen wieder wenden. Er könnte sie mit einem Schlag aus der Balance bringen und sich losreißen. Oder trotz des Fax Zweifel an seinen Worten bekommen. Delaney verstärkte sicherheitshalber den Druck um den Hals des Mannes wieder.

»Jetzt.«

Die ersten Worte des Mannes kamen so heiser heraus, daß sie nicht zu verstehen waren. Delaney verringerte den Druck seines Unterarms.

»Hernandez«, rief der Mann.

Augenblicklich erschien das Gesicht wieder im Zelteingang. Der Mann hatte offenbar dicht vor dem Zelt gewartet. Jetzt riß er die Augen auf.

Sein Anführer gab ihm auf englisch seine Anweisungen: »Tankt das Flugzeug auf. Und keine Tricks. Sie nehmen mich mit.«

Er hätte spanisch sprechen können, wollte den beiden Ärzten aber zu verstehen geben, daß er sie nicht betrog. Er starrte immer noch auf Jordan. Das Gesicht im Zelteingang verschwand.

Delaney sah auf das Spind. »Ist darin eine Waffe?«

Der Mann nickte, und Delaney zog ihn Stück für Stück,

so daß Jordan Zeit hatte, der Bewegung zu folgen, zum Spind.

Es war ein Revolver. Delaney drückte den Lauf in den Rücken des Mannes, behielt den anderen Arm aber um seinen Hals.

Dann kam die schwerste Phase, das Warten, immer in derselben Stellung, wie drei aneinander gepreßte Liebende. Delaneys Atem strich über den Nacken des Mannes, der aus nächster Nähe in Jordans Augen starrte, während sie seinen Unterarm, die Wunde dicht vor ihrem Mund, an ihre Brust preßte.

Wieviel Zeit verging auf diese Weise? Es schienen Stunden zu sein. Doch dann wurde wieder der Kopf ins Zelt hineingesteckt. Der Mann musterte sie. Delaney konnte an seinem Gesicht ablesen, wie er überlegte, und verstärkte den Druck seines Unterarms. Sein Gefangener schüttelte den Kopf.

Der Mann am Zelteingang nickte. »Das Flugzeug ist bereit.«

Kapitel 33

Während sie unbeholfen durch den Urwald stapften, kam Delaney sich vor wie in einer Entführungsszene in einem Film, einschließlich eines FBI-Agenten, der die Täter durch das Fernglas seines Hochleistungsgewehrs beobachtete. Von den Männern, die sie in Wirklichkeit still beschatteten, konnten sie nur manchmal einen Umriß erkennen – aber sie waren da. Delaney hatte zuerst daran gedacht, ihnen durch den Mann, der sich in seiner Gewalt befand, den Befehl zu geben, im Lager zu bleiben. Aber was wäre passiert, wenn der Befehl nicht befolgt worden wäre? Diese erste Aufsässigkeit hätte sie möglicherweise zu einer weiteren ermutigt. Deshalb hatte er es für besser gehalten, nichts zu sagen, sondern nur seinen Vorteil zu wahren, indem er den Mann festhielt und Jordan dicht bei ihm blieb.

Dann – nach zwanzig Minuten, dreißig Minuten, einer Stunde, er wußte es nicht – hatten sie die Cessna erreicht. Sie war gewendet worden und zeigte mit der Nase auf die Rollbahn. Ohne den Mann loszulassen, erklommen sie, halb kletternd, halb kriechend, die Tragfläche.

Beim Einsteigen ins Cockpit spürte Delaney, wie sich der Körper des Mannes versteifte. Eine Schrecksekunde lang dachte Delaney, er würde seine Männer zu Hilfe rufen, doch dann entspannten sich die Muskeln wieder, und er ließ sich widerstandslos auf einen Rücksitz bugsieren.

»Jordan.«

Sie nahm den Revolver, den er ihr hingehalten hatte, und drückte die Mündung des Laufs unter das Kinn des Mannes. Das Klicken, als der Hahn gespannt wurde, war deutlich zu hören. Aber der Mann starrte weiter unverwandt in ihr Gesicht. Er war derart in Schweiß gebadet, daß es aussah, als hätte jemand einen Eimer Wasser über ihm ausgekippt.

Delaney startete die Motoren.

Das Flugzeug nahm auf dem abgewinkelten Rollfeld Geschwindigkeit auf, und als er die leichte Kurve zur geraden Startbahn genommen hatte, drückte Delaney die Gashebel mit einem Ruck nach vorn. Die Cessna schien sich förmlich zu ducken, um dann mit aufheulenden Motoren vorwärts zu schießen.

Dreißig Meter. Sechzig Meter. Neunzig Meter. Gras und Unkraut flog über die Tragflächen. Hundertzwanzig Meter. Delaney zog den Steuerknüppel zurück, und die Cessna stieg steil in den Himmel auf.

Er hatte befürchtet, daß man sie in letzter Minute beschießen würde, aber die Kugeln blieben aus. Zumindest den Männern am Boden war ihre Geisel wichtig.

Mit einer Drehung des Steuerknüppels nahm er wieder Kurs auf die Ebene hinter dem Dschungel. Am Horizont machte sich eine dünne rosa Linie bemerkbar. Als sie zu einem breiten, glühenden Streifen geworden war und die Cessna die Bäume weit hinter sich gelassen hatte, tauchte eine Straße auf, die durch das öde Land unter ihnen führte. Diesmal war es eine richtige, befestigte Straße. Delaney drückte den Steuerknüppel nach vorn und etwas zur Seite, um die Maschine auf sie auszurichten.

Wenig später landete die Cessna auf der Straße und rollte aus, bis sie stehenblieb.

Nachdem der dunkelhäutige Mann aus dem Flugzeug gestiegen war, rannte er wie wahnsinnig die Straße hinunter, so als ob er die Furcht vor Jordan nicht mehr beherrschen konnte, auch wenn er jetzt nicht mehr in ihrer Nähe war.

Sie kletterte vom Rücksitz nach vorn. »Ich muß verrückt sein«, sagte sie. »Die ganze Zeit über, während ich seinen Arm hielt, habe ich darauf geachtet, daß mein Schweiß nicht in seine Wunde tropfte.« Sie sah Delaney in die Augen. »Gott, was hätten wir gemacht? Wenn er sich auf diesem Weg infiziert hätte? Wir wären das Risiko nicht eingegangen, oder? Wir hätten ihn töten müssen.«

Sie sah ihn noch einen Augenblick an, dann senkte sie den Kopf und legte schluchzend das Gesicht in die Hände. Sie weinte sowohl aus Angst um sich selbst als auch wegen des Schrecklichen, was zu tun sie gezwungen sein könnten.

Während die F-16 über den Himmel schoß, konnte Captain Fellows nur hoffen, daß alles mit rechten Dingen zuging. Nachdem sie vor Morgengrauen aus den Betten geholt worden waren, hatte seine Staffel den Befehl erhalten, in alle Richtungen auszuschwärmen, so als würde ein russischer Eindringling auf Amerika zufliegen, ohne daß man wußte, aus welcher Richtung er kam. Und an der mexikanischen Grenze war nicht Endstation. Sein Befehl lautete, wenn nötig sogar bis zur Grenze von Guatemala zu fliegen. Irgend jemand hatte dafür hoffentlich die Erlaubnis eingeholt. Bestimmt hatten sie es getan. Eine so große Scheiße würden sie ja wohl nicht bauen. Er fragte sich, was die mexikanische Luftwaffe flog und ob sie ohne Vorwarnung feuern würde. Sicher nicht. Aber die

Frage ließ ihn nicht los. Er sah durch eine Lücke zwischen den Wolken auf den Dschungel hinunter. Doch so suchte er nicht, nicht mit dem bloßen Auge. Dafür war das Radar da. Es war auf den größtmöglichen Radius eingestellt.

Als er den Blick wieder auf den Monitor richtete, bemerkte er den leuchtenden Punkt, der vierzehnte seit der mexikanischen Grenze. Einer nach dem anderen. Drei von ihnen waren so nah gewesen, daß er nur leicht vom Kurs abzuweichen brauchte, um sie mit eigenen Augen zu identifizieren. Die anderen hatten sich auf seine Aufforderung hin selbst identifiziert. Acht Linienflüge ... oder waren es neun gewesen?

Neun. Bei den anderen handelte es sich um Privatflugzeuge. Allesamt hatten sie genehmigte Flugpläne und befanden sich exakt dort, wo sie sein sollten. Er lächelte. Irgendwann würde jemand ein Agrarflugzeug oder eine andere Maschine ohne Flugplan aufbringen, und der Pilot würde erschrocken auf die Jäger der amerikanischen Luftwaffe starren, die ihn wie ein Bienenschwarm umkreisten. Das Lächeln verschwand von Fellows' Gesicht. Wenn er die Cessna finden sollte, hatte er die bsicht, einen Motorschaden zu melden und die Jagd abzubrechen. Sollte jemand anders die Dreckarbeit machen. Ein Spielzeugflugzeug anzuschießen war nicht gerade das, was er an der Luftwaffenakademie gelernt hatte. Er griff nach dem Mikrofon des Funkgeräts.

Der leuchtende Punkt auf dem Radarschirm erlosch.

Er wartete einen Augenblick, dann intensivierte er den Radar, indem er den Radius verringerte.

Immer noch kein Zeichen. Wer immer es gewesen sein mochte, war runtergegangen und gelandet oder flog, wenn er nicht abgestürzt war, in niedriger Höhe weiter. *Um dem Radar zu entkommen.* Er meldete dem Stützpunkt den Kontakt und sein Verschwinden und bat um die Erlaubnis, den Kurs zu ändern, um Sichtkontakt herzustellen.

»Roger, tun Sie es. Sparen Sie nicht am Sprit.«

Sie landeten auf einer Landstraße und rollten zu der Pumpe vor einem alten Holzhaus. Ein großer, alter Indianer in T-Shirt, Jeans und Stiefeln starrte unter langen, graumelierten schwarzen Haaren aus der Tür. Delaney sprang auf den Erdboden und griff nach einer Zapfpistole, während Jordan zu dem Indianer ging.

»Wir haben mehr Treibstoff verbraucht, als wir dachten«, sagte sie.

Der Indianer sah erst sie an und blickte dann an ihr vorbei zu Delaney, der die Zapfpistole zu dem Tank in der Tragfläche hochzog.

»Das ist kein Flugzeugbenzin«, stellte er fest.

»Die Motoren laufen auch mit normalem Benzin.«

Eine kleine, kräftige Frau schaute an dem Mann vorbei aus dem Haus und zupfte an seinem Arm. Er sagte etwas über die Schulter und zuckte die Achseln.

Jordan zwang sich trotz ihrer Kopfschmerzen zu einem höflichen Lächeln. »Es ist zwar nicht gerade gut für die Motoren, aber sie laufen doch eine ganze Zeit mit Benzin. Nach einer Weile verklebt es sie allerdings.«

Ein Motorengeräusch veranlaßte sie, sich umzusehen. Es war ein alter, offener Lkw mit krummen Holzpfosten als Umzäunung der Ladefläche. Das halbe Dutzend Arbeiter auf dem Wagen starrte auf die Cessna. Aus dem Beifahrerfenster lehnte sich ein Mann heraus und hielt einen breitkrempigen Hut an seinen Kopf, während er die kleine Gruppe an der Tankstelle musterte. Dann verschwand er wieder im Innern der Fahrerkabine.

Um den Tank in der anderen Tragfläche zu füllen,

mußte das Flugzeug herumgedreht werden, und das Indianerpaar half ihnen dabei.

Captain Fellows sah auf die asphaltierte Rollbahn und den kleinen, darauf landenden Privatjet hinunter. Neben der Rollbahn warteten ein Rolls Royce und ein Mercedes. Zweihundert Meter weiter östlich befand sich ein helloranges Haus von der Größe eines kleinen Forts, das inmitten eines prachtvoll gestalteten Grundstücks lag. Das zu der Ranch gehörende Land zog sich kilometerweit hin.

»Unbekannte Echoanzeige ist ein Privatjet«, sagte er ins Mikrofon und kehrte dann in einer weiten Kurve auf seinen ursprünglichen Kurs zurück.

Schon seit Stunden war aus dem Heck des Frachters Rauch aufgestiegen. Jetzt schlugen Flammen aus der hinteren Ladeluke, aber niemand schien den Brand zu bekämpfen. In der letzten Stunde war überhaupt nur einmal jemand zu sehen gewesen, ein stämmiger Mann mit nur einer Hand, der nackt und blutüberströmt an der Steuerbordreling entlanggerannt war.

Die Krankheit war schlimm, aber nicht annähernd so schlimm wie die schrecklichen Gedanken. Vater Dunnigan schauderte vor Scham. Aber er konnte sie nicht verdrängen. Kniend, den Blick zur Decke gerichtet, betete er leidenschaftlicher als er es jemals getan hatte: »Bitte, Gott, halt ihn auf.« Denn es mußte der Teufel sein. Keine andere Kraft hätte ihm solche Gedanken eingeben können.

Kapitel 34

Die kleine brasilianische Hafenstadt war unverändert: überwiegend Holzhäuser, manche nicht mehr als Barakken, dazwischen ein paar Betonblöcke; eine schmale, mit Kopfsteinen gepflasterte Hauptstraße, von der unbefestigte Wege abgingen.

Sie betraten die Stadt und gingen am Krankenhaus vorbei, das mit geschlossenen Fensterläden im Dunkeln lag; nur ein Fenster im Wohnbereich auf der Rückseite war erleuchtet. Ihr Ziel war das Gasthaus in der Mitte der Stadt, der einzige Ort, der nach Einbruch der Dunkelheit noch geöffnet hatte.

Es waren nicht mehr als ein halbes Dutzend Menschen auf der Straße, und Delaney konnte bis zum anderen Ende der Stadt sehen. Auf dem hölzernen Bürgersteig standen zwei junge Brasilianerinnen mit grellen Blusen und zuviel Make-up im Licht des Gasthauses und sprachen mit einem jungen Mann in T-Shirt und Jeans. Delaney ging zu ihnen.

»Sprechen Sie Englisch?«

Die Frauen sahen zu Jordan.

»Ja«, antwortete der junge Mann.

»Der alte Hubschrauber am Stadtrand« – Delaney hoffte, daß er noch da war –, »wem gehört der?«

»Mr. Callahan.«

»Ist er Amerikaner?«

»Engländer.«

Callahan war groß und dünn, hatte dichte, rote Haare und einen herabhängenden Schnauzbart – und er war schon im Bett gewesen. Sich die Augen reibend, stand er in der Tür.

»Ja?«

»Wir möchten Ihren Hubschrauber mieten.«

Callahan sah an ihnen vorbei auf den leuchtenden Vollmond, der hinter der Stadt dicht über dem Dschungel hing. »Heute nacht? Seid ihr verdammte Schmuggler?«

»Morgen früh reicht völlig aus«, sagte Jordan.

»Ihr müßtet mich mit mieten, Kumpel. Außer mir fliegt niemand das Ding.«

Delaney nickte. »Sagen wir bei Morgengrauen?«

»Also bei Morgengrauen. Aber laßt mich nicht warten, wenn ich schon in aller Herrgottsfrühe aufstehe.«

»Werden wir nicht.«

»Es kostet sechzig Dollar die Stunde – amerikanische. Einschließlich meiner Rückflugzeit, wenn ich euch irgendwo anders absetzen soll.«

Delaney hatte nur das Geld aus der Kommode. Ursprünglich waren es ein Dutzend druckfrischer Hundert-Dollar-Scheine gewesen, aber nach den Zwischenstopps an der Tankstelle des Indianers und auf den anderen kleinen Flugplätzen, die sie trotz des Risikos angeflogen hatten, um aufzutanken, war das Geld fast restlos aufgebraucht.

Callahan bemerkte ihr Zögern. »Habt ihr soviel Geld dabei?«

»Sicher«, antwortete Jordan.

»Dann bis zum Morgengrauen«, sagte Callahan und ging ins Haus zurück.

Als die Haustür zufiel, blickte Jordan die Straße entlang. »Und was tun wir jetzt – eine Bank ausrauben?«

»Wir werden ihn eben überreden müssen, wenn wir am Hubschrauber sind. Wir sind schon zu weit gegangen, um jetzt aufzuhören.«

»Ich wußte, daß du das sagen würdest.« Sie warf einen Blick auf die Ausbuchtung, dort, wo er den Revolver unter sein Hemd geschoben hatte. Dann sah sie auf ihre Hand, auf Verlobungs- und Hochzeitsring. »Ich würde lieber die hier versetzen.«

Er erwiderte nichts. Sie hatten keine Wahl, denn sie brauchten mehr als nur den Hubschrauberflug – Seile, um auf den Erdboden zu gelangen, Helme, Handschuhe. Und sie benötigten andere Waffen als den Revolver. Die Indianer hatten mit Pfeilen geschossen. Davor mußten sie sich schützen. Selbst wenn sie nichts fanden, gab es noch Hoffnung – solange sie am Leben blieben.

Er schüttelte mißmutig den Kopf. Wie, zum Teufel, brachte man jemanden, der einen umbringen wollte, dazu, statt dessen ein Gespräch zu führen? Und wie, zum Teufel, machte man sich ihm verständlich, wenn man kein Wort in seiner Sprache sprechen konnte? Das Ganze war verrückt. Die Idee, nach Brasilien zu kommen, war eine einzige Schnapsidee. Aber was hätten sie sonst tun können?

Als sie Callahans Haus hinter sich ließen und die Straße betraten, drückte Jordan die Hand an die Stirn.

Delaney sah sie an. »Kopfschmerzen?«

Sie nickte. Keiner von beiden sagte etwas. Dann sah sie auf ihre Uhr. »Es sind noch fünf Stunden. Vielleicht würde es helfen, wenn ich etwas Schlaf bekäme. Ich wünschte, wir wären in der Cessna geblieben.«

»Vielleicht können wir einen Platz finden.« Er sah zum Gasthaus. Eine der grell gekleideten Frauen und der junge Mann waren verschwunden. Die andere Frau redete mit einem grauhaarigen Brasilianer in weitem Hemd, ausgebeulter Hose und Sandalen. Sie sagte gerade etwas und breitete dazu die Arme aus. Daraufhin zog der Mann ein Bündel Geldscheine hervor, und die beiden verschwanden im Gasthaus.

»Es hat Betten«, sagte Jordan. »Aber ich weiß nicht, ob ich in einem von ihnen schlafen möchte.« Dann zuckte sie die Achseln. »Zum Teufel, Hauptsache, es ist ein Bett.«

Im Gasthaus spielten drei ältere Männer Karten. Der Gestank in dem Raum ließ Jordan die Nase rümpfen. »Wenn ich darüber nachdenke, bin ich nicht mehr sicher, ob ich wirklich so müde bin.«

Hinter der Bar war ein Mann, der eine Schürze umgebunden hatte, dabei, mit dem Saum seines Hemdes Gläser abzutrocknen. Er sah ihnen entgegen.

»Haben Sie auch Zimmer?« erkundigte sich Delaney.

»*Sim*«, antwortete der Mann auf portugiesisch und nickte.

»Delaney«, sagte Jordan warnend.

Durch eine Tür in der gegenüberliegenden Wand betrat Polizeihauptmann Manuel Dominguiz den Raum. Eine junge, dunkelhäutige Frau in einem roten Kleid gab ihm einen Kuß auf die Wange und schlängelte sich dann zwischen den Tischen zu den kartenspielenden Männern hindurch, während Dominguiz zur Bar sah.

»Glaubst du, er weiß es?« fragte Jordan.

Delaney bezweifelte es, steckte aber den Daumen neben dem Revolver in den Hosenbund. Dominguiz kam auf sie zu.

»Guten Abend.«

Sie erwiderten sein Nicken, während er Jordans Bluse und Jeans betrachtete. Delaney wußte, daß seine eigenen

Kleider schmutzig und zerknittert waren. Dominguiz fuhr sich mit der Zunge über die Oberlippe. Dann lächelte er höflich.

»Es ist kein Frachter angekommen«, stellte er fest. »Heute ist auch kein Hubschrauber gelandet.« Er verlangte mit ausgestreckten Händen nach einer Erklärung.

»Wir sind mit einem Lastwagen mitgefahren«, sagte Delaney.

»Verstehe. Sie sind allein?«

»Es sind noch mehr – die Straße hinunter.«

»In der nächsten Stadt?«

Delaney nickte. Sie würden fort sein, bevor Dominguiz es überprüfen konnte. »Wir sind hier, um mit den Leuten zu reden und zu sehen, ob sie etwas von heilenden Wirkungen hiesiger Pflanzen gehört haben, die wir übersehen haben.«

»Ja«, bestätigte Jordan. »Sie haben nicht zufällig etwas Derartiges gehört? Von irgendeinem Mittel, das die Frauen hier benutzen. Alte Überlieferungen vielleicht?«

»Nein, habe ich nicht.«

Jordan zuckte die Achseln. »Wahrscheinlich hat das keiner«, sagte sie. »Aber es gehört zu unserer Nachbereitung.«

»Verbringen Sie die Nacht hier?« fragte Dominguiz mit einem Blick auf die Dunkelheit vor der Tür. »Soviel davon noch übrig ist?«

Delaney nickte. »Wir waren bis zum Einbruch der Dunkelheit mit der Befragung der Einheimischen beschäftigt. Dann sind wir zum Strand gegangen und haben einfach nur dagesessen.«

Dominguiz grinste. »Liebende im Mondschein.«

Delaney zwang sich zu einem Lächeln. »So ungefähr.«

Der Barmann sagte etwas auf portugiesisch, und Dominguiz sah ihn kurz an, bevor er wieder zu Delaney und

Jordan blickte. Sein Gesichtsausdruck hatte sich verändert. Aber er sagte nichts.

Delaney sah zu dem Barmann, doch der wich seinem Blick aus. Sein Daumen im Hosenbund zuckte nervös.

»Wie ich sehe, ist die Wunde an Ihrem Hals sauber verheilt«, sagte Dominguiz.

Jordan berührte die Stelle. »Ja. Sie haben nicht zufällig etwas über Indianer in diesem Gebiet gehört?«

Dominguiz lächelte, und als er nicht antwortete, hakte Delaney nach: »Haben Sie?«

»Über Indianer?« echote Dominguiz und lächelte wieder. »Sie haben gefragt, ob ich etwas gehört habe – nicht, ob es dort welche gibt.«

»Was meinen Sie damit?« drängte Jordan.

»Unsere kleine Stadt kann sich der Anwesenheit eines berühmten Entdeckers rühmen«, sagte Dominguiz. »Zumindest seiner eigenen Einschätzung nach. Aber ich urteile vielleicht etwas zu hart. Er heißt Edgar Langdon Lorden, und er war eine Legende – vor meiner Zeit. Heute ist er ein Säufer.«

»Und er weiß etwas über die Indianer?« fragte Delaney.

»Wie gesagt, er ist ein Säufer. Heute ist er nur noch berühmt dafür, den kleinen Kindern, die zu ihm kommen, seine Geschichten zu erzählen und ein bißchen Englisch beizubringen. Manche Wörter, die sie von ihm lernen, sind für den Geschmack der hiesigen Frauen etwas zu derb; man hat sich darüber bei mir beschwert. Na ja, auf jeden Fall hat mir Lorden von einem Stamm erzählt, nein, keinem Stamm, sondern den Resten davon, wie er glaubte. Es ist über dreißig Jahre her. Damals ist er dort mit seinem Boot von einem Fluß in einen Nebenarm eingebogen. Er sagte, mit weißen Streifen bemalte Indianer« – Delaney bemerkte Jordans intensiven Blick – »seien mit Blasrohren aus dem Gebüsch gekommen. Aber sie wären freundlich gewesen. Nach seiner Schilderung hätte es jedoch anders ausgesehen, wenn er auf der anderen Seite des Flusses gewesen wäre. Offenbar lag dort ihr heiliges Land, dessen Betreten allen verboten war, auch ihnen selbst.«

»Sie sagten, die Reste eines Stammes?« fragte Jordan.

»Laut Lorden hätten die Indianer ihm gesagt, daß nur wenige von ihnen übriggeblieben seien.«

Erworbene Immunität, schoß es Delaney durch den Kopf. So schwer es auch zu glauben war. In ihrem Blut mußte es Antikörper geben. Daraus könnte man ein Impfmittel, vielleicht sogar ein Gegenmittel entwickeln. »Sie sagten, sie leben an einem Fluß?«

»Ja«, bestätigte Dominguiz. »Ein versteckter Fluß, nach Lordens romantischer Darstellung. Er soll hinter hohem Dornengestrüpp an beiden Ufern und überhängenden Ästen verborgen sein.« Er lächelte wieder. »Übrigens nicht weit von der Stelle entfernt, an der Sie sich abgeseilt haben.«

»In welcher Richtung?« fragte Jordan.

Dominguiz musterte sie einen Augenblick, dann sagte er: »Es beschäftigt Sie immer noch, was?« Nachdem er seine Frage selbst mit einem Nicken bejaht hatte, fuhr er fort: »Ja, es waren Indianer dort. Eine Jagdgruppe aus einem flußaufwärts oder flußabwärts gelegenen Dorf, nehme ich an. Aber vielleicht ...« Er zuckte die Achseln.

»In welcher Richtung?« wiederholte Jordan.

Dominguiz drehte sich zur Bar, nahm eine Serviette und zog einen Füllfederhalter aus seinem Blouson, mit dem er ein X, zwei Parallelen und dann ein zweites X auf die Serviette zeichnete.

»Sie haben sich hier abgeseilt«, sagte er und zeigte auf das erste X. »Zweihundert Meter östlich des Flusses.« Die beiden Parallelen. »Und hier« – er tippte auf das zweite X – »hat Lorden seinen eigenen Angaben zufolge die Indianer getroffen. Obwohl die Geschichte ziemlich unglaubwürdig ist, habe ich für einen Vertreter Ihrer Regierung eine Karte gezeichnet. Es ist meine Aufgabe, so gut ich kann zu helfen.«

»Ein Vertreter unserer Regierung?« fragte Delaney.

»Ja, jemand von Ihrer Botschaft. Er war gestern hier, um einen Bericht über den Zwischenfall während Ihrer Expedition zu verfassen.«

Jordan schaute auf die Serviette. Dominguiz warf ihr einen Blick zu und sah dann auf seine Uhr. »Nun, Freunde, wir sehen uns morgen vormittag.«

Als die massige Gestalt des Polizeihauptmanns in der Dunkelheit vor dem Gasthaus verschwunden war, sagte Jordan: »Er weiß nichts von uns, aber er ahnt etwas.«

»Was könnte er vermuten?«

»Ich weiß nicht, aber irgend etwas geht in seinem Kopf herum.«

»Er wird es morgen früh überprüfen, doch dann sind wir schon weg. Irgendwelchen billigen Schmuck«, fügte er hinzu, »den brauchen wir noch.« Er sah zu den Kartenspielern. »Und einen Dolmetscher.«

Jordan sah ebenfalls zu dem Tisch. »Für zehn amerikanische Dollar tragen sie einen ganzen Tag unsere Ausrüstung. Aber kein Geld der Welt würde sie dazu bringen, mit einer Horde von Indianern zu reden, die versuchen könnten, sie zu töten. Und was ist mit uns?«

»Zumindest haben wir jetzt eine Chance, etwas herauszufinden.«

Sie legte eine Hand auf seinen Unterarm. »Das alles ist der reinste Irrsinn. Schon daß du zu mir ins Gefängnis gekommen bist, war verrückt. Du wußtest es, und ich wußte es. Aber wegen der Krankheit bin ich in Panik geraten; ich hätte alles mitgemacht. Wir sind zum Flugzeug geflohen und hierhergeflogen, ohne darüber nachzudenken, wie verrückt es war. Aber wir wissen es. Wir wissen es beide. Denn wieso soll es besser für mich sein, von einer Horde Indianer getötet zu werden? Wie auch immer, jetzt bin ich wenigstens noch am Leben. Im Augenblick arbeitet nicht nur Feltenstein, sondern wahrscheinlich jeder andere im Dienst der Regierung stehende Wissenschaftler an dieser Sache, und sie könnten auf etwas stoßen. Wir könnten ihnen sagen, daß es möglicherweise Indianer gibt, die dagegen immun sind. Und dann müssen wir auch an dich denken. Was wird aus Missey und Ryder, wenn sie uns beide verlieren? Uns bleibt gar nichts anderes übrig, als zu Dominguiz zu gehen und ihm alles zu erzählen. Dann kann er sie anrufen, damit sie uns abholen.«

Er schüttelte den Kopf.

Sie drückte sanft seinen Arm. »Delaney, überleg es dir noch einmal. Es gibt nichts mehr, was wir sonst noch tun könnten.«

Er sah sie nur an.

»Es ist wirklich alles vorbei, nicht wahr?«

Nicht ihre Frage beunruhigte ihn, sondern ihre Hautfarbe. Ihr Gesicht war genauso blaß, wie es seit Einbruch der Dunkelheit gewesen war. Aber auf ihrem Hals war eine schwache Rötung zu erkennen.

Kapitel 35

Vater Dunnigan stieß seine Bettdecke weg, trat den Nachttisch um und stierte, während ihm der Speichel aus den Mundwinkeln tropfte, auf die Tür.

Dann blickte er auf die Handschellen um seine Handgelenke. Die Kette führte um das Kopfteil des Bettes herum, und als er mit aller Kraft an ihr zerrte, zersplitterte es, und das Ende spannte sich um den Betonpfeiler.

Er starrte darauf. Auf beiden Seiten seines Arbeitszimmers gab es drei solcher Pfeiler. Er hatte das Bett herübergeschafft und vor den mittleren Pfeiler auf dieser Seite gestellt. Die schwere Kette hatte er im Eisenwarenladen gekauft, und die Handschellen hatte er sich von einem Polizisten aus seiner Gemeinde geborgt. Als alles zu seiner Zufriedenheit arrangiert war, hatte er gut zwei Stunden vor Einbruch der Dunkelheit die Handschellen geschlossen. Den Schlüssel hatte die Haushälterin.

»Estella!« brüllte er und schüttelte wütend den Kopf.

»Estella!« Seine Augen traten hervor.

»Estella, verdammt, du Hure! Bring mir den Schlüssel!«

Jordan lag neben Delaney in dem schmalen Bett. Er hatte ihr den Rücken zugewandt, so daß er die Schweißperlen auf ihrer Stirn nicht sehen konnte. Sie schloß die Augen und drehte sich auf den Rücken. *Bitte,* dachte sie. Aber es half nicht. Sie konnte ihre Gedanken nicht vertreiben – daß er an dem, was passiert war, schuld war. *Wenn er sie nicht überredet hätte, auf die Expedition zu gehen ...*

Ihre Kiefern versteiften sich mit ihrer wachsenden Wut. Wenn er ...

Sie schüttelte verzweifelt den Kopf. *Er hatte sie nicht überredet. Sie hatte es selbst gewollt.* Aber ihre Wut wurde dadurch nicht gemildert. Sie drehte sich abrupt zu ihm um und rüttelte an seiner Schulter.

Er wendete sich ihr zu.

»Delaney, es wird schlimmer.«

»Die Kopfschmerzen?«

»Die Kopfschmerzen und die Übelkeit und die ... die Gedanken haben angefangen.« Sie schüttelte wieder den Kopf. »Du hast mir versprochen, wenn es anfängt ...«

»So schlimm ist es noch nicht.«

»Delaney, du hast keine Ahnung. Meine Gedanken sind ...« Sie schlug die Hand vor den Mund, schob sich mit blassen Wangen aus dem Bett und hastete ins Badezimmer. Einen Moment später übergab sie sich in die Toilette.

Er kniete sich neben sie und legte ihr den Arm um die Schultern.

Sie sah ihn an. »Delaney.«

»Wir sind so dicht dran«, sagte er. »Nur noch ein paar Stunden.«

»Delaney, ich –«

Sie hörten beide, wie sich der Türknauf drehte. Delaney sah sich um.

Stille.

Ein Klopfen.

Er stand auf und ging ins Zimmer zurück. »Es ist belegt«, rief er.

Als Jordan ins Zimmer trat, klopfte es wieder. Dann noch einmal, lauter.

Er ging zur Tür und öffnete sie.

Auf dem Flur stand Dominguiz. »Sie sind festgenommen, meine Freunde.«

Als Delaney neben Jordan über die unbefestigte Straße zu dem alten, zweistöckigen Gefängnis ging, sah er zu dem Sendeturm hoch, der über dem Gebäude in den Himmel ragte.

»Ich habe Ihnen doch erzählt, daß Ihre Regierung uns ihre Technologie zur Verfügung gestellt hat«, erklärte Dominguiz hinter ihnen. »Und Schmuggel besitzt bei unseren beiden Regierungen die höchste Priorität. Das hätten Sie wissen müssen.«

Schmuggel? Feltenstein hatte erraten, wohin sie sich wenden würden. Zumindest hatte er gewußt, daß es eine Möglichkeit war. Und Schmuggel war eine Anklage, die er gegen sie erheben konnte, ohne das Risiko einzugehen, eine Panik auszulösen. Außerdem konnte er sich denken, daß sie nichts über die Krankheit sagen würden, wenn man sie verhaftete. Der Mann von der Botschaft – war er dagewesen, um nach ihnen zu suchen?

Er sah zu Jordan. Sie war immer noch blaß und hatte die Augen halb geschlossen, so als kämpfte sie gegen die Übelkeit an.

Im Gefängnis nickte Dominguiz in die Richtung von drei leeren Zellen auf der anderen Seite eines dunklen, staubigen Betonflurs.

Seine Automatik in der Hand, ging er um sie herum und öffnete eine der versperrten Türen. Er winkte sie mit einer Bewegung der Pistole hinein und schloß die Tür hinter ihnen ab.

Dann lehnte er sich ans Gitter. »Rauschgift zu schmuggeln ist eine ernste Angelegenheit, Freunde.« Er schüttelte den Kopf, als würde er ihr Schicksal bedauern. Sein Blick fiel auf Jordans Ringe. »Was wäre es Ihnen wert, wenn Sie fliehen könnten?« fragte er und hob die Augen wieder zu Delaney.

Der sah kurz auf die Ringe und dann wieder in das dunkle Gesicht auf der anderen Seite des Gitters. Dominguiz hatte ihnen ein Angebot gemacht, soviel war klar. Aber warum? Warum nahm er nicht einfach die Ringe und stritt dann ab, daß es sie gegeben hatte? Wer würde dem Wort von Rauschgiftschmugglern glauben, wenn das eines Polizeihauptmanns dagegenstand?

Dann begriff Delaney. Rauschgiftschmuggler waren keine einzelnen, sondern Mitglieder einer Organisation, eines Kartells, einer Gruppe, der viele andere Leute angehörten. Gefährliche Leute, die sich durch Gefängnisgitter nicht aufhalten ließen.

Während er überlegte, versuchte er, eine nichtssagende Miene beizubehalten. Dominguiz sollte nicht den Ausdruck von Anspannung auf seinem Gesicht sehen, sondern den eines durch Macht erworbenen Selbstvertrauens – der Macht des Kartells.

Ein armer kleiner Polizeihauptmann in einer einsamen, abgelegenen Hafenstadt am Rand des Regenwaldes – wen kümmerte er schon? Aber wer würde sich um ihn kümmern, wenn er für die Verhaftung zweier Mitglieder des Kartells verantwortlich war, besonders, wenn es sich um bedeutende Mitglieder handelte?

Dann würden zwei oder drei Männer eines Nachts in die Stadt kommen, einen Polizeihauptmann im Schlaf mit Blei vollpumpen und wieder verschwinden. Wie intensiv würden die Ermittlungen wohl ausfallen? Und selbst wenn ernsthaft ermittelt werden sollte, was könnten die Beamten herausfinden?

Am Ende würde Dominguiz postum einen Orden erhalten. Sein Name würde auf einem eingestaubten Schild in irgendeinem Polizeirevier stehen. Das wäre nicht einmal annähernd so angenehm wie der Besitz zweier Diamantringe, während er noch am Leben war. Und die Dankbarkeit eines Kartells, das ihm wohlgesonnen war, weil er zweien seiner Mitglieder die Flucht ermöglicht hatte.

»Was sind sie wert?« fragte Dominguiz.

»Eine Menge«, antwortete Delaney.

Dominguiz lächelte. »So sehen sie auch aus.«

Sie waren es tatsächlich, besonders der große Solitär im Verlobungsring. Er war mehr wert, als Delaney sich hatte leisten können, als er sich mit Jordan verlobte. Aber er hatte ihn nicht bezahlen müssen, es war ein Familienerbstück.

Und jetzt schien es, als sei der Ring ein Schutzengel, der über drei Generationen in der Familie weitergegeben worden war. Das heißt, wenn funktionierte, was er vorhatte. »Es werden bald amerikanische Beamte hier sein, oder?«

»Sehr bald.«

Delaney biß theatralisch die Zähne zusammen und schüttelte den Kopf, so als wäre er überaus beunruhigt darüber.

»Aber Sie müssen nicht hier sein, wenn sie eintreffen«, fügte Dominguiz hinzu.

Delaney sah ihn an, runzelte leicht die Stirn und biß sich auf die Lippe, so als würde er über etwas nachdenken. »Die Ringe sind nichts«, sagte er schließlich. »Es wäre mehr drin. Wenn Sie uns helfen.«

Jetzt legte sich Dominguiz' Stirn in Falten. Er hatte sein Angebot schon gemacht und nur die Ringe dafür haben wollen. Warum sollten sie mehr anbieten?

Delaney sah ihm in die dunklen Augen. »Hat man Ihnen die Einzelheiten mitgeteilt?«

»Welche Einzelheiten?«

»Über uns. Weshalb wir hier sind – und vorher schon hier waren.«

»Nein.«

Zuckerbrot und Peitsche, dachte Delaney. Die Vorstellung dessen, was mit einem Polizeihauptmann passieren würde, der so dumm gewesen war, amerikanischen Beamten zwei Mitglieder eines Kartells zu übergeben, war die Peitsche. Fünfhunderttausend Dollar waren das Zukkerbrot. Eine halbe Million für einen Polizisten, der in seinem ganzen Leben nicht soviel verdienen würde. Vor allem aber für einen Polizisten, der schon zu verstehen gegeben hatte, was er für Geld zu tun bereit war.

»Wir wußten nicht, daß die Drogenfahndung Agenten in die Expeditionsteams eingeschleust hatte.«

Dominguiz wartete einen Augenblick, dann fragte er: »Wie bitte?«

Jordan sah sich mit neutralem Gesichtsausdruck im Raum um, hörte aber angespannt zu.

»Sie wußten, daß wir das Geld abholen sollten. Zumindest, daß irgend jemand aus den Teams es tun sollte. Aber wir hatten Wind davon bekommen und haben das Geld im Wald gelassen – wo es für uns bereitlag. Fünf Millionen Dollar.«

Dominguiz bekam große Augen. »Fünf Millionen –«

»Sie haben einen Mann, der weiß, daß das Geld dort ist – einen Verräter, der mit ihnen herkommen wird. Deshalb müssen wir es holen, bevor sie eintreffen. Ihre Hilfe wäre uns zehn Prozent wert – fünfhunderttausend.«

Dominguiz' Adamsapfel machte einen Sprung. »Meine Hilfe?«

»Wir hätten es am letzten Tag der Expedition abholen

sollen. Jetzt müssen wir wieder dorthin, doch dafür brauchen wir Seile, um vom Hubschrauber auf den Erdboden zu kommen – und Kleidung und Helme, die uns vor den Ästen schützen.«

Zuletzt noch einmal die Peitsche.

»In zwei Tagen kommt unsere Verstärkung, aber so lange können wir nicht warten.« Vor den nächsten Worten hielt er einen Moment inne und suchte Dominguiz' Blick. »Ihretwegen. Sie wären schuld, wenn das Geld verlorenginge.«

Er sah förmlich, wie sich Dominguiz die Männer vorstellte, die sich nachts in sein Schlafzimmer schlichen.

»Aber Sie können das abwenden – und als Zeichen unserer Dankbarkeit fünfhunderttausend Dollar einstreichen.«

Vater Dunnigan lag steif auf seinem Bett und starrte mit aufgerissenen Augen auf das durchs Fenster hereinfallende Tageslicht. Dann hörte er ein Geräusch und drehte den Kopf langsam zur Tür.

Sie öffnete sich, und eine schmale braune Hand wurde ins Zimmer gesteckt. Auf der helleren, zitternden Handfläche lag ein Schlüssel.

Seine Haushälterin tat, worum er sie gebeten hatte. Worum er sie in Gottes Namen gebeten hatte. Ihre zitternde Hand schob sich weiter ins Zimmer, dann warf sie den Schlüssel vor seinen Füßen auf den Fußboden und schmiß die Tür zu.

Sie hätte es besser wissen müssen.

Er schloß rasch die Handschellen auf und eilte ihr hinterher. Doch bevor er die Tür öffnete, fiel er auf die Knie und zwang sich, dort zu bleiben.

»Oh, allmächtiger Gott«, betete er, »bitte hilf mir.«

Kapitel 36

Mit einem schwachen Glühen am Horizont kündigte sich der Tag an. Dunstschwaden stiegen auf und bildeten einen leichten Nebelschleier über dem Dschungel hinter der Stadt. Delaney und Jordan gingen eine schmale, unbefestigte Straße entlang.

»Also halten wir Ausschau nach dem Baum, an dem das Geld versteckt ist«, sagte Jordan, »und suchen immer weiter, während wir darauf hoffen, daß sich die Indianer bemerkbar machen. Was ist, wenn sie es mit einem Pfeil tun?«

»Dominguiz zufolge hat Lorden sie als freundlich bezeichnet«, erwiderte Delaney.

»Das war vor dreißig Jahren«, wandte Jordan ein. »Er war nicht dabei, als sie auf uns geschossen haben.«

»Wir waren auf dem verbotenen Land, auf dem mit dem Virus infizierten Land – irgendwoher kennen sie seine Grenzen.«

»Wenn es sie wirklich geben sollte«, sagte sie, »und sie uns nicht töten, wie bringen wir Dominguiz bei, daß er das Geld vergessen und für uns dolmetschen soll – daß wir eigentlich an dem Virus interessiert sind?«

»Wir haben noch die Ringe.«

Sie sah auf ihre Hand, und trotz ihrer Angespanntheit trat ein amüsierter Ausdruck auf ihr Gesicht.

»Was ist?« fragte er.

»Wenn die frühen Entdecker mit Indianern reden wollten, kostete es sie ein paar Glasperlen. Seither scheint eine kräftige Inflation stattgefunden zu haben.«

Er lächelte. »Wie fühlst du dich?«

»Besser. Ein bißchen. Es wird besser.«

Er sah auf das glühende Licht der aufgehenden Sonne, dann wieder nach vorn. Dreißig Meter weiter, auf einem Betonplatz neben einer Metallbaracke, stand der Hubschrauber. Callahan arbeitete auf dem Dach an den Drehflügeln. Delaney hoffte, daß die Rotoren in besserem Zustand waren als der Rest des verwitterten Hubschraubers; an einigen Stellen zeigte sich sogar Rost.

Dominguiz wandte sich zu ihnen um. Er hatte eine Maschinenpistole in der Hand. »Für den Fall, daß es dort wirklich Indianer gibt«, erklärte er und legte die Waffe in den Hubschrauber. Dann sah er sich wieder zu Delaney und Jordan um. »Seile, Helme, Macheten sind hier – alles, was Sie bestellt haben«, sagte er. »Und das alles kostenlos – bei einem Anteil von fünfhunderttausend Dollar.«

Er hatte recht laut gesprochen, und Delaney sah zu Callahan hoch, der lächelnd zu ihnen herunterschaute. »Wir sind Partner, Kumpel«, sagte er. »Halbe-halbe, zu gleichen Teilen. Der Hauptmann und ich sind bei vielen Geschäften Partner gewesen – aber so gut war noch keins.« Damit stieg er vom Hubschrauber herunter.

Unter dem Donnern von Hubschraubermotor und Propellern lehnte sich Delaney wieder zum Fenster und schaute auf die Bäume hinunter.

Jordan beugte sich zu ihm. »Jetzt müssen wir uns nicht nur wegen Dominguiz Sorgen machen«, sagte sie, »sondern auch noch wegen Callahan.«

Delaney schüttelte den Kopf. »Callahan wird in der Stadt auf unseren Funkspruch warten. Wir werden es nur mit Dominguiz zu tun haben – bis wir zu einem Ergebnis gekommen sind. Irgendeinem.«

»Wir können hier landen«, rief Callahan über die Schulter.

Delaney stand auf und ging nach vorn. Vor ihnen lagen mehrere gefällte Bäume wie ein Fächer auf dem Erdboden, zwischen deren Enden ein großer Landeplatz frei war.

»Ranger der amerikanischen Armee«, sagte Dominguiz. »Ein ganzes Regiment von ihnen hat sich hier tagelang zu schaffen gemacht. Ich dachte, sie würden ein Manöver abhalten.« Er sah über die Schulter. »Könnte Ihre Regierung vielleicht mehr über das versteckte Geld wissen, als Sie meinen?«

»Reiner Zufall.«

Callahan ließ den Hubschrauber absinken, doch Delaney schüttelte hastig den Kopf. »Nein, wir werden hier nicht landen.«

Callahan sah sich nach ihm um. »Wieso nicht? Es ist fast die exakte Position, an der Sie sich abgeseilt haben.«

»Das Geld ist nicht hier.« In welcher Richtung lag der Fluß? Wenn es dort Indianer gab, mußte der Hubschrauber außerhalb des verbotenen Gebiets landen. Laut Lorden hatten sich die Indianer dort früher freundlich verhalten, und das war der Weg, um sie auch jetzt in freundlicher Stimmung anzutreffen; jedenfalls hoffte er es. Er dachte an die grobe Karte, die Dominguiz gezeichnet hatte. Wo war der Fluß?

»Wo dann?« wollte Dominguiz wissen.

Delaney zog die Stirn kraus, so als wäre er durcheinander. »Es sieht irgendwie anders aus«, sagte er. »Es war an einem kleinen Wasserlauf – oder vielmehr einem Fluß.«

Dominguiz lächelte. »Lordens verborgener Fluß.« Er sah auf die Bäume hinunter, während Callahan sich erneut nach ihm umschaute.

Delaney suchte angestrengt den Boden ab.

Da war braunes Wasser gewesen.

»Da!« rief Dominguiz aus und schaute über die Schulter zurück. »Wir sind eben daran vorbeigekommen.«

Callahan machte kehrt.

»Langsamer«, bat Delaney.

Da war es wieder, ein schmaler Streifen Wasser mit dichtem Dornengestrüpp auf beiden Ufern.

»Dann wollen wir mal einen Platz zum Landen suchen«, meinte Callahan.

Delaney sah ihn an. »Sie können uns durch die Baumkronen herablassen.«

Callahan schüttelte den Kopf. »Bei soviel Geld will ich dabei sein. Was ist, wenn es zehn statt fünf Millionen sind? Das ergäbe einen Anteil von einer Million.«

Dominguiz musterte seinen Partner fragend. »Willst du dich mit dem Kartell streiten? Mir reicht eine halbe Million.«

Callahan schwieg.

»Da«, sagte Dominguiz. Es war eine kleinere Lichtung als die auf der anderen Seite des Flusses, aber sie war auf dieselbe fächerförmige Art angelegt worden. Sie befand sich, hundert Meter vom Ufer entfernt, etwa sechzig Meter weiter flußabwärts.

Kapitel 37

Delaney schaute durch eine große Lücke im Dornengestrüpp am Flußufer. Dreißig Meter weiter, auf der anderen Seite des gelbbraunen Wassers, erhob sich ein ähnliches, drei bis dreieinhalb Meter hohes Gestrüpp, und auch in ihm war ein Durchgang zu erkennen. Er mußte künstlich hineingeschnitten worden sein, denn ansonsten zog sich das Gestrüpp ohne Unterbrechung an den Ufern hin. In der Mitte des Flusses tauchten zwei runde, von Schuppen umgebene Augen auf und starrten ihn an.

Das amüsierte Dominguiz. »Nur gut, daß wir nicht auf der anderen Seite gelandet und durch den Fluß gegangen sind.«

Delaney sah nach links. Hundert oder zweihundert Meter weiter mußte die Stelle liegen, wo Lorden die Indianer angeblich getroffen hatte. Und was sollte er nun tun – herumschreien, um ihre Aufmerksamkeit zu erregen?

»Hier entlang«, sagte er.

Jordan sah ihn an und warf dann einen Seitenblick auf die Maschinenpistolen der beiden anderen.

Sie hörten eine Stimme.

Callahans Kopf zuckte in die Richtung.

Es war ein metallisches Geräusch gewesen. Jetzt erklang es erneut. Ein Funkgerät?

Da war es wieder. Eine andere Stimme. Immer noch metallisch.

Menschen, die per Funk miteinander sprachen.

»Ranger«, sagte Callahan und ging hinter einem Dikkicht aus Schilf und Ranken in Deckung.

Sie hörten noch einige Sekunden die metallischen Stimmen. Dann erschienen zwei Männer.

Dominguiz riß die Augen auf.

Es war, als würden sie eine Mondlandung beobachten. Die beiden Männer trugen weite, weiße Schutzanzüge mit Luftbehältern auf dem Rücken und Helmen mit breiten Sichtscheiben auf dem Kopf. Auf einer Mondmission hatte man allerdings keine Waffen bei sich, und vor der Brust dieser Männer hingen automatische Gewehre.

Hinter ihnen tauchte ein dritter Mann auf, der ebenso gekleidet war, einschließlich des M-16-Gewehrs. Ihm folgte eine ganze Reihe von Männern in Schutzanzügen. Zwei von ihnen schleppten Geräte, die wie kurze Erdbohrer aus rostfreiem Stahl aussahen. Die anderen trugen mehrere kleine Metallzylinder oder hatten sie an ihre Anzüge geschnallt.

Sie gingen langsam, aber zielgerichtet, während sie darauf achteten, wo sie hintraten. Nach einigen Minuten waren sie hinter dem Dornengestrüpp am Flußufer verschwunden. Nur noch das Geräusch eines Funkgeräts klang durch das Unterholz zu Delaneys Gruppe herüber.

Callahan und Dominguiz starrten ihn an.

»Was geht hier vor?« fragte Dominguiz.

»Das sind Anzüge zum Schutz vor bakteriologischer Kontamination«, fügte Callahan hinzu. »Und die Luftbehälter – sie wollen nicht einmal das Risiko eingehen, die Luft hier zu atmen ... In was haben Sie uns hineingezogen?«

Delaney antwortete nicht.

»Es gibt kein Geld, nicht wahr?« fuhr Callahan fort. »Weshalb sind Sie hier? Sagen Sie schon!« Seine Maschinenpistole zeigte auf ihn.

»Es geht um eine Krankheit«, erklärte Jordan.

Dominguiz sah sie mit großen Augen an.

»Als wir auf der Expedition hier waren, wurde einer der Wissenschaftler infiziert. Wir sind zurückgekommen, um ein Gegenmittel zu finden. Sie sind nicht in Gefahr. Jedenfalls nicht, solange Sie diesen Fluß nicht überqueren. Auf der anderen Seite ist der Ansteckungsherd.«

Callahan fixierte sie und schob den Finger an den Sicherheitshebel seiner Maschinenpistole. Dann sah er in die Richtung, in der die Ranger verschwunden waren.

»Sie sind nicht in Gefahr«, wiederholte Jordan.

Sein Blick kehrte zu ihr zurück. »Was immer es hier gibt, Sie werden allein damit bleiben. Aber vorher ...« Er streckte die Hand aus.

Jordan sah auf ihre Finger, dann zog sie die Ringe ab und gab sie ihm.

Als Callahan und Dominguiz zum Hubschrauber zurückrannten, schloß Jordan erleichtert die Augen. »Ich dachte, sie würden uns erschießen.«

»Das hätten sie auch getan, wenn die Ranger nicht noch in Hörweite gewesen wären.«

»Sie suchen auch nach den Indianern.«

»Was immer sie tun, mit so vielen Männern und Waffen schrecken sie sie nur ab – falls es hier überhaupt Indianer gibt.«

Dreißig Meter von ihnen entfernt, hinter einem von Ranken bedeckten Dickicht, das sich an einen hohen Baum schmiegte, beobachteten mehrere Augenpaare die beiden Gestalten, die dort allein im Urwald standen.

Delaney verfolgte, wie Callahan und Dominguiz im Unterholz verschwanden. Er kam sich plötzlich wie ein impulsives Kind vor, das eigensinnig seinen Einfällen folgte, weil es das sichere Gefühl hatte, daß es genau das richtige war, dann aber, wenn es zu spät war, bemerkte, daß es nicht den geringsten Sinn hatte. Was hatte er ihnen da bloß eingebrockt?

»Ich habe Angst, Delaney«, sagte Jordan.

Ihre Gesichtsfarbe sah gut aus.

Die Sonne stand hoch.

Kapitel 38

In dem Zimmer stand ein großer Konferenztisch mit einem Dutzend Stühlen auf beiden Seiten. Aber niemand saß daran. Statt dessen standen die Anwesenden, uniformierte wie nicht uniformierte Akademiker, an einem Ende des Raums vor einer Wandkarte, auf der ein Generalmajor mit einem langen Zeigestock die Orte antippte, von denen er sprach.

»Hier, hier, hier, hier«, sagte er, wobei er mit dem Zeigestock die vier Seiten eines relativ kleinen Gebiets am Amazonas einkreiste. »Das Gebiet liegt etwas tiefer als die Umgebung. Es ist fast eine Senke von rund einem Kilometer im Quadrat. In welche Richtung man auch geht« – er zog zwei Seiten des Quadrats nach –, »sofort befindet man sich außerhalb des infizierten Gebiets. Geht man nach Süden, wo diese Erhebung beginnt, hat man es ebenfalls hinter sich gelassen.« Er brachte den Zeigestock an den nördlichen Rand des Gebiets. »Auch wenn man diesen Fluß überquert, verläßt man es.«

Damit drehte er sich zu den Zuhörern um. »Zuerst einmal müssen wir Gott danken, daß das kontaminierte Gebiet nicht größer ist. Hätte es die Ausmaße von einigen hundert Quadratmeilen ...« Er schüttelte den Kopf, um zu betonen, wie unmöglich es gewesen wäre, ein derart großes Gebiet von dem Virus zu befreien.

»Ein Gottesgeschenk ist auch, daß das Virus abstirbt, wenn es der Luft ausgesetzt wird. Das bedeutet, daß es kaum durch Wind verbreitet werden kann. Andererseits ist es auch nicht anaerob. Sieben Zentimeter unter der Erde ist keine Spur von lebenden Viren mehr zu finden. Die Situation sieht also so aus, daß eine dünne Erdschicht von bis zu drei Zentimetern Dicke die einzigen Umgebung darstellt, in der das Virus leben kann – weder darüber noch darunter.«

Er sah wieder auf die Karte. »Wenn Sie mir jetzt sagen würden, wie wir aus dem gesamten Gebiet sieben Zentimeter Erdreich abtragen können – und zwar auf saubere Art und Weise?«

Delaney hatte nicht sofort begriffen, warum sein Blick immer wieder zu dem langarmigen Affen wanderte, der sich durch die Baumkronen hangelte. »Das ist der erste, den ich sehe.«

»Wer?«

»Der Affe. Das ist es, was fehlte.« Er blickte über die Schulter in Richtung des Flusses, der jetzt vierhundert Meter hinter ihnen lag und nicht mehr zu sehen war. »Als wir zum erstenmal hier waren – hast du da irgendwelche Tiere gesehen? Irgend etwas Lebendiges außer den Pflanzen? Ich erinnere mich nicht einmal an Vögel.«

Jordan sah zu, wie der Affe im dichten Laubwerk verschwand. »Bei dem Affen im Labor ist die Krankheit fast sofort ausgebrochen«, sagte sie. »Affen kommen auf den Erdboden. Sie ziehen sich Schnitte und Kratzer zu und haben Hautparasiten, die offene Wunden hinterlassen. Ein einziges infiziertes Tier wäre ausreichend, weil es dann die anderen angefallen hätte.«

Er nickte. »Wenn sie in das kontaminierte Gebiet gegangen wären. Aber warum hätten sie das nicht tun sollen? Sie konnten es nicht wissen. Es ist völlig ausgeschlossen, daß sie es wissen.«

»Instinkt vielleicht«, schlug Jordan vor, und als er sie fragend ansah, nickte sie. »Warum nicht? Was ist Instinkt? Es ist ein über lange Zeit hinweg erworbenes Verhalten. Möglicherweise sind sie vor Tausenden von Jahren in das Gebiet gelangt, verrückt geworden und haben ein regelrechtes Gemetzel veranstaltet. Im Verlauf von Jahrzehnten haben sie schließlich gelernt, nicht dorthin zu gehen. Ich weiß nicht, Delaney, aber ich kann mich auch an kein Tier erinnern.« Sie zog die Augenbrauen zusammen. »Bis auf das Krokodil.«

»Hm«, bestätigte er. »Aber das ist im Wasser. Vielleicht geht es auf der anderen Seite nicht ans Ufer. Oder die kontaminierte Erde reicht nicht bis an den Fluß. Teufel, ich weiß es nicht. Vielleicht liegt es am Unterschied zwischen Warm- und Kaltblütern. Jedenfalls erinnere ich mich nicht, irgendwelche Tiere gesehen zu haben.«

Er sah sich in Richtung Fluß um und blickte dann nach vorn auf das berankte Dickicht, das ihnen fünfzehn Meter weiter die Sicht versperrte.

Der Kommandant des Küstenwachboots schaute durchs Fernglas. Dem Rauch, der aus der Ladeluke aufgestiegen war, waren binnen weniger Minuten Flammen gefolgt, die das Deck und die auf ihm liegenden halbnackten Männer in ihr flackerndes Licht getaucht hatten. Das war bereits Stunden her. Jetzt stand die gesamte hintere Hälfte des Frachters in Flammen.

Feltenstein war der Schreck in die Glieder gefahren. »Sie müssen verhindern, daß es sinkt«, sagte er ins Telefon. »Sie müssen! Jeder an Bord dürfte infiziert sein. Überall ist Blut. Wenn es untergeht ...«

Er sah zu Darrell, der ihn von der Bürotür her beobachtete, und schüttelte verzweifelt den Kopf.

Im Labor schrie der gespritzte Affe in seinem Käfig. Er schrie und schrie – bis er plötzlich verstummte.

Delaney hielt einen Ast zurück, damit Jordan daran vorbeigehen konnte. Als er ihn losließ, schrammte er an seiner Hand entlang. Sofort sah er in seine Handfläche. Kein Kratzer. Er fing Jordans Blick auf und versuchte, ihr zuzulächeln.

»Delaney, ich würde alles dafür geben, wenn wir nicht hierhergekommen wären.«

»Unsinn«, erwiderte er.

»Was habe ich schon zu verlieren? Aber du, du riskierst alles.«

»Jordan, du mußt aufhören –«

Sie folgte seinem Blick. Fünf Meter vor ihnen hielt ein großer, mit weißen Streifen bemalter Indianer in Lendenschurz und mit Vogelfedern im Haar einen langen, spitzen Stein über den Kopf.

Zwei andere Indianer traten an seine Seite und richteten ihre Blasrohre auf sie.

»Ganz ruhig«, sagte Delaney.

Der Indianer mit dem Stein sagte etwas in einer rauh klingenden Sprache und stieß dann den Stein vor und zurück, während die Wangen hinter den Blasrohren zu unnatürlicher Größe aufgeblasen wurden, bis sie den Atem ausstießen – aber nicht in die Blasrohre, sondern über sie hinweg.

Delaney streckte mit nach oben zeigenden Handflächen die Hände aus.

Der Stein verharrte, dann nahm der Indianer ihn herunter und starrte die Eindringlinge lange an. Schließlich senkte er den Blick zu Delaneys Hüfte.

Delaney öffnete langsam sein Hemd, um den Revolver vorzuzeigen, und griff dann ebenso langsam nach dem Griff.

Die Blasrohre wurden sofort wieder vor vergiftete Münder gehalten.

Delaney zog die Waffe aus dem Hosenbund und ließ sie vor seine Füße fallen.

Die Blasrohre senkten sich ein wenig. Der Indianer mit dem Haarschmuck legte die Hand an den Griff eines langen, in einem Futteral steckenden Messers und bedeutete Delaney und Jordan mit einer Kopfbewegung, an ihm vorbeizugehen.

Kapitel 39

Dreißig Meter weiter begann der Boden anzusteigen, obwohl der Anstieg nur unter den Füßen wahrzunehmen war. Die dicken Baumstämme und das dichte Unterholz machten es unmöglich, eine Bodenveränderung zu erkennen.

Dann wurden die Abstände zwischen den Bäumen größer, und es wuchs weniger Unterholz zwischen ihnen, so daß zu sehen war, daß der Anstieg steiler wurde.

Kurz darauf kamen sie an einen Berghang, den sie hinaufstiegen, bis sie einen steil aufragenden, felsigen Abschnitt erreichten.

Plötzlich begann die Felswand sich zu öffnen, indem Steine auf langen Pfählen nach innen schwangen und den Weg in eine große Höhle freigaben, aus der flackerndes Licht herausfiel.

Delaney spürte, wie Jordan ihn streifte, und sah sie an. Sie starrte mit offenem Mund auf den Eingang. Der große Indianer blieb vor ihnen stehen und hob den Stein über den Kopf, wo er ihn einige Sekunden hielt, bevor er weiterging.

Ein Schwall kühler Luft strömte aus dem Innern der Höhle über Delaney hinweg. Dann wurde ihm ein Blasrohr in den Rücken gedrückt, und er folgte dem Indianer.

Auf allen Seiten der breiten Höhle zogen sich Reihen von Fackeln hin, die sie in helles Licht tauchten.

Dann entdeckte Delaney den Weißen.

Er befand sich in einem Käfig aus dicken, mit Ranken zusammengebundenen Holzstäben, der an der gegenüberliegenden Felswand stand.

»Delaney«, sagte Jordan.

Der Weiße starrte sie an. Neben dem Käfig saßen ihm zugewandt zwei junge Indianer mit Blasrohren in der Hand.

Der Indianer mit dem Kopfschmuck blieb vor dem Käfig stehen, hob den Stein über den Kopf und stieß ihn in Richtung der Holzstäbe. Dann trat er beiseite und befahl Delaney und Jordan mit einer Kopfbewegung näherzukommen.

Die Indianer, die auf dem Boden gesessen hatten, standen auf und hoben ihre Blasrohre an den Mund.

Delaney betrachtete den Mann. Er war in den mittleren Jahren und hatte einen langen Bart. Seine knochigen, breiten Schultern steckten in einem verblichenen T-Shirt; dazu trug er zerfetzte, knielange Shorts und Sandalen.

Er erwiderte den Blick, dann faßte er mit beiden Händen nach den Stäben neben seinem Kopf. »Ich bin Richard Little«, sagte er heiser.

Es dauerte einen Moment, bis Delaney fähig war zu sprechen. »Delaney Jeffries.« Wie unter Zwang musterte er den Mann weiter. Littles Arme und Beine waren bleich, so als wäre er seit Jahren nicht mehr an der Sonne gewesen, während sein Gesicht sonnenverbrannt aussah, besonders Wangen und Stirn. Ein abstoßender Gestank zog in der aus den Tiefen der Höhle kommenden kühlen Brise an ihm vorbei, und er bemerkte die von dicken grünen Fliegen umschwärmten Melonenschalen und den Eimer voller getrockneter Exkremente im Käfig.

»Ich ...«, setzte Jordan an, mußte aber erst ihre Nervosität wegräuspern, bevor sie weitersprechen konnte. »Ich bin Jordan Jeffries.«

Der Mann nickte langsam und schaute dann über die Schulter zur anderen Seite des Käfigs. Durch die Gitterstäbe sah Delaney einen weiteren Indianer, der ein, zwei Meter vom Käfig entfernt mit gekreuzten Beinen auf dem Boden saß. Im Unterschied zu den anderen war sein Körper nicht bemalt und hingen seine schwarzen Haare bis auf die Schultern herab.

»Er versteht etwas Englisch«, sagte Little. »Außerdem Portugiesisch und mehrere indianische Sprachen. Sie wollen, daß Sie reden – damit er zuhören kann.«

Von dem aufmerksamen Blick abgesehen, blieb das Gesicht des sitzenden Indianers ausdruckslos. Hinter ihm standen drei weitere Käfige, die jedoch leer waren.

»Wenn Sie nicht reden, wird man Sie mit den Blasrohren anstoßen«, sagte Little.

Jordan hatte zu den anderen Käfigen gesehen, wandte sich jetzt aber dem Mann zu. »Warum werden Sie hier festgehalten?« fragte sie.

»Weil sie verdammte Wilde sind«, antwortete Little überraschend scharf. Dann fuhr er mit ruhiger Stimme fort: »Haben sie Sie im verbotenen Land gefangengenommen?«

Delaney sah zu dem Indianer mit dem Haarschmuck. »Wir waren nicht auf der anderen Seite des Flusses.«

Der mit gekreuzten Beinen am Boden sitzende Indianer sagte etwas zu dem mit dem Haarschmuck.

»Ich glaube, er hat gerade gesagt, daß Sie wüßten, was das verbotene Land ist«, dolmetschte Little.

Jordan nickte. »Wir haben von einem Mann gehört. Edgar Lorden. Er war vor dreißig Jahren hier, und damals haben sie ihm von dem Land erzählt.«

Little runzelte verwirrt die Stirn. »Er war hier, und sie haben ihn ziehen lassen?« Er schüttelte ungläubig den Kopf.

Jordan nickte wieder.

Little schien noch über den Mann, der von den Indianern freigelassen worden war, nachzugrübeln. Dann fragte er: »Ist noch jemand mit Ihnen gekommen?«

»Nein.«

Er warf einen Blick auf den Höhleneingang, der jetzt wieder geschlossen war. »Was ist da draußen los? Irgend etwas geht da vor. Diese Wilden sind schon seit Tagen ganz aufgeregt wegen irgendwelcher Geister.«

»Die Armee. Armeewissenschaftler – in biologischer Ausrüstung.«

»Werden sie Sie nicht suchen?«

»Sie wissen nicht, daß wir hier sind.«

Der Indianer musterte sie mit zusammengekniffenen Augen.

»Sie wissen es nicht?« echote Little. »Was tun Sie ...« Er schüttelte den Kopf.

»Sie wissen es einfach nicht«, sagte Jordan.

»In biologischer Ausrüstung?«

Sie nickte. »Schutzanzüge.«

»Ich habe mich schon gewundert, daß die Indianer sie nicht angegriffen haben. Sie glauben, es sei ihre religiöse Pflicht, Eindringlinge zu vertreiben. Sie schießen mit Pfeilen auf sie. Ohne Gift. Es sei denn, sie lassen sich nicht abschrecken. Sie hatten Angst. So etwas hatten sie noch nicht gesehen – die Anzüge. Verdammte wilde Idioten.«

Delaney sah zu den Indianern.

»Machen Sie sich keine Sorgen ihretwegen«, sagte Little. »Sie werden Ihnen nichts tun, egal, was sie sagen. Ich beschimpfe den Häuptling jedesmal, wenn ich ihn sehe, den grauhaarigen Bastard. Genauso wie ihren Chefwissenschaftler, den Medizinmann. Er heißt Bombussa.« Er nickte in Richtung des großen Indianers mit dem Kopfschmuck.

»Das ist er. Er ist der Obermacker. Ich beschimpfe ihn als den Heiden, der er ist, und wenn ich wirklich sauer bin, fluche ich auch auf ihre Götter. Aber es macht ihnen nichts. Sie tun einem nicht weh. Es ist gegen ihre Religion, anderen Schmerzen zuzufügen. Sie werden Sie so wie mich in einen Käfig sperren, bis Sie verrottet sind. Aber Sie werden Ihnen nicht weh tun.«

Er atmete tief durch. »Es sei denn, Sie laufen weg. Dann werden sie Sie töten. Ich wünschte, ich wäre weggelaufen, als sie mich gefangen hatten. Alles wäre besser gewesen als das hier.« Er holte wieder tief Luft. »Aber dazu war ich zu krank.«

»Krank?« echote Jordan.

»Schwerkrank – im Delirium.«

Delaney erwiderte Jordans Blick, dann wandte er sich wieder Little zu. »Halluzinationen?« fragte er.

»Ja. Vom Fieber, glaube ich, obwohl es eher Alpträume waren. Warum tragen sie Schutzanzüge?«

»Jetzt sind Sie nicht mehr krank?« erkundigte sich Jordan.

»Sehe ich krank aus? Sie hören sich an wie diese Wilden. Das ist genau der Grund, weshalb sie mich nicht gehen lassen, sagen sie. Weil ich krank bin – besessen, wie sie es nennen. Ich könnte ein Dutzend Liegestütze machen, auf dem Kopf stehen, Saltos springen, und wenn einer der Hurensöhne ein Thermometer hätte, könnte er es mir in den Arsch schieben und selbst sehen, was los ist. Aber es würde nichts bringen. Es ist ihre Legende, und die verrückten, heidnischen Bastarde halten sich daran – ihr ganzes Leben dreht sich darum. Also, Sie sagten etwas von Schutzanzügen?«

»Mr. Little«, erwiderte Jordan, ohne auf seine Frage einzugehen, »was waren das für Halluzinationen?«

»Was sind Sie, Ärzte?«

»Ja, sind wir«, bestätigte Jordan.

»Monbombo«, sagte der am Boden sitzende Indianer zum Medizinmann.

Little schmunzelte.

»Mr. Little«, hakte Jordan nach, »waren diese Halluzinationen mit einer wachsenden Wut verbunden – und mit Haß?«

Er musterte sie mit verengten Augen.

»Mr. Little, war es so? Haben Sie wütende Träume gehabt, waren Sie von einer Wut erfüllt, die nachts schlimmer wurde? Schien sie tagsüber wegzugehen, um nach Einbruch der Dunkelheit wiederzukehren?«

Little runzelte die Stirn. »Weshalb sind Sie hier? Sagen Sie schon, wofür diese verdammten Schutzanzüge gut sind.«

»Es gibt hier ein Virus.«

»Ein Virus?«

Jordan nickte.

»Nicht hier«, präzisierte Delaney. »Drüben auf der anderen Seite des Flusses – im verbotenen Land. Deshalb sind wir hier, um ein Mittel gegen die Krankheit zu suchen. Wir dachten uns, wenn es hier Indianer gibt, vielleicht wissen sie etwas. Es muß einen Grund dafür geben, daß sie sich nicht anstecken.«

»Mr. Little«, fragte Jordan, »waren Sie auf der anderen Seite des Flusses, bevor Sie krank wurden?«

»Da haben sie mich gefangen, um mich in diesen verdammten Käfig zu stecken. Ich bin mir nicht sicher, aber es muß an der Anstrengung und dieser verdammten Kälte und Feuchtigkeit gelegen haben, daß ich noch wochenlang krank war, bevor ich mich erholt habe.«

»Aber Sie haben sich erholt, und es geht Ihnen jetzt gut, oder?«

»Was soll ich tun – Ihnen etwas vortanzen?«

»Es ist nur, daß wir ...« Jordan schüttelte den Kopf. »Und wenn wir einfach abgewartet hätten?«

»Abgewartet? Was?« wollte Little wissen.

Delaney verspürte einen Stich des Bedauerns.

»Moran dau bonfa«, sagte der Medizinmann.

»Bombussa möchte, daß Sie mit ihm gehen«, dolmetschte Little.

Der Indianer zeigte tiefer in die Höhle.

Der sitzende Indianer sagte etwas.

»Monbombo«, wiederholte Bombussa und streckte die Hand noch einmal in die Tiefe der Höhle.

Little lächelte. *»Monbombo* – das ist ihr Wort für einen Medizinmann. Sie sind zwar ihre Gefangenen, aber seit sie wissen, daß Sie Ärzte sind, scheinen Sie in ihrer Achtung gestiegen zu sein. Medizinmänner sind ihnen heilig.«

»Monbombo ral caa radada.«

Little starrte Bombussa an. »Ich glaube, er will Ihnen etwas zeigen.«

Delaney wurde ein Blasrohr in den Rücken gestoßen, um ihn anzutreiben.

»Sagen Sie ihm, er soll eine Minute warten«, sagte Jordan.

»Teufel auch, sagen Sie es ihm. Ich verstehe ein wenig von ihrem Gebrabbel. Aber was das Sprechen betrifft, bin ich froh, wenn ich die Worte für ein paar Nahrungsmittel herausbekomme. Und das nach drei Jahren.«

Der am Boden sitzende Indianer sagte etwas, und Bombussa nickte.

»Drei Jahre«, murmelte Jordan kopfschüttelnd. Dann atmete sie tief ein und fragte: »Warum sind sie immun?«

Delaney sah sie an.

»Ich will es wissen, Delaney«, erklärte sie. »Warum? Und wenn sie nicht immun sind, wie verhindern sie die Ansteckung? Du erinnerst dich, daß Lorden gesagt hat, sie würden das verbotene Land nicht betreten. Aber derjenige, der auf mich geschossen hat, hat es getan. Und die, von denen Mr. Little gefangengenommen wurde, haben es auch getan – er hat eben gesagt, daß sie dort waren.« Sie wandte sich an den Medizinmann. »Warum bleiben Sie überhaupt hier?« fragte sie, ohne den Blick von ihm zu lassen.

»Darüber weiß ich einiges«, sagte Little. »Sie wurden von einem anderen Stamm besiegt. Der Typ da drüben hat es mir erzählt.« Er wies mit einer Kopfbewegung nach hinten auf den am Boden sitzenden Indianer. »Es ist lange her. Sie wissen nicht einmal, wie lange; sie zählen nur acht Generationen zurück. Davor gibt es nur noch ›die anderen‹. Nun, die anderen bekamen offenbar eine deftige Abreibung. Sie flüchteten aus ihrem Dorf und kamen hierher. Auch damals schon waren sie religiöse Leute. Ich vermute, auf ihre Weise sind das alle Heiden. Wie schon gesagt, werden sie Ihnen nichts tun. Das ist ein Teil ihrer Religion. Sie wissen schon, dieser Du-sollst-nicht-töten-Salm. Sie waren schon immer so, und als ihnen der Arsch versohlt wurde, wußten sie nicht, womit sie die Götter erzürnt hatten. Als sie hierherkamen, lebten sie nicht sofort in dieser Höhle, sondern legten auf dieser Seite des Flusses ein Dorf an, weil es dort Wasser und Fische gab. Doch ein paar von ihnen wurden von der Besessenheit ergriffen und fielen über die anderen her. Sie mußten sie töten. Auch einige von denen, die von den Besessenen verletzt worden waren, wurden selbst besessen. Nach Ansicht der Indianer waren die Besessenen ihnen nahe genug gekommen, um einen bösen Geist gegen ihre

Seele einzutauschen. Sie haben sogar ein Wort für die Seele. Es läßt sich direkt übersetzen.«

Ein schiefes Grinsen trat auf sein Gesicht, und er schüttelte leicht den Kopf.

»Jedenfalls sah nach ihrer Legende eine alte Frau eines Nachts eine Fledermaus in ein Zelt fliegen und folgte ihr. Die Fledermaus hatte sich in einen Mann verwandelt, der über ihre dort schlafenden Kinder herfiel. Für diese Idioten ist das so sicher, wie ich hier stehe und mit Ihnen rede. Es ist ihr Evangelium. Also fingen sie an, Fledermäuse zu jagen. Eine ziemlich komische Beschäftigung, finden Sie nicht? Die größte Kolonie entdeckten sie hier in der Höhle, was sie davon überzeugte, daß hier der Gott der Unterwelt Gestalt annimmt – in einem Loch im Boden weiter hinten in der Höhle. Soweit ich sie verstanden habe, befindet sich irgendwo da hinten ihr Frühwarnsystem. Aber sie haben keine Angst. Vor vielen Jahren – vor mehr als acht Generationen – hat ihnen irgendein großer Medizinmann gesagt, der Gott der Unterwelt würde keine bösen Geister mehr schicken, solange sie den Mut besäßen, hier zu leben, wo alles an ihnen vorüber muß, bevor es in die Welt gelangen kann. Wie gesagt, ihr ganzes Leben und ihre Religion beruhen darauf. Frei übersetzt nennen sie sich selbst die Wächter, obwohl diese Bezeichnung speziell auf ein paar junge Männer angewandt wird, die in das verbotene Land gehen, wenn jemand es betreten hat – das sind die mit den weißen Streifen. Es gibt nicht mehr viele junge Leute – um genau zu sein ist der ganze Stamm nicht mehr sehr groß. Frauen und Kinder mitgerechnet, sind es vielleicht noch ein paar Dutzend. Früher sollen es Hunderte gewesen sein. Es liegt am Leben in dieser feuchten Höhle. Sie sterben an richtigen Krankheiten, nicht an eingebildeter Besessenheit. Und es geschieht ihnen recht. Aber selbst wenn sie bis auf den letzten verdammten Mann aussterben sollten, wird der letzte von ihnen, solange er stehen kann, ein Wächter sein und den bösen Gott daran hindern, neue, nach Blut lechzende Fledermäuse aus der Unterwelt ausschwärmen zu lassen.«

»*Golomkar*«, sagte Bombussa und forderte Delaney und Jordan mit einer Geste auf, ihm zu folgen. Dann drehte er sich um und ging tiefer in die Höhle.

»*Golomkar*«, wiederholte Little. »Das Wort kenne ich. Es meint die, von denen ich Ihnen erzählt habe, die mit den weißen Streifen. Die Wächter, die über ihr verdammtes verbotenes Land wachen. Die einzigen, denen ihre Religion erlaubt, ihren Fuß in dieses Land zu setzen.«

Delaney spürte ein Blasrohr im Rücken, und auch Jordan wurde angestoßen. »Wohin bringen sie uns?« fragte sie.

»Ich weiß nicht«, antwortete Little. »Ich bin nie weiter gekommen als bis hierher.«

Kapitel 40

Der Kommandant des Küstenwachbootes starrte auf den brennenden Frachter, dessen stählerne Bordwand rotglühend war wie das Äußere eines Hochofens. Unter lautem Zischen und dicke Dampfwolken erzeugend, glitt das Heck langsam unter die Wasseroberfläche. Bei den Flammen, die mittschiffs zum aus dem Wasser ragenden Bug hin loderten, stand ein von Blasen und Kratzern bedeckter nackter Mann mit verbrannten Haaren, der mit den bloßen Händen auf die schreckliche Hitze einschlug und dann schreiend aufs Vorschiff rannte, wo er in der Feuersbrunst verschwand.

Der Bug wurde höher aus dem Wasser gehoben, hing einen Moment in der Luft und sank dann im hellorangen Licht des rasenden Feuers langsam zurück.

Wieder stieg Dampf auf, während sich der stählerne Rumpf unter die Wellen schob. Dann krümmte sich das blauweiß glühende Deck, und der Frachter glitt, mit dem Heck voran, rasch ins klare Wasser. Zurück blieb nur eine große, graue Dampfwolke, die von dem Wasserstrudel aufgewirbelt wurde.

Der Kommandant sah zu seinen Männern hinunter, die mit angelegten Schwimmwesten an der Reling standen, bereit, augenblicklich von Bord zu gehen. *Verhindern Sie um jeden Preis, daß er sinkt,* hatte sein Befehl gelautet.

Aber die Order war erst vor wenigen Minuten eingetroffen, und es gab nichts, was er hätte tun können.

Delaney ging Bombussa langsam hinterher. Trotz des hellen, flackernden Lichts der an den Wänden aufgereihten Fackeln mußte er sorgfältig auf den rauhen, unebenen Felsboden achten, um nicht zu stolpern und hinzufallen.

Jordan beugte sich zu ihm hinüber. »Vampirfledermäuse«, sagte sie. »Wenn es in dem Wald infizierte Tiere gab, hätten sie das Virus weitergetragen, nachdem sie sich von ihnen ernährt hatten. Vampirfledermäuse können so gut wie jede Blutkrankheit übertragen. Eines Nachts haben sie einige Kinder gebissen – vielleicht später noch mehr. Bei einer beunruhigten Mutter, die eine Fledermaus aus dem Zelt fliegen sah und dann erleben mußte, wie ihre Kinder wahnsinnig wurden, wäre es verständlich, wenn sie die Geschichte ausschmückte. Besonders wenn man bedenkt, daß später auch Erwachsene wahnsinnig wurden. So wurde daraus eine Fledermaus, die sich im Zelt in einen Mann verwandelte. Sie sind also nicht immun. Aber wieso sind sie dann noch am Leben?«

Delaney fragte sich, wie sie immer noch rational über die Krankheit nachdenken konnte, wie sie überhaupt noch nachdenken konnte, trotz der Aussicht, in einen Käfig gesperrt zu werden. Drei Jahre, hatte Little gesagt. Bis Sie verrottet sind, hatte er hinzugefügt. Das war alles, was Delaney durch den Kopf ging – und daß er derjenige war, der sie hierhergebracht hatte. Er würde nicht zulassen, daß man sie einsperrte, und das meinte er ernst, auch wenn es ein irrationaler Gedanke sein mochte. Irgendwie würde er es verhindern.

Bombussa blieb stehen, worauf auch die beiden hinter ihnen gehenden Indianer mit den Blasrohren haltmachten.

Delaney schaute zum Eingang eines anderen, schmaleren Gangs. Ein stämmiger, grauhaariger Indianer, dessen Körper nicht bemalt war, trat in Begleitung zweier jüngerer, ebenfalls nicht bemalter Indianer mit Blasrohren in den Händen aus dem Gang.

Bombussa beugte den Kopf vor dem grauhaarigen Indianer und drückte das Kinn einen Augenblick auf die Brust, bevor er wieder aufschaute. *Ihr Häuptling?* Er sprach mit Bombussa und ging dann an ihm vorbei, um einen Meter vor Delaney und Jordan stehenzubleiben und sie zu betrachten. Schließlich wies er sie mit einer Kopfbewegung an, ihm zu folgen, drehte sich um und ging noch tiefer in die Haupthöhle hinein.

»Jordan, ich habe behauptet, daß niemand in dem infizierten Gebiet Immunität entwickeln kann. Die Kranken würden die anderen anfallen und alle umbringen. Vielleicht ist das falsch. In einem Urwalddorf ist es anders als in einer Großstadt, wo die Infizierten anonym bleiben können. Hier sind sie isoliert und im Dschungel problemlos zu verfolgen oder einzufangen, falls sie ins Dorf zurückkehren. Wir kommen von Küste zu Küste, bevor sie auch nur hundertfünfzig Kilometer zurückgelegt haben. Eine Epidemie bliebe begrenzt. Aus Afrika sind Fälle bekannt, in denen ein Virus einen ganzen Stamm ausgerottet hat, ohne sich über das Ursprungsgebiet hinaus auszubreiten. Hier gibt es weder Autobahnen noch sonst irgendwelche Transportmittel, mit denen ein Infizierter auf die Reise gehen und das Virus verbreiten könnte.«

Der grauhaarige Indianer bog vom Haupttunnel in einen weiteren schmalen Gang ein. Nach wenigen Schritten verbreiterte er sich und führte in einen riesigen Raum, der von einer einzigen, schwach brennenden Fackel erleuchtet wurde, die an der gegenüberliegenden Wand befestigt war.

Der Indianer ging in das Halbdunkel hinein, und Delaney und Jordan folgten ihm.

Da sahen sie die Steine. Sie ähnelten dem, den Bombussa über den Kopf gehoben hatte – sieben bis zehn Zentimeter breit und neunzig Zentimeter lang. Sie waren allesamt in den Boden gerammt – zu Dutzenden. Der Boden fühlte sich unter den Füßen weich an. Es war Erde, kein Stein. Der grauhaarige Indianer sagte etwas und umfaßte den Raum mit einer Geste der flachen Hand.

»*Golomkar*«, sagte Bombussa.

Delaney sah wieder auf die Steine.

Bombussa nickte. »*Golomkar*«, wiederholte er.

Der grauhaarige Indianer steckte die Daumen ins Hüftband seines Lendenschurzes und lächelte breit. »*Golomkar*«, sagte nun auch er mit nicht zu überhörendem Stolz in der Stimme und zeigte wieder in den Raum.

Der Medizinmann legte den Kopf auf die Seite. Seinem Gesichtsausdruck nach zu urteilen, war er verwirrt oder dachte über etwas nach. Dann richtete er den Kopf wieder auf, sah auf die Steine und ging zu dem in nächster Nähe hinüber.

Delaney roch jetzt den Geruch des Todes, trocken und faulig, und zwar so stark, daß er sich wunderte, warum er ihn nicht früher wahrgenommen hatte. Er schaute wieder auf die Steine. *Grabsteine.* Sie standen auf einem Friedhof. *Golomkar.* Der Friedhof der Wächter.

Bombussa scharrte mit dem Fuß vor und zurück und schabte die Erde um einen der Steine weg. Delaney sah zu Jordan.

Sie hatte die Nase kraus gezogen. Auch sie hatte den Geruch bemerkt. »Grabsteine«, flüsterte sie.

Der grauhaarige Indianer ging zu Bombussa und begann wie er mit dem Fuß die Erde beiseite zu räumen. Von den unbemalten Indianern hinter Delaney und Jordan war ein Murmeln zu hören, und als Delaney sich umblickte, sah er, daß sie sich langsam auf die Knie niederließen. Er schaute zu den beiden zurück, die sich an dem Grab zu schaffen machten.

Der Medizinmann krümmte einladend den Zeigefinger, und Delaney ging zu ihm. Dann sah er zu dem Stein hinunter – er steckte aufrecht in einem menschlichen Brustkorb.

»*Golomkar*«, sagte Bombussa stolz.

Kapitel 41

Sie folgten Bombussa und dem grauhaarigen Indianer tiefer in die riesige Höhle.

»Mein Gott«, stieß Jordan hervor, »es ist, als wären wir in Rumänien und nicht in Brasilien. Es ist die gleiche Legende. Männer, die sich nachts in Fledermäuse verwandeln, diese langen Steine – wie Pflöcke, die ins Herz gestoßen werden. Es ist genau das gleiche – sie fürchten keine Vampirfledermäuse, sondern Vampire und verwenden ihr ganzes Leben darauf, sich gegen sie zu schützen, weil es die Legende so will.«

»Und zu sterben«, ergänzte Delaney. »Sie gehen in das kontaminierte Gebiet und fügen sich Kratzer zu – sie haben keine Ahnung, daß sie sich auf diese Weise anstekken. Im Lauf der Jahre geht einer nach dem anderen hinüber und holt sich die Krankheit. Sie füllen den Friedhof.« Er überlegte einen Augenblick. »Little hat gesagt, sie töten nur, wenn sie es müssen. Diese anderen, leeren Käfige sind für ihre eigenen Leute, die krank werden – die von der Besessenheit ergriffen werden. Bleiben sie in den Käfigen, bis sie alt geworden sind und sterben? Sie haben Little nicht getötet, obwohl sie glauben, daß er besessen ist. Aber die mit den Streifen sind allesamt jung. Offenbar hat sich seit langer Zeit niemand mehr infiziert, oder einer von ihnen müßte in einem der Käfige sein, oder nicht? Aber vielleicht behandeln sie Fremde anders als ihre eigenen Leute. Möglicherweise hat es etwas mit ihrer Religion zu tun. Fremde töten sie nicht, aber ihre eigenen Leute schon, wenn sie sich infiziert haben. Vielleicht gehört die Bestrafung zur Rolle des Wächters.«

Was immer der Grund war, Little befand sich in einem Käfig, und zwar seit drei Jahren. Bis er verrottete. Bis sie verrotteten.

Und das nur, weil die Indianer glaubten, er und Jordan könnten sich in Vampire verwandeln. Ihm war klar, wie die Legende entstanden sein mußte. Eine Fledermaus war in ein Zelt geraten und vermutlich auch ein wahnsinnig gewordener Mann, der über die Kinder herfiel. Aus der Art der Angriffe hatten die Indianer wahrscheinlich geschlossen, daß die Verrückten es auf Blut abgesehen hatten. Sie bissen und kratzten, wenn sie töteten, und beschmierten alles mit Blut. Das Bild von überall verspritztem Blut mußte sich jemand, der einen geliebten Menschen verloren hatte, tief ins Gedächtnis eingraben, und im Lauf der Zeit mochte es so interpretiert worden sein, daß das Blut der Grund für die Angriffe gewesen war.

Aber das war es nicht. Ein Virus verursachte die Angriffe, eine Krankheit, keine Besessenheit. Wenn er sich ihnen doch nur verständlich machen könnte. Es lag nicht an Fledermäusen oder Männern, sondern an Organismen, die zu klein waren, um sie mit bloßem Auge sehen zu können.

Monbombo. Ein Arzt. Das indianische Wort für den Medizinmann. Und er und Jordan waren ebenfalls *monbombos.* Etwas, das die Indianer respektierten – verehrten.

Ob er das ausnutzen konnte?

Bombussa sagte etwas, um ihre Aufmerksamkeit auf sich zu ziehen, und zeigte dann nach vorn auf einen von der Höhle abgehenden Gang, der gerade so breit war, daß man durchgehen konnte.

Er führte in einen weiteren Raum, der am Eingang nur rund drei Meter breit war, sich aber bis zu einer fünfzehn Meter entfernten Felswand verbreiterte.

An der Wand standen drei Steinblöcke, die zu gleichförmigen Würfeln gemeißelt worden waren. Auf jedem der Blöcke stand die lebensgroße Nachbildung von Brustkorb, Schultern und Kopf eines Indianers. Zwei Büsten waren braun vor Alter und, obwohl sie abgewischt worden waren, mit Schimmelflecken überzogen. Die dritte war neu; an manchen Stellen war noch der Schimmer von frisch aufgebrochenem Stein zu sehen.

Der grauhaarige Indianer ließ sich auf ein Knie nieder, während Bombussa auf beide Knie fiel und die Indianer hinter Delaney und Jordan zu murmeln begannen. Als Delaney sich umsah, bedeuteten sie ihm mit einer Geste, daß er und Jordan sich auch hinknien sollten.

Also hockten sie sich mit einem Knie auf den Boden. Nach ihnen ließen sich auch die Indianer hinter ihnen auf die Knie sinken und beugten sich mit ausgestreckten Armen nach vorn, um zum Zeichen ihrer Demut den Boden zu berühren.

»Götter«, sagte Bombussa, ohne sich zu erheben.

Das englische Wort verblüffte Delaney. Er sah auf die Büsten und bemerkte erst jetzt, daß hinter ihnen Körbe mit Melonen und Kräutern standen.

Bombussa und der grauhaarige Indianer standen auf und gingen rückwärts auf den Eingang zu. Delaney und Jordan taten es ihnen nach. Erst im Verbindungsgang drehten sich die beiden Indianer um, und da der Platz nicht ausreichte, um sie passieren zu lassen, wandte Delaney sich ebenfalls um und folgte den beiden jüngeren Indianern in den breiteren Haupttunnel.

Als sie stehenblieben, um zu sehen, in welche Richtung sie nun geführt werden würden, hellte sich Jordans Gesicht plötzlich auf. »Man macht die *Grand Tour* mit uns, weil wir Ärzte sind«, sagte sie. »Medizinmänner. *Monbombos* sind Abgesandte der Götter. Sie hoffen, daß wir etwas entdecken, womit sie sich besser schützen können vor ... vor dem, was ihre Wächter abhalten sollen, was immer es ihrer Vorstellung nach sein mag. Wir könnten etwas wissen, weil wir in ihren Augen Medizinmänner sind. Etwas, das uns unsere Götter gesagt haben.«

Götter, dachte Delaney. Auf englisch gesprochen. Das Wort hatten sie von Little gelernt. Und ihre Götter – die Büsten in dem kleinen Raum – sahen menschlich aus. Waren sie Menschen?

Die Höhle verengte sich. Bald kamen nicht nur die Wände näher, sondern auch die Decke, bis sie fast mit den Köpfen dagegenstießen. Sie gingen wieder in einer Reihe hintereinander. Delaney sah über Bombussas Schulter, weil er einen neuen Raum erwartete – oder Wächter an der Stelle, von der Little erzählt hatte, wo sich ein Loch in die Unterwelt auftat.

Aber er entdeckte weder das eine noch das andere. Statt dessen sah sich der grauhaarige Indianer nach ihm um und legte einen Finger an den Mund, um in der universalen Gebärdensprache um Ruhe zu bitten. Die jungen Indianer hinter Delaney und Jordan blieben stehen, während die beiden vorangehenden langsam und vorsichtig weitergingen. Jordan schob den Kopf neben Delaneys Schulter, und er betrachtete ihr Gesicht. Als ihre Augen plötzlich schmal wurden, sah er schnell nach vorn.

Bombussa und der grauhaarige Indianer waren zur Seite getreten und drückten sich mit dem Rücken an die Wand, damit Delaney und Jordan an ihnen vorbeisehen konnten. Fünf Meter weiter lag im Licht von zwei Fakkeln auf einer dicken Schlafstatt aus ausgebreiteten Tierhäuten ein Mann.

Wenn man die Gestalt so nennen konnte. Denn sie sah mehr wie der fleischlose Körper eines aus einem furchtbaren Feuer entkommenen Mannes aus, der eher dem harten Leib einer in die abgestorbenen Schichten der eigenen Haut eingewickelten Mumie glich. Über den ganzen Körper zogen sich tiefe Furchen hin. Haare und Augenbrauen fehlten, und die Augen waren weiß und hart wie Stein. Ein Bein, das unter der locker über seiner Mitte liegenden Tierhaut herausragte, enthüllte, daß seine Zehen aneinandergeklebt waren.

Dann bewegte sich sein Arm.

»Er lebt!« entfuhr es Jordan.

Bombussa fixierte sie strafend, aber der Verbrannte reagierte nicht auf die Stimme. Sein Ohr war nur noch eine Beule auf der gespenstisch weißen Haut an der Seite des Kopfs. Bombussa war nicht beunruhigt darüber, daß der Verbrannte etwas gehört haben könnte, sondern hatte aus Respekt nach Ruhe verlangt.

Dann bewegte sich die mumienhafte Gestalt erneut. Diesmal drehte sie sich umständlich auf den Bauch. Der Rücken war so weich und braun wie bei allen anderen Indianern. Man könnte meinen, der Mann wäre bäuchlings über einem Kohlenfeuer gebraten und nie umgedreht worden. Jordan schlug die Hand vor den Mund.

Delaney sah an der Fackel vorbei, die hinter dem verbrannten Mann an der Wand befestigt war. Dort verengte sich die Höhle zu einem Schlauch, der nicht größer war als das Brett, an dem das Basketballnetz befestigt wird, und plötzlich scharf nach unten abfiel – der Eingang zur Unterwelt. Die Gestalt davor war das Frühwarnsystem, von dem Little gesprochen hatte.

Aber Little hatte auch gesagt, daß ihre Religion den Indianern verbot, anderen weh zu tun. Was waren das für Wilde, die so etwas taten – und warum?

Dann nahm er den schwachen, süßlichen Geruch von Weihrauch wahr und bemerkte eine winzige flackernde Flamme in einer kleinen, runden Tonschale am Kopf der Gestalt. Auch vor seinen Füßen stand eine solche Schale.

Die Tierhaut, unter der die Gestalt lag, schien weich wie ein Satinlaken zu sein. Die Frauen des Stammes oder die Wächter mußten hart gearbeitet haben, um sie so weich zu bekommen.

Aus Ehrerbietung vor ihm? Nachdem sie ihn derart zugerichtet hatten? Warum?

In diesem Augenblick hob Bombussa eine Hand und bedeutete ihnen, den Weg zurückzugehen, den sie gekommen waren.

Als Delaney und Jordan wieder den Hauptgang betraten, sagte Bombussa: »*Boran doo ramm.*« Dabei wies er mit dem Zeigefinger auf seinen Bauch. »*Boran doo ramm*«, wiederholte er und tippte erneut auf seinen Bauch.

Delaney zuckte zum Zeichen des Nichtverstehens die Achseln.

Jetzt hielt Bombussa drei Finger hoch und sah nach links in den schmalen Gang, aus dem sie gerade gekommen waren. Dann krümmte er zwei Finger und zeigte mit dem dritten wieder in den schmalen Tunnel, wackelte mit dem Finger und sah dann über die Schulter in die breite Höhle und hob wieder drei Finger.

»Die drei Büsten, die wir in dem anderen Raum gesehen haben?« meinte Jordan. Dann schaute sie in den schmalen Tunnel und fügte hinzu: »Ob der Mann dort der dritte ist?«

Ehrerbietung, dachte Delaney.

Bombussa musterte ihn, drehte sich dann um und ging in die Haupthöhle zurück.

Ehrerbietung, dachte Delaney wieder und warf einen Blick über die Schulter. Die drei Büsten.

»Tepes«, sagte Jordan.

Delaney sah sie an, als hätte sie plötzlich die Sprache der Indianer benutzt.

»Tepes«, wiederholte sie. »Vlad Tepes. Ich wußte, daß mir sein Name noch einfallen würde. Er war der rumänische Fürst, der das Vorbild für den ersten Vampirroman abgab. Gelebt hat er im fünfzehnten Jahrhundert, und er soll Hunderttausende von Menschen getötet haben. Seine Lieblingsmethode war das Pfählen auf langen Holzstäben. Die Stäbe von Littles Käfig haben mich daran erinnert. Außerdem soll Tepes oft das Blut seiner Opfer getrunken haben. Der ursprüngliche Dracula. Es ist erstaunlich, wie sehr sich die Legenden rund um die Welt ähneln. Du weißt, daß es in Europa Höhlen mit uralten Wandbildern gibt, die Dinge zeigen, die wie fliegende Untertassen aussehen, in denen behelmte Männer sitzen. Sogar Auspuffeuer sind zu erkennen. Zumindest sieht es so aus, als würden sie hinten aus den fliegenden Untertassen herausschießen. Ähnliche Zeichnungen fand man hier und in Südafrika. Sie wurden alle von Völkern gemalt, die vor zig Tausenden von Jahren lebten und keinen Kontakt zueinander hatten. Wie kamen sie also dazu, dieselben Dinge zu zeichnen? Und zu denselben Religionen. Es ist verblüffend, wie viele Religionen an völlig verschiedenen abgelegenen Orten entstanden sind, die alle die gleichen Glaubenssätze und Riten haben.«

Hatte sie in Gedanken völlig die aktuelle Situation verdrängt? Sie benahm sich wie eine Touristin, die angeregt eine Besichtigungstour durch eine Höhle machte.

Doch dann begriff Delaney, daß sie nicht müßig spekulierte. Ihre Miene war gleichzeitig nachdenklich und besorgt. Sie versuchte mit ihren Gedanken den Funken einer Idee zu entfachen, so wie sie der Anblick der Stäbe von Littles Käfig an jene erinnerte, auf denen der historische Dracula seine Opfer gepfählt hatte.

Und plötzlich klickte es in seinem Kopf.

»Was ist ihm passiert?«

Die Indianer blieben stehen, als sie seinen scharfen Ton hörten, und sahen ihn verwundert an.

»Was ist ihm passiert?« Er wies in die Richtung des Ganges, aus dem sie gerade gekommen waren. »Was ist ihm passiert?«

Bombussa sah ihn fragend an.

Delaney zeigte wieder in die Höhle. Dann hob er die Arme dicht an die Schultern und verdrehte die Hände so wie die verbrannte Gestalt auf den Tierhäuten.

»Was ist ihm passiert?«

Kapitel 42

An den Käfigen angekommen, sprach Bombussa mit dem dolmetschenden Indianer, der immer noch mit gekreuzten Beinen auf dem Boden saß. Delaney bemerkte, wie der Mann ihn musterte. Dann stand er auf und kam zu ihm herüber.

»Was ist ihm passiert?« fragte Delaney.

»*Roglain bar coo.*«

»Was?«

»Brennen«, sagte der Indianer.

»Ja, genau. Was ist ihm passiert? Er hatte das Virus ... Er war besessen, nicht wahr? Was ist mit ihm geschehen, um ... um ihm die Besessenheit auszutreiben?« Als er Bombussas verständnislosen Blick sah, schüttelte er verzweifelt den Kopf. »Verdammt. Er hat nicht die geringste Ahnung, wovon ich rede.« Er sah zum Käfig, aus dem ihn Little interessiert anstarrte.

»Können Sie mir helfen? Ich will wissen, was mit dem Mann dort hinten in der Höhle passiert ist. Ob er infiziert war und gesund wurde. Wenn er dort ist, weil er gesund wurde, dann war er stark genug, die Besessenheit zu besiegen. Er ist jetzt ihr Hauptwächter ... Ich möchte wissen, ob ich recht habe.«

Little sah zu dem Indianer mit den Sprachkenntnissen. »*Par fono* ... Mist, ich weiß nicht, wie ...« Er zeigte in die

Tiefen der Höhle. »*Par fono ... don rel ron ...* Zum Teufel, du kleiner brauner Bastard, du kannst ein bißchen Englisch. Hilf mir!«

Der Indianer sah zu Bombussa, sagte etwas in ihrer Sprache und wartete. Als Bombussa nickte, sah der Indianer wieder zu Delaney und Little. »Besessen. Gelaufen.«

Delaney nickte. »Ja, er war besessen. Ihre Leute haben ihn verfolgt. Er war ein Wächter, nicht wahr? So wurde er zum Besessenen. Er war im verbotenen Land.«

Der Indianer nickte.

»Und Sie haben ihn gejagt«, drängte Delaney weiter. »Wohin ist er gelaufen?«

Der Indianer sah ihn unsicher an.

»Gelaufen«, wiederholte Delaney. »Wo gelaufen?« Er breitete die Hände aus. »Gelaufen?«

»Romboa.«

»Romboa?« fragte Delaney. *»Romboa?«*

Der Indianer zeigte auf den Eingang der Höhle. *»Romboa.«*

»Das verbotene Land?«

»Nein.«

»Was ist *romboa.«*

Der Indianer wandte sich zu Bombussa um und sagte etwas in ihrer Sprache, worauf Bombussa an die Höhlenwand zwischen den Käfigen herantrat. Delaney bemerkte die Feuchtigkeit auf dem Gestein. Wasser rann an dieser Stelle die Wand herunter. Bombussa drückte eine Hand an den Felsen und fing etwas Wasser auf. Dann zeigte er auf eine Fackel, die sechs Meter weiter brannte, tunkte die Finger der anderen Hand in das Wasser, riß sie plötzlich theatralisch in die Luft und deutete dann wieder auf die Fackel.

»Feuer, das aus Wasser aufsteigt?« fragte Delaney.

»Ein Geysir«, sagte Jordan. »Eine heiße Quelle.«

Delaney nickte. »Er ist in ein Gebiet mit heißen Quellen gelaufen. Sie konnten ihm nicht folgen. Von der Hitze oder einer Verletzung überwältigt, stürzte er auf die verbrühte Seite. Aber halt, nein, dafür sind seine Verbrennungen zu tief. Er ist durch eine wenige Zentimeter tiefe heiße Quelle gekrochen – an den Seiten ist er verbrannt. Oder er ist ohnmächtig geworden und hat bewußtlos am Boden gelegen, vielleicht auf irgendeinem von den Quellen erhitzten Sims. Auf jeden Fall konnten sie ihm dorthin nicht folgen, oder sie haben ihn erst gefunden, als er schon sehr lange dort war, lange genug, um sich diese furchtbaren Verletzungen zuzuziehen.«

»Worauf willst du hinaus, Delaney?«

Er hielt zwei Finger hoch und sah den vor ihm stehenden Indianer an. »Er ist eine der drei Büsten in dem kleinen Raum, in dem wir waren, stimmt's?«

Der Indianer runzelte verwirrt die Stirn.

»Drei«, sagte Delaney. »Die drei in der kleinen Höhle, die von dieser abgeht. Die drei, die ... verdammt.« Er hielt wieder die Finger hoch. »Drei dort hinten.« Er zeigte in die Höhle. Dann legte er die Hände zusammen und hielt sie an den Kopf, als würde er auf ihnen schlafen. »Drei. Er ist einer von ihnen. Sie alle waren besessen und sind irgendwie darüber hinweggekommen. Sie waren ... sie sind fast so etwas wie lebendige Götter. Sie waren es zumindest. Jetzt ist nur noch einer übrig.«

»Götter«, sagte der Indianer.

Delaney nickte. »Drei. Drei lebendige Götter.«

»Lebendig«, bestätigte der Indianer und nickte seinerseits.

»Was ist mit den anderen beiden passiert? Was ist ihnen passiert, bevor sie geheilt waren?«

»Delaney, was vermutest du?«

»Hitze, glaube ich.«

»Hitze?«

»Ich glaube, sie sind alle irgendwie mit großer Wärme in Berührung gekommen. Der, den wir gesehen haben, hat sich verbrannt. Was passiert, wenn du Viren im Labor zu lange aus der Kühlung läßt?«

»Ich kann dir nicht ganz folgen.«

»Wenn du Viren zu lange draußen läßt – bei Zimmertemperatur ...«

Sie schaute mit zusammengekniffenen Augen in die Höhle zurück. »Sie sterben.«

»Jeder Medizinstudent weiß das. Die meisten Viren müssen kühl gelagert werden, oder sie sterben. Sie sind viel temperaturempfindlicher als Bakterien. Im Körper schlüpfen sie in andere Zellen, so daß sie bei erhöhter Temperatur durch die Zellen, in die sie eingedrungen sind, geschützt sind. Aber wenn sie keinen Schutz haben ...«

Jordan sah zu Little. »Sie hatten Fieber«, sagte sie. »Hohes Fieber. Vielleicht eines, das ...« Sie schüttelte den Kopf. »So einfach kann es nicht sein.«

Kapitel 43

Delaney sah an dem Indianer, der zu dolmetschen versucht hatte, vorbei und wandte sich direkt an Bombussa. »Sie haben uns Ihren lebendigen Gott gezeigt. Jetzt werde ich Ihnen zeigen, wozu unsere Götter fähig sind.«

Bombussa erwiderte Delaneys Blick.

»Unsere Götter«, wiederholte Delaney. »Wir sind Ärzte. *Monbombos.*« Er tippte sich auf die Brust. »Unsere Götter haben mit Ihren Göttern gesprochen, und sie haben uns hergeschickt, um die Krankheit – die Besessenheit – für alle Zeit zu heilen und Sie damit zu ehren.« Er sah zu Little.

Der starrte einen Augenblick zurück und sah dann zu den Indianern. »*Monbombos. Monbombos, foran da* ... Wie heißt noch gleich das verdammte Wort für ›heilen‹? Du hast mir oft genug gesagt, daß ich krank bin. Krank, verdammt. Krank.« Er breitete die Arme aus.

»*Simmon*«, sagte der Dolmetscher.

»Ja, krank, verdammt noch mal. Und das Gegenteil? *Doomano. Doomano,* das ist es.« Er zeigte auf Delaney und Jordan. »*Doomano*«, wiederholte er. »*Com doomano caarm.*«

Bombussa verengte die Augen. »*Pom?*«

»Wie?« übersetzte Little. »Er will wissen, wie Sie die Besessenheit austreiben.«

»Meine Götter haben mir die Mittel dazu gesandt.«

»Götter?« fragte der Dolmetscher.

Delaney nickte. »Götter.« Dann atmete er tief durch und zeigte auf den geschlossenen Eingang der Höhle. »Es ist ein Trank. Wir haben ihn versteckt, als unsere Götter uns sagten, daß Sie kommen würden.«

Little sah ihn mit großen Augen an.

Es dauerte fast eine halbe Stunde, bis Little und der dolmetschende Indianer, von Delaneys Gebärdensprache unterstützt, soviel korrekt übersetzt hatten, daß Delaneys Aussage verstanden wurde. Aber schließlich war der entscheidende Punkt klar. Seine Götter hatten ihn mit einem Heiltrank als Geschenk zu ihren Göttern geschickt, um die Welt von den Geistern der Unterwelt zu befreien. Ob die Indianer dachten, der Heiltrank hätte eine dauernde Wirkung oder sei nur im Einzelfall anzuwenden, wußte Delaney nicht. Aber sie hatten verstanden, daß es sich um eine mächtige Medizin handelte.

Sie wollten sofort zu dem Versteck gehen, und Delaney brauchte eine weitere halbe Stunde, um ihnen begreiflich zu machen, daß nur er und Jordan als Abgesandte ihrer Götter die Medizin holen könnten, ohne sie zu zerstören. Sie müsse direkt dem lebendigen Gott im hinteren Teil der Höhle übergeben werden.

Schließlich sahen es die Indianer ein. Sie würden ihn und Jordan nach Sonnenaufgang zu der Stelle bringen, wo der Heiltrank versteckt war. Aber es war noch nicht einmal dunkel, sondern erst später Nachmittag. Wenn sie nicht sofort gingen, wenn Jordan und er gezwungen wären, die Nacht in der Höhle zu verbringen, würden sie niemals hinauskommen – nicht nachdem Jordans Krankheit ausgebrochen war. Für die Indianer würde es aussehen, als wäre der versprochene Heiltrank nur der Trick eines Besessenen.

»Wir müssen jetzt gehen«, sagte Delaney.

»*Roon*«, nannte Jordan das indianische Wort für ›jetzt‹, das Little benutzt hatte.

»*Roon*«, echote Little.

»Jetzt«, sagte der Dolmetscher.

Bombussa nickte widerstrebend.

»Ich komme mit«, erklärte Little.

Delaney sah zum Käfig.

»Oder keiner geht«, fügte Little hinzu.

Die Indianer musterten ihn.

»Sie haben es bis hierher geschafft«, sagte Little. »Jetzt sehen Sie zu, daß Sie das auch noch hinkriegen.«

Delaney wußte, daß es unmöglich war. Die Indianer hielten Little für besessen. Sie würden ihn jetzt nicht aus dem Käfig lassen, nachdem sie es drei Jahre lang nicht getan hatten.

Jordan wandte sich ihm mit sanfter Stimme zu: »Wir kommen wieder.« Sie hatte bewußt sehr deutlich gesprochen und wiederholte ihre Worte, um sie zu bekräftigen: »Wir – kommen – wieder.«

Little klammerte sich an die Gitterstäbe neben seinem Kopf. »Ich habe seit drei Jahren die Sonne nicht gesehen. Ich trainiere, esse – wenn man das Essen nennen kann« – er warf einen Blick auf die Melonenschalen am Rand des Käfigs –, »und ich sterbe langsam. In die anderen Käfige stecken sie ihre eigenen Leute, wenn sie im verbotenen Land gewesen sind. Nach zwei Wochen werden sie wieder freigelassen. Es sei denn, es zeigen sich Anzeichen dafür, daß sie krank sind. Dann kommen sie nie wieder raus. Sie haben gesehen, daß ich krank war, also heißt es für mich: jetzt oder nie.«

»Bitte«, sagte Jordan.

Little schüttelte den Kopf.

Dann geschah etwas mit ihm. Seine Wangen zuckten. »Nein«, stieß er heftig hervor.

Delaney verfolgte, wie sein rotes Gesicht noch dunkler wurde und sich zu einer Grimasse verzerrte – Ausdruck einer Wut, die er nicht zurückhalten konnte.

»Nein. Verdammt noch mal. Ich sage es noch mal. Nein.«

Seine Hände verkrampften sich um die Gitterstäbe.

»Was guckt ihr mich so an? Ich bin ...« Sein Blick blieb an den angelegten Blasrohren hängen. »Und ihr Hundesöhne sollt in der Hölle schmoren!«

Zwei Pfeile fuhren in die Gitterstäbe neben seinem Kopf.

Drohend riß er die Augen auf. Schweiß trat auf seine Stirn, und er rüttelte an den Gitterstäben. Rasch wurden neue Pfeile in die Blasrohre gesteckt.

Erst da trat er zurück und starrte Delaney und Jordan finster an.

Sein Mund öffnete sich – und tief aus seinem Körper kam ein kehliger Laut hervor.

Die großen Tore, die den Höhleneingang versperrten, schwangen auf. Bombussa ging als erster hinaus und trat dann zur Seite, um Delaney und Jordan die Führung zu überlassen. Vier Indianer folgten ihnen.

Jordan sah über die Schulter in die Höhle zurück. »Das hohe Fieber – es hat ihn nicht geheilt. Also ist nicht Hitze die Antwort.«

Delaney sah starr geradeaus, während Jordan flüsternd fortfuhr: »Sie werden nicht zulassen, daß du den Revolver aufhebst. Und wir können nicht einfach wegrennen. Wir kämen keine zehn Meter weit.« Sie sah ihn an. »Was werden wir also tun?« fragte sie.

Mehr sagte sie nicht. Das brauchte sie auch nicht, denn ihr Gesichtsausdruck sprach für sie. Sie würde auf keinen Fall in die Höhle zurückgehen.

Er auch nicht.

Kapitel 44

»Hom!«

Abrupt blieb Delaney auf dem Weg zu dem verborgenen Fluß stehen.

»Hom«, wiederholte Bombussa und schüttelte entschieden den Kopf. Die vier Indianer hinter ihm hatten die Blasrohre an die Brust gehoben. Keiner von ihnen trug die weißen Streifen der Wächter. Bombussa schüttelte wieder den Kopf.

»Wir gehen nicht hinüber«, sagte Delaney.

Sie sahen ihn verständnislos an.

Er hielt die Hände parallel zueinander, um den Fluß anzudeuten, und zeigte dann unter seine linke Hand. »Die Medizin ist an diesem Ufer versteckt – darunter.«

Sie behielten ihre Angriffsstellung bei. Das Dornengestrüpp am Flußufer war noch über dreißig Meter entfernt, und so ließ sich Delaney auf ein Knie nieder und zeichnete rasch den Verlauf des Flusses auf den Boden. Dann zeigte er auf die Linie für das nächstgelegene Ufer und grub die Fingerspitze in den Erdboden. »Dort ist es.«

Bombussa schaute zum Fluß, überlegte einen Augenblick und nickte dann.

Delaney ging voran. »Denk an die Dornen«, sagte er leise.

Jordan sah ihn fragend an und blickte dann zu dem Gestrüpp mit den langen, starren Dornen. Am Durchgang zum Fluß blieb Delaney stehen, schaute kurz nach rechts und links, nickte und ging weiter. Weil Jordan nicht dicht genug bei ihm war, forderte er sie mit einem Blick auf, näherzukommen. Aus den Augenwinkeln wurde er gewahr, wie die Blasrohre angehoben wurden. Langsam trat er an den Rand des Wassers und tat so, als untersuche er die Erde vor seinen Füßen.

Jordan stellte sich neben ihn, und er schob sie mit der Hand noch ein Stück näher ans Wasser. Dann sah er den Fluß hinunter, dorthin, wo er scharf nach rechts abbog.

»Bis zu der Kurve sind es gute dreißig Meter«, flüsterte er. »Schaffst du das unter Wasser?«

Bombussa kniff die Augen zusammen und sagte mit scharfer Stimme etwas, worauf die Indianer hinter ihm vortraten. Schnell drückte Delaney die Hand fest in Jordans Rücken und sprang neben ihr ins Wasser.

Sie tauchten gleichzeitig ein. Delaneys Arm stieß gegen Jordans Ellbogen, und er spürte ihre Hand über seine Seite streifen. Dann hatte er sie verloren.

Jordan stieß die Arme ein ums andere Mal vor und zog sie wieder zurück. Sie hatte in dem Augenblick, als sie eintauchte, soviel Luft wie möglich eingeatmet. Jetzt spürte sie jedoch, daß ihr langsam schwindlig wurde. Sie schwamm angestrengt weiter.

Doch das Schwindelgefühl nahm zu, und in der Brust begann es zu brennen. Kurzzeitig erschien ein hellgrauer Streifen vor ihren geschlossenen Augen. Sie drehte sich auf den Rücken, öffnete die Augen und stieg, immer weiter schwimmend, langsam nach oben. Dicht unter der Wasseroberfläche sah sie das gelbe Leuchten des Tageslichts.

Ihr Kopf brach durch die Oberfläche. Sie schnappte

nach Luft und drückte mit kräftigen Schwimmbewegungen den Rücken durch, um so schnell wie möglich wieder unter Wasser zu kommen. Vier Pfeile klatschten an der Stelle in den Fluß, wo eben noch ihr Kopf gewesen war.

Doch sie war schon wieder unter Wasser, drehte sich um und setzte ihren Weg mit kraftvollen Zügen fort.

Bereits benommen vom Schwindel, spürte Delaney am linken Ellbogen den Schlamm des Ufers. Er schaffte es noch, sich kräftig davon abzustoßen und noch drei Schwimmzüge zu machen, dann konnte er nicht mehr und schoß hoch aus dem Wasser heraus, während er keuchend die Luft in sich einsog.

Sofort riß er den Kopf herum. Er befand sich hinter der Biegung. Aber Jordan war nirgends zu sehen. Er hörte die Indianer hinter dem dichten Dornengestrüpp am anderen Ufer. Dann brach Jordans Kopf unter heftigem Spritzen durch die braune Wasseroberfläche. Als sie nach Luft schnappte, klang es fast, als würde sie weinen. Er zog sie am Arm zu sich, und sie schwammen ans Ufer des kontaminierten Gebiets.

Zwischen Wasser und Dornengestrüpp öffnete sich auf dieser Seite ein sechzig mal neunzig Zentimeter großes Loch. Am Ufer sanken sie bis zu den Knöcheln im Schlamm ein, und als sie einen Fuß herauszogen und versuchten, einen langen Schritt zu machen, wurden sie vom Schlamm festgehalten und fielen vornüber ins Wasser.

Delaney zog seine bis zum Handgelenk eingesunkenen Hände aus dem Schlamm und versuchte es von neuem.

»Delaney!«

Von ihrem Schrei alarmiert, dachte er, ein Indianer hätte einen Schuß auf sie abgegeben. Aber sie blickte auf das untere Ende des Dornengestrüpps.

Er stapfte zwei Schritt zu ihr zurück. Unter den dicken Ästen mit den dolchartigen Dornen war eine schmale, vielleicht sechzig Zentimeter breite Rinne zu sehen, die teilweise mit Wasser gefüllt war. Jordan schob sich mit dem Kopf voran in die Rinne, halb im Wasser und halb an der Luft, und kroch unter den Dornen hindurch. Delaney folgte ihr.

Drei Meter, fünf Meter. Ihr Atem ging schwer, während sie auf Händen und Füßen durch die Rinne robbten. Delaney spürte, wie sein Hemd hängenblieb und zerriß – und sich ein Dorn in sein Kreuz bohrte. Der Schmerz war so groß, daß er unwillkürlich die Hand auf den Rücken schieben wollte. Doch dann hielt er inne. *Der Schlamm an seinen Fingern.*

Das schmutzige Wasser, in dem er lag. Er versuchte sich so fortzubewegen, daß nur seine Vorderseite mit dem Wasser in Berührung kam, was sein Vorankommen verlangsamte. Jordan verließ ein gutes Stück vor ihm das Dornengestrüpp, stand auf und rannte los, so schnell sie konnte.

Als Delaney das Gestrüpp hinter sich hatte, riß er sich das Hemd vom Leib und warf es, während er Jordan hastig folgte, zur Seite. Mit einem Blick über die Schulter stellte er fest, daß Bäume und Unterholz so dicht wuchsen, daß er nur wenige Meter weit sehen konnte. Der Fluß konnte leicht überquert werden. Aber er baute auf die Religion der Indianer, die es ihnen verbot. Nur Bombussa trug die weißen Streifen, aber wohl nur als symbolisches Zeichen dafür, daß er der Medizinmann war. Vielleicht.

Je länger er rannte, kleine Büsche übersprang, größeren Sträuchern und Baumstämmen auswich, desto mehr verlangten seine Lungen nach Luft. Jordans Gesicht lief bereits blau an, da stolperte sie und stürzte der Länge nach hin.

Er griff nach ihrer Schulter, um ihr auf die Füße zu helfen. Aber sie blieb auf allen vieren am Boden hocken und schnappte mit rasselnden Lungen nach Luft.

Er sah sich um. Nichts als Baumstämme, dunkles Unterholz und Stille.

»Delaney!«

Er drehte den Kopf herum, und wurde gewahr, wie sie erschrocken auf seinen Rücken blickte. Dann sah sie ihn fragend an, und er schüttelte den Kopf. »Ich habe es nicht berührt. Ich glaube nicht, daß –«

Sie schloß resigniert die Augen.

»Komm weiter«, sagte er und griff nach ihrem Arm.

Sie stand langsam auf, während sie ihm unablässig in die Augen schaute. »Du warst in dem Wasser. Dein Hemd war durchnäßt –«

»Komm schon«, sagte er, indem er sie herumdrehte und in Richtung der Bäume vor ihnen schob.

Noch einmal warf sie ihm einen besorgten Blick zu.

»Verdammt, Jordan, geh weiter.«

Nur wenige Minuten später mußte sie wieder erschöpft stehenbleiben. Sie atmete so schwer, daß sie Delaney nur ansehen und den Kopf schütteln konnte.

Er schaute über die Schulter zurück, spähte nach links und rechts und horchte darauf, ob sich jemand durch das Unterholz anschlich.

»Delaney ... wohin?« stieß Jordan japsend hervor.

Er sah nach vorn. »Feltenstein hat gesagt, das kontaminierte Gebiet sei nur einen Kilometer im Quadrat groß. Wir werden weitergehen, bis wir sicher sind, daß wir es verlassen haben. Dann werden wir darüber nachdenken, wie wir weiter vorgehen.«

Nach dreißig Metern blieb Jordan erneut stehen. Vor ihr standen die Probenbehälter mit ihrem Helm darauf. Ein, zwei Meter weiter lag Pauls Gewehr. Der Peilfunksender stand immer noch dort, wo sie ihn abgesetzt hatte.

Delaney ging darauf zu und hob ihn auf.

»Die Ranger haben nichts angerührt«, sagte sie. Ihr Blick wanderte über seine nackte Brust. Er hatte bereits nachgesehen; außer der Wunde auf dem Rücken hatte er keine Kratzer. Wegen des klebrigen Gefühls auf dem Rücken war er ständig versucht, mit der Hand danach zu tasten.

»Geh weiter«, befahl er.

Den Peilfunksender hatte er schon eingeschaltet.

Kaum hatten sie die Probenbehälter hinter sich gelassen und waren wieder im Gehölz verschwunden, da sah er auch schon die sonnenbeschienene Lichtung vor sich. Es war einer der Landeplätze, die von den Rangern freigeräumt worden war.

Er schaute auf den Peilfunksender. Ob er noch funktionierte, nachdem er so lange in der Feuchtigkeit des Urwalds gelegen hatte?

»Delaney!« rief Jordan.

Zwischen den Bäumen rechts von ihnen war Bombussa hervorgesprungen. Delaney bemerkte das Messer, das er in der herabhängenden Hand hielt, bereit, damit zuzustoßen. Er wartete ab, bis Bombussa ihn fast erreicht hatte, dann warf er sich zur Seite.

Der Indianer wirbelte herum, duckte sich und ging mit vorgehaltenem Messer langsam auf Delaney zu. Jordan sah sich verzweifelt nach etwas um, das als Waffe dienen konnte.

Delaney ging langsam rückwärts.

Jordan entdeckte auf dem Erdboden einen langen Ast

und rannte zu ihm hin. Als Bombussa in ihre Richtung blickte, sprang Delaney vorwärts und packte ihn mit einem Arm um den Hals, während er den anderen nach der Hand mit dem Messer ausstreckte.

Das Messer wurde herumgedreht, doch Delaney konnte den Stoß abfangen, indem er das Handgelenk packte. Jordan rannte zu den Kämpfenden. Bombussa war stark und drückte das Messer trotz Delaneys Griff auf seinen Bauch zu. Schnell holte Jordan mit dem Ast aus und ließ ihn gegen den Hinterkopf des Indianers sausen.

Als Bombussas Knie wegsackten, verdrehte Delaney ihm den Arm, und Jordan griff nach dem Messer.

Mit übermenschlicher Anstrengung riß sich Bombussa los und sprang zurück. Dann starrte er an Delaney und Jordan vorbei, drehte sich abrupt um und rannte weg.

Delaney sah über die Schulter. Zwischen den Bäumen tauchten Ranger auf. In ihren unförmigen weißen Schutzanzügen sahen sie wie aufgeblähte, unbeholfene Gestalten aus einer anderen Welt aus. Noch ein prüfender Blick nach vorn, wo Bombussa im Unterholz verschwand, dann drehte Delaney sich zu den Rangern um.

Gewehre zielten auf ihn.

Einer der Männer trat einen Schritt vor. Sein Gesicht war nur ein Schatten hinter dem breiten Sichtfenster, auf dem sich die durch die Blätter gefilterten schwachen Sonnenstrahlen spiegelten.

»Ich bin Dr. Jeffries, und das ist meine Frau.«

Die vermummte Gestalt machte weder Anstalten näherzukommen, noch erwiderte sie etwas.

»Ich bin Dr. Delaney Jeffries. Sie ist diejenige, die das Virus im Körper hat. Jordan Jeffries.«

Das Gesicht hinter dem Sichtfenster bewegte sich geringfügig.

»Sie ist Jordan Jeffries. Verstehen Sie nicht? Nein, Sie verstehen nicht, nicht wahr? Im Augenblick sucht wahrscheinlich die halbe Welt nach uns, und Sie haben noch nie von uns gehört. Und was die verdammten Indianer betrifft, nach denen Sie suchen: Das war einer von ihnen. Sie leben in einer Höhle drüben auf der anderen Seite des Flusses. Dort befindet sich auch ein infizierter Mann – ein Weißer.«

Zehn Minuten später hob ein Hubschrauber vom Boden ab und stieg in den letzten Strahlen der untergehenden Sonne auf. Die zur Bewachung von Delaney und Jordan abgestellten Ranger saßen, immer noch in ihren Schutzanzügen, an einem Ende des Frachtabteils. Ihre Gefangenen lagen am anderen Ende bäuchlings auf dem Boden.

Jordans Gesicht war blasser als zuvor. Als Delaney eine Hand auf ihren Rücken legte, drehte sie den Kopf zu ihm und warf ihm einen gereizten Blick zu. Er klopfte ihr sanft auf die Schulter, und sie schloß die Augen.

»Es tut mir leid«, sagte sie leise. »Aber ich kann nicht anders. Nein, das ist nicht richtig. Ich denke nicht darüber nach, was ich tue oder sage. Es ist, als würde mein Verhalten immer mehr von meinen Eingeweiden bestimmt. So sieht die Verwandlung aus – das ist es, was passiert. Es ist, als würde der Schutzschild, den wir in zweitausend Jahren Zivilisation angeblich entwickelt haben, zerbröckeln.«

»Willst du dich über Raumschiffe unterhalten?« fragte er.

Sie sah ihn unsicher an.

Er lächelte. »Es wäre jedenfalls ein anderes Thema.«

Trotz ihres verstörten Aussehens, der Schmerzen und der Übelkeit, die sie empfand, lächelte sie etwas. »Nur wenn es nicht deprimierend ist, wie zum Beispiel die Vorstellung, daß sie sich gerade darauf vorbereiten, die Erde zu erobern.«

Dann wurde ihr Gesicht noch bleicher, und sie preßte den Kopf auf den Stahlboden.

Kapitel 45

Die Reise von Brasilien nach Jackson machten Delaney und Jordan in Käfigen in einem Transportflugzeug der Nationalgarde. Jordan verbrachte einen großen Teil des Fluges, nämlich die ganze Nacht, auf den Knien und erbrach sich auf den Käfigboden.

Kaum war das große Flugzeug zum Halt gekommen, flogen die großen Seitentüren auf, und Dr. Feltenstein stürmte herein. Vorsichtig blieb er ein Stück vor den Käfigen stehen. Jordan, die immer noch auf allen vieren hockte, sah zu ihm hoch und starrte ihn an.

Delaney trat an die vorderen Gitterstäbe. »Haben die Ranger die Höhle gefunden?«

Feltenstein nickte. »Aber die Indianer waren weg. Es muß einen anderen Ausgang aus der Höhle geben. Nur der alte Mann im hinteren Teil der Höhle war noch da. Wenn Sie das Risiko auf sich nehmen wollen, habe ich die Erlaubnis, es zu versuchen.«

»Dann ist es die Hitze?«

»Die Möglichkeit besteht. Die Büsten stellen wirklich Indianer dar, die sich angesteckt und wieder erholt hatten. Zwei von ihnen waren erwiesenermaßen großer Hitze ausgesetzt gewesen – derjenige, mit dem der Dolmetscher gesprochen hat, und eines der Vorbilder zu den Büsten. Was dem Indianer der dritten Büste passiert war, wußte der alte Mann nicht. Dem Dolmetscher zufolge hatte er nicht einmal ein Wort für diese lange zurückliegende Zeit; er nannte ihn einfach einen von den anderen. Der, den er noch gekannt hatte, lebte vor fünfzig Jahren. Er war, nachdem er sich mit der Krankheit angesteckt hatte, weggelaufen, hat sich versteckt und sollte mit Feuer aus seinem Versteck aufgescheucht werden. Aber er ließ sich nicht aufscheuchen, sondern verbrannte in dem Feuer. Man hielt ihn für tot. Doch am nächsten Tag wurde er unter einer Grasnarbe gefunden, die er angefeuchtet über sich gelegt hatte. Die Indianer steckten ihn in einen Käfig und warteten auf seinen Tod. Ich weiß nicht, wieso er überlebt hat, genausowenig wie ich es bei demjenigen verstehe, mit dem der Dolmetscher gesprochen hat. So schwer, wie er verletzt war, hätten alle Körperflüssigkeiten aus ihm heraussickern müssen. Aber er ist trotzdem nicht gestorben, und als er sich wieder erholt hatte, war die Krankheit verschwunden – oder die Besessenheit, wie die Indianer sie nennen.«

Feltenstein sah zu Jordan, die ihn immer noch anstarrte. »Nach dem, was der Indianer in der Höhle über das spätere Verhalten seines Vorgängers erzählt hat, muß er buchstäblich hirntot gewesen sein. Er lebte nur noch ein paar Monate. Aber der Mann in der Höhle ist geistig gesund. Es ist Ihre Entscheidung, ob wir es versuchen sollen.«

»Nein!« schrie Jordan. »Rührt mich nicht an!«

Sie riß die Augen auf, würgte und erbrach, ohne den Kopf zu senken, einen Strahl grüner Gallenflüssigkeit über die Gitterstäbe.

Delaney schloß die Augen.

Vater Dunnigan hatte keine Schußwaffe mehr besessen, seit er in seiner Kindheit einen Spatzen erschossen und stundenlang darüber geweint hatte. Aber jetzt mußte er eine haben. Selbstmord zu begehen war gegen Gottes Gebote, aber der Herr würde ihm verzeihen. Doch wie konnte er wissentlich sündigen und gleichzeitig auf Vergebung hoffen? Aber mußte er andererseits nicht seinen Tod herbeiführen – um andere zu retten, die er – das wußte er – töten würde, wenn er am Leben bliebe? Tränen rannen ihm über die Wangen.

In Planen eingehüllt, die sie wie Transportkisten aussehen ließen, wurden die Käfige vom Flughafen in Jackson zur medizinischen Fakultät der Universität gebracht. Während sie mit einer Winde vom Lkw auf die Wagen gehoben wurden, mit denen sie ins Gebäude geschafft werden sollten, hörte Delaney, wie ein FBI-Agent einem neugierigen Studenten erklärte, die Behälter würden radioaktive Isotope enthalten – deshalb die schwere Bewachung durch ein Dutzend Agenten.

Delaney war von Darrell schon Blut abgenommen worden. Jetzt stand er vor Jordans Käfig und redete ihr gut zu. »Wir müssen es, Jordan. Wir brauchen eine Blutprobe, um zu sehen, ob das Virus bereits bei einer Temperatur abstirbt, die für dich ungefährlich ist.«

Sie fixierte ihn mit kaltem Blick. »Bleib ja weg von mir«, drohte sie. »Ich meine es ernst.«

Feltenstein sah über die Schulter zu einem FBI-Agenten mit einem Betäubungsgewehr und nickte. Als der Mann die Waffe hob, wandte sich Delaney ab.

Beim dumpfen Knall des abgefeuerten Gewehres, hielt er seine Haltung noch bei, aber als er Jordans Keuchen vernahm, mußte er einfach wieder zu ihr hinsehen.

Sie hatte den Pfeil aus dem Oberschenkel gerissen und hielt ihn, auf die Gitterstäbe zielend, in der Faust. Dann warf sie ihn mit aller Kraft auf Feltenstein, der sich jedoch rechtzeitig duckte, so daß der Pfeil über seinen Kopf hinweg zur gegenüberliegenden Wand flog.

Jetzt runzelte Jordan die Stirn und sah auf ihre Beine. Ihre Knie zuckten, knickten ein, und dann sackte sie auf den Boden. Den Kopf hoch erhoben und die Augen auf Feltenstein gerichtet, spuckte sie aus und fiel schließlich vornüber auf den Käfigboden.

Die FBI-Agenten traten an den Käfig. Die Tür wurde geöffnet, und der größere Agent ging nach kurzem Zögern hinein. Jordans schlaffer Körper wurde auf eine Tragbahre gelegt und mit einer Vielzahl von Lederriemen festgebunden.

Dann begann das Warten, bis sich Darrell schließlich vom Elektronenmikroskop erhob.

»Sein Blut ist sauber.«

Daraufhin schloß Feltenstein den Käfig auf und ließ Delaney heraus. »Offenbar hatten Sie Glück mit diesem Kratzer«, sagte er. »Das kontaminierte Gebiet fängt erst ein Stück vom Flußufer entfernt an. Ich dachte, das Virus müßte mit ausgewaschener Erde in den Fluß gelangt sein. Aber es war in keiner Wasserprobe vorhanden. Der Fluß ist voller Fische, und keiner von ihnen war infiziert. Das CDC überprüft gerade, ob sie das Virus übertragen können. Auch ein Krokodil, das die Ranger getötet haben, war nicht von dem Virus befallen. Ich kann nur sagen … wenn Ihr Blut gesund bleibt, dann freut es mich für Sie.«

Delaney nickte und sah dann zu den FBI-Agenten, die behutsam den Käfig mit dem kreischenden Affen hereinbrachten. Er wurde schnell betäubt und an eine für diesen Zweck modifizierte Herz-Lungen-Maschine angeschlossen.

Die Erwärmung seines Bluts begann.

Auf der anderen Seite des Labors fuhr Darrell fort, verschiedene Proben von Jordans Blut zu erhitzen und jede Erhöhung der Temperatur sorgfältig zu notieren.

Es kostete Vater Dunnigans ganze Kraft, nicht über den Ladentisch zu springen und den Kopf des Verkäufers gegen die Wand zu schlagen. Er sah nicht einmal auf die Pistole, die ihm der Mann zusammen mit einer Packung Munition gab. Wie viele Menschenleben würde er retten, wenn er sich umbrachte? Aber wie viele würde er andererseits damit ruinieren? Welchen Schaden würde er bei jenen anrichten, die an ihn glaubten? Besonders bei den jungen Menschen.

Eine Sünde blieb eine Sünde.

Bei 38,9 Grad verringerte sich die Aktivität der Viren in Jordans Blut. Abzusterben begannen sie bei vierzig Grad, und bei 41,1 Grad waren alle tot. Aber das waren Viren gewesen, die in einer dünnen Schicht auf einem Objektträger direkter Wärmeeinwirkung ausgesetzt gewesen waren. In Jordans Körper waren die Viren geschützt – durch das Körpergewebe, in dem sie sich verbargen, durch die Hirnmasse, selbst durch ihren Blutkreislauf, der darum kämpfen würde, die Normaltemperatur beizubehalten.

Aber was war die Normaltemperatur?

Unter der Zunge gemessen, wären es die bekannten siebenunddreißig Grad, in der Leber dagegen 40,5. Gab es in der Leber Viren, die unbeschadet bei 40,5 Grad lebten? Wenn es so war, welchen Sinn hätte es dann, ihre Temperatur zu erhöhen, um die Viren zu töten? Eine viel höhere Temperatur würde ihr Körper nicht aushalten, zumindest nicht der gesamte Körper und schon gar nicht über einen längeren Zeitraum.

Delaney betrachtete den Affen, der bewußtlos auf eine Metalltrage geschnallt worden war. Seine Temperatur war rasch auf vierzig Grad erhöht worden, und noch zeigten die Viren in den Blutproben keine Veränderungen.

Das Meßgerät, das die Körpertemperatur des Affen anzeigte, stand jetzt bei 40,5 Grad. Um dies zu erreichen, war das in seine Venen geleitete Blut auf 44,4 Grad erhitzt worden. Da sein Körper in Zuckungen verfallen war, hatte man beschlossen, es eine Viertelstunde bei diesem Wert zu belassen, bevor man die Temperatur weiter erhöhte. Der Affe zuckte weiterhin ab und zu, während Darrell mit einer frischen Blutprobe zu seinem Platz ging. Sie nahmen nach jeder Erhöhung um ein viertel Grad eine Probe.

Vater Dunnigan saß benommen auf dem Fahrersitz seines Autos und schob die Patronen in den Revolver. Nach der dritten unterbrach er sich, weil er sich fragte, wieso er mehr als eine geladen hatte. Dann schaute er wieder auf die Waffe hinunter.

Kalt und schwer – kalt und schwer wie der Tod.

Er betrachtete sie noch einen Augenblick.

Das Gute und das Böse in einem einzigen Gegenstand, dachte er – je nachdem, wer ihn benutzte und für welchen Zweck er es tat.

Dann hob er sie langsam an den Kopf.

Von Luftstützpunkten im Süden der USA startete ein Flugtanker nach dem anderen, den riesigen Bauch voller Dieseltreibstoff. Der Präsident saß im Lagezimmer und verfolgte auf einem wandgroßen Monitor ihre elektronisch angezeigten Flüge.

In Südamerika wurde der Diesel in Fässer gefüllt, die

von Scharen von Hubschraubern in den Regenwald geschafft wurden. Einige transportierten die Fässer in ihren Laderäumen, andere an Stahlkabeln unter der Kabine. Ironischerweise wurde bei einigen Hubschraubern trotz ihrer Ladung der Treibstoff gefährlich knapp, weil sie in der Luft warten mußten, bis die in Schutzanzügen stekkenden Männer ausreichend Bäume gefällt hatten, um ihnen die Landung zu ermöglichen.

Das größte Problem der Operation war die Logistik, da es in Südamerika nicht viele Flugplätze gab, deren Landebahnen lang genug für die riesigen Tanker waren. Deshalb mußten viele in der Luft kreisen, solange andere am Boden entladen wurden.

Eine andere Gefahr ergab sich aus der Größe der Fläche, die mit Treibstoff getränkt werden mußte. Wenn er sich zu früh entzündete, würde es viele Menschenleben kosten.

Aber der Mann, der die gewaltige Operation in Gang gesetzt hatte und sie jetzt nervös verfolgte, hatte jedes Risiko als angemessen eingeschätzt.

»Wie stehen die Chancen dafür, daß es funktioniert?« wollte er wissen.

In den vergangenen Stunden war diese Frage von Dutzenden von technischen Experten schon hundert Mal beantwortet worden, und die Antwort war immer dieselbe gewesen: »Es läßt sich unmöglich vorhersagen, ob die Hitze groß genug sein wird, um sieben Zentimeter tief zu reichen, Sir.«

»Und wenn sie nicht ausreicht?«

»Dann haben wir Plan B.« Die Zündung einer Atombombe, durch die eine Hitze von mehreren tausend Grad über dem Gebiet erzeugt werden würde.

Wenigstens würden dann keine Bäume mehr da sein, die das Erdreich schützen können, dachte der Präsident –

nicht nach einem solchen Feuer. Er fragte sich, wie viele Nationen ihre Erlaubnis auf eine entsprechende Anfrage hin verweigern würden.

Passieren würde es auf jeden Fall.

Natürlich gäbe es dann einen weltweiten Aufschrei der Empörung. Die Besatzung, von der die Rakete »irrtümlich« abgefeuert worden war, würde bestraft werden müssen. Die Karriere der Männer wäre beendet. Aber es gab andere Belohnungen. Und was die Gehaltsschecks von der Armee betraf, auf die sie verzichten müßten – die CIA hatte einen Fonds, mit dessen Mitteln der Verlust ausgeglichen werden konnte.

Darrell betrachtete den betäubten Affen. »Der Virusbefall ist auf weniger als zehn Prozent zurückgegangen, aber immer noch vorhanden.« Und das bei einer Körpertemperatur von 40,8 Grad.

Der Neurologe, der hastig aus dem Bett geholt worden war und schockiert die Erklärung dafür zur Kenntnis genommen hatte, schüttelte den Kopf. »Bei einem Menschen könnten wir die Temperatur nicht weiter erhöhen, ohne Hirnschäden zu verursachen. Schon jetzt ist sie zu hoch, um sie einem Menschen guten Gewissens auszusetzen.«

»Höher«, sagte Feltenstein.

Der Neurologe sah zu dem Kardiologen und dem Anästhesisten, die aus demselben Grund wie er geholt worden waren, und schüttelte den Kopf.

Hinter ihnen auf der anderen Seite des Raums stöhnte Jordan auf. Delaney sah sich zu ihr um. Ihre Hände und Füße zerrten an den Riemen, mit denen sie an die Krankenbahre gefesselt war, und sie versuchte sich trotz des fest über ihre Brust gespannten Riemens aufzurichten. Als Delaney ihren Blick auffing, wurden ihre Augen so dunkel wie die Nacht vor den Fenstern, und das Stöhnen veränderte sich zu einem Laut, der eher einem Knurren glich.

Kapitel 46

Die Körpertemperatur des Affen wurde auf 41,1 und dann auf 41,4 Grad erhöht. Darrell hatte es aufgegeben, die Blutproben am Elektronenmikroskop zu untersuchen. Solange der Affe mit derart hoher Temperatur dalag, war dieses Verfahren viel zu schwerfällig. Denn die Möglichkeit eines Hirnschadens hing in erster Linie nicht von der Temperatur ab, sondern davon, wie lange sie auf dem jeweiligen Niveau gehalten wurde.

Deshalb hatte Darrell eine DNS-Probe hergestellt. So brauchte man dem Affen nur Zellen zu entnehmen, die rasch mit einem durchlässig machenden Agens gewaschen und dann mittels Zytofluorometrie analysiert werden konnten. War das Virus noch am Leben, produzierte es RNS. Diese Virus-RNS würde von der DNS in der Probe angezogen werden und sich mit ihr verbinden. Durch eine in der Probe enthaltene fluoreszierende Beimengung würde die RNS rot glühen – in der Farbe, die Darrell ausgewählt hatte und die er nicht zu sehen hoffte.

Als er die zweite Probe von Blutzellen nahm, öffneten sich die blicklosen Augen des Affen und rollten wild hin und her.

Der Neurologe schüttelte den Kopf, und Darrell eilte zum Durchflußzytometer zurück.

Delaney sah zu Jordan, die ruhig auf der Krankenbahre lag und mit kaltem Blick auf die Deckenlampen starrte.

Schweißgebadet, mit völlig durchnäßten Kleidern hob Vater Dunnigan den Revolver zum zehnten Mal an die Schläfe. Doch wieder zitterte seine Hand, der Arm schlotterte, und er ließ die Waffe sinken.

Delaney ging ans Fenster. Seine Hand zuckte nervös, und er stellte sie ruhig, indem er nach dem Fensterrahmen griff. Draußen war es jetzt völlig dunkel. Die Krankheit erreichte nachts ihren Höhepunkt – drängte die Wärme der Sonne ihre Symptome zurück? Würde das nicht zu der Theorie passen, daß Hitze das Virus abtötete? Nachts war es nun mal kühler als am Tag.

Aber das galt nicht überall auf der Welt. Zumindest nicht im direkten Temperaturvergleich. Es gab Kontinente, wo es nachts wärmer war als andernorts am Tag. Also lag es möglicherweise nicht an der konkreten Temperaturveränderung, sondern nur am Unterschied zwischen warmen und kalten Perioden. Außerdem war das Virus nicht auf allen Kontinenten aufgetreten, sondern nur am Amazonas – und in Mississippi. Heiße Tage, kühle Nächte. Und auf dem Frachter im westlichen Golf von Mexiko – ebenfalls heiße Tage, kühle Nächte. Aber die normale Körpertemperatur änderte sich bei einem so kleinen Unterschied wie dem zwischen Tag und Nacht. Bei allen Warmblütern blieb die Temperatur bei mäßigen äußeren Temperaturschwankungen im wesentlichen gleich. Wenn es kalt war, mußte der Körper mehr Kalorien verbrennen, um warm zu bleiben. Spürte das Virus diesen Vorgang, wenn die Außentemperatur nach Einbruch der Dunkelheit sank? War es ein Signal für das Virus, aktiv zu werden?

Oder lag es nicht am Wechsel von Wärme und Kälte, sondern an dem von Sonnenschein und Dunkelheit? Seit prähistorischer Zeit gab es Lebensformen, die in der Dunkelheit aktiv wurden und tagsüber ruhten, während andere mit der Sonne aufstanden und nachts schliefen.

Wenn der künstliche Maßstab der Uhr fehlte und nur Dunkelheit und Tageslicht den Ausschlag gaben, wurden die meisten Menschen von einem Impuls in ihrem Gehirn angetrieben, der sie bei Helligkeit aufwachen ließ, und schläfrig machte, wenn es dunkel wurde. War das Virus nachtaktiv?

Wärme und Kälte? Tag und Nacht?

Oder beides?

Warum wurden im wirklichen Leben wie in fiktiven Geschichten die meisten bösen Taten nachts begangen? In der Dunkelheit waren bei weitem mehr Diebe, Verfolger, Vergewaltiger und Mörder unterwegs als am Tag. In den Mythen und Legenden geschah das Böse meistens nachts – weil es dann dunkel und unheimlich war, was die Phantasie des Erzählers anregte, oder enthielten die Geschichten vielleicht doch einen wahren Kern, der sich der Erfahrung des modernen Menschen entzog?

So hatte doch alles angefangen, oder nicht? Jordan im hellen Sonnenlicht, auf der Suche nach Kräutern, aus denen Arzneimittel gewonnen werden könnten, und jetzt endete es in einer tiefen Dunkelheit irgendwo im Gehirn, hervorgerufen von einer Krankheit. Wies die Wärme, das Element, das ursprünglich von der Sonne kam, den Ausweg?

Oder würde – für Jordan – die Nacht anhalten? Er schüttelte den Kopf und sah zu ihr hinüber. Dann spürte er Darrells Gegenwart hinter sich und drehte sich um.

»Der Affe ist tot«, sagte Darrell leise.

Delaney sah zu dem haarigen Körper, der schlaff auf der Trage lag.

»Die Viren sind fast alle abgestorben«, berichtete Darrell weiter. »Aber leider nur fast. Wenn wir die Temperatur nicht so stark erhöht, sondern längere Zeit auf einem niedrigeren Niveau gehalten hätten, wären vielleicht alle abgestorben. Aber wer weiß das schon? Und da der Kreislauf des Affen sich von dem des Menschen erheblich unterscheidet, läßt sich nicht sagen, ob das Virus beim Menschen genauso reagiert. Wir wissen nach wie vor nur, daß es durch Hitze beeinträchtigt wird. Jetzt liegt die Entscheidung bei dir und Jordan.«

Delaney sah zu Jordan, die sich still gegen die Riemen wehrte.

»Aber vorher solltest du noch etwas wissen«, fügte Darrell hinzu. »Alex ist tot.«

Delaneys Augen zuckten zu Darrell zurück.

»Es war das Herz. Bei der Operation seiner Schußverletzung fiel mir auf, daß sein Blutdruck extrem hoch war, und er stieg trotz der Medikamente, die ich ihm gab, weiter an. Es muß eine Nebenwirkung dieser Krankheit sein. Daran ist er gestorben. Der Affe übrigens auch – der erste, dem wir Alex' Blut gespritzt hatten. Er ist auch gestorben.«

Darrell unterbrach sich einen Augenblick, bevor er fortfuhr: »Jordans Blutdruck ist ...« Er schüttelte leicht den Kopf. »Er ist zu hoch, um ihr Herz dem Streß der Erwärmung des Bluts auszusetzen. Das solltest du wissen. Eigentlich ist er so schon gefährlich hoch, aber ich glaube, daß es nichts gibt, was ihn herunterbringen könnte.«

Delaney sah Richard Littles rot angelaufenes Gesicht vor sich. Die glühenden Wangen. Sie waren zu rot gewesen. Wie von Bluthochdruck.

Aber er hatte damit gelebt. Drei Jahre. Er sah zu Feltenstein. »Der Mann im Käfig in der Indianerhöhle – war er in Ordnung?«

Feltenstein sah ihn fragend an.

»Der Weiße im Käfig«, erklärte Delaney. »Ging es ihm gut?«

»Da war kein Weißer in einem Käfig«, sagte Feltenstein. »Niemand in einem Käfig. Und auch kein Käfig – zumindest wurde mir nichts davon berichtet.«

Die Indianer hatten Little mit sich genommen, als sie flohen? Warum? Um bis zum Ende ihre Pflicht zu erfüllen und, so gut es ging, Wächter zu bleiben, auch wenn unbeholfene, fremdartige Gestalten ihre Höhle erstürmten?

Delaney sah zu Jordan. »Und wenn wir es tun, dann müssen wir es hier im Labor tun? Wir können nicht einen der Operationssäle des Krankenhauses benutzen?«

»Tut mir leid«, bestätigte Feltenstein. »Hier oder nirgends. Aber wir haben alles hier, was wir brauchen.«

Delaney sah zu dem kleinen Ärzteteam, bestehend aus Kardiologe, Neurologe und Anästhesist. Ihrer Ansicht nach würde das Verfahren das Virus zwar zurückdrängen, aber nie völlig ausmerzen können – es gab zuviel Körpergewebe, in dem es sich verstecken konnte.

Alex tot. Der Affe tot. Delaney erinnerte sich an die roten Flecken auf Jordans ansonsten blassem Gesicht. Er hatte es für den Ausdruck von Wut gehalten.

Alex. Der Affe. Beide tot. Aber Richard Little war nach drei Jahren noch am Leben. War das die Gefahr, wenn sie es nicht machten? Zwei von dreien waren gestorben; nur einer hatte den Anstieg des Blutdrucks überlebt.

Er sah wieder zu Jordan hinüber. Wie konnte er für sie sprechen? Und wie konnte er es unterlassen? Er biß die Zähne zusammen und drehte sich wieder zum Fenster um.

Es zu tun bedeutete, ihr Leben aufs Spiel zu setzen – zumindest aber ihre Verstandeskräfte, die dem Leben Bedeutung gaben. Es nicht zu tun, bedeutete, sie einem doppelten Risiko auszusetzen: an Bluthochdruck zu sterben oder die abschließende Regelung heraufzubeschwören, von der in dem Fax die Rede gewesen war.

»Delaney.«

Es war Jordans schwache Stimme.

Er eilte an ihre Trage.

Schweißperlen standen auf ihrer Stirn und rollten ihre Wangen hinunter aufs Laken.

Sie funkelte ihn mit leicht offenstehendem Mund und zuckenden Augenlidern an. Dann zwang sie sich, den Mund zu schließen. Sie schien irgend etwas zu bekämpfen.

»Delaney«, sagte sie. »Bitte, versuch es. Bitte.«

Kapitel 47

Jordans Bein zuckte, obwohl sie betäubt war. Es war keine Reaktion auf die Wärme, die auf ihr Gehirn einzuwirken begann, sondern ein Zeichen dafür, wie leicht ihre Bewußtlosigkeit war. Sie hatten beschlossen, die Anästhesie so schwach wie möglich zu bemessen, um ihren Körper nicht unnötig zu belasten. Durch die Maske auf ihrem Gesicht strömte jetzt fast reiner Sauerstoff, um sicherzustellen, daß die Blutzellen mit dem lebenspendenden Gas förmlich vollgepumpt waren. Aus einer Infusionsflasche tropfte eine Salzlösung in ihren Körper, um die Flüssigkeit zu ersetzen, die sie ausschwitzte. Sie taten alles, was sie konnten.

Delaney beobachtete, wie das erwärmte Blut durch transparente Schläuche in ihren Körper zurückströmte. Sie hatten ihre Körpertemperatur rasch auf 40,5 Grad erhöht, die nächsten Zehntelgradschritte jedoch wesentlich langsamer vollzogen. Es gab keine endgültigen Untersuchungsergebnisse darüber, bei welcher Marke die Temperatur tödlich wurde. Sie konnte bei wenig mehr als 40,5 Grad liegen, wenn die Temperatur lange genug so hoch blieb. Die Daumenregel besagte, daß zweiundvierzig Grad fast sofort tödlich waren. Aber das war aus einer einzigen Studie geschlußfolgert worden, in der alte Akten von Todesfällen wegen überhöhter Körpertemperatur ausgewertet worden waren – z. B. der eines Kindes, das in einem heißen Sommer im Auto gelassen worden war und der eines Fiebers, das außer Kontrolle geraten war. Wie genau die Akten auch untersucht worden sein mochten, sie hatten nicht mehr geboten als nachträgliche Beobachtungen oder Temperaturwerte, die gemessen worden waren, nachdem der Tod eingetreten war. War die Temperatur in manchen Fällen höher gewesen und hatte sich bis zum Zeitpunkt der Obduktion schon wieder abgekühlt?

Und was war mit den Unterschieden zwischen den Menschen? Sowenig ein fünf Kilogramm schwerer Affe vom Gewicht als auch vom Kreislauf her mit Jordan vergleichbar war, so sehr unterschied sich der körperliche Zustand des verbrannten Indianers in der Höhle von dem Richard Littles und dem der menschlichen Vorbilder der anderen beiden Büsten. Die einen hielten eine höhere Temperatur aus und überlebten, die anderen nicht. Und wie, in Gottes Namen, sollte eine Frau von fünfzig Kilogramm aushalten, was diese Männer ertragen hatten?

Und wie lange? Denn auch der Zeitfaktor mußte einkalkuliert werden. Hatten die Indianer einen schnellen Temperaturanstieg erlitten, oder war er weniger steil, dafür aber anhaltend gewesen?

Soviele Fragen. Und trotzdem hatte er sich dafür entschieden, es zu versuchen.

Dann spürte er, wie Darrell ihm leicht auf die Schulter klopfte. Er sah ihn an. Darrell war derjenige gewesen, der den Vorschlag gemacht hatte, Jordans Temperatur nach der Daumenregel bis knapp unter die Grenze zu erhöhen, jenseits derer eine Hirnschädigung eintreten würde, und sie auf diesem Niveau zu halten.

Wieder eine Daumenregel.

Selbst wenn sie zutraf – für wie lange? Wo war bei Jordan die Grenze anzusetzen?

Eine Annahme. Nichts als Annahmen.

Delaney sah zu ihr hinüber und schloß die Augen, in Gedanken immer wieder dasselbe Gebet sprechend – um sie wiederzubekommen, zurück zu ihm und Missey und Ryder, so wie sie vorher gewesen war.

Darrell klopfte ihm noch einmal auf die Schulter. Dann übergab ihm Feltenstein eine neue Blutprobe, und er eilte auf die andere Seite des Labors.

Vater Dunnigan fuhr mit quietschenden Reifen vom Bordstein weg.

Verdammter Mist, dachte er, *das ist nicht fair. Da arbeite ich die ganze Zeit mit diesen nichtsnutzigen Hurensöhnen, und dann passiert mir so etwas. Mir! Das ist nicht richtig. Das ist, verdammt noch mal, nicht richtig. Ich will das nicht.*

Vor ihm überquerte eine alte Frau langsam die Fahrbahn, zu langsam. Er sah es kommen; er wußte, daß er zu schnell fuhr, und sie dem Auto nicht würde ausweichen können. Beinah hätte er sie überfahren, wenn er nicht im letzten Augenblick das Steuerrad herumgerissen und mit quietschenden Reifen einen Bogen um sie gemacht hätte. Dann steckte er die Faust aus dem Fenster und schüttelte sie in ihre Richtung.

Vor ihm hielten die Autos an einer Ampel. Seine Kiefer versteiften sich vor Wut, als er hinter ihnen anhielt – und wartete und wartete und wartete.

Die Ampel blieb bei Rot stehen. Aus der Ferne hörte er die Sirenen von Feuerwehrfahrzeugen.

Sie ließen ihn warten.

Seine Lippen verzogen sich verächtlich, und er rammte den Fuß aufs Gaspedal, so daß sein Auto einen Satz nach vorne machte, und er den Wagen vor ihm streifte, als er um ihn herumfuhr.

Ein Löschfahrzeug kam schnell näher. Vater Dunnigan sah es, fuhr aber erst im letzten Moment nach rechts auf den Bürgersteig, so daß die an ihm vorbeirasenden Feuerwehrmänner ihn mit Flüchen überhäuften.

Er trat das Gaspedal durch und jagte ihnen nach. Mit großen Augen starrten sie zu ihm hinunter, als er seine Stoßstange dicht an ihr Fahrzeug heranbrachte.

Er lächelte. Dann mußte er plötzlich ausweichen, weil das Löschfahrzeug rasch abstoppte, und gleich darauf mit voller Kraft auf die Bremse treten, denn vor ihm war ein quer auf der Straße stehender Streifenwagen aufgetaucht.

Er stieß die Tür auf und stieg aus.

Eine schmächtige, grauhaarige Frau mit einem Schal um den Hals hastete auf ihn zu. Sie schluchzte verzweifelt. »Mein Enkel«, jammerte sie und sah zu dem alten Mietshaus hinüber, aus dessen Fenstern Flammen züngelten. »Mein Enkel«, wiederholte sie.

Gereizt wegen ihrer hohen Stimmlage, starrte Vater Dunnigan sie an.

»Bitte, beten Sie darum, daß er herausfindet«, sagte sie plötzlich leise. »Der kleine Michael. Ich war unten im Waschkeller, er im zweiten Stock. Ich kam nicht zu ihm zurück.«

Vater Dunnigan sah auf das Haus und die Feuerwehrmänner, die zwar die Haustür eingetreten hatten, aber nicht hineingingen und sich jetzt sogar mit schützend vors Gesicht gehobenen Armen zurückzogen.

Während er noch auf das Haus starrte, nahm die Frau seine Hände, hob sie hoch und versuchte sie mit den Handflächen zum Gebet zusammenzudrücken.

»Oh, Herr im Himmel«, sagte sie und schloß die Augen. »Du bist mein Vater, mein Erlöser, mein Glauben.«

Vater Dunnigan wurde von ihren Worte tief im Innern

getroffen, im Herzen wie im Geist. Er kniff die Augen zusammen, und ein seltsamer Ausdruck trat auf sein Gesicht – dann rannte er plötzlich zu dem Haus hinüber.

Die Feuerwehrleute sahen ihm verblüfft nach, als er an ihnen vorbei in den Hausflur lief. Er wußte nicht, welchen Weg er nehmen mußte, nur sein Ziel kannte er, den zweiten Stock. Er rannte in die Hitze hinein, indem er die Treppe mit Schritten nahm, die er seit vierzig Jahren nicht mehr gemacht hatte.

»Michael«, rief er in den dunklen Qualm auf dem Treppenabsatz. »Michael!«

Keine Antwort. Die Hitze briet seine Haut. Er hob die Hände, um sein Gesicht zu schützen, und stolperte vorwärts, ohne etwas zu sehen.

Die erste Tür auf der linken Seite stand offen. »Michael!« rief er in das Zimmer. Die nächste war geschlossen. Am Türknauf verbrannte er sich die Finger. »Michael!« schrie er.

Er hörte ein Husten.

Es kam aus der offenen Tür links hinter ihm. Er rannte in das Zimmer.

Der Qualm war furchtbar. Von rechts hörte er jemanden leise husten. »Michael!« Die Hände tastend vor sich ausgestreckt, ging er in die Richtung des Geräuschs.

Zuerst stieß er mit den Knien an den kleinen Körper. Als er sich zu ihm hinunterbeugte, sah er einen Jungen, nicht älter als drei Jahre. In den Armen hatte er einen kleinen weißen Foxterrierwelpen, und über sein rußverschmiertes Gesicht rannen Tränen.

Vater Dunnigan nahm ihn auf den Arm und drehte sich zur Tür um. Doch eine breite Feuerzunge schoß durch die Öffnung herein. Er warf die Tür zu und ging auf die andere Seite des Zimmers zurück, wo er durch den dunklen Qualm einen Lichtschimmer ausmachte.

Es war ein Fenster.

Er hob ein Bein an und trat die Scheibe ein. Frische Luft strömte herein, dann drängte von hinten die Hitze dagegen, und der Qualm zog aus dem Fenster. Er schob den Jungen vorsichtig durch das Fenster, beugte sich nach draußen und blickte hinunter. Zwei Feuerwehrleute rannten unter das Fenster.

Der Junge drehte sich in seinen Armen, weil er versuchte den strampelnden Hund zu halten. Doch dann hatte sich der Hund freigekämpft und rannte zur Tür hinüber, woraufhin der Junge Vater Dunnigans Hals berührte und versuchte, nun ebenfalls ins Zimmer zurückzukommen.

»Nein, mein Sohn!«

Mit erstaunlicher Kraft zog sich der Junge auf Vater Dunnigans Schulter und krümmte sich, um seinem Griff zu entkommen.

»Ich werde den verdammten Hund holen!« stieß Dunnigan hervor.

Der Junge hörte auf zu strampeln, hatte die Hände aber immer noch fest in Vater Dunnigans Nacken verschränkt.

»Versprichst du mir, daß du ihn holst?«

»Du hast mein Wort.«

Der Junge löste seinen Griff, und Vater Dunnigan hob ihn aus dem Fenster und schaute hinunter. Die Feuerwehrleute hatten die Arme zum Fenster gehoben – und er ließ den Jungen los.

Sich langsam aufrichtend, drehte sich Vater Dunnigan wieder der Hitze zu. Auf seinen Wangen bildeten sich Blasen, und die Haut begann sich zu schälen. Die Augenbrauen kräuselten sich. Für einen Moment, als der Junge versucht hatte, sich freizukämpfen, hatte er den Drang verspürt, ihn an die Wand zu schleudern.

Er blickte auf die vom Flur hereinzüngelnden Flammen. Es war besser so.

»Vater, der du bist im Himmel ...«, begann er und ging zur Tür hinüber.

Eine gewaltige Feuerzunge schoß herein und verbrannte ihm das Gesicht. Er taumelte zurück und riß wegen der furchtbaren Schmerzen die Hände hoch.

In diesem Augenblick rannte der Hund zwischen seine Beine und sah jaulend zu ihm hoch. Er beugte sich hinunter und hob den kleinen, weichen Körper auf.

Als er ihn an die Brust drückte, roch er den Rauch in seinem Fell. Dann sah er eine Feuerwand vor sich, die wie eine breite, rote Lokomotive auf ihn zurollte, und warf sich zur Seite.

Die Flammen schossen donnernd an ihm vorbei durchs Fenster hinaus, dessen Rahmen völlig verkohlt zurückblieb. Er kroch, von dem Hund im Arm behindert, an eine Wand.

Als er mit dem Kopf gegen die Wand stieß, bewegte sie sich. Es war eine Tür. Hastig schob er sich hindurch und drückte sie hinter sich zu.

Er war im Badezimmer.

Die Tür dampfte, und Flammen leckten unter ihr hindurch. Unter seiner Hand spürte er etwas Weiches, und er dachte zuerst, der Hund wäre ihm entsprungen. Aber er schmiegte sich immer noch an seinen Arm. Dunnigan saß auf einer dicken Brücke. Er sah auf die Badewanne neben sich.

Mit der freien Hand nach dem Teppich greifend, stand er auf, stieg in die Wanne und drehte die Wasserhähne auf. Das Wasser schoß heraus. Dann drückte er den Duschknopf, und der Wasserstrahl traf ihn hart im Gesicht.

Den Teppich über sich ausbreitend, setzte er sich in die

Badewanne und rollt sich, den Welpen unter sich haltend, so weit wie möglich zusammen, während das Wasser weiter aus dem Duschkopf sprühte und das Feuer die Tür durchbrach.

Draußen richteten die Feuerwehrmänner den Strahl von drei Schläuchen auf das Fenster und warteten darauf, daß Vater Dunnigan wieder an ihm erschien.

Durch die Haustür betraten zwei Gruppen von Feuerwehrmännern das Haus, während ihre Schläuche Tausende von Litern Wasser auf ihren Weg spritzten.

Jordan zuckte, dann versteifte sich ihr Körper, was unmöglich nur daran liegen konnte, daß sie fast bei Bewußtsein war.

»Hört auf«, sagte Delaney. »Es reicht. Hört auf. Mehr hält sie nicht aus.«

Darrell nickte, und der Kardiologe setzte die Temperatur rasch herunter. Darrell sah kurz zu Delaney und beugte sich dann vor, um aus Jordans schlaff daliegendem Arm eine Blutprobe zu nehmen. Ihre Finger krümmten sich. Delaneys Hände zitterten so stark, daß er sie nicht unter Kontrolle bekam.

Jordans gerade noch starrer Körper zuckte wieder.

Vater Dunnigan beugte sich weiter vor, und der Welpe unter ihm wimmerte, während das Gewicht in den rauchenden Kleidern unter dem verkohlten Teppich immer schwerer auf ihm lastete – und dann erschlaffte.

Jordans Körpertemperatur sank kontinuierlich auf den Normalwert. Ungeachtet des Schocks, den der plötzliche Wechsel verursachen konnte, brachte der Kardiologe die Temperatur so schnell wie möglich herunter, damit sie nicht länger als nötig auf dem hohen Niveau verharrte, denn dadurch würde man nur einen Hirnschaden riskieren. Er hatte sogar einen Ventilator aufgestellt, der ihrem jetzt nur mit BH und Slip bekleideten Körper zusätzliche Kühlung verschaffen sollte. Die anderen Ärzte rieben ihren Rumpf und ihre Beine mit Alkohol ein.

Darrell saß am Durchflußzytometer. »Ich denke …«, sagte er plötzlich aufgeregt. »Ich denke, sie sind …«

Als er innehielt, sahen alle zu ihm hin.

Er drehte langsam den Kopf in ihre Richtung, wartete einen Augenblick und sprach dann so leise, daß er kaum zu verstehen war: »Sie sind nicht alle tot.«

Kapitel 48

Mit angelegten Atemgeräten traten die Feuerwehrleute die Zimmertür ein, während ein ständiger Wasserstrom aus vier Schläuchen die Flammen aus dem Flur zurückdrängte. Ein weiterer Strahl ergoß sich durch das Fenster aus den Schläuchen auf dem Bürgersteig.

»Vater!« rief einer der Feuerwehrmänner.

»Hier drüben!« sagte ein anderer.

Er stand an der verkohlten Badezimmertür. Sie traten sie auf.

Die Ausbuchtung des qualmenden Teppichs in der teilweise mit Wasser gefüllten Badewanne war nicht zu übersehen.

Weinend hielt Delaney Jordans schlaffe Hand und starrte auf ihre geschlossenen Augen. Auf der anderen Seite der Trage stand der Kardiologe, während der Neurologe zu Dr. Feltenstein ans Fenster ging.

Feltenstein drehte sich um und sah zu der Trage. »Wollen Sie es noch einmal versuchen?«

Delaney konnte nicht antworten.

Feltenstein holte tief Luft. »Ich will ehrlich zu Ihnen sein, Delaney. Ihre Frau ist denen völlig egal. Sie haben dem hier nur zugestimmt, weil es sie entweder heilen oder töten würde. Sie ist ein Unsicherheitsfaktor.«

Delaney erstarrte.

Feltenstein schüttelte den Kopf. »Ich meine nicht, daß sie ihr etwas tun werden. Soweit sind wir in diesem Land noch nicht. Zumindest bin ich es nicht. Da man mich einweihen wird, werde ich das Schlimmste verhindern. Aber man wird sie in eine sichere Einrichtung bringen. Dafür war schon alles vorbereitet, als Sie mit ihr aus dem Gefängnis ausgebrochen sind. Sie wird eine gute medizinische Versorgung erhalten, aber sie wird dort bleiben, bis sie entweder ... Sie wird dort bleiben, bis sie stirbt. Und weder Sie noch sonst irgend jemand wird sie sehen dürfen. Nicht dort.«

Er warf einen Blick auf Jordan. »Sie hat es Ihnen selbst gesagt, Delaney. Sie wollte geheilt werden oder ...« Er schüttelte den Kopf. »Sie ist eine tapfere Frau, die hart zu kämpfen hat. Aber es waren nicht nur ihre Worte. Ich habe den Ausdruck in ihren Augen gesehen. Ich werde sie nicht im Stich lassen. Wie immer es ausgehen wird, ich werde ihr eine Chance geben. Aber das kann ich nur, wenn Sie einverstanden sind.«

Delaney sah zu Jordan hinunter. Dann hob er den Kopf und nickte. »Aber lassen Sie sie vorher aufwachen. Von dem Virus sind nur wenige Prozent übrig. Vielleicht ... vielleicht kann sie jetzt mit uns sprechen.«

»Wenn sie nichts dagegen hat, würde ich selbst gern mit ihr sprechen«, gab Feltenstein voller Mitleid seine Zustimmung. »Sagen Sie ihr ...« Er atmete tief durch und ging ins Büro.

Delaney hörte, wie er sich auf den Schreibtischstuhl warf.

Im Büro schüttelte Feltenstein grimmig den Kopf, während er die Telefonnummer in den Apparat tippte. Die Verbindung war augenblicklich hergestellt.

»Wir haben das Experiment durchgeführt, und einige Viren sind zurückgeblieben. Sie werden sich wieder vermehren. Ich denke, der Ehemann möchte, daß wir es noch einmal versuchen, und ich weiß, daß sie es will.«

»Nein«, war die Antwort. »Sie haben Ihre Chance gehabt. Der Präsident hat gesagt, daß sie in Gewahrsam gebracht werden soll, wenn es nicht funktioniert.«

»Das ist doch Unsinn. Was macht es schon aus, ob wir es einmal oder zweimal versuchen?«

»So lautet die Anweisung des Präsidenten.«

»Und deshalb soll es kein Unsinn sein? Weil ein Hühnerzüchter es gesagt hat?«

»Was meinen Sie damit?«

»Ich meine, es ist mir, verdammt noch mal, egal, wer es gesagt hat.«

»Er ist der Präsident der Vereinigten Staaten.«

»Er ist auch ein verdammter Hühnerzüchter. Vor seinem Eintritt in die Politik mag er ja das weltgrößte Unternehmen seiner Branche gegründet haben, zum medizinischen Experten macht es ihn nicht. Er weiß einen Scheißdreck über Viren. Außer über Hühnerschiß weiß er über alles einen Scheißdreck.«

»Haben Sie den Verstand verloren?«

»Nein, aber Sie, wenn Sie mir vorschreiben wollen, was medizinisch richtig ist. Sie und ihr aufgeblasener Bastard. Wir versuchen es noch einmal. Wenn es diesmal auch nichts hilft, werden wir wenigstens noch ein paar Informationen über die Krankheit gewinnen. Wenn ihm das nicht gefällt, berichten Sie ihm ... berichten Sie ihm, ich hätte gesagt, er soll es sich in seinen Hühnerarsch schieben.«

»Delaney.«

Sofort ging sein Blick zu ihr hinunter.

»Delaney«, sagte sie mit schwacher Stimme. »Delaney, es hat funktioniert, nicht wahr?«

Er spürte, wie ihr Griff fester wurde.

»Es hat funktioniert«, wiederholte sie. »Ich fühle es.«

Er brachte es nicht über sich, ihr zu widersprechen.

Darrell half ihm. »Wenn du willst, werden wir es noch einmal versuchen.«

Ihr Blick wanderte zu seinem Gesicht. »Es ist weg. Die Kopfschmerzen und die Übelkeit sind weg.«

»Nach der Infektion hattest du auch nicht gleich Kopfschmerzen«, entgegnete Darrell weich. »In diesem Zustand bist du jetzt wieder. Aber das Virus wird sich wieder vermehren.«

»Ich fühle es«, sagte sie. »Ich weiß, es ist weg.«

Feltenstein trat ans Fußende der Trage.

»Nehmen Sie noch eine Blutprobe«, forderte er.

Das kalte Wasser traf Vater Dunnigans schlaffen Körper, während die Feuerwehrleute den Mann abspritzten, der ihn die Treppe hinuntertrug.

Vor dem Haus wurde er auf eine Tragbahre gelegt und hastig zu einem Krankenwagen gebracht. Ein Feuerwehrmann ging zu Michael und seiner Großmutter und gab ihm den wimmernden Welpen, der im selben Augenblick verstummte, als Michael ihn in die Arme nahm.

Die Hintertür des Krankenwagens fiel zu, und er raste mit heulender Sirene die Straße hinunter. Die Frau senkte betend den Kopf.

»Sie sind tot«, rief Darrell aus. »Sie sind, verdammt noch mal, alle weg.«

Delaneys Puls beschleunigte sich.

Darrell bereitete schnell eine zweite Probe vor.

Delaney drückte Jordans Hand noch fester.

Der Krankenwagen schleuderte, als er eine Kurve zu schnell nahm. Im Laderaum drückte der Sanitäter fieberhaft auf Vater Dunnigans Brust. Der zweite Sanitäter starrte auf das zum großen Teil von einer Sauerstoffmaske verborgene hagere, rußverschmierte Gesicht. Die Augenbrauen waren nicht mehr vorhanden und die Haare versengt; auf dem Kopfkissen lagen kurze, verbrannte Büschel. Eine Wange war weitgehend von einer großen, mit wabbeliger Flüssigkeit gefüllten Blase bedeckt.

Plötzlich trat ein breites Lächeln auf das Gesicht des ersten Sanitäters.

»Er kommt zu sich!«

»Wie ist das möglich?« fragte Dr. Feltenstein. »In der Probe, die Sie bei der höchsten Temperatur genommen haben, waren die Viren noch vorhanden.«

Darrell antwortete nicht sofort. Er war noch mit der Untersuchung der letzten Blutprobe beschäftigt.

Nach einigen Sekunden hob er den Kopf und wandte sich zu Delaney um. Delaney brauchte nicht zu fragen. Das strahlende Lächeln auf Darrells Gesicht sagte alles, was er wissen wollte.

»Wie ist das möglich?« wiederholte Dr. Feltenstein seine Frage.

»Die rasche Temperaturveränderung«, antwortete Darrell. »Das muß der Grund sein. Bei der Höchsttemperatur waren die Viren fast vollständig abgestorben und die restlichen offenbar geschwächt. Es muß die plötzliche Temperaturveränderung sein. Sie war ein zu großer Schock für die Viren.«

Delaney sah ihn an. Darrell hatte recht. In der Höhle der Indianer war es kalt gewesen, und der erste Indianer war hereingebracht worden, nachdem er unter einer schwelenden Grasnarbe gelegen hatte, der zweite, nachdem er in einem Gebiet mit heißen Quellen gewesen war. Beide dürften bis auf einen Lendenschurz nackt gewesen sein, als sie in die plötzliche Kälte der Höhle getragen wurden. Genauso wie Richard Little, der nur in Shorts und T-Shirt gewesen war. Aber er hatte vorher nur ein heftiges Fieber gehabt. Es brauchte mehr. Viel mehr. Eine anhaltende Backofenhitze und dann einen abrupten Temperatursturz. Er sah zu Jordan hinunter. Sie lächelte ihn an.

Vater Dunnigan öffnete die Augen und blickte in das Lächeln der Sanitäter.

Zuerst war alles noch verschwommen, dann erkannte er eins der Gesichter über sich. »Sie haben mich auch beim vorigen Mal abgeholt«, sagte er.

Der Sanitäter nickte.

Dann fiel Vater Dunnigan der Welpe ein. »Geht es dem kleinen Hund gut?«

Der Sanitäter nickte. »Ich fürchte, mir fehlt der Glaube. Aber Sie haben verdammt viel ... eine Menge davon – einfach in das Zimmer zurückzugehen, um den Hund zu holen.«

»Ich hatte mein Wort gegeben«, erklärte Vater Dunnigan.

Auch daran konnte er sich erinnern. Alles war wieder da. Alles, bis auf die wütenden Gedanken, die er gehabt hatte, bevor er in das Haus ging.

Er bewegte seine versengte, von Blasen bedeckte Hand langsam über die des Sanitäters und tätschelte sie freundlich.

»Versuchen Sie zu glauben, mein Sohn«, sagte er leise. »Der Herr wird bereit sein, wenn Sie bereit sind.«

Kapitel 49

Der Brand im Regenwald breitete sich über Tausende von Quadratkilometern aus. Er war so verheerend, daß nicht nur die Linsen fast aller Spionagesatelliten der Welt zersprangen, sondern auch derart dichte schwarze Wolken aufstiegen, daß es noch in Mexiko Ruß regnete.

Umweltschützer aus aller Welt waren außer sich. Das ursprünglich kleine, dann außer Kontrolle geratene Feuer war offenbar von einem gierigen brasilianischen Großgrundbesitzer gelegt worden, der seine Farm vergrößern wollte. Durch die Dieselrückstände in dem vom Himmel fallenden Ruß konnte Greenpeace sogar beweisen, daß es Brandstiftung gewesen war.

Am empörendsten war jedoch die mutmaßliche Mitwirkung von Armee und Luftwaffe der Vereinigten Staaten. Mehr als ein Zeuge schwor, mit eigenen Augen gesehen zu haben, wie auf Flugplätzen in Reichweite des Brandgebiets mit Dieseltreibstoff beladene Hubschrauber gestartet waren. Wenn dies zutraf, mußte Bestechung im Spiel sein, politischer oder anderer Art. Und solch eine internationale Verschwörung mußte mehr im Sinn haben als die Erschließung von ein paar tausend Quadratkilometern. Es ging um mehr Land, um viel mehr Land. Der Brand war nur der Anfang. So mußte es sein.

In der UN-Vollversammlung im August erhoben mehrere Delegationen, die von dieser Version überzeugt waren, offiziell Anklage. Natürlich wiesen die USA, von beeideten Aussagen der brasilianischen Delegation unterstützt, alle Anklagen als lächerlich zurück.

»Nicht nur lächerlich«, sagte der amerikanische UN-Botschafter, »sondern ... absurd.«

Hinter ihm beugte sich einer seiner Mitarbeiter lächelnd zu einem anderen hinüber. »Was glauben die eigentlich? Daß die Vereinigten Staaten so knapp an Treibstoff sind, daß unsere Luftwaffe eingesetzt wird, um neue Benzinquellen aus Pflanzenresten zu erschließen und die Tarnkappenbomber mit Äthanol zu fliegen?«

Als nächstes erregte eine große Anzahl von Schiffen, die in einem bestimmten Gebiet im westlichen Teil des Golfs von Mexiko Haie zu jagen begannen, die Aufmerksamkeit der Umweltschützer. Zu Hunderten wurden die Tiere aus dem Meer gezogen, bis dieses großartige Geschöpf in dem Gebiet nahezu ausgerottet war.

Doch gerade, als die internationalen Medien auf das Thema gestoßen waren, hörte die Jagd so plötzlich, wie sie begonnen hatte, wieder auf.

In dem Bericht auf Feltensteins Schreibtisch wurde der Schluß gezogen, daß in den Menschen an Bord des Frachters nach dem heftigen Feuer und dem plötzlichen Eintauchen in das kalte Salzwasser kein Virus überlebt hatte. Möglicherweise konnten Fische auch gar nicht infiziert werden. Aber es waren keine Viren mehr vorhanden, um diese Annahme zu überprüfen. Obwohl die CDC-Ärzte alles versucht hatten, waren alle angelegten Kulturen abgestorben.

Aus demselben Grund – dem Fehlen von Proben für Experimente – blieb die Frage im dunkeln, warum die Krankheit nachts ihren Höhepunkt erreicht hatte. Den

Grund dafür vermutete man in der Tatsache, daß der Körper dann am entspanntesten war – das Virus war offenbar hochempfindlich. Aber das war nur eine Vermutung, die auf spekulativen Annahmen beruhte – also aus dem Stoff war, aus dem Legenden entstehen.

Für ihre hingebungsvolle Arbeit bei der Bekämpfung des Virus wurde Dr. Feltenstein, Darrell, Delaney und Jordan vom Präsidenten der Vereinigten Staaten ein Orden verliehen.

Als er ihn an Feltensteins neuen Anzug geheftet hatte, sah er über die Schulter zum nächsten Geheimdienstagenten, bevor er sich wieder Feltenstein zuwandte.

»Nun, Doktor, wie ich höre, haben Sie meinem Chefberater, meinem Neffen Fred, die Meinung gesagt.« Er hielt lächelnd inne. »Sie sollten wissen, daß ich mich nicht so ausgedrückt habe, wie er es wiedergegeben hat. Er legt mir ständig irgend etwas in den Mund. Das hat mein Bruder schon getan. Wie der Vater, so der Sohn – das hat doch etwas mit Genetik zu tun, nicht wahr, Dr. Feltenstein?«

»Ja, Sir. Das könnte man sagen.«

»Wir haben bei den Hühnern auch einige wissenschaftliche Methoden angewandt«, fügte er mit einem Augenzwinkern hinzu, bevor er zum nächsten in der Reihe ging.

Zwei Wochen später waren Jordan und Delaney wieder bei ihrer Arbeit im Labor, obwohl er sich noch zwei Monate lang Blut abnehmen lassen mußte, bevor man ihn in Ruhe ließ. Im Lauf der Zeit stellte sich heraus, daß die aus dem Regenwald mitgebrachten Pflanzen keinen medizinischen Wert besaßen. Aber es gab immer eine nächste Reise.

Obwohl Richard Little in einem tief im Dschungel versteckten Käfig unter ständiger Bewachung noch zwei Jahre lebte, hat man nie wieder etwas von ihm gehört.

Ebensowenig wie von den Wächtern, deren Lebensaufgabe nach seinem Tod endgültig erfüllt war.